JN318343

二見文庫

その愛に守られて

バーバラ・フリーシー／嵯峨静江＝訳

Daniel's Gift
by
Barbara Freethy

夫のテリー、
そして二人の最愛の子供たち
クリスティンとローガンに

謝辞

わたしの才能を引き出してくれた編集者、エレン・エドワーズ、献身的に支えてくれたエージェント、ナターシャ・カーン、厳しい質問をぶつけてくれた作家仲間たち、メリッサ・マルティネス、リン・ハンナ、シーラ・スラッタリー、キャロル・カルヴァー、バーバラ・マクマホン、医学の専門知識を授けてくれた父、ジョージ・ビハリー、そして本を愛することを教えてくれた母、パット・ビハリー、以上の方々に心から感謝します。

その愛に守られて

登　場　人　物　紹　介

ジェニー・セントクレア	シングルマザー
ダニエル(ダニー)・セントクレア	ジェニーの息子
ルーク・シェリダン	医師。〈シェリ・テク〉社の後継者
デニーズ・シェリダン	ルークの妻
チャールズ・シェリダン	ルークの父
ビバリー・シェリダン	ルークの母
マシュー(マット)・セントクレア	ジェニーの兄
メリリー・セントクレア・ウィンストン	ジェニーの姉
リチャード・ウィンストン	メリリーの夫
コンスタンス(コニー)	メリリーの娘
ウィリアム	メリリーの息子
アラン・ブラディ	ジェニーの恋人。警察官
マルコム	〈シェリ・テク〉社の広報担当
グレーシー	ジェニーの隣家の老婦人
ジェイコブ	ダニーの守護天使

1

「父さんに会いたい」十二歳のダニー・セントクレアがキッチンの入口に立っていた。ブロンドの髪は寝癖でくちゃくちゃで、目はまだ眠たげだったが、その声には固い決意がこもっていた。

ジェニーの手から、オレンジジュースのグラスがすべり落ち、床で砕け散った。「あなたのお父さんに？」

「会って話をしたいんだ、母さん」

「ダニー、それは――」

「ショートを守ったことがあるか、訊きたいんだ。ぼくぐらいの歳のとき、どれくらいの身長だったか知りたい。いつ髭《ひげ》を剃《そ》りはじめたのか、教えてほしいんだ」カールした前髪が右目にかぶさると、少年は邪魔くさそうにそれを振りはらった。「父さんの髪がいまはまっすぐかどうか知りたいんだ」

「ダニー、いいかげんにして」ジェニーはかたくなに首を振った。「その話は前にもしたでしょう。子供を欲しがらない男性《ひと》がいることを、あなたにはまだ理解できないかもしれないけど、もうすこし大人になれば……」

「ぼくはもう大人だよ。父さんだってぼくに会いたいはずだ」

ダニーは顎先をぐいと突き出した。その頑固そうな表情は父親にそっくりだった——でもダニーはそのことを知らない。そう思うと、突然、ジェニーの胸に痛みが走った。

考える時間をかせぐために、彼女はカウンターに近づいた。トースターから飛び出た二枚のパンにバターを塗って皿に置き、無理に笑みをつくってテーブルに戻った。「とにかく朝食を食べなさい。話の続きは学校から帰ってからにしましょう」

「学校から帰ってきても、話す時間なんてないじゃないか。母さんは仕事に行っちゃうし。母さんは仕事ばかりしてる」

「ごめんね。でも母さんだって一生懸命やってるのよ、ダニー。もうすこしわかってくれてもいいんじゃない？」

「ロブの母さんは一日じゅう家にいる。今度の週末は父さんにキャンプに連れていってもらうんだって」ダニーは胸に溜まった憤懣《ふんまん》をぶちまけた。

「わたしを責めているの？　精一杯やっているのに。何を言わせたいの？」

「何も。もういいよ」ダニーは椅子から立ち上がった。

「食べないの？」

「お腹すいてないから」

ダニーがキッチンから出ていくと、ジェニーはため息をついた。息子を失望させたくはなかったが、近頃はやることなすことすべてがそういう結果を生んでいるような気がした。〈マグドゥーガルズ・マーケット〉で毎日八時間働き、そのうえアクセサリー作りの商売を始めようとしていたので、料理、掃除と家事をこなしたあとに、自由になる時間はほとんどなかった。

スポンジを手にとって床に飛び散ったジュースとガラスの破片をかたづけ、ダニーの昼食を袋に入れた。リヴィングルームに行くと、ダニーがバックパックに宿題を詰めていたが、そのしょんぼりした様子は十二歳ではなく六歳ぐらいに見えた。

息子のへの字になった口もとを見て、ジェニーの心は沈んだ。物事がもっと単純だった頃が、ダニーがおやつのクッキーのことしか頭になかった頃がなつかしかった。息子はどんどん成長していく。大きくなるのが速すぎる。彼女が答えたくない質問をし、手に入れられないものを――父親を欲しがるようになった。

子供が、大切なわが子が手の届かないところに行ってしまう。それは彼女には耐えられないことだった。

「一塁にランナー」ジェニーは声をかけた。

ダニーが顔を上げた。「えっ？」

「一塁にランナー。ツーアウト。ツーストライク、ワンボール。さあ、何を投げる？」

ダニーの顔にためらいがちの笑みが広がった。「快速球」

「カーブじゃないの？」

彼は首を振った。「それじゃ見え見えだよ、母さん」

ジェニーはダニーのランチが入った袋を持ったまま、腕を振りあげた。「一塁走者が走った、ピッチャーふりむいて投げました」彼女は部屋のはしからランチの袋を投げた。

ダニーはそれをキャッチし、床に突っ伏して見えないランナーにタッチした。「アウト」

「ナイス・プレー」

「いい投球だったよ――女にしては」

ジェニーは息子に近寄り、寝癖のついた髪を撫でつけた。

ダニーがその手を振り払った。「もう、母さんったら」

「行ってきますのハグは？」

ダニーはうんざりした顔で天井を見上げたが、しぶしぶ母親に身体をあずけた。ジェニーは不満だったが、それでも息子を抱きしめられただけ幸運だった。

ドアの前でダニーは足をとめた。「週末にショッピング・モールに行ける？　母さんの誕生日プレゼントを買いたいんだけど」

ジェニーは息子の顔をしげしげと見つめた。彼の心遣いに感動すべきなのか、それとも上手に母親のご機嫌をとる才能に驚嘆すべきなのだろうか？　口のはしがぴくぴく動く様子を見れば、彼の本心はあきらかだった。「なかなか巧い手を思いついたわね。〈スポーツワールド〉でセールをやっているのかしら？」

「そういえば……」

「考えておくわ」

「それは、だめってことだね」

「考えておくわ。アランがいっしょに行ってくれるかもしれないし」

母親のボーイフレンドの名前を耳にしたとたんに、ダニーは顔をしかめた。「もういいよ」

「ダニー、アランは悪い人じゃないわ」

「ああ、そうだね」ダニーはぶかぶかのトレーナーの下の、ぶかぶかのブルージーンズをたくし上げ、サンフランシスコ・ジャイアンツの野球帽を逆にかぶった。

ジェニーは息子をいとおしげに見つめた。だらしなく見える服を着た、態度の悪い少年であっても、彼女にとっては最愛の息子であり、その思春期の鎧《よろい》の下には、心優しい、愛すべき子供が隠れていた。そのことを忘れてはいけない、と彼女は自分に言い聞かせた。

「あなたのお父さんのことはわかってくれるわね？」

するとダニーは母親の目をじっと見た。「いやだ。ぼくは父さんに会いたい。子供には両親がそろっているべきだ」

「母さんだってこんなことを望んだわけじゃないわ」

「父さんがどうしているか知りたくないの？　もうぜんぜん興味がないの？」ダニーは返事も待たずに階段を駆け降り、庭を走り抜けて姿を消した。

ジェニーは新聞をとりに歩道に出た。太平洋から一ブロック入っただけの通りは静かで平和だった。ここは労働者階級の人びとが住む地区で、こぢんまりした平屋の住宅が建ちならび、きちんと手入れされた庭があり、子供たちのための自転車やスケートボードやサッカーボールが置いてある。住民たちはけっして裕福ではないが、誇りと愛情に満ちた生活をおくっていた。

家に戻ろうとふりかえると、老齢の隣人のグレーシー・パターソンが庭の土を掘っているのが見えた。

グレーシーは強い陽射しを避けるためにつばの広い麦わら帽子をかぶり、痩せた手に分厚い作業用手袋をしていた。七十代という高齢ながら、グレーシーはいまでも庭仕事を続け、近所の子供たちのためにクッキーを焼き、ジェニーとダニー親子をいつも気遣ってくれていた。ジェニーがサンフランシスコの南に位置するこの小さな海辺の町、ハーフ・ムーン・ベイで暮らしつづけたいと思っているのには、グレーシーの存在が大きかった。ここでは人びとはたがいにいたわり合い、たんなる隣人ではなく友人として接していた。

「おはよう、グレーシー」ジェニーは声をかけた。

グレーシーは顔を上げて手を振った。「おはよう。今日はどんな具合？」

「遅刻」

「いつもどおりね」彼女は通りのほうに首をかしげた。「ダニーがすごい勢いで走っていったけど。何か問題でもあるの？」

「あの子もそろそろティーンエイジャーだから」

「それ以上言わなくていいわ」グレーシーは笑いながら立ち上がり、両家の庭を仕切る金網フェンスに近づいてきた。「わたしに何かできることはない？」

「今回はないわ。でもありがとう」

「子供はみんな成長していくのよ」

「肝に銘じておくわ。いい一日を」

「あなたもね」

家に戻ったジェニーは、仕事に出かける仕度をしながら、グレーシーが言ったように、ダニーの父親であるルーク・シェリダンの問題が時間とともに自然に解決することを願った。今日は早めに仕事から帰って、ダニーを驚かせてやろう。ピザを食べに行くか、映画でも観に行こう。そうすればダニーも父親のことを忘れるだろう――そしてたぶん彼女も。


ジェニーは午後五時すぎに帰宅した。バッグをキッチンのカウンターに置いてダニーの名前を呼んだが、返事がなかった。ふりかえると、置き手紙があった。

その紙片は冷蔵庫のドアに、ハロウィンの残り物であるオレンジ色のパンプキンのマグネットで留めてあった。ペパロニ・ピザの二ドル引きのクーポン券と、PTAの通知の隣りに貼ってある。おもてには、赤いクレヨンで〝母さんへ〟と書いてあった。

手紙そのものに不自然なところはなかったが、それを目にした瞬間、ジェニーは何かがおかしいと感じた。

もしも母親の直感というものがあるなら、彼女が感じたものはそれだった。全神経がぴりぴりと緊張し、両腕に鳥肌が立ち、身体じゅうに悪寒が走った。遠くから近づいてくるサイレンの音が聞こえ、惨事を予感させた。

ダニーは学校から帰ってから出かけたりしない子供だ。無断でそういうことをする子ではない。重い足をひきずるようにしてジェニーは冷蔵庫に近づき、手紙をはがした。手にとった紙片をゆっくり広げた。

母さんへ、
父さんに会いに行きます。

それは簡潔で、明白で、恐ろしい文面だった。

ぼくが生まれたとき、父さんが子供を欲しがらなかったのは知ってるけど、いまは気持ちが変わったかもしれない。ぼくは優秀な野球選手だし。怒らないでね。クリストファーの姉さんが車で送ってくれる。帰りはバスで帰るから。

ダニー

父親？　父親に会いに行く？　まさか！　ダニーはルークが住んでいる場所を知らないはずだ。でも——

ジェニーはキッチンを飛び出して、自分のベッドルームに向かった。クローゼットのドアを開け、つま先立ちになって棚の奥に隠してある靴箱を捜した。だが棚は空で、箱はなかった。

あわててダニーの部屋に行くと、ベースボール・カードや食べかけのチョコレート・ドーナッツといっしょに、彼女の思い出が詰まった靴箱がベッドに置いてあった。

ルークとの思い出の品をとっておいたのは間違いだったが、過去を捨て去ることはできなかった。箱には、ビーチでいっしょに過ごした楽しい日々の写真、ラブレター、それに日記が入っていた。日記にはルークと愛し合うことの喜び、妊娠を知ったときの動揺、彼と別れて悲しみに暮れたことが切々と綴《つづ》ってあった。

ダニーはこれらすべてを見てしまった。箱のなかには、先月彼女が新聞から切り抜いた、ルークがベイ・エリアに戻ってきたことを知らせる記事も入れてあった。ダニーが父親の住所を見つけるのはそれほどむずかしいことではなかっただろう。彼女の息子は言いだしたら聞かないうえに、とても賢い子供だった。

まったく！　こうなることを予測すべきだった。この一カ月というもの、ダニーは父親について彼女を質問攻めにしていた。彼はルークに電話をしてくれと何度もせがんだが、彼女は首を縦に振らなかった。彼女はダニーの興味がそのうち薄れるのを期待していた。彼がもうすこし大人になるまで、そして彼女自身がルークとの再会に耐えられるようになるまで、ルークと連絡をとるつもりはなかった。

それなのに、ダニーは母親を無視して勝手に決断を下してしまった。

ジェニーは崩れ落ちるようにベッドにすわりこみ、ダニーの枕を抱きしめた。息子の匂いがした。オレオ・クッキーと、汗臭い靴下と、古い野球ボールの臭い。ダニーがいくら自分はもう大人だと言い張っても、やはり彼はまだ十二歳の子供だった。

父親のルークに拒絶されたらどうするのだろう？　ダニーは泣くだろうか？　それとも大人ぶって平気なふりをするのだろうか？

ジェニーは天井を見上げ、静まりかえった家のなかで耳をすました。不気味な、恐ろしい静寂だった。ダニーには耐えられない静けさかもしれない。彼は家に独りぼっちでいるのが嫌いだが、この二年間は鍵っ子だったので、彼はいつも独りぼっちだった。

罪悪感、怒り、恐怖がジェニーを襲い、彼女は胃が締めつけられるような気がした。彼女にとってダニーは何より大切な宝物だった。そんなかけがえのない息子を失うわけにはいかない――たとえ父親であってもダニーを渡すことはできない。ダニーは母親である彼女だけのものだ。なんとしてもあの子を見つけなくては。そして母親さえいれば、父親のルーク・シェリダンなど必要ないということをあの子にわからせなくては。

〝〈マッコーリー・パーキンズ〉社の前研究開発部長、ドクター・ルーク・シェリダンが故郷のベイ・エリアに帰ってきた。シェリダン氏は今後、父であるドクター・チャールズ・シエリダン氏が創設したバイオテク企業〈シェリ・テク〉の経営を引き継ぐことになる。〈シエリ・テク〉は今年、熱傷患者の傷ついた皮膚組織を再生させる新薬を発表する予定である〞

マルコム・デーヴィスは自慢げに新聞をデスクの上に放った。《サンフランシスコ・レビュー》紙にこの読者の興味をそそる記事を載せた自分の手柄に酔って、彼はその丸い顔に満面の笑みを浮かべていた。

「よくやった、マルコム」ルークはペリエのボトルを乾杯するように掲げた。

「いや、わたしの手柄ではありませんよ。あなたの輝かしい経歴と〈マッコーリー社〉での成功は世間の注目の的です。そのあなたが偉大なる父上の跡を継ぐとなれば、マスコミが放っておくはずがありませんよ」

ルークはデスクの奥の革張りの大きな椅子に腰をおろした。これは父がすわっていた椅子で、会社と家にあるほかのすべての物と同様に、大きすぎて、ごつすぎた。月曜日になったら、さっそくこれを廃棄してしまおう。

ルークはマルコムと向き合った。「きみは父の下で何年働いていた?」

「約八年ですが、それが何か?」

「ひきつづきわたしの下で働くつもりかね?」

マルコムはいぶかしげな顔をした。「もちろんです」

「わたしは父とは違う」

「当然ですとも」

「本当にそう思っているのか？」

マルコムは書類をまとめ、ルークは椅子の向きを変えて窓の外を眺めた。〈シェリ・テク〉のビル群は、サンフランシスコからすこし南に下ったオイスター・ポイントに、サンフランシスコ湾に面して建っていた。窓からは、遠くにベイ・ブリッジと、湾をはさんで向かい側に位置するオークランドの夜景が見えた。その景色を見て、彼は結婚記念日を祝うためにそろそろ家に帰る時間だと思った。

だが、彼はすぐには立ち上がらなかった。ここ数年、彼はしだいに家にいるよりも会社にいるほうが心地よいと感じはじめていた。会社でビジネスに熱中しているほうが、家庭生活での不満と向き合うよりも楽だった。

彼が幸福を感じるのは、損益計算書の数字が黒字のときで、妻の腕のなかや、両親から譲られた豪邸にいるときではなかった。何かが足りなかった。とても重要な何かが。それがなんであるか、彼にはさっぱりわからなかった。欲しいものはすべて手に入れて、有頂天になってもいいはずなのに。それどころか、いまの彼は孤独だった。

マルコムが彼の前にやってきて、壁に寄りかかった。彼は背が低く、頭が禿《は》げあがった男で、エネルギーに満ちあふれていた。いまも指先でせわしなく壁をたたきながら、鋭い目でルークを観察していた。

「どうしたんです？　何があったんです？」マルコムが尋ねた。

「なんでもない」ルークは肩をすくめた。

「隠さずに話してください」

「子供の頃からずっと、現状に満足できない悪い癖があるんだ。どうしたら満たされるんだろう？」

「満たされたいだなんて、おかしなことを言う人だ。あなたは何もかも手に入れたじゃないですか、ルーク。世界はあなたを中心にまわっているし、誰もがあなたの足もとにひれ伏している」

「そうだな」ルークはネクタイをゆるめた。

「今夜のおたくのパーティに〈ジェネシス〉社のスタン・ポレックを連れていきます。彼は自分の会社をわれわれに売却することに乗り気になっているんです。奥さまが楽しいパーティに仕事を持ちこむことを許してくださるといいんですが」

「デニーズは気にしやしない。妻のほうがわたしよりよっぽど野心家だからね。デニーズは〈シェリ・テク〉が〈ジェネシス〉社を買収するのを望んでいる。そうなればわが社が遺伝子研究分野でトップに立つことになるからな。むろん彼女は会社が上場することも期待しているんだが」ルークは苦笑した。「彼女は上場すると財産がふえると思っているらしい」

「もちろんそうなるでしょうが、ただこれまでのように会社を思いどおりに動かすことはできなくなるでしょうね」

「そういうことだ」

デスクの電話が鳴った。マルコムがとって、受話器をルークにさしだした。「スコット・ダニエルソンからです」

ルークは受話器を受け取った。「やあ、スコット、元気かい？」

「ああ、変わりないよ。ところで、今日の診察にデニーズが来なかったので、心配して電話したんだ。副作用が出てやしないかと思って」

妻のかかりつけの婦人科医の言葉を聞いて、ルークは顔をこわばらせた。「デニーズが今日診察の予約をしてたとは知らなかった」

「卵管結紮《けっさつ》のあとの再検査は通常の段取りじゃないか。それとも医療現場から離れて時間がたちすぎて、そんなことも忘れてしまったのかい？」

卵管結紮だって？　デニーズが不妊手術をした？　まさか、考えられない。いつのことだ？

一カ月前にデニーズが突然実家に戻ったことを、ルークは思い出した。あのとき、たしか彼女は四日間家を空けた。

いや、デニーズが勝手にそんなことをするはずがない。そういうことは夫婦で話し合って決めるべきだ。彼女から相談を受けたら、彼は絶対にだめだと言っただろう。彼は子供が欲しかった。じつはつい最近、そろそろ家族をふやそうと決心したところだった。

「ルーク、聞いているのか？」

「ああ。きみに電話をするようにデニーズに言っておく」

「彼女の体調がいいなら、それでいいんだ」

「心配ないよ」ルークは受話器を置いた。

マルコムが心配そうな様子で彼を見ていた。「何かあったんですか？」

「家に帰らなくてはならない」

「一時間も早くですか？　どなたか亡くなったんですか？」

「いや、まだだ」ルークはブリーフケースを手にとり、オフィスから出ていった。

2

「ルーク、このファスナーを上げてくれない？」デニーズ・シェリダンは黒のイヴニングドレスのファスナーと格闘していた。いくらやっても動かない。だがファスナーのために五十ドルもかけたマニキュアを台なしにするわけにはいかなかった。「ルーク？」鏡に映った夫に向かって、彼女は苛立った声で言った。「ねえ、聞こえないの？」

ルークはスーツの上着をベッドに放った。「聞こえてるよ」

「だったら手伝ってちょうだい」

「手伝えだって？」彼は妻に冷ややかな眼差しを向けた。彼の表情は硬くこわばっていた。「きみはぼくの助けなんか必要ないだろう」

デニーズはふりかえって夫と向き合った。「言い争いはやめましょう、ルーク。今夜はわたしたちの結婚八周年を祝うパーティじゃないの」

「結婚して何年たつかは、ぼくも知ってる」

「それとあなたの帰郷を祝う集まりでもあるのよ。大勢の知り合いが来てくれるんだから、パーティを台なしにするようなことはやめて」

「何を祝うんだ、デニーズ？」ルークは彼女に近づいた。「幸福か、喜びか、情熱的な愛か？　ばかばかしい」

ここ数カ月ですっかり他人のようになってしまった男性を、デニーズは見つめた。「また子供の話をむしかえすつもり？」

「ああ、そうとも」彼は苛立たしげに眉間にしわを寄せた。「卵管を縛ったことをいつぼくに話すつもりだったんだ？　ぼくがずっと気づかないとでも思ったのか？　スコット・ダニエルソンはぼくの親しい友人なんだぞ」

デニーズははっと息をのみ、それからふっと息を吐いた。「彼はわたしの主治医でもあるのに。医者には守秘義務があることを忘れたのかしら」

「きみこそ何を考えているんだ？　夫であるぼくに黙ってそんなことをするなんて。きみ一人で決めるべきことじゃないだろう」

「わたしの身体だわ」

「ぼくたちの将来、家族の問題だ」

「わたしたちはすでに家族じゃないの――あなたとわたしと、あなたのご両親と。大人だけで自由に旅行して、楽しんで、人生を謳歌《おうか》できるわ」彼女が夫の頬に触れようとすると、ルークは妻の手をさっと避《よ》けた。デニーズは気持ちを静めようとした。「たしかにあなたに相談すべきだったかもしれないわ。でも結婚したとき、あなたは子供は欲しくないと言っていたじゃないの」

「それは八年も前の話だ。まだ新婚だったし、ぼくは仕事を始めたばかりだった」ルークは乱暴に髪を掻《か》きあげた。

「あなたの気が変わったなんて、どうしてわたしにわかるの?」

「訊けばいいじゃないか」

「いつ訊けばいいの、ルーク?」デニーズは夫を見つめ、首を振った。「あなたとまともに顔を合わせることなんてめったにないわ。朝食のときは、あなたは新聞を読みふけっているし、オフィスに電話しても、秘書が出てきて、あなたは電話口に出られないと言う。夜はあなた一人で書斎にとじこもって、夜中まで仕事をしているじゃないの」

「おやじの会社を引き継いで忙しかったからだ。話をごまかすのはやめてくれ、デニーズ。二人だけの時間だってあるじゃないか。ベッドでも愛し合ってる。この前ペッサリーを使わないでくれとたのんだら、きみはそうすると言ったが、ばからしい、はじめから使う必要なんてなかったんだ」

夫に理詰めで反論されたデニーズは、感情をぐっと抑えた。だが今回もなんとか夫を言いくるめる自信があった。これまでも自分のやり方がベストだといつもルークを説得してきた彼女は、最後にもう一度だけ夫を納得させようとした。

「あなたは子供が欲しいんじゃないわ、ルーク。お父さまの会社を継いで、ご両親が住んでいた家に引っ越したせいで、自分の目標を見失っているの。問題はそこなのよ。子供を持つことでは解決しないわ」

ルークはデニーズの両肩に手をおいて後ろを向かせると、乱暴な手つきでファスナーを上げた。

デニーズはため息をついて鏡の前に戻った。ルークが着替えをすませるあいだに、彼女は丁寧に口紅を塗った。見ないふりをしながら、彼の動きを目のはしで追い、この気まずい空気をなごませることを何か言えたらと思った。

ルークはけっして譲らないだろう。彼は頑固で強情で、内にこもるタイプだ。優秀な頭脳と、鍛えあげた肉体を持っている。毎日まだ寒くて暗い早朝に何キロも走っている——彼一人きりで。彼はデニーズとはべつに行動することが多かった。ここ数年、年を追うごとに夫婦の距離はしだいに離れていった。

もはや二人の波長は合わなくなっていた。仕事中毒で、野心家で、金儲《かねもう》けのうまい夫が弱気になっている。ルークはバイオテク業界の新星であるにもかかわらず、〈シェリ・テク〉を継いだことに疑問を抱いているようだ。そんな心の迷いが命取りになりかねない。彼女はルークに集中しつづけるように、いまの努力をやめてはいけないと教えたかった——彼が輝かしい人生の勝利者となるまでは。

ときおり、デニーズにはルークが自分ほど仕事を重要視していないように思えた。仕事だけでなく、社交面でも二人の意見は合わなかった。ルークが貴重な人脈をつくる絶好のチャンスであるパーティに彼女が出席したがっても、彼のほうは行くのをいやがる。パリやロンドンへの旅行の話も断わってしまう。そのうえ今度は子供が欲しいなどと言いだした。

子供なんか産んでどうするのか？　マウイ島のビーチでダイキリを飲むかわりに、汚れたおしめを替えて、赤ん坊にげっぷをさせるなんてまっぴらだ。絶対にお断わり。彼女は自分の分身を欲しいと思ったことがなかった。ルークには父親願望をあきらめてもらわなくてはならない。なんとしても。彼女は彼を説得する自信があった。

「お義母《かあ》さまが、あなたさえよければ、クリスマスのあとにいっしょにマウイに行きましょうって誘ってくださったの」デニーズは鏡のなかのルークに向かって言った。

ルークは洗濯したてのワイシャツの袖《そで》に腕を通した。「ぼくは行かない」

「じゃあウィロビーご夫妻といっしょにアスペンに行きましょうよ。この話はまたあとでね」デニーズはドアに向かった。「用意はできた？」

「すぐに降りていく」

「ルーク、早くして」

「いいから先に行ってくれ！」

ルークは窓際に行き、外の景色を眺めながら、なぜ自分はついつい外を眺めたくなってしまうのだろうと思った。丘の上の窓からは、空港の滑走路に降りる飛行機が見えた。その景色は平和で、心なごむものだった。以前はこうして窓際に立ち、欲しいものはすべてそこにあると自分を言い聞かせたものだった。

いまは、その確信が揺らいでいた。もしかすると目標を見失っているのかもしれない。故郷に戻ったことで、昔の感情がよみがえってきた。サンフランシスコ半島の高級住宅地ヒルズボローにある、スパニッシュタイル張りで三階建ての両親の家を目ざして、ユーカリの並木が続くエル・カミーノ・レアルから小高い丘に車を走らせていると、しだいに時間が逆戻りしはじめた。資産家で野心にあふれた科学者から、理想に胸をふくらませ、恋に身をこがす若者に戻っていった——ジェニーを愛していた若者に。

ジェニーの優しい顔を思い浮かべながら、ルークは目を閉じてため息をついた。温かい笑みをたたえた茶色の瞳、ダークチョコレートのような色をした髪。優しく彼を抱きしめ、セクシーな笑みをたたえたジェニー。そして彼の腰に両側からからみつく彼女の脚。ああ、ジェニー。

その思い出は十三年前のできごとではなく、まるで昨日のことのようにあざやかによみがえってきた。

空港の明かりがかすんでいき、やがてそれはビーチのたき火に変わった。オレンジ色の炎の向こうに、彼女の姿が見えた。

ジェニーはダイエット・ペプシの缶を口もとにあて、声をあげて笑っていた。海から風が吹いて、長い髪がはらりと彼女のふっくらした唇にかかった。柔らかそうなピンク色の唇から髪を払いのけようとするが、風がそれを邪魔した。しかたなく彼女は髪を後ろで束ねて、トレーナーの背中に入れた。

誰かが冗談を言い、ジェニーが微笑んだ。隣りに立っているフランクという男が、身をかがめて彼女にキスしようとすると、彼女は笑いながら彼を押しのけた。

またもや笑い声があがり、さらに笑みが広がった。

ジェニーは不思議な力を駆使して、まるでホタルのように人びとのあいだを軽やかに飛びまわり、すべての人を惹きつけ、苦もなく楽しい仲間にしてしまう。それを見ていたルークは激しい妬《ねた》みを感じた。

彼はこの場になじんでいなかった。このグループにも、どのグループにもなじむことができなかった。金持ちで、成績優秀で、ベンツを乗りまわしている彼を、誰もがうとましく思っていた。彼のガールフレンドであるはずのダイアンですら、もう一人の彼の友だちであるはずのゲイリー・バロウズと毛布にくるまっている。二人は彼の目を気にしているだろうか？ いや、まるでへいっちゃらな様子だった。

ルークは顔をそむけた。

ジェニーが彼の前に立っていた。小柄で、ほっそりした身体が月の光に包まれていた。彼ははっと息をのんだ。間近で、彼女の不思議な力に引きこまれた。

「どうして歌わないの？」

そう言われて初めて、彼はみんなが酔っ払って調子っぱずれな歌を歌っているのに気づいた。

「歌いたくないんだ」彼は彼女のわきをすり抜けようとした。

「わたしもよ」ジェニーは彼とならんで歩きだした。

裸足《はだし》の指先に湿った砂の感触が心地よかった。彼女の腕が自分の腕にかすかに触れた瞬間、彼は身体じゅうがぞくぞくして鳥肌がたった。急に心臓がどきどきしてきた。

「泳がない？」ジェニーが言った。

ルークは岸に打ち寄せる黒い波を見つめた。海はかなり荒れていた。「泳ぎはできるけど」彼はジェニーをふりかえり、片方の眉をつり上げた。「まさかいま泳ぐ気じゃないだろうね？」

ジェニーはいたずらっぽくにやっと笑った。片方の頬にえくぼができ、茶色の目が生き生きと輝いた。ルークはそんな彼女から目が離せなかった。いくら彼女から離れようとしても、まるで磁石に吸い寄せられるようにどんどん彼女に惹かれていく。

「そのいまよ」とささやいて、彼女は彼の手をとった。

彼女の手は小さくて温かく、柔らかだったが、親指にタコができていた。なぜこんなところにタコが？　こんなにも純粋で寛大な心と身体に、どうしてタコなんかができているんだろう？

以前にもジェニーの姿を見かけたことはあったが、いつも遠くから、彼女が人の輪の中心にいるところを見ていただけだった。こうして二人きりになったことはいままで一度もなかった。

雲がかかった月明かりを受けながら、二人は波打ち際を歩いた。ルークは砂に足をとられそうになったが、ジェニーは幻影のように軽やかに歩いていた。彼女は生身の人間なのだろうか？　ひょっとすると彼の想像の産物なのではないだろうか？　彼はたき火を見て現実に返ろうと思い、後ろをふりかえったが、何も見えなかった。背後にある崖が視界をさえぎっていた。

二人は岩場によって海の荒波が届かない小さな入り江に立っていた。ジェニーはトレーナーを脱ぎ、さらにTシャツも脱いだ。彼女がジーンズを下ろすと、すらりと長い脚があらわになった。彼女の身体はほっそりしていて優美で、しかも引き締まっていた。身につけている派手なピンクのパンティとブラが、暗い海に咲く美しい花のようだった。

ジェニーの動きには人目を意識するところや、卑下やうぬぼれもなく、ただあるがままの自分を受け入れ、みずからの欲望に忠実に行動しようとしていた。感情をおもてに出すことを極端に恐れるルークは、彼女の率直さや、彼の考えをまるで気にしない態度が羨《うらや》ましくてならなかった。それとも、本当は気にしているのだろうか？

ルークが彼女の顔に視線を向けると、彼女はじっと彼を見守っていた。

意識。つながり。欲望。それぞれの感情が砕ける波のように彼を揺さぶった。

「行かない？」

ああ、いますぐイキそうだよ。

「なぜぼくを誘うんだ？」

「一人で泳ぐのは危ないもの」

「安全であることが、優先順位のトップなのかい？」

「優先順位なんてないわ」彼女は微笑んだ。

ルークはズボンのポケットに手をつっこんだ。「夏が終わったら、南カリフォルニア大学の医学部に行くんだ」

「知ってるわ」

「両親の母校だ」

「聞いたわ」

「親の足跡をたどることになる」

「靴のサイズが同じだといいわね」

ルークは苦笑した。「今夜ここに来なければよかった。こういう場所は苦手なんだ」

「話は終わったの？」ジェニーは手をさしだした。「さあ、水にちょっと浸かったくらいじゃ死にはしないわよ」

「水が怖いわけじゃない」

「あなたは考えすぎよ」彼女ははしゃぎ声をあげて水に入った。こんなに無邪気で魅力的な声を聞いたのは初めてだった。ルークはもう考えるのをやめて、服を脱いで水に入った。

海水があまりに冷たくて、心臓が一瞬とまりそうになった。ジェニーに水をかけられて、彼は期待で身を震わせた。

「ねえ、楽しくない？　生きてる、自由だって感じるわ」

ルークもまったく同じように感じていた。こんな感覚は生まれて初めてだった。その解放された気分に酔って、彼はジェニーに近づき、濡れた手で彼女の頰をそっとはさみ、大波をかぶるまでキスを続けた。

昔の記憶が薄れていくと、彼は両手をぎゅっと握りしめた。たき火の炎も、暗い海も、ジェニーも消えてしまった。

あの夏は、彼の人生で最高の夏だった。彼はいずれ別れるとわかっている女性から、貴重なひと夏を泥棒のように盗んだ。

彼の将来の計画はきっちり決まっていた。シェリダン家は三代にわたって医学の道に進んでいて、その伝統を引き継ぐのが彼の役目だった。ジェニーから妊娠したと告げられたとき、彼はあわてふためいた。両親や一族、そして将来のシェリダン家の人びとを落胆させないためには、彼女と結婚することはできなかった。

結局、彼はジェニーに五百ドルを渡し、中絶を勧めた。そして以後、二度と彼女と会わなかった。

そしていま、彼の妻デニーズは子供を欲しがらなかった。人生の皮肉とは、まさにこのことを言うのだろう。父親になる機会を、彼はみずから放棄した。そのことをいまさら後悔しても、もう遅すぎた。

「ドアベルを鳴らせよ」クリストファー・メリルは庭をこそこそ見まわしながら、ダニーに言った。「ひと晩じゅうここにいるわけにはいかないんだぞ。おふくろは八時には仕事から帰ってくるから、それまでに帰らないとひどい目にあう」

「やっぱりやめようかな」ダニーは首をかしげて考えこんだ。ヒルズボローの高級住宅地にある父親の豪邸は、ビーチのそばにある彼の家とは大違いだった。ドアベルでさえ、金ぴかで高価そうだった。こんな物に大金をかけるなんて馬鹿げてる。

「さあ、ダニー、早くしろよ」

「もし家にいなかったらどうしよう?」

「いなけりゃ親父さんは出てこないさ。びびるのもいいかげんにしろよ」

「びびってなんかいないよ」

「コーコッコッコッ」クリストファーは臆病者の代名詞であるニワトリを真似て、手をばたばたさせた。

「心の準備をしてるんだ、いいだろう?」

「そんな時間はないんだよ。これから丘を降りて、ハーフ・ムーン・ベイ行きの最終バスに乗らなきゃならないんだから」クリストファーは腕にはめたスポーツウォッチに目を落とした。「早くしろよ。そろそろ六時半になるぞ」

「母さんはきっとすごく怒るだろうな」ダニーは落ち着きなく太腿《ふともも》をとんとんとたたいた。どうしたらいいんだろう? はじめはしごく簡単だった。新聞の切り抜きを見つけ、住所を調べ、丘を越えるバスに乗った。だが、いざここに来てみると、あのまま家にいればよかったと後悔しはじめていた。

「ドアベルを鳴らしても鳴らさなくても、どっちにしてもおふくろさんには叱《しか》られるさ」と、クリストファーが言った。

「そうだな。せっかく来たんだから、父さんがいるかどうか確かめてみよう」ダニーはドアベルを押し、息をとめて待った。

しばらくして、内側からドアのロックをはずす音がした。いよいよ父親と対面すると思ったとたん、ダニーは動揺してクリストファーをふりかえり、あとずさろうとした。クリストファーはそんなダニーの背中を押し返した。

ドアが開き、ダニーの前に美しい女性が現われた。身体にぴったりした黒のイヴニングドレスを着ていて、髪は濃い赤毛で、ネコのような緑色の目をしている。少年を見たとたんに、彼女の顔から笑みが消えた。その表情はいかにも意地悪そうだった。

「なんの用なの？」彼女はつっけんどんに言った。

「ぼくたち……ぼくは……」ダニーは唇を舐《な》めた。

「何を売りに来たのか知らないけど、うちはいらないわ」彼女はドアを閉めようとした。

「ちょっと待って」ドアのあいだに足をつっこんだダニーは、木製のドアにつま先をぶつけた痛みにたじろいだ。「ミスター・ルーク・シェリダンはいらっしゃいますか？」

彼女は目を細めた。「誰が彼に会いたいの？」

「ぼくです」

「誰なの、あなたは？」

「あの……ぼくは……」ダニーは助けを求めるようにクリストファーを見たが、彼はただ肩をすくめただけだった。「ぼくは彼の子供なんです」

女性があんぐりと口を開けた。「なんですって？　いまなんて言ったの？」

「ぼくは彼の息子です。ダニー・セントクレアといいます」

「ミスター・シェリダンはここにはいないわ」彼女はすげなく言った。「何かの間違いよ。ミスター・シェリダンには息子なんていないし、欲しいとも思っていないんだから」

その言葉はダニーに野球ボールが腹に当たったような衝撃をあたえた。母さんが言ってたとおりだ。父さんはぼくが生まれることを望まなかったし、いまでもぼくに会いたがっていないんだ。「でも――」

「誰だい？」彼女の後ろで男性の声がした。

彼女はふりかえって答えた。「お菓子を売りにきた子供よ」

女性が動いたので、ダニーの真正面にルークが見えた。自分と同じ青い目、ブロンドの髪。あれは！

時間がスローモーションのようにゆっくりと流れ、ドアが閉まる音でダニーはわれに返った。あまりに突然のことで、彼は呆然とした。やがてクリストファーをふりかえった。「何があったんだい？」

「彼女に帰れって言われたんだ」と、クリストファーが答えた。

「彼だった。あれがぼくの父さんだ。見えたんだよ」

「おれは見えなかったけど」

「あの女の人の後ろにいたんだ。ぼくのほうを見てた」

クリストファーは肩をすくめた。「へえ、そうかい。でもおまえと話したくなかったようだな」

「ぼくだって知らなかったんだ。あの女の人がすぐにドアを閉めちゃったから」ダニーはふたたび呼び鈴に手を伸ばしたが、車のエンジンの音に気づいてふりかえった。一台の車が私道に入ってきて、ダニーとクリストファーをヘッドライトで照らした。

「さあ、もう行こう」クリストファーがせかした。「お客さんが来たみたいだ」

「父さんに会いたいんだ。父さんの口から、ぼくの父親になりたくないって言ってほしい」

ヘッドライトが消え、シルヴァーのBMWから二組のカップルが降りてきた。彼らはいぶかしげな顔で少年たちを見た。

「いまは無理だよ」クリストファーが言った。「どうやらパーティがあるみたいだし、出直すしかないよ」

クリストファーはダニーの腕をつかんでステップを降り、二組のカップルと彼らの高級車のわきをすり抜けて、私道のはずれの鉄製の門のところまでひきかえした。ようやく通りに出たところで、彼はダニーの腕を放した。二人は煌々《こうこう》と明かりのともる家をふりかえった。

「なあ、クリス、父さんはそうとうな金持ちらしい。この家を見ろよ」それは三階建ての赤いレンガ造りの邸宅で、ステンドグラスの窓と、高い傾斜した屋根がついていた。ポーチわきと私道沿いの茂みにさりげなく配されたライトにいたるまで、敷地全体が見事に設計されていた。

ダニーはふいに父親に激しい憤りを感じた――自分を望まなかったことに対して、自分が何も持っていないのにルークが何もかも持っていることに対して。彼の母親は贅沢《ぜいたく》をする余裕などまるでないのに、父親はこんな豪奢《ごうしゃ》な家に住んでいる。

「もう一回行ってくる」と、ダニーは言った。

「だめだ。あの女が入れてくれるわけがない」

「こんなの不公平だ」

「ああ、この世は不公平だっておふくろがいつも言ってるよ。もう忘れろ。バスに乗り遅れちゃうぞ」

「あの少年たちは誰だったんだ？」手ぶりで客たちをリヴィングルームに案内していたデニーズを、ルークはわきに引き寄せて尋ねた。

「そこらへんの子供が学校のために何かを売りにきたのよ。ねえ、リリーのミンクを見た？きっとすごく高かったに違いないわ」

「名前は？」ルークはなぜか気になって、しつこく尋ねた。戸口に立っていた少年のことがどういうわけか気になってしかたがなかった。

「名前なんか知らないわ」デニーズは片方の眉をつり上げた。「なぜそんなに興味を持つの？」

「ブロンドのほうの少年に、どこかで会ったような気がするんだ」

「わたしには子供なんてみんな同じに見えるけど。髪が汚くて、爪が汚れていて、顔に食べかすがついてて、足もとのスニーカーから妙な臭いがして」

ルークはため息をついた。妻の吐き捨てるような口調が勘に障りはじめていた。「もうわかったよ」

「そう、それならいいの」彼女は棘《とげ》のある言い方をした。

「ときどき、きみが見ず知らずの他人に見えることがあるよ、デニーズ」

「もしかすると、そうなのかもね。わたしたち二人のことに関して、いままではあなたの言うことに従ってきたけど、この件についてだけは絶対に譲れないわ」

「なぜそんなに子供が嫌いなんだ？」

「特別な理由なんてないわ。ただ自分の子供が欲しくないだけ。泣き虫のチビがいっぱいいる家で育ったからよ。あなたは兄弟の多いわたしを羨ましがっているようだけど、妹や弟たちはいつも足手まといでしかなかったわ。家で小さい妹の面倒をみたり、弟のおむつを替えたり」感情を高ぶらせた彼女の声が震えていた。「もうあんなことはまっぴらなのよ、ルーク。たとえあなたのためでも、二度としたくないわ」

「前もってそう言ってくれればよかったのに」

「そんな必要はないと思っていたのよ」

たしかに彼女の言うとおりだった。彼自身、いままで子供が欲しいと思ったことはなかった——いま、それが不可能になるまでは。もしかするとそれが自分の欠点なのかもしれない。いつだって手の届かないものばかり欲しくなってしまう。

「ねえ、お酒を一杯持ってきてくれない？」と、デニーズが言った。「それからお客さまのところに行きましょう。パーティなんだから楽しまなきゃ」

デニーズは明るい笑顔を浮かべ、優雅な足どりでリヴィングルームに向かった。彼女は女主人と愛情深い妻と愛すべき義理の娘の役を完璧にこなすだろう。パーティに集まった客たちは、彼女と自分が幸せなおしどり夫婦だと思うに違いない。

ルークは玄関ホールの前で足をとめた。私道のはしに少年たちの姿が見えた。まだぐずぐずしているところをみると、菓子を売りにきたとは思えない。何か目的があるのだろう。ふりかえってデニーズを見ると、彼女は義母と話しこんでいた。

一瞬ためらったあと、彼はドアを開けて私道を歩きだした。通りまで出たが、そこには誰もいなかった。少年たちの姿はどこにもなかった。彼らはまた訪ねてくるだろうか？　それにしても彼らのことがどうしてこんなに気になるのだろう？

3

「マット、話があるの」ジェニーはバーのカウンターにすわっている兄の隣りに腰かけ、彼の袖を引っぱった。すると彼が手にしていたグラスからウィスキーがこぼれ、茶色のレザージャケットと色あせたジーンズにかかった。

「何をするんだ」マットが不機嫌そうに言った。「おれは忙しいんだ。見ればわかるだろう」

「ただ飲んだくれてるだけじゃない。大統領に立候補してるわけじゃないでしょう」

「ふん、おれみたいな役立たずは大統領になれるわけがないって言いたいのか」マシュー・セントクレアは白目が赤く血走った茶色い目で苦笑した。彼は実際の三十四歳という年齢よりも老けて見えた。砂色の髪はもみあげに白髪が目立ち、かつてはスポーツ選手だった身体は年齢と運動不足のせいでぶよぶよになっていた。

「自分を哀れむのはやめて」ジェニーは言った。「助けてほしいの。ダニーがいなくなってしまったのよ」

「ダニエルが？　どこに行ったんだ？」マットは椅子にすわり直した。

「父親を捜しに行ってしまったのよ」

「なんてことだ」マットは指を鳴らした。「バリー、もう一杯くれ」

「マット、お願いよ。ダニーを捜しに行かないと。わたしの車は動かないの、でなきゃとっくに一人で捜しに行ってるわ」

「行くって、どこへ?」マットがまた尋ねた。「ルークはロスでガンの特効薬をつくっているんだろう?」

「それが数週間前にヒルズボローの彼の両親の家に戻ってきたのよ——奥さんといっしょに」ジェニーは抑えようのない怒りが全身を駆けめぐるのを感じ、首を振った。「ダニーはその新聞記事を見てしまったの」彼女は話を続けた。「最近のあの子がどんなだったか、あなたも知っているでしょう? 毎日、父親の話ばかりして。父親は死んだって言うべきだったわ。よかれと思って本当のことを教えたら、こんなことになってしまって。息子がどこかで独りぼっちでいるのに、わたしはこんな場末のバーで酔っ払ってる兄さんを見ているのよ」

「おれが就職活動をしてるところを見るよりはずっとましだ」マットはグラスに入ったウィスキーを飲み干した。

たしかにマットはつらい思いをしているので、ジェニーは兄に同情したかったが、同じ話のくりかえしにうんざりしていた。彼は現状を打開する気がないのではないかと思うことすらあった。それでも彼女は兄の味方でいたかった。なにしろ彼女のことをすこしでも気にかけてくれるのは、家族のなかではマットだけだった。

「テレビの仕事はだめだったの？」

マットは首を振った。「鼻も引っかけてもらえなかった。膝《ひざ》を故障して使いものにならない飲んだくれのクォーターバックには、誰も用がないらしい」

「イメージを変えてみたらどうかしら？」

「無理にきまってる。ベイエリアの人間なら誰でもマシュー・セントクレアを知っている。ドラフト一位でフォーティナイナーズに指名されたスタンフォード大の金の卵が、いまじゃ〈アカプルコ・ラウンジ〉で毎晩テキーラ漬けになっている酔っ払いだ」

「ほかの道だってあるわ。怪我のせいで選手生命を絶たれても、頭を怪我したわけじゃないんだから、経験や知識を生かす仕事をすべきよ」

「たとえばどんな？　コーチはやったが、おれには合わない。おれの足もとにもおよばないような連中がNFLへの切符を手にするのを見るのは我慢できないんだ」

「もうすこし続けてみればよかったのに。嫌いなチームのコーチを一回引き受けただけじゃないの。ほかのチームならうまくいくかもしれないわ、マット。それにもしもコーチがだめでも、ほかの仕事があるじゃない。あきらめちゃだめ。このままじゃいけないって思うなら、自分を変えればいいのよ」

「変えられない。歳をとりすぎてる。おれは疲れた」

「おじけづいてるだけじゃない。もう五年よ、マット。このままじゃ時間もなくなるし、お金だって底をつくわ。人生をやり直すのよ」

マットはふたたびグラスに口をつけた。「だからこうしているんじゃないか」

ジェニーはうんざりして首を振った。「この話はまたにしましょう。それよりもいまはダニーを見つけないと」ジェニーはマットのジャケットのポケットに手をつっこんだが、出てきたのは数枚のコインだけだった。

「おい、何をするんだ？」マットは妹の手を払いのけた。

「車のキーを捜してるのよ」

「冗談じゃない。おれの車は貸さないからな。ダニーはきっともう家に戻ってるよ」

「いいえ、戻ってないわ」ジェニーは首を振った。「すごくいやな予感がするのよ、マット。早くダニーを見つけないと。何か悪いことが起きる前に」

「悪いことなんて起こりっこないさ」

「どうしてそう言いきれるの？　人生を悲観してるのは兄さんのほうじゃない」ジェニーはバーのはしにいるバーテンダーに声をかけた。「バリー、予備の車を貸してくれない？　どうしても必要なの。ダニーを捜しに行かなくちゃならないのよ」

「いいとも、乗っていくといい。だけど無疵《むきず》で返してくれよ」

「ありがとう」

バリーが放った車のキーを受け取ると、ジェニーは立ち上がった。「ああ、それからバリー、酔ってるマットに車を運転させないでね」

「おい、ジェニー、おれは酔っちゃいない。おまえに車を貸さないだけの判断力があるんだからな。先週マクドナルドの駐車場から出るときに車のバンパーがどうなったか、おれは知っているんだぞ」

「あれは事故だったのよ」

「おまえの人生そのものが事故みたいなもんじゃないか」

「兄さんに言われたくないわ」

「GIジョーに手伝ってもらえばいいじゃないか？」

彼女が最近つき合っている男性にマットがつけたニックネームに、ジェニーは顔をしかめた。「アランは今日は仕事なの」

「そいつはよかった。あいつがこの小さな町を守ってくれてると思うと、今夜はぐっすり眠れそうだ」

「そういう言い方はやめて。アランはいい人よ」

「やつは警官だ。いったいあいつのどこがいいのか、おれにはさっぱりわからないね」

「彼ならきっといい父親になってくれるわ。男の子が尊敬できるような人よ」マットのあきれ顔を見て、ジェニーは自分はバカなことを言ってしまったと思った。「だって、本当に彼は立派な人だもの」

「おまえがダニーのためにあの男とつき合っているなら、ダニーの気持ちに気づいてやれよ、ジェニー。あの子はあの男が大嫌いなんだ。たぶんアランから逃げるためにダニーは本当の父親を捜しに行ったんだ」

「そうじゃないわ」そう否定したものの、ジェニーはマットの言うことにも一理あるかもしれないと思った。

「じゃあ本人に訊いてみろよ」

「ええ、いいわ、ダニーを見つけたらね」

そのとき、赤いジャンプスーツを着たセクシーなブロンド女性がバーに現われ、マットのところにやってくるのを見て、ジェニーはうめいた。「いやだ、ブレンダじゃないの。〝コーヒー、紅茶、それともわたし？〟のブレンダだけはやめてほしいのに」

マットはふりかえると、片目をすこし見開いて、満面の笑みを浮かべた。「ベイビー、よく来たな」

「一杯おごってくれる？　明日、東京行きの便に乗る前に、ひと晩休みがとれたの」と言って、ブレンダはマットの首に抱きついた。「あら、ジェニー、そこにいたの？」

「ええ、ブレンダ」ジェニーはマットを見つめた。

「彼を連れていかないで。わたしはいま来たばかりなんだから」と、ブレンダが文句を言った。

マットは肩をすくめた。「悪いな、ジェニー。あとで電話するよ」

「期待はしてないけど、もしも家にかけていなかったら、メリリーのところにかけてみて」

「ダニーが行方不明だとメリリーに言うつもりか？」マットは首を振った。「やめとけよ、ジェニー。しつこく説教をされるだけだ。偉大なるお姉さまは、人の失敗をけっして許さないからな」

「もしもダニーがメリリーの真っ白なリヴィングルームにいて、大切なソファに足をのせたと怒られているなら、どれだけ嬉しいかしれないわ」そう言うと、ジェニーはバーから出ていき、ドアを力まかせに閉めた。

バーから海まではほんの一キロで、風が冷たく湿っていて、霧がたれこめてきていた。あと一時間もすれば、ハーフ・ムーン・ベイとサン・マテオのあいだの道は濃い霧におおわれてしまうだろう。早くダニーを見つけ出さなくてはならない。こんな天気のときに息子が無理して家に帰ろうとせずに、メリリーの家に寄ってくれることをジェニーは願った。

メリリー・セントクレア・ウィンストンは、コーンウォール産のチキンをオーヴンからとりだし、天火皿をコンロの上に置いた。チキンは完璧なキツネ色に焼き上がっていた。彼女は満足そうに微笑んで、娘のコニーをふりかえった。「ほら、どう?」

十六歳で、日常の何もかもが気にくわない、とりわけ太腿にこれ以上の肉をつけたくないコニーは、うんざりしたように顔をそむけた。「わたしはそんなもの食べたくないわ、お母さん。ベジタリアンになったんだから」

「なんですって?」

「ベジタリアンよ。もう動物の死骸は食べないの」

メリリーはため息をついて娘の顔を見た。コニーは両親の両方によく似ていて、メリリーのブロンドの髪と豊かな胸と、リチャードの茶色の目と長い脚を受け継いでいた。娘はいま、成長途中の中途半端な状態で、とくに痩せているわけではなく、背丈は平均的で、腕が長く、メリリーには我慢がならないよれよれの髪をしていた。

コニーのほうは母親のこざっぱりしたショートヘアや、色や柄がぴったり調和したドレスや靴が大嫌いで、母親と正反対の格好しかしようとしなかった。

コニーはコンロに近づき、マッシュポテトの鍋《なべ》のふたを開けた。「どうしてポテトにバターを入れたの？　脂肪分は控えめにしてよ」

「だったら、この次はあなたがポテトを料理しなさい」

「いやよ、料理なんてしたくないわ」

メリリーは娘の横柄な態度に腹が立った。彼女は娘とこの二年間というもの、ずっとこんなふうに角を突き合わせていた。メリリーは親としてここで引きさがるわけにはいかなかった。「あなたは家事をする気がまるでないのね。料理ぐらいできないと、いい奥さんにはなれないわよ」

コニーは顔をしかめた。「いい奥さんになんてなりたくないわ、お母さん。結婚だってしたくないわ」

「そんなことを言って。子供を欲しくないの？」

「べつに結婚しなくたって母親にはなれるわ。ジェニー叔母さんは結婚してないじゃない」

「わたしはあなたにジェニー叔母さんみたいになってほしくないわ」

「あら、わたしは叔母さんが好き。すてきな女性だわ。いつだってわたしの話をちゃんと聞いてくれて、わたしの気持ちをわかってくれるもの」

「それは彼女が精神的にあなたと同じくらい子供だからよ」メリリーは軽蔑《けいべつ》するように言った。彼女はコニーがジェニーを好いていることが不愉快だった。だが、まるで妹と娘の愛情を取り合っているみたいで、そんなことは完璧な母親がすべきことではなかった。

メリリーから見ると、ジェニーは予定日から二週間遅れで生まれたことから始まって、いままで何一つとしてまともにできたためしのない妹だった。ティーンエイジャーの頃から化粧をし、宿題もやらず、姉の忠告にまったく耳を貸さなかった。母親が死んでからは、状況はさらに悪くなった。ジェニーは誰の言うこともきかなくなり、とうとう結婚もせずに妊娠して、そのせいで家族はますますばらばらになってしまった。

また今年ももうすぐ感謝祭なので、ジェニーやマットや父のジョンにたのんで彼女の家でのディナーに来てもらわなくてはならない。そして家族の絆《きずな》を彼女が必死に取り持たなくてはならない。気が重かったが、メリリーは自分の役目を果たすつもりだった。彼女にとって感謝祭は家族が集まって祝うべき大切な儀式だった。

何があろうとも、今年こそ家族で楽しい祝日を過ごそうと、メリリーは固く心に決めていた。本来、家族とはそうあるべきなのだ。なんとしてでも実現してみせる。自分がもっと頑張ればいいのだ。

「ねえ、お母さん」コニーは母親の前で手を振った。「誰かからわたしに電話がなかったたっ訊いてるのに」

メリリーは娘の顔を見つめ、ようやく質問の意味を理解した。「廊下のメモ書きは見たの？」

「うん、でももしかしたらお母さんが書き忘れたんじゃないかと思って。だって電話がかかってくるはずだから」コニーはどことなくためらいがちに言った。

メリリーは顔をしかめて娘の顔を見た。「あの男の子ね。あなたとキャッシーがいつもここそ話している子でしょう？　どんな人なの？　話してちょうだい」

「ヘアスタイルがかっこいいの」

「ヘアスタイル？　そんなところしか見ていないの？」メリリーは強い口調で言った。

「そういうわけじゃないけど……もういいわ。話したって、どうせお母さんにはわからないわよ。それに彼はわたしに興味がないし」

これを聞いて、メリリーは胸を撫で下ろした。彼女はまだ娘の恋愛問題でやきもきさせられたくなかった。母親としてまだ心の準備ができていなかった。

コニーはカウンターにある果物皿からリンゴを一つつかみ、袖で拭いてからかじった。

「お父さんはいつ帰ってくるの？」

「今夜は仕事で遅くなるんですって」

「またなの？　ねえ、夫婦喧嘩《げんか》でもしたの？」

メリリーは詮索《せんさく》するような娘の目から顔をそむけた。リチャードの不可解な行動について考えたくなかったし、ましてやそのことで娘と話し合うつもりもなかった。そのかわりに彼女はチキンを天火皿から食器に移すことに専念した。「お父さんとわたしは喧嘩なんてしたことがないわ」やがて彼女は言った。「わたしたちはとっても幸せなのよ」そうくりかえし言いつづけていれば、そのうちきっと本当にそうなるわ。

「最近のお父さんはあんまり楽しそうじゃないわ」と、コニーは言った。「めったに笑わなくなったし。家にいるときは、ファミリールームでスポーツ中継ばっかり観てるわ」

「広告の仕事は苦労が多いのよ。それにお父さんとわたしは親としての責任をとても真剣に受けとめているの。あなたやウィリアムにいい教育を受けさせるにはお金がかかるでしょう、とくにスタンフォードに行かせるためには」

「スタンフォードになんか行きたくない。わたしはバークリーに行きたいの」

「わたしはそれには反対よ」

「お母さん」十一歳のウィリアム・ウィンストンがキッチンのドアを開け、二人に向かってしかめっ面をした。「パソコンにバグが入った」

「うわっ、気持ち悪い」コニーは身震いした。「部屋のドアをちゃんと閉めといてよね」

ウィリアムはあきれたように天井をあおいだ。「その虫《バグ》じゃなくて、コンピュータのバグ、ウィルスだよ。ぼくのプログラムにアタックしてきたみたいだ。せっかくやった算数の宿題が半分消えちゃった」ウィリアムは眼鏡をはずして目をこすった。「計算式を全部入れ直さなくちゃ」

「犬が宿題を食べちゃいましたって先生に言えば？」と、コニーが言った。

「ダヴェンポート先生がそんな手に引っかかるとは思えないな」と、ウィリアムは答えた。「それにぼくはクラスで成績が一番なんだから、宿題をやらなかったせいで成績を下げるわけにはいかないんだ」

メリリーは満足げにうなずいた。この息子だけは彼女の思いどおりにちゃんと育っている。「偉いわ。あなたは本当にいい子ね」

ウィリアムは母親に微笑みかけた。彼の真面目そうな顔は、一日じゅう室内でパソコンに向かっているせいで青白かった。一瞬、メリリーは息子がかわいそうになったが、すぐに思い直した。この調子で頑張れば、ウィリアムはいずれビジネスマンとして成功するだろう。高いＩＱとコンピュータの豊富な知識がある彼の将来は安泰だった。

「お父さんはいつ帰ってくるの？」ウィリアムが尋ねた。

「わからないけど、夕食の準備ができたから食べましょう」

「食べてる時間はないよ」ウィリアムが言った。「いますぐ始めないと、宿題が終わらない」彼はカウンターからニンジンを一本つかんでキッチンから出ていった。

コニーはメリリーを見て肩をすくめた。「わたしは死んだ動物を食べるつもりはないわ」と言って、娘はキッチンから出ていった。

メリリーは焼き上がったチキンを見ながら泣きたい気分になった。リチャードは今日も残業だ。子供たちは彼女がつくった料理を食べようとしない。何もかもがうまくいかない。彼女は完璧な主婦のはずなのに。家族が協力さえしてくれれば、彼女は完璧な主婦になれるのに。

メリリーは肩をいからせ、チキンをダイニングルームのテーブルに置いた。「ウィリアム、コニー、ここにいらっしゃい」

子供たちが二階の踊り場に出てきた。コニーは階段の手すりの上から、ウィリアムは手すりのあいだから顔を覗《のぞ》かせた。

「夕食の時間よ」メリリーが言った。「家族みんなで食事をしましょう」

「時間がないんだってば」と、ウィリアムが言った。

「宿題は食事が終わってからしなさい」

「食べる気がしないわ」コニーが言った。「お父さんもいないし」

「お父さんがいなくても、三人で今日あったことを話せばいいじゃないの」

コニーが階段を降りてきた。「わたしが何をしてたか知りたいみたいね」

「もちろんよ。わたしはあなたの母親なんだから」

ドアベルが鳴ったので、メリリーは唇を嚙《か》んだ。「誰かしら？　夕食時に訪ねてくるなんて非常識ね」

コニーが階段を降りてドアを開けた。

ジェニーが家に入ってきた。霧の湿気で髪が縮れ、暗く不安げな表情をしていた。それを見て、メリリーはたちまち気分が沈んだ。「どうしたの？」

「ダニーを捜しているの」

「ダニーを捜してここに？」メリリーは驚いて訊き返した。

ジェニーがうなずくと、床のカーペットに水滴が落ちた。

「まあ、ずぶ濡れじゃないの。おかげでカーペットが水浸しだわ」と、メリリーが言った。

「カーペットなんてどうでもいいじゃないの」そう言って、ジェニーは姉と向き合った。

「ルークがこの町に戻ってきたことを、ダニーが知ってしまったのよ」

「ルーク？ ルークって誰なの？」コニーが尋ねた。

メリリーはジェニーが子供たちの前であの男の名前を口にしたことに激怒して、彼女をにらみつけた。「コニー、ウィリアム、あなたたちは部屋に戻っていなさい」彼女はダイニングルームの隅に立っている息子に言った。

「夕食だから降りてきなさいと言ったくせに」コニーが文句を言った。

「戻りなさいと言っているでしょう」

「お腹がすいてるのに。ダニーがまた面倒を起こしたせいで、どうしてわたしたちが飢えなきゃならないの？ あいつは問題児よ。あんな子は生まれてこなければよかったのよ」

「コニー、部屋に戻りなさい」

「わかったわよ」コニーは腹立たしげに足を踏み鳴らして階段を上がっていった。ウィリアムは静かに姉のあとについていった。

二階の部屋のドアが閉まる音を確認してから、メリリーはジェニーに向き直った。「何があったの？ 話してちょうだい」

ジェニーは厳しい表情をした姉の顔を見つめた。メリリーは昔からルークを嫌っていた。彼のせいで彼女の家族がどれほど惨めで恥ずかしい思いをしたことか。メリリーにとっては、愛よりも誇りのほうが大切だった。

「ダニーはここ数カ月というもの父親捜しに夢中になっていたの。わたしはそれをのらりくらりかわしていたんだけど、先月の新聞から切り取っておいた記事をあの子が見てしまったのよ。ルークはいまヒルズボローの両親の家に住んでいるんだけど、ダニーはそれを知って彼に会いに行ってしまったの」

「まあ、なんてことかしら」メリリーは口を引き結んで首を振った。「でもダニーが父親を捜しに行ったのなら、なぜあなたはここに来たの、ジェニー？ どうしてルークの家に行かないの？」

ジェニーは自分の顔から血の気が引いていくのがわかった。メリリーは青ざめて気絶しそうな妹をそばの椅子にすわらせた。

「ルークにまた会うことなんてできないわ」ジェニーは小声で言った。「それにダニーはずいぶん前に出ていったから、まだあそこにいるとは思えないわ。ひょっとしてあの子がここに寄ったんじゃないかと思ったの」

「もしもここに来ていたら、うんとお説教したのに。あの子はもっと厳しくしつけて、ルールを守らせないと。すっかりわがままな子に育ってしまって。だから勝手に父親を捜しに行ったりするのよ。そもそもわたしの言うとおりに、父親は死んだと言っておけばよかったのに」

「本当にそうね」ジェニーはうなずき、ゆっくり立ち上がった。「姉さんの言うとおりだわ。これからルークの家に行って、ダニーがまだいるかどうか確かめてくるわ」

「いっしょに行きましょうか？」

「ううん、一人で行けるわ。これからみんなで夕食なんでしょう？　それにリチャードが……」

メリリーは髪に手をやった。「それもそうね。リチャードはブランデーを飲みながら今日あったことを話すのが好きなのよ」

ジェニーは何か言いたげな表情で微笑んだ。「すてきね」

「そうよ。あなただってそういう暮らしができたはずなのに」

「メリリー、いまはそういう話はやめて」

「ルークには会わないほうがいいわ。あなたはまたあの男に言いくるめられるかもしれないもの」

「バカなことを言わないで。わたしだってもう十八じゃないんだから。それに彼には奥さんがいるのよ」

「でも一度は彼に騙《だま》されたじゃないの」

「もう二度と騙されないわ。彼は中絶しろと言ったのよ、メリリー。そんな彼を許せるはずがないでしょう」

「さあ、どうだか」

「もう行くわ。おやすみなさい」ジェニーは立ち上がってドアに向かった。

「何かわかったら、すぐに知らせてね」

「ええ」

「それから、ジェニー」

「なあに？」

「くれぐれも気をつけて。いつも毅然《きぜん》としているのよ。自分が誰かを忘れてはだめよ」

「わたしが誰かって？」

「あなたはセントクレア家の人間なのよ。シェリダン家の人たちがどんなに金持ちでも、あの人たちに対して卑屈になる必要はないわ」

4

レンガの花壇を踏み台にしてルークの家を覗いているジェニーの姿を見たら、〝毅然とした〟と言っていたメリリーは唖然《あぜん》としたに違いない。だがジェニーにはほかに方法がなかった。ルークの邸宅の前に駐まっている高級車の列からして、パーティの最中であることはあきらかだった。こんなときにいきなり訪ねていって、ルークがその存在すら知らない彼の息子が今日やってきたかどうかを尋ねるわけにはいかなかった。

そこでせめてジェニーはリヴィングルームを覗いて息子の姿を捜すことにした。御影石《みかげいし》の暖炉の前に立っているルークの姿が目に入った。窓のほうに顔を向けた彼を見て、ジェニーは息をのんだ。彼女の記憶のなかにある彼よりもずっとハンサムで、長身で体格がよかった。昔のひ弱な若者ではなく、自信にあふれた男だった。

仕立てのよいスーツを着た彼は、一分《いちぶ》の隙もないほど決まっていた。自分の思いどおりの人生をおくっている人物に見え、自分に十二歳の息子がいるとは思いもよらないに違いなかった。

彼女が見ていると、ルークの笑顔がしかめ面に変わり、かすかに右に首をかしげた。もしかして自分が覗いているのを彼に見つかったのだろうか、と彼女は思った。初めて会ったときから、二人にはたがいに通じ合うものがあり、相手の考えや感情が手にとるようにわかった。一見すると二人はまるで異質だったが、内面的には当時の二人は似た者同士だった。どちらも若く孤独で将来に不安を抱いていて、自分を理解してくれない家族に悩んでいたので、ひと目見るなりたがいに理解し合える相手に惹かれ合った。

ジェニーはあわてて植え込みのなかに身をかがめた。ほんの一瞬ルークの視線を浴びただけで、両手も身体も震えがとまらなかった。しばらくするとルークがかたわらに立っている赤毛の美しい女性をふりかえったので、ジェニーは落ち着きをとりもどした。彼女は室内のほかの人物にも目を向けた。ルークの母親が婉然《えんぜん》と微笑んでいる。だがビバリー・シェリダンはただの母親ではなかった。この長身のブロンド女性は優秀な医者であり、優秀な夫と優秀な息子にとっては自慢の妻であり母だった。上流階級育ちのビバリーは、はじめからジェニーを毛嫌いした。

二十二歳の誕生日パーティに、ルークはジェニーを家に招いた。だが彼には内緒で母親が同じ上流階級の美しい娘をその席に招待していた。前菜、メインディッシュ、バースデーケーキとパーティが進行するあいだじゅう、ビバリーはジェニーをいたたまれない気分にさせた。

シェリダン夫妻は一人息子の将来設計を考えているらしく、そのプランにジェニーは含まれていなかった。彼女も人の親になったいまなら、夫妻の気持ちが理解できた。だが理解はしても、昔の拒絶された心の痛みが消えるわけではない。当時の彼女は自分の羽で飛び立てるかどうかを試そうとしている、不安をかかえた十八歳の娘だった。ところが彼らはジェニーに飛び立つ機会をあたえようともせずに彼女を切り捨てた。

ダニーが孫だと知ったとき、夫妻はどんな態度をとるのだろう？　かつてジェニーにそうだったように、彼らはダニーも冷淡に無視するのだろうか？　そしてルークはどんな反応を示すだろう？　かつて彼女を捨てたようにダニーに対しても背を向けるのだろうか？

突然、ジェニーはダニーがいまこの邸宅にいるのか、そして彼が父親のルークに会えたのかどうかを知りたくなった。ひょっとしたらダニーはあの家の隅でうずくまり、彼女が迎えに来るのを待っているかもしれない。

ジェニーは花壇の縁から飛び降りると、ジーンズのしわを伸ばし、ジャケットの前を合わせながらドアに近づき、ドアベルを鳴らした。

やがて地味なグレーのドレスを着た中年女性がドアを開けた。たぶん家政婦かケータリングサービスの派遣ウェイトレスだろう。

「なんでしょうか？」ジェニーの姿を見て、その女性は無愛想に尋ねた。

「ミスター・ルーク・シェリダンに会いたいんですけど」

「招待状はお持ちですか？」

「いいえ、でもとても大事な話があるんです」

「申し訳ありませんが――」

「お願いです。ジェニーが会いにきたと彼に伝えてください」

女性は首を振った。「いまは来客中ですので、明日またいらしてください」

あっさり断わられたジェニーは、女性が閉めようとしたドアに手をかけて食いさがった。

「ちょっと待って、一つだけ教えてください。この家に男の子がいませんか？　十二歳のダニーという子で、このくらいの背丈なんです」彼女は手で顎先までの高さを示した。

女性はまた首を振った。「いいえ、今日のパーティにはお子さんはいらしてません」

「間違いないですか？」

「間違いありません」と言って、女性はいきなりドアを閉めた。

オーケー、ではダニーはこの家にはいない。よかった。たぶんあの子は気が変わったのだろう。あるいはこの住所がわからなかったのかもしれない。いまごろは家で母親はどこに行ったのだろうと心配しているかもしれない。そう考えると、ジェニーのそれまで張りつめていた緊張の糸がゆるんだ。

ルークは家のなかで客たちと楽しそうに談笑していた。とても自分に息子がいることを知ったばかりとは思えない。ダニーは彼と会っていない――なぜかジェニーはそう確信した。

ああ、よかった。ジェニーは通りに駐めてあった車に乗りこんだ。これから家に帰ってダニーを思いきり抱きしめ、もう二度とこんなふうにお母さんを心配させないでと言って聞かせよう。わたしたちにはルーク・シェリダンなど必要ない。母と子と二人だけで充分だ。

家政婦がリヴィングルームに入ってきてシャンパングラスをかたづけはじめたのに、ルークは目を留めた。しばらくしてから、妻のカンクーン旅行の話に熱心に耳を傾けている客たちのそばを離れて、彼は家政婦に近づいた。

「ミセス・コリンズ？」

「はい、何かご用ですか？」

「さっきドアベルが鳴らなかったかい？」

「はい、鳴りました」家政婦が説明をしないので、ルークはむっとした。「誰が来たんだ？」

ミセス・コリンズは、まるで彼がばかげた質問をしたかのように彼を見つめた。「若い女性の方でした。招待客ではなかったので、明日出直してくださいとお願いしました」

ルークは胃が縮むような気がした。「女性？　名前は名乗らなかったのか？」

「たしかジェニーとおっしゃってました」

ああ、なんてことだろう。彼はショックを受けて顔をそむけた。もう二度と耳にすることはないと思っていた名前なのに。彼は正面ドアまで行き、勢いよくドアを開けた。そこには誰もいなかった。彼女は去ってしまった。彼はさっき少年たちが来たことを思い出した。

落ち着かない気分が強くなっていった。たんなる偶然かもしれないが、そうは思えなかった。何かが起こっている。それが何かを確かめなくてはならない——たとえそのために彼女と再会することになっても。彼はドアを閉めてパーティに戻った。酒が欲しかった——たまらなく酒が欲しかった。

「壁にビールのボトルが九十九本、壁にビールの……」身体から力が抜け、マットはがくんと頭を垂れた。深酒をしすぎて、歌詞が思い浮かばない。ほっそりした手で首を撫でられ、長い爪で肌を引っかかれたせいで、自動的に勃起した。とはいえ、こんな泥酔状態では何もできそうになかった。

彼はふりむいたが、視界がぼやけていた。「ブレンダ？　ベイビー、きみかい？」

「もちろん、わたしよ」ブレンダがくすくす笑った。「ほかに誰がいるっていうの？」

彼も微笑んだ。「さあな。いっしょにいるのは誰だ？」

「昔からの友だちがみんないるわよ。あそこにはケニー、ジョディとラリー、ドン。みんないるわ」

マットはテーブルの真向かいに目を凝らした。「おい、ケニー、女房に飲み代を減らされたんじゃなかったのか？」

ケニーは鼻を鳴らした。「おれはやりたいようにやるんだ——やりたいときに」

「それでルイーズは遅くまで仕事をしてるってわけだ」マットがしたり顔で言った。

「まあな」

マットはビールのボトルを口もとに運んだ。「おい、おれはテキーラを飲んでたはずだぞ」

「あなた、お金が足りなくなっちゃったのよ」酔っぱらったブレンダはくすくす笑いながら言った。「わたしに買えたのはビールだけ」

マットは感謝するようにボトルを彼女のほうに向けた。「いいんだ、ベイビー」彼はテーブルを囲む友人たちを見まわした。人生はどんどん楽しくなっていく。手にしているビールを飲み干し、次のボトルに手を伸ばした。

誰かが歌いはじめた。マットも歌おうとしたが、身体で感覚があるのは股間だけで、そこにブレンダが手をおいて、指先を動かしている。まったく、これほど酔っぱらっていなければ、いまごろは……

「おいマット、これから〈オライリーズ〉にビリヤードをしに行くぞ」ケニーが言った。

ブレンダがジョディに小声で話しかけようとして、マットの股間においていた手を離した。ジーンズの留め金にかかる彼女の長い爪の圧力がなくなったことで、マットはほんの少しだけまともに考えられるようになった。すくなくとも友人たちが店から出ようとしていることには気づいた。

「いっしょに行くか?」ケニーが尋ねた。

「おお、あたりまえだろう」マットは立ち上がった。「キーはどこだ?」彼は手に金属製のキーホルダーをしっかり握っていた。「おお、ここだ。よし、行こう」

彼は歌いながら千鳥足でバーから出て、顔に霧があたると声をあげて笑った。「おい、これじゃ道がまるで見えないんじゃないか?」マットが尋ねたが、誰も答えなかった。

ダニーは窓の外を見た。何も見えない。手で窓をぬぐったが、やはり外の景色は見えなかった。霧は濃く、バスはゆっくり走っていく。いまの時刻はわからなかったが、かなり遅い時間のはずだった。

「母さんは怒るだろうな」ダニーはゲーム・ボーイに熱中しているクリスに言った。「このせいで外出禁止になるかな？」

クリスはうなずいた。「ああ、間違いなく二週間はな。おまえは？」

「同じだよ」ダニーはため息をついた。「母さんにとびきりの誕生日プレゼントをあげないと、きっと何カ月も家から出してもらえないな」

「また行くつもりなのか？」クリスが尋ねた。

「わからない」ダニーは首を振った。「父さんに会うのはいいアイデアだと思ったんだけど、でもあの家を見ただろう？　あんな金持ちがぼくみたいな子供を欲しがるわけがない、そう思わないか？」

「さあな。うちの親父は最低なやつだけど、やっぱりおれみたいな息子は欲しくないらしい」

「あいつがあんな暮らしをしてるのに、母さんが働きづめなのは不公平じゃないか。母さんはいつもお金がなくて困ってる。今年もぼくが野球をできるかどうかわからないって言ってるんだ。登録料が九十ドルもかかるから」

ダニーは前にかがんで、前の座席の背もたれに膝を押しつけ、足をぶらぶらさせながら前の座席を蹴《け》った。「野球ができないなんて考えられない」彼はクリスに言った。「野球ができなくなったら死んじゃうよ」

「そのうち、おふくろさんも気が変わるさ」クリスが言った。「母親ってのはしょっちゅう気が変わるものだから」

「今度のことで怒ってたら無理だ」母さんは怒るに違いない。ルークのことを尋ねるたびに、母さんは話題を変えようとした。彼について尋ねることが、母さんを悩ませるのはわかっていたが、それでもダニーは尋ねずにはいられなかった。父親のことを知りたかった——どうしても知りたくてたまらなかった。

今日初めてルークを見かけたダニーは、またもう一度彼に会いに行こうと決心していた。今度は父親とじかに話をするまでは引き下がらないつもりだった。

バスが静かに停止した。「やっと着いた」ダニーはクリスと急いで立ち上がった。

「気をつけて帰るんだよ」運転手が声をかけた。「前がほとんど見えないから」

バスが走り去ると、ダニーとクリスは顔を見合わせた。ここから家までは一キロで、途中で一号線ハイウェイを渡らなくてはならなかった。昼間ならたいした距離ではなかったが、いまはそれが途方もなく長い道のりに思えた。

「まったく、ばかげた計画だったよ」クリスが言った。「もう二度とおまえの話には乗らないからな」

「霧が出るなんて知らなかったんだから、しょうがないだろう」

五分ほど歩いたところで、クリスがダニーの腕を引っぱった。「〈イーダス・アイスクリーム〉の看板が見える」

ダニーはほっとしてうなずいた。「よかった」

「ここで渡ろう」クリスが言った。

歩きだしたダニーは、解けた靴紐に足をとられた。クリスはどんどん先に歩いていったが、ダニーはその場にしゃがみこんで靴紐を結んだ。立ち上がりかけたとき、いきなりヘッドライトの強烈な光を浴びて、前方が見えなくなった。走って逃げようとした彼の身体が車体にぶつかり、彼は自分が宙に舞うのを感じた。誰かの悲鳴が聞こえたが、それが自分なのかクリスの声なのか、ダニーにはわからなかった。やがて周囲が真っ暗になった。

「ひどい夜だな」アラン・ブラディ巡査は相棒のスー・スペンサーに言った。彼らは一号線ハイウェイ沿いにある〈ゴールデン・ムーン・チャイニーズ・レストラン〉から出てきたところだった。

スーは身震いしてコートのファスナーを上げた。「本当ね。この寒さだとビーチに出る子供たちは少ないでしょうね」

「そうかもな」アランは駐車場に駐めてあるパトカーに戻りながら言った。彼らは遅めの夕食をとったところで、勤務明けまでのあと三時間が平穏に過ぎてくれることを願っていた。

この時期の海岸は、観光客が集まる夏にくらべるとかなり静かだったが、それでもハイウエイ沿いのレストランやバーは、とくに金曜の夜にはやはりトラブルが絶えなかった。

アランは自分のこの受け持ち区域が気に入っていた。ハーフ・ムーン・ベイとその近辺の海岸沿いの町々は、どこも静かで暮らしやすいところだった。ロサンゼルスに十年間いた彼は、ギャング同士の抗争事件や車上での撃ち合いが日常茶飯事の大都会の警察の仕事にいやけがさしてしまった。こののどかな田舎町には、人間本来のあるべき暮らしがあった。

「今週末はジェニーと会うの？」スーが尋ねた。

アランは帽子を直した。「ダニーといっしょに過ごしたいと言っていたから、たぶん会わないだろう」

「すこしはあの子に好かれるようになったの？」

「いいや、それどころか近頃のダニーは実の父親を捜す話ばかりしている」

スーは興味ありげに彼を見た。「実の父親ってどこにいるの？」

「知らない。ジェニーの話では、彼女が妊娠したと知ったとたんに逃げたらしい。父親になりたくなかったんだ。いまダニーのそばにいるのはおれで、いっしょにいたいと思ってるんだから、あの子もすこしは感謝してくれてもいいと思わないか」

「そのうち打ち解けるわよ」

アランは車のわきで立ちどまった。「じつはジェニーともしっくりいってないんだ。彼女が何を考えているのか、最近はさっぱり理解できない。もう半年もつき合ってるんだ。おれの歳になると、長い時間だ。そろそろ結婚の話を具体的に進めたいんだがな。おれも来年は四十になるから、家庭を持って落ち着きたいんだ」

スーが微笑んだ。「あなたの気持ちをジェニーに伝えたの？」

アランは首を振った。個人的なことはなかなか話しづらかった。「ダニーがそばにいると話しづらいんだ」彼は不満を口にした。「このあいだはあの子にものすごく腹が立って、たとえおまえがいやでも、おれは家から絶対に出ていかないと言ってやったんだ」

「で、あの子はどうしたの？」

「自分の部屋に閉じこもって、夕食になっても出てこなかった。その晩はジェニーはあの子のことばかり心配して、おれが悪いと文句を言った。おれがあの子に厳しすぎると、まるで警官の取り調べのようだったと言ってね。たしかにそうだったかもしれない。だが甘やかされているダニーには規律が必要なんだ。ときどきあいつが憎たらしくなって、首を絞めてやりたくなるときがある」

アランが憤懣をぶちまけると、スーは彼の肩に優しく手をおいた。「大丈夫よ、アラン。あなたが苛立つのは当然だわ。子持ちの女性とつき合うのは楽なことじゃないから」

「ああ、まったくだ」彼は首を左右に傾けて、肩の凝りをほぐそうとした。

「子供って本当に腹の立つことをするの。これは実体験よ。うちの二人だって手がかかるわ。でもさいわいジムは聖人なみに我慢強い人だから。子供って自分が愛されてるとわかっていながら、あなたを試そうとするのよ。ダニーにもチャンスをあげなさい。あの子のことをちゃんと考えているんだってことを示してやるの。そうすればあなたがいい人だってことにあの子だって気づくはずだわ」

「そこが問題なんだ。おれはいつだっていい人だった。人からも子供たちからも尊敬される方法は知っている。ただどうやったら好かれるかがわからないんだ」

「自然に、いつもの優しいあなたでいればいいのよ」

「ああ、そうだろうよ」アランはぼやきながらドアを開けて運転席にすわり、スーは助手席に乗りこんだ。パトカーのエンジンをかけたとたんに、通報が入った——タリー・ロードで事故発生。

「〈イーダス・アイスクリーム〉のすぐそばだわ」スーが心配そうに言った。「事故にあったのが子供じゃないといいけど」

アランはパトカーを駐車場から出し、ハイウェイを走りだした。前方がほとんど見えなかった。現場に到着したときにどんな状況を目にすることになるのか、彼には想像がついていた。

救急車が先に到着していて、すぐにもう一台のパトカーが彼らの隣りに停まった。車のドアを開けたとたんに、傷ついた動物のような悲鳴が聞こえた。

それが動物の鳴き声であることをアランは祈ったが、人間の悲痛な叫びであることを彼は直感した。彼とスーは道に集まっている人びとを掻き分けるようにして進み、もう一組の警官が路上に倒れている被害者を守るために規制線を張った。

人込みの前に出たところで、アランの足がぴたりと止まった。目の前の光景は彼の想像を超えていた。

「なんてことだ」と、彼はつぶやいた。

すぐ後ろから来て、彼のかたわらに立ったスーは、叫び声をあげた。それは母親の、そして友人としての苦痛に満ちた叫びだった。

霧のなかで車を走らせながら、ジェニーの緊張は高まっていった。十二年間この海岸沿いで暮らしている彼女は、この道を知り尽くしていた——目標物も、道路の傾斜も、海の匂いも。

だが今夜はすべてが違って見えた。五分ほど前から、彼女の鼓動はわけもなく高鳴り、脈拍が異常なまでに速くなっていた。

これほど恐怖心に駆られるのは、ダニーがここにいないせいだった。ダニーのことが心配で、むやみに想像ばかりがふくらんでいく。きっといまごろは、あの子は家で夕食がわりにアイスクリームをじかに箱から食べていることだろう。

あと数分で息子に会える。そうすれば悪夢は終わる。強くまぶしい光が彼女を現実に引き戻した。クリスマスツリー農園やカボチャ畑が続く九十二号線ハイウェイを過ぎて、街灯や商店の明かりがともる一号線ハイウェイに近づいていた。

いきなり事故現場に遭遇したジェニーは、あやうく前の車に追突しそうになり、急ブレーキを踏んだ。目を凝らすと、フロントガラス越しにパトカーと救急車のライトが見えた。道路は封鎖されていて、彼女の前には五台の車がならんでいた。

ジェニーはエンジンを切り、十数秒間だけ躊躇《ちゅうちょ》したあと、我慢しきれずに車から降りて事故現場に向かって走りだした。どこかから呼びとめる声がしたが、足をとめなかった。何かに強く引き寄せられるように、彼女は足を速めた。

事故現場を遠巻きにしている人だかりを掻き分けると、誰かに押しとどめられた。ちょうど被害者がストレッチャーで救急車に乗せられるところだった。ちらりと見えた被害者のブロンドの髪に、ジェニーは息をのんだ。

恐怖が、耐えきれないほどの恐怖がいっきに彼女を襲った。ストレッチャーに乗せられた被害者の身体はとても小さく、とても弱々しかった。

思わずジェニーはうめくように叫んだ。「ダニー、ダニー。ああ、神様、まさかあの子ではありませんように」

5

誰かが自分に話しかけている。誰かが自分を押さえつけている。大切なわが子のそばに行かなくてはならないのに。

ジェニーは自分を押さえつける手をはねのけようとした。ふりむいて、相手に反撃した。相手の胸を拳《こぶし》でたたいていると、金属製らしい何か固いものに手があたった。バッジだ。警官。アランだ。

彼の顔をのぞきこむと、そこには苦悩と恐怖の色が浮かんでいた。「ダニーなの？」

「ああ、ひどい怪我をしている。すぐに病院に連れていかないと」

「わたしもいっしょに行くわ」彼女がそう言っているうちに、救急車がサイレンの音とともに夜の闇に消えていった。

「待って、止まって」彼女は叫んだ。「いっしょに行かなくちゃ。わたしの子供なのよ。あの子にはわたしが必要なの」

「意識がないんだ」

「なぜいっしょに行かせてくれなかったの？」

「パトカーで病院まで送っていこう。救急車のあとを追えばいい」

ジェニーはダニーが倒れていた場所を見つめた。そこにはダニーの身体から流れ出た血が地面に血溜まりをつくっていた。それを見たとたん、彼女は恐ろしさのあまり気を失いそうになった。

ハイウェイから顔をそむけると、毛布をかぶった少年が道のはしにすわって泣きじゃくっていた。

女性が話しかけていたが、少年はまったく聞いていなかった。両手で身体をかかえて前後に揺すり、目は見開いたままでショック状態に陥っていた。

ジェニーは道路を渡ってクリストファーに駆け寄り、無言で彼を両腕で抱きしめた。

「ごめんなさい、ごめんなさい」彼は叫んだ。「ぼくが悪いんだ。全部ぼくのせいなんだ」

「しーっ、静かに」彼女は少年を抱きしめたままささやいた。涙が頬をつたい、少年の頭の上に落ちた。「きっと助かるわ。絶対に大丈夫だから」

「ジェニー」アランが彼女に声をかけた。「それじゃあ行こうか？　クリストファーのお母さんがいまこっちに向かってる」

「家に帰りたい」クリストファーは涙を拭きながら言った。「家に帰りたいよ」

「お母さんがすぐに来るわ」

「ダニーはひどい怪我をしてるんだ」クリストファーはつぶやいた。

ジェニーは少年の顔を見つめたが、何も言葉が出てこなかった。気がつくと、アランに腕を引かれて車に乗りこんでいた。

アランは霧のなかを出せるかぎりのスピードを出して車を走らせた。どのくらいの距離を走ったのか、どれくらい時間がかかったのか、ジェニーにはわからなかった。アランに話しかけられたかどうかも、それに自分が答えたかどうかもわからなかった。彼女はショック状態で、思考が停止してしまっていた。いまの彼女には、息子が大怪我をしたということしか頭になかった。ダニーが傷ついて苦しんでいる。

彼女には息子のそばにいられないのが、何よりつらかった。まるで心臓が二つに引き裂かれたような気分だった。それはこれまで経験したことのない激しい痛みだった。

ダニーの微笑みはジェニーを幸福にし、ダニーの抱擁は彼女の心を温めてくれた。息子の可愛い顔を見るだけで、彼女はどんなことでも耐えられる気がした。ダニーは彼女の人生そのものだ。もしも彼に万が一のことがあったら、彼女は生きてはいられないだろう。

アランが急患用出入り口にパトカーを駐めると、ジェニーは車が完全に停止する前に飛び降りた。彼女が受付で子供の居場所を問いただしていると、ようやくアランがドアを開けて入ってきた。

受付の看護師はジェニーが言っていることを理解できなかったようで、保険について尋ねたあと、書類とペンを彼女に押しつけた。こんなときにペンだなんて。

ジェニーはペンをつかんで、それを看護師に投げつけた。「ダニーは？　ダニー・セントクレアはどこにいるの？」

「落ち着いて」アランが背後から歩み寄った。

警官バッジはあきらかに効果を発揮したようで、看護師は異常者を見るような目でジェニーを見るのをやめて、背すじを伸ばした。

「現在は検査室にいます。まだ結果はわかりません」と、看護師は答えた。「申し訳ありませんが、この用紙に記入してください」と、彼女はつけ加えた。

ジェニーはアランをふりかえった。「とても書けないわ」

アランが用紙を受け取ると、看護師は待合室と受付のあいだの窓を閉めた。「おれが手伝うから。心配するな」

「心配するなですって？　頭がおかしいんじゃないの？」ジェニーはあきれたように首を振った。「早くあの子を見つけないと。看護師にとめだてなんかさせないわ。あの子を見つけるまで、病院じゅうを捜しまわるわ」

アランは彼女の両肩に手をおいて、彼女の身体を軽く揺すった。「やめろ、ジェニー。ここには優秀な医者がたくさんいる。みんなダニーのために手を尽くしているんだ」

「あの子はわたしの息子なのよ」彼女は泣き叫んだ。「あの子にはわたしが必要なのよ」

「いまのダニーに必要なのは治療だ」

「わたしはあの子の母親なの、母親なのよ」そう言って、彼女は声を詰まらせた。自分はなんてひどい母親なのだろう。大事な子供に怪我を負わせてしまうなんて。彼女は自分を抱きしめるように両腕を身体にまわした。身体の芯《しん》から寒くてたまらず、もう二度と温まることはないような気がした。

アランがジェニーを抱きしめようとすると、彼女はアランの手を振り払った。彼の慰めは欲しくなかった。彼に抱きしめられたくはなかった。彼女が欲しいのはダニーの腕と、ダニーの温《ぬく》もりだけだった。

「何が起きたの？」ようやく彼女は尋ねた。「誰があの子を轢《ひ》いたの？」

アランは口をへの字にして、首を振った。「まだわからない。ドライヴァーは逃げてしまった」

「轢き逃げなの？　なんてことを。怪我をして血だらけの子供を道の真ん中に置き去りにするなんて、どうしてそんなひどいことができるのかしら？」彼女はふたたび泣きだしそうになり、必死に涙をこらえた。

「酔っぱらいかもしれない」と、アランが言った。「かならず犯人を見つけるよ、ジェニー。約束する。ダニーをこんな目にあわせたやつを、絶対に捕まえてやる」

ジェニーは彼から顔をそむけ、真っ白な壁を見つめた。彼女はアランの顔を見られなかった。好奇心を丸出しにして彼女を眺めている、待合室にいる人たちの顔を見られなかった。彼女の胸は張り裂けそうだった。彼女の人生が終わろうとしていた。これほどの孤独感を味わったことはいままでになかった。彼女は独りぼっちだった。

十分が過ぎ、やがて二十分、三十分、一時間が過ぎた。時計の針がじれったいほどゆっくり時を刻んでいった。果てしなく長い一時間が過ぎてから、ようやく医者が容態を伝えにきた。その医師は、ダニーには脳の血栓を取り除くための手術が必要で、そのためには事前に母親の同意書が必要だと告げた。ジェニーは説明をほとんど聞いていなかった。彼女の頭のなかで一つの言葉が渦巻いていた――〝死〟

結局、彼女は同意書に署名した。ほかに選択肢はなかった。ダニーはいま、危篤状態だった。

ジェニーは椅子に腰をおろし、目をとじて呼吸をしようとした。アランは、ジェニーと待合室の隅にある公衆電話のあいだを行ったり来たりしていた。看護師や医師が出たり入ったりした。名前を呼ばれて診察室に入っていく人びとや、診察室から出てくる人びと。血を流している者もいれば、泣いている者もいたが、ジェニーにとってはどうでもよかった。彼女の頭のなかはダニーのことでいっぱいだった。

息子はあの両開きのドアの向こうで、身体を切り刻まれている。ダニーは大の注射嫌いだった。身体は大きくなったけれど、まだまだ赤ん坊だった。そう思うと、また涙がこみあげてきた。

涙が頬をつたったが、声は出なかった。アランがハンカチをさしだすまで、彼女は自分が泣いていることに気がつかなかった。彼女は涙を拭いて、ハンカチを彼に返した。

九時にメリリーが病院にやってきた。彼女はジェニーに駆け寄って彼女を抱きしめたが、ジェニーは姉の抱擁に身をこわばらせた。

「ダニーの容態は？」メリリーが尋ねた。

ジェニーは話すことができずに、ただじっと姉の顔を見つめ返した。メリリーはアランのほうを見た。

彼は肩をすくめた。「まだ何もわからないんです。いま、緊急手術をしているところです」

「手術？　まあ、そんなにひどい怪我だなんて、あなた言わなかったじゃないの」言ってしまってから、メリリーは自分の失言に気づいた。「もちろん、そんなに重傷ではないわよね。ダニーはきっと大丈夫よ、ジェニファー」彼女は安心させるように妹の両手を握りしめた。

「そんなことわからないじゃない」ジェニーが鋭く言い返した。「姉さんはあの子の姿を見てないでしょう。地面の血を見てないじゃない」

メリリーはまるでジェニーに拳で殴られたかのように、あっけにとられた顔をした。「そうね、たしかに見てないわ。でも神様がダニーをこんなに早く連れていってしまうはずがないわ。ダニーはまだ子供だもの、すぐに元気になるわ。来週には感謝祭のテーブルについて、笑いながらパンプキンパイのクリームを舐めているはずよ」

ジェニーは目をとじて、姉がこの場から消えてくれることを祈った。メリリーのくだらない休日の話など聞きたくなかった。いまはダニーのこと以外は考えたくなかった。あの子の顔を思い浮かべて、頬に散っているそばかすを一つ一つ思い出せたら、あの子の笑い声をもう一度聞けたら、あの子に生きる気力をあたえられたら、きっとあの子は助かるはずだわ。

ダニーは頭と胸に痛みを感じた。胃がずしりと重たく、反対に腕と脚がまるで身体から離れてしまったかのように軽く感じた。息を吸おうとしたが、苦しいのでやめた。何かが鼻のなかに押しこまれていくのを感じた。まわりで話し声がしたが、聞き慣れない声だった。

彼は助けを呼ぼうとしたが、口を開けることができなかった。次に目を開けようとしたが、開かなかった。目を開けようとすると痛みがひどくなるだけで、あまりの痛さに叫ぶこともできなかった。だが彼は叫びたかった。母親の名を呼びたかった。母親に抱きしめてほしかった。

彼は恐怖感に襲われた。ぼくは死んでしまうんだろうか？

目の前に光が見えた。その光はどんどん強くなり、彼は見えない力に導かれるようにその光のほうに引き寄せられていった。するとしだいに恐怖が薄れ、かわりに好奇心がわいてきた。

彼は光とともに進みたかった。光が彼を招き寄せていた。まるで建国記念日の花火のように、光は目の前できらきらと輝いていた。光のなかで人の姿をしたものがいくつも浮遊していて、彼はそれらとともに見知らぬ遠い場所に行こうとしていた。

頭の痛みが消え、胃の重い感じもなくなった。目が開かず、息ができないもどかしさがすっかり消えていた。身体が羽のように軽くなり、彼はすべてから解放された。

突然、ダニーは目が見えるようになり、目にしたものに彼はショックを受けた。

自分の身体が手術台に横たわっていた。彼のまわりには、だぶだぶのグリーンのズボンとシャツ姿の男女がいた。彼らはマスクをつけ、ゴム手袋をはめている。あたりは明るく照らされ、たくさんの血が見えた。彼らはダニーの頭のなかをいじっていた。彼は目をとじていて、口から長いチューブが伸びていた。

不思議なことに、身体が切り刻まれているにもかかわらず、彼は何も感じなかった。彼はもう自分の身体のなかにはいなかった。ぼくは死んだんだろうか？　母さんはどこだろう？　クリストファーはどこに行ったんだろう？　彼は急に悲しくなった。もう二度と二人に会えなかったらどうしよう？

ダニーは周囲を見まわした。腕を動かして鳥のように飛ぼうとしたが、腕が見えない。見えるのは、あの光だけだった。

光がまたもや彼を招いた。今度は美しい歌声が聞こえてきた。あれは天国にいる天使の歌声かな？　ぼくはこれから天国に行くのかな？

気がつくと、壁やドアにぶつからずに病院を出ていた。いま、まわりは白一色で、ふかふかの雲がトランポリンのように足もとではずんでいる。彼は飛び跳ねてみたくなった。身体がふわっと高く浮き、そのあと深く沈みこむ。宙返りもしてみた。彼がくるくるまわっていると、どこからか低くいかめしい声がした。

ダニーがふりかえると、一人の男性が雲でできた椅子にすわっていた。彼は五十歳をすぎていて、髪は白髪まじりで、ぼさぼさの顎鬚《あごひげ》には白いものが混じっていた。顔の真ん中には、大きな赤い鼻があった。

ダニーが目を丸くしていると、男は手で鼻を触った。「なんだ？　おれのこのでかい鼻がそんなに珍しいか？」

「いえ、そんなことはありません」ダニーは口ごもった。「あなたは——誰ですか？」

男は自分が着ている服を指差した。そのとき、ダニーは初めて男がベーブ・ルースが着ていたような昔の野球のユニフォームを着ているのに気がついた。

「わからないのか？」男が尋ねた。

「ベーブ・ルース？」

すると男が笑いだし、大声でいつまでも笑いつづけた。そして笑いすぎて腹が痛くなったのか、わき腹を手で押さえた。「おれの名前はジェイコブだ。たしかに野球の名選手だったが、ベーブじゃない」

ダニーは首をかしげた。「じゃあ、どうしてあなたの名前を聞いたことがないんだろう？」

「それはおれが入団テストを受けにいく途中で死んだからだ。気が急《せ》いてて、バスの前に飛び出してしまったんだ。それでバスに轢かれてぺっちゃんこだ。きっとおれの背中にはタイヤの跡がついてたはずだ」

「それは気の毒に」ダニーはほかになんと言ったらいいかわからなかった。あたりを見まわしたが、雲の上にいるのは彼とジェイコブだけだった。「ぼくは死んだの？」

「正式には死んでいない」

「どういう意味？」

「彼らがまだあそこでおまえを助けようと頑張ってる。ボスがおまえをどうするつもりなのか、彼らは知らないからな」

「ボスって？」

「上にいるお偉いさんのことさ」

「つまり神様ってこと？」

「そう呼ぶやつらもいる」

「ぼくも会える？」

「それはおまえしだいだ、ダニー」ジェイコブは首を振った。「おまえの母さんはおまえをジェイクって名づけるべきだった。ダニーよりずっといい名前だ。だがあの娘はおれの言うことなんか聞きやしない」

「母さんを知ってるの？」

「もちろん知ってるさ」

「あなたは――天使なの？」

「悪魔じゃないことはたしかだ。あいつは意地悪な、最低のやつだ」ジェイコブは足を上げ、スパイクシューズについた泥を取ろうとした。

ダニーは腕を組んだ。気がつくと、いつのまにか彼は元の身体に戻っていて、車に轢かれたときに着ていたブルージーンズにトレーナーと野球帽姿になっていた。

「あなたは天使には見えないよ。天使って、ブロンドで可愛いもんだと思ってた」

「何？　おれの見かけが不満なのか？」ジェイコブはぼさぼさの髪を撫でつけた。「こうるさいガキだな」

ダニーは首をすくめた。「これからどうなるの？」

「これから？　それはおまえしだいだ。あの交通事故にはおれも驚いた。八九年のジャイアンツとカブスのワールドシリーズの再放送を観ていて、ほんの一瞬おまえから目を離したんだ。おかげでボスのご機嫌をそこねてしまった」

「つまり、ぼくは死ぬべきじゃなかったってこと？　あなたはぼくの守護天使で、へまをしたってこと？」

中年男は憤慨した顔で、背すじを伸ばした。「おまえは死んではいない。ただ、生きてるわけでもない。おまえにはやらなくてはならないことがある」

「どんなこと？」

「まず、おまえの母親が何をしようとしているか見てみよう」

「母さんが？」ダニーは急に身体がまた重くなるのを感じた。見る間に彼の身体が雲のなかに沈みはじめた。

「おいおい、そんなことをしちゃだめだ」ジェイコブが少年の腕をつかんだ。「おまえには学ぶべきことがあるし、選択すべきことがある。おれが、関係者全員にとって最良の道を選ぶ手助けをしてやろう。そばを離れるなよ」

「言われなくても、ほかに行くところなんかないよ」と言って、ダニーはまわりを見まわした。

ジェイコブは声をあげて笑った。「その調子だ。ガッツが出てきたようだな。手術室に置き忘れてきたかと思っていたが」

「母さんはどこ？」

「病院にいる。会いたいか？」

ダニーがうなずくと、いきなり彼らはふたたび飛びはじめた。


アランは自動販売機でコーヒーを二杯買い、こぼさないように注意しながら運んで、一つをメリリーに渡した。

「ありがとう」彼女は向かい側にすわっているジェニーに目をやった。ジェニーは壁にもたれ、両目をとじていた。「何があったのか話してくれる、アラン？」

「まだくわしいことはわからないんだが」アランはメリリーの横にすわった。「ダニーは友人のクリストファーといっしょにいた。彼の話だと、二人はバスを降りて、家に向かって歩いていたらしい。霧が深くて視界がほとんどゼロだった。ダニーは靴の紐を結ぼうとして立ちどまった。立ち上がった瞬間、車に轢かれた。クリストファーは車を見ていないし、ドライヴァーは停止しなかったと言っている」

「まあ、ひどい」メリリーは温かいコーヒーを飲んでほっとした。「父に電話して知らせないと」

アランは首を振った。「この状況でジョンに会うのは、ジェニーには荷が重すぎるだろう」

「ダニーは彼の孫なのよ。知らせないわけにはいかないわ」

「きみのお父さんは、ジェニーやダニーのことを気にかけていないじゃないか」

「そんなことはないわ」メリリーはショックを受けた。「家族ですもの。おたがい助け合っているんだから。過去には行き違いもあったけど、これは大事な問題よ」

「いまはまだ知らせないほうがいい。せめて、もうすこしはっきりしたことがわかるまでは」

「そうね。マットには知らせた？」

「どうせ飲んだくれてて、ジェニーの助けにはならないだろう」

メリリーはきっぱり言い返したい言葉をぐっとのみこんだ。アランの意見に反論できないのが口惜《くや》しかった。彼女は誰からも家族を非難されたくなかった。しかしジェニーに目を向けたとたん、メリリーはアランの非難などどうでもよくなった。ジェニーは茫然自失の状態で、メリリーはそんな妹をどうしたらいいかわからなかった。

自分は家族のリーダーであって、つねに正しい意見を言える人間のはずだった。だがいまは、慰めの言葉すらかけることができなかった。ジェニーは彼女の話など聞こうとはしないだろう。妹は自分の殻に閉じこもってしまっている。

「それにしても、ダニーはあの道路でいったい何をしていたんだろう？」と、アランが言った。「クリストファーからまた話を聞かなきゃならないな」

「たぶん父親に会いに行った帰りだったんだと思うわ」

アランはコーヒーにむせた。「いったいなんの話だい？」

「夕方、ジェニーがうちにダニーを捜しに来たの。どうやらあの子、ルークに会いに行くって置き手紙をしていったらしいの」

「ルーク？　それが父親の名前なのか？」

メリリーはかたわらのアランの声に怒りがこもっているのを感じたが、ジェニーのことで頭がいっぱいのメリリーには、アランのことまで気にかける余裕はなかった。「ルーク・シエリダン。最近、町に戻ってきたのよ」

「くそっ、そいつのせいでダニーは大怪我をしたのか」

「彼がダニーを轢いたわけじゃないわ」メリリーはため息をついた。「あの子が父親に会えたかどうかもわからないし」

目の前の両開きのドアが開いた。アランが立ち上がった。メリリーはコーヒーカップを下に置き、ジェニーが真実が告げられる瞬間を感じ取ったかのように目を開けた。

「ミセス・セントクレア？」数時間前に彼女に同意書を手渡したローウェンスタイン医師が、彼女に歩み寄った。彼は手術着を着たままで、その表情は厳しかった。

ジェニーは大儀そうにうなずいただけで、実際にはミセスではないと訂正すらしなかった。

「ダニーは？」と、かぼそい声で訊いた。

「無事です」医者は彼女の苦悩を分かち合おうとするかのように、優しい眼差しを向けた。

「血栓を取り除くことには成功して、息子さんはなんとか頑張っています。いまのところ、手はすべて尽くしました。あとはダニー自身の頑張りに期待するだけです」

「助からないんですか？」ジェニーは立ち上がって医師の袖をつかみ、もどかしそうに指で袖をよじった。「あの子は死ぬんですか？　先生、本当のことを教えてください」

6

ローウェンスタイン医師がしばらく返事をしなかったので、ジェニーは彼が質問を聞き落としたのかと思った。やがて彼はゆっくりと首を振った。「わかりません、ミセス・セントクレア」

「わからないってどういうこと？　あなたは医者でしょう？」

「ジェニー」メリリーがたまりかねて言った。

「いいんですよ」ローウェンスタイン医師は言った。「お気持ちはよくわかります」彼は言葉を慎重に選びながら言った。「ダニーの容態はそうとう深刻です。脳に大きな損傷を負っていました。今後二十四時間から七十二時間で、もうすこしくわしいことがわかると思います。彼は健康で逞《たくま》しい少年です。容態の好転を願っています」

「願うって、できることはそれだけなの？」ジェニーは医師に猛然と食ってかかった。

「それと、祈ることです」医師は静かに答えた。

「ああ、どうしよう」ジェニーは口に手をあて、大きく息を吸いこんだ。「死んじゃうんだわ、あの子」

「なんてことを言うの、ジェニー。あの子は死んだりしないわ」メリリーがきっぱり言った。

「息子に会わせて」と、ジェニーが言った。

ローウェンスタイン医師はうなずいた。「いいですとも、お連れしましょう。もう術後室から小児病棟の集中治療室に移されていますから」

「集中治療室？」ジェニーは訊き返した。

「ええ」医師はメリリーとアランのほうを見た。「いまは、面会はお母さんだけにしてください」

メリリーが不満そうな顔をしたが、アランが押しとどめるように彼女の腕に手をおいたので、医師はジェニーを連れて病室に向かった。エレヴェーターで上階に行くあいだ、二人はどちらも沈痛な面持ちで黙っていた。ジェニーは尋ねたいことが山ほどあったが、言葉が出てこなかった。

ジェニーはまだ夢を見ているような気がした。この夢から目が覚めたら、ダニーが目の前にいて、元気な姿で微笑んでいる——そんな気がしてならなかった。

エレヴェーターから降りると、二人は長い廊下を歩いた。カラフルなキリンやシマウマが描かれた壁画の前を通り、車椅子に乗った子供や、病室の前でうろうろしている親の横を通り抜け、ドアの向こうから聞こえてくる機械のブザー音や、痛みを訴える悲痛な叫び声を耳にしながら進んだ。

ジェニーは緊張をほぐすために深呼吸をしたが、鼻をつく消毒薬の臭いでかえって息が詰まりそうになった。その臭いはいま彼女が病院にいることを意識させ、これから彼女が目にするものを覚悟させた。死の臭いとはどんなものだろう？　これが死の臭いなんだろうか？　いけない、そんなことを考えてはいけない。ダニーは生きている。医者もそう言ったではないか。信じなくてはいけない。前向きに考えなくては。

ローウェンスタイン医師は彼女をしたがえてべつの両開きドアを抜けた。こちらの廊下はずっと静かだったが、大勢の看護師、医者、病棟職員がきびきびと働いていた。ランプやブザーのついた機械、酸素ボンベ、血液や中身のわからない液体が入った瓶があった。ここのほうが臭いはより強烈で、死の恐怖が目前に迫っているようだった。

ローウェンスタイン医師がデスクにすわっている看護師に話しかけた。看護師はジェニーを見上げ、彼女を安心させるように微笑みかけたが、ジェニーの心は晴れなかった。

看護師の背後のガラスの壁の向こうに、ダニーが横たわっていた。ベッドに寝ている彼の頭は大きな白い包帯でおおわれていて、ブロンドの前髪は剃られていたが、後ろの髪はいつも寝ているときのようにくしゃくしゃになっていた。だが彼は寝ているのではない。意識がないのだ。そしておそらくこのまま——死んでしまうのだ。

胃に鋭い痛みが走った。同時にひどい吐き気がした。苦いものが喉にこみあげてきたが、どうにかその吐き気をこらえた。ローウェンスタイン医師が彼女の腕に手をおいたのに気づいて、ジェニーは彼のほうを向いた。

ダニーではなく医師の顔を見ることで、ジェニーはすこし気持ちが楽になった。彼の角張った顔、太い眉、いたわりのこもった知的な目に意識を集中した。彼は落ち着いていたので、その彼の手がジェニーの腕におかれているだけで、彼女の気持ちもいくらか落ち着いた。

「大丈夫ですか？」ローウェンスタイン医師が尋ねた。「もうすこしあとのほうがよければ……」

「いいえ、大丈夫です。息子に会いたいんです。ただこの場所に……」彼女は手ぶりで前のほうを示した。「驚いただけです」

ローウェンスタイン医師はうなずき、彼女をダニーの病室に案内した。ジェニーは深く息を吸いこんでベッドに近づき、横たわっている息子を見下ろした。ダニーの目の上には赤く腫《は》れた切り傷があり、両腕、口、頭に何本ものチューブがつながっていた。包帯には血がにじんでいた。

大きすぎる診察着を着せられたダニーは、とても小さく、頼りなく見えた。ジェニーの胸は張り裂けそうだった。

「ああ、ダニー、ダニー」ジェニーは息子の頰を撫でながら泣きだした。涙が頰をつたって落ちた。「ごめんね、ごめんね」

ダニーはぴくりとも動かない。彼はただじっと横たわっていた。顔は青白く、まったく生気がない。そばかすがやけに目立ち、まるで陽の光を奪われたことに抗議しているようだった。人工呼吸器が彼の肺に空気を送りこむ音だけが、病室のなかで響いた。

ジェニーは医師の顔を見た。「この子は――痛みを感じてるんですか？」

「いいえ、鎮静剤をたっぷり投与されてますから」

「すこしは意識があったんですか――手術の前は？」

「救急隊員の話では、彼らが現場に着いた時点で、すでに意識はなかったそうです」

「それは――たぶんそのほうがよかったんでしょうね」ジェニーは必死で何か慰めになるものを見つけようとした。「すくなくともこの子が泣いていなかったなら、たぶん痛みを感じていなかったんだわ」

「最悪の状況になったとき、人には自動的に意識をシャットダウンする機能がついているんです」ローウェンスタイン医師は言った。「肋骨も何本か折れています。頭部と同時に腹部と骨盤のCTスキャンもとりましたが、内出血はしていないようです。いまの時点でいちばん心配なのは脳の腫れです」

「それってどういう意味でしょう？」

「つまり、脳に圧力がかかっているので、その圧力を最小限に抑えて傷を治癒させたいんです」

「ふつうは腫れが引くのにどのくらいかかるんですか？」

「それは個々の患者さんによって違います。頭の傷は一つとして同じものはないんです。このような傷の場合、脳は傷を治すためにわざと冬眠状態に入るのです。ダニーの意識が戻るまでに一日か二日かかるかもしれませんし、もしかするともっと長くかかるかもしれません。もっとはっきりしたことが言えればいいのですが、それは無理なのです。時間がたてば、もうすこしわかってくると思いますが」

ジェニーはため息をついてダニーを見た。彼の頬にかかった髪をそっと耳にかけてやった。息子の肌はとても冷たかった。いままでは一度も冷たいと感じたことはなかった。実際、ダニーは彼女の暖房機のようなもので、冬の夜には毛布がわりに抱きしめて寝るほどだった。彼の体温の高さはよく笑い話になったが、いまの彼の身体は氷のように冷たかった。

「もう一枚毛布をかけたほうがいいんじゃないかしら」と、彼女は言った。

「看護師に持ってこさせましょう」

「わたしの声は聞こえているのかしら？」

「話しかけても害にはなりませんよ。むしろよい結果が出るかもしれませんね」

またもや答えになっていない答えだ。ジェニーは苛立ちを感じた。彼は医者なのに、息子がどうなるのか、どうしてきちんと話してくれないのだろう？　医師は選ばれた優秀な人たちで、すべての答えを知っているはずではないのか？　ルークはなんでもよく知っていた。

ルーク——ふたたびすさまじい怒りがこみあげてきた。あの男のせいだ。彼のせいでダニーはいまこうして病院のベッドに横たわっている。あんな男と出会わなければよかった、とジェニーは思った。

だが、そう思ったとたんに、彼女はそれを打ち消した。もしもルークと出会っていなければ、ダニーが生まれることもなかったのだ。いま、ダニーを失いかけているときに、彼がそもそも生まれてこなかったことなど、彼女にはとても考えられなかった。

「今夜、泊まれる部屋を用意してあります、ミセス・セントクレア」と、ローウェンスタイン医師が言った。

「ここでダニーのそばについています」

「いいですよ。もしも横になりたかったら――」

「いいえ、結構です」

「わかりました」ローウェンスタイン医師は彼女の腕に触れ、静かに出ていった。

ジェニーはダニーの手をとって握ったが、なんの反応もなかった。「起きなさい、坊や」彼女はダニーが生まれてからずっと毎朝やってきたように、息子にささやいた。「朝よ、起きて。新しい一日が始まるのよ。やることがたくさんあるんだから」最後まで言い終わらぬうちに、涙声になっていた。彼女はダニーのベッドに顔をうずめ、息子の手に頬ずりしながら泣きくずれた。

ダニーはジェイコブのほうを見た。「母さんはすごく悲しそうだ。ぼくは大丈夫だって伝えてあげられないの？」

「ちっとも大丈夫じゃないだろう」ジェイコブは骨ばった指で、ベッドに横たわっている少年を指差した。「かろうじて生きてる状態じゃないか」

「でも元気になるんでしょう？」

ジェイコブは答えなかった。

「ぼくは元気になるんだ」ダニーは自分に言い聞かせるように大きな声でくりかえした。もしも元の自分に戻れなかったらどうしよう？　もしも本当に死んでしまったらどうしよう？　母親の姿を見て気持ちが沈んだ。今日をもう一度やり直せるなら、まったく違う行動をとるのに。

「これはやっぱりやめておけばよかったな」ジェイコブが言った。「さあ、行くぞ」

「待って、まだここから離れたくない。ぼくは大丈夫だって母さんに知らせなくちゃ」

「彼女と話すことはできない。それは許されないんだ」

「でも何かできないの？　なんでもいいから、たのむよ」絶望感のせいで身体が重くなり、ダニーは自分が地上のほうに落ちていくのを感じた。

ジェイコブはうんざりした顔で天を見上げながら、ダニーの腕をつかんだ。「おまえときたら、まったく強情なやつだな」

「ぼくの母さんなんだ。母さんは独りぼっちなんだよ。ぼくが必要なんだ。母さんにはぼくしかいないんだから」

「ほかの家族がいるだろう。父親や姉さんや兄さんが」

「あの人たちはそれほど母さんを愛してはいない。お願いだから母さんと話をさせて」

「そのうちにな」ジェイコブは曖昧《あいまい》に答え、ダニーは身体が引っぱられるのを感じた。

「だめ、待って」ダニーは叫び、自力で動こうと手足をばたつかせた。

「おい、坊主。そんなことをしたら、おれが怒られるんだぞ」

「母さんにどうにかして知らせるまで、ぼくはここから動かない」ダニーは反抗するように腕を組んだ。

ジェイコブは深いため息をついた。「なんでもいいのか？」

「うん。水の入ったコップをひっくり返すとか、なんでも」

「おれは幽霊じゃない、天使だ」

「違いがあるの？」

「あたりまえだ。まったく、しかたないな」ジェイコブが手を伸ばすと、腕がするすると長く伸びて、指先がジェニーの腕に触れた。彼がジェニーの腕に指をそっと這《は》わせると、彼女が顔を上げた。ただ軽く肌に触れただけだったが、それはダニーが生まれた日からずっと母親にしてきた遊びだった。

ダニーはジェイコブを見た。「どうして知ってるの？」

「おれはなんでも知ってるんだよ、坊主」

ジェニーはベッドから顔を上げ、ダニーの姿を見て身を震わせた。「ママはここにいるからね」彼女はささやいた。「絶対にそばを離れないから。あなたが目を覚ますまで、ずっとここにいるからね」

「大好きだよ、母さん」と、ダニーはつぶやいたが、彼の声は母親には聞こえなかった。ベッドの上の少年はぴくりとも動かない。ダニーは泣きたくなって手の甲で目をこすったが、涙は出ていなかった。

「さあ、行くぞ」ジェイコブが言った。

彼がさしだした手を、ダニーはしぶしぶ握った。だが彼と手をつないだ少年は、言葉では得られない安らぎを感じた。

「どこに行くの?」ダニーが尋ねた。

「人に会いに行く」

「神様?」

「いいや、こんどはおまえの父さんに会いに行くんだ」

それは長い、責め苦のような夜だった。時間がまるで彼をあざけるようにゆっくりと流れていく。ルークは仰向けになって天井を見つめていた。

もう何時間も枕をいじって、心地よい体勢を見つけようとしていた。羊をかぞえ、金をかぞえ、ジェニーと別れた日からの日数をかぞえたが、眠ることができなかった。彼女とポーチに立っていた少年たちのことがどうしても頭から離れなかった。

パーティが終わったあと、彼はデニーズにブロンドの少年について尋ねた――彼に何を言ったのか、彼が何を話したのかと。だがデニーズは少年たちはお菓子を売りにきたという話をくりかえすだけだった。

ルークは妻の言葉を信じたかった。彼の家を訪ねてくる子供は、いつも何かを売りにやってくる。なぜあの少年たちだけは違うと思うのだ? しかし少年の顔にはどことなく見覚えがあった。そしてそのあとにジェニーがやってきた——これまで十三年間、手紙も電話もいっさい連絡がなかったにもかかわらず。なぜ彼女はいきなり彼を訪ねてきたのだろうか？

理屈に合わない話だった。彼は理屈が通る生活に慣れていた。一たす一は、つねに二だった。半円が二つ合わさって完全な円になる。彼の人生は論理が支配していた。彼は万物を具象的で可算的なものととらえていた。科学者として、それ以外の考え方はありえなかった。〝たぶん〟〝もしも〟〝かもしれない〟などが入りこむ隙間はなかった。それが最初からジェニーが入りこむ隙間がなかった理由だった。

彼女はいつも予想外の行動をとった。彼女といっしょにいるのは、まるで凧《たこ》の足につかまっているようなものだった。凧はときには高く舞い上がり、ときには地面にたたきつけられた。だが、彼女と過ごした毎日が楽しかったのは事実だった。

ルークはかたわらのデニーズを見た。妻は壁のほうに顔を向けて眠っていた。近寄りがたい感じがした。彼女を抱き寄せて愛し合おうとしても、いやな顔をされるのがおちだった。デニーズの行動は予想できた。彼女と愛し合うのは夜寝る前だけで、夜中にということはありえないし、朝というのもめったにない。ナイトガウンを着て、薄暗いライトのなかで香水をつけて愛し合うのが彼女の好みで、寝起きの髪で歯も磨かずに、汗だくの身体をからませ合うなどというのは論外だった。

ルークは目をとじた。もしかしたらデニーズの言うとおりかもしれない。自分は目標を見失っているのかもしれない。だからすべてに変化を求め、子供が欲しくなったりするのだ。

彼はため息をつき、頭をはっきりさせようとした。

いま、彼が求めているのはぐっすり眠ることだけだった。そして明日の朝すっきりと目覚め、この十二時間に起きたことをすべて忘れたかった。

「父さん」

ルークは声を聞いて、身体がびくっとした。片目を開け、まばたきをした。誰もいなかった。枕に顔を押しつけて、現実を忘れようとした。

「父さん」

ついに幻聴まで始まったとは。自分は正気を失ってしまったに違いない。

「父さん、起きて」

ルークは枕から頭を上げた。ベッドの足もとに、青い目のブロンドの少年があぐらをかいてすわっていた。ジーンズとトレーナー姿のその少年は、夕方訪ねてきたあの子だった。

「いったいこれは――」

「やあ」少年は彼に手を振り、警戒するような喜んでいるような複雑な笑みを浮かべた。

「誰だ？　わたしの部屋で何をしている？　どうやってここに入ったんだ？」ルークは身体を起こしながら問いただした。

「ぼくはダニー」じっと見つめる少年の視線に、ルークは当惑した。

「意外と大きいんだね。それに胸毛もたくさんある」

「大きい？」ルークは困惑して訊き返し、気まずそうに腕を組んだ。「何を言ってるんだ？

なんの用だ？」

「さっきあなたに会いに来たんだけど、彼女が入れてくれなかったんだ」ダニーは寝ているデニーズを指差した。

「妻はきみが菓子を売りに来たと言っていた」

「彼女は嘘つきだ。目の前でドアを閉めたんだ」

「おい、ちょっと待て」ルークは言いかけてやめた。なぜデニーズをかばうんだ？　おそらく彼女は嘘をついたのだろう。「菓子を売りに来たのでなければ、なぜ訪ねてきたんだ？」

「あなたに会いたかったから」

「なぜ？」

ダニーは肩をすくめ、まるで室内にもう一人いるかのように横を向いたが、ルークには何も見えなかった。

「ジェイコブがもう行かなきゃいけないって言ってるから」

「ジェイコブって誰だ？」

「明日、ぼくに会いに来て」

「きみに会いに？　どこへ？」ルークは尋ねたが、そのあいだに少年は消えていた。彼は立ち上がってドアから出ていったのではなく、まさしく消えたのだった。

デニーズをふりかえると、彼女はぐっすり眠っていた。サイドテーブルにある時計は午前四時を示していた。さっき時計を見てから五分しかたっていない。五分のあいだに奇妙な幻覚を見たということか……

彼はふたたび横になって天井を見つめた。さらに五分が過ぎてから、彼はようやく気がついた――少年は彼を父さんと呼んでいた。そんなことがありうるだろうか？

いいや、ありえない。まったく理屈が通らない。彼は早く眠りたかった。すぐに眠らないと、今度はジェニーが目の前に現われそうな気がした。


肩に手が触れたので、ジェニーは飛び起きた。最初はダニーが手を動かして彼女に触れたのかと思ったが、見上げるとアランの顔が見えたので、自分が病院の待合室のせまいソファで寝入っていたことに気づいた。

「ああ、アラン、あなたなの」彼女は目をこすった。「わたしったら寝てしまったのね」ソファから足を下ろして上半身を起こすと、急に動いたせいで頭がくらくらした。

「きみはここでひと晩過ごしたんだ、ハニー」アランが隣りに腰をおろし、彼女の肩に手をまわした。

「いま、何時？」

「朝の六時だ」

「まあ、どうしよう。すこし検査をするというから、そのあいだだけ病室から出たつもりだったのに」ジェニーは心配そうにアランを見た。「ダニーはまだ目を覚ましていないわよね？　もしも目を覚ましたときに、そばにわたしがいなかったら――」

アランは首を振ってジェニーを落ち着かせた。「まだ起きてない。看護師に確認したばかりだ。容態に変化はない」

「そう、それはたぶんいいニュースね」ジェニーは言った。「だってまだ数時間しかたっていないし、ダニーはきっと手術で疲れているはずだもの。あの子が朝なかなか起きないのは知ってるでしょう？　すくなくとも十時までは起きないはずよ。土曜日だもの。もしかすると十一時くらいまで起きてこないわね。野球の試合とかがあるわけじゃないから」彼女の声が詰まり、唇が震えた。「ねえ、アラン、もしもあの子が二度と目を覚まさなかったらどうしよう？」

アランは彼女を抱きしめ、ジェニーは彼の胸に顔をうずめた。彼は大柄な男で、岩のようにがっしりしている。頼りがいがあって、彼女をしっかり守ってくれる。ジェニーは深く息を吸いこんだ。彼の強さを吸収したかった。アランは世界一優しい男ではなかったし、誰よりも思いやりがあるわけでもなかったが、彼が勇敢なのは知っていたし、いまの彼女にいちばん必要なのは勇気だった。

「ダニーはきっと目を覚ます」と、アランが言った。「ダニーは強い子だ。そうやすやすと死にはしないさ。大丈夫だよ」

「そうだといいけど。本当にそうだといいけれど」彼女はアランの目を見たが、その目は言葉ほどには自信に満ちていなかった。彼も本当は不安なのだろう。「あなたもひと晩じゅうここにいてくれたんでしょう？」

「きみを一人にしたくなかったからね。午前中にまた来るとメリリーが言っていた。たぶんマットかお父さんを連れてくるだろう」

「父を？」ジェニーは首を振った。「いまは父さんにはとても会えないわ。父さんがダニーをどう思っているかを考えると」

「彼だってダニーを愛しているんだよ。ただ、それをどう伝えたらいいかわからないだけだ」

「いいえ、そうじゃない。あの態度は愛情ではないわ。あの人はいつだってダニーやわたしのことを批判するのよ。わたしたちがすることはどれも正しくないといって」

ジェニーはダニーとアランの仲もうまくいっていないことを急に思い出し、アランの腕をふりほどいて立ち上がった。

「彼だってきみたちの力になろうとしているんじゃないかな」アランが考えを口にした。

「誰もがダニーのことで口出ししたいようだけど、どうすべきかはわたしがいちばんよくわかっているわ。わたしはあの子の母親なんだから」ジェニーは感情が高ぶってきて、しだいに声が大きくなった。

「すまない。きみを怒らせるつもりはなかったんだ」

「ダニーの様子を見てくるわ」ジェニーは立ち上がったが、アランが困った顔をしているのを見て、良心がとがめた。彼女はただ彼に八つ当たりをしているだけで、彼は何も悪いことをしていなかった。「ごめんなさい、アラン」

「いや、いいんだよ」

「ねえ、あなたも疲れているでしょう。家に帰ってすこし寝たら？」

「きみをここに残しては帰れない」

「アラン――」

「ジェニー、ぼくも残るよ」アランは立ち上がった。「いっしょに病室に行っていいかな？

おれもダニーに会いたいんだ」

ジェニーはしばらくためらった。アランをダニーの病室に入れたくなかった。彼が息子を気にかけてくれているのはわかっていた。彼は子供が苦手なだけだった。それでもいまは彼の存在が事態を複雑にする。いまはダニー以外のことで煩わされたくなかった。

「あの子と二人きりでいたいの。わかってくれるわよね？」

「そうか。まあ、そういうことなら」アランはすがるように両手をさしだした。「お願いだ、ジェニー、おれを拒絶しないでくれ。きみの力になりたいんだ。おれにできることならなんでもする。どうしてほしいのか言ってくれないか？」

「ダニーが幸せで、健康でいてほしいの――でも、あなたにはできないことだわ」ジェニーは言った。

「できるならそうしてやりたいよ」

「ええ、あなたの気持ちはわかっているわ」

待合室から出ていこうとするジェニーの腕に、アランは手をおいた。「ジェニー、きみに訊きたいことがあるんだ。昨日起きたこととの全貌を知りたい。昨日の夕方、ダニーがなぜハイウェイにいたかを知りたいんだ」

ジェニーは身体をこわばらせた。彼の質問に答えたくはなかったが、どうせ嘘をついてもいずれはバレる。「ダニーは父親に会いに行ったの」

「父親？」

「そうよ」

アランは口をついて出そうになった文句をあわててのみこんだ。だがジェニーはアランの厳しい表情に気づいた。「それでダニーは父親に会えたのか？」

「わたしにはわからないわ」

「おれかきみがその男と話をしたほうがよさそうだな」

「なぜ？　彼がダニーを車で轢いたわけじゃないわ」

「それはわからないだろう」

「いいえ、わかっているわ。だってダニーの事故現場に着く二十分くらい前に、彼が自宅のリヴィングルームにいるのをこの目で見たんだもの」

アランは驚いて彼女を見た。「きみも彼の家に行ったのか？　で、彼はなんて言った？　きみはなんて言ったんだ？」

「彼とは話をしていないの」

「なぜ？」

「とにかく彼と話はしていないわ」

「ジェニー、いったいどうなっているんだ？」

彼のそのひとことで、ジェニーはついに我慢の限界に達した。「どうなっているかですって？　じゃあ話してあげるわ。いま、わたしの息子は大怪我をしているの。もしかすると死んでしまうかもしれない。それなのにあなたはここでルーク・シェリダンのことでわたしをどなりつけているのよ。ルークなんてどうだっていい。あんな人に会いたくもないし、話もしたくない。それにいまはあなたとも話をしたくないわ」

「ジェニー、待ってくれ。すまなかった」と、アランは言ったが、ジェニーは待合室から出ていった。

アランは拳で壁をたたいた。激しい怒りを抑えることができず、心底では不安でたまらなかった。誰かを殴りたい衝動に駆られた。いま、自分たちが味わっているこの苦悩の代償を誰かに払わせたかった。ルーク・シェリダンの頭をこの壁にたたきつけることができたら、どんなにせいせいするだろう。

7

ルークは息が苦しくなるまで全速力で走った。朝露と汗が混じって、髪から水がしたたり落ちる。足もとの道はごつごつした岩場だったが、彼は丘を駆け上がり、頂上からまた駆け降りた。

無我夢中で走っているあいだは、何も考えなかった。こうして走っていれば、悩みもジェニーの思い出も、理屈の通らない幻覚からも逃れられるかもしれない。

前方の道はうねうねと曲がっていた。一匹の犬が嬉しそうに吠えながら彼のあとを追ってきた。

ルークは犬を追い払おうとしたが、犬はしつこくついてきた。ついに息切れしたルークはペースを落とし、自宅の錬鉄の門の前でジョギングを終えた。すると犬がまた吠えだした。

ルークは犬を見下ろした。犬は首輪をつけていなかった。雑種らしい小犬で、耳が垂れていて、かん高い声で鳴いている。なぜか彼はその犬を見て、『オズの魔法使い』のトトを思い出した。

「あっちに行け」ルークは言った。

犬が吠えて彼の脚にからみついたので、ルークは犬につまずきそうになった。

「おい、いいかげんにしないか」

するると犬は尖った歯で、靴下の上から彼の足首に噛みついた。ルークは乱暴に足を引っぱった。すると犬はフェンスのわきの植え込みに逃げこんだ。そのとき、ルークは木の枝に引っかかっている紙切れに気がついた。

ルークはそれが大切なものだと直感し、その紙切れを手にとった。

〝ダニエル・S〟――紙のいちばん上に名前が書かれ、その横に赤ペンで〝B－〟の評価がついていて、もうすこし頑張ればもっとよいものになるというコメントがついていた。それは二十一世紀の宇宙旅行についての作文の冒頭の部分だった。ルークは非科学的な十二歳の少年の考えを苦笑しながら読み、作文が途中で終わっていたのでがっかりした。

ふと顔を上げると、あたりは静まりかえっていた。犬は現われたときと同じように突然姿を消していた。ルークは作文が書かれた紙片を丁寧にたたみ、それを持って家に戻った。それからシャワーを浴びて着替え、朝食をとるために階下に降りていった。

朝食のテーブルにつくと、彼はまずグラスに入ったオレンジジュースを飲み干した。これですっかり目が覚め、神経がとぎすまされ、心身ともに冴えた状態になった。昨日は彼にとってはやや異常な一日だったが、今日はまた元どおりの一日に戻るだろう。

朝食を終えたらすぐに会社に行き、仕事に没頭すれば、昨夜のことは忘れられるはずだ。

「おはよう、あなた」シャネルのリネンのスーツに、揃いのターコイズブルーのパンプスをはいたデニーズが部屋に入ってきた。彼の頬にキスをした彼女の唇は冷たかった。彼がふりむいて唇にキスをしようとすると、妻はさっと身を引いてしまった。その瞬間、ルークは彼女が何かを恐れているのに気づいた——もしかすると彼の機嫌か、何かほかのことかもしれない。

デニーズはテーブルについて、カップにコーヒーを注いだ。彼女の一日はカフェインなしでは始まらない、それもたいていは何杯も必要だ。彼は妻にためらいがちに微笑みかけた。

「気分はよくなったかい？」

「ええ、よくなったわ」夫のさりげない仲直りの言葉を、彼女は素直に受けとめた。「ねえ、昨日のパーティは大成功だったと思わない？」

「ああ、そうだね」

「お父さまとお母さまはまだ休んでいらっしゃるの？」

「何を言っているんだ。親父はとっくにゴルフ場に出かけたし、おふくろは美容院に行ったよ。カーメルにはろくな美容室がないとか言ってね」

デニーズはコーヒーカップを置いて、真顔になった。「ねえ、あなたに話したいと思っていたことがあるの」

ルークは身構えた。彼女はいったい何を言い出すつもりなのだろう？

「この家の模様替えをしたいんだけど、あなたのご両親に不愉快な思いをさせたくないのよ。なにしろここは二人が三十年も暮らした家でしょう」

ルークは彼女が昨日の話を蒸し返さないことにほっとして、肩をすくめた。「きみの好きなようにしたらいいよ、デニーズ。いまはぼくらの家なんだから。親父たちにはほかに家があるんだし」

「あなたがそう言ってくれるなら」

「ああ、大丈夫だよ」

そのあとに長い沈黙が続き、それはしだいに心地よいものから気詰まりなものへと変わっていった。最近、夫婦のあいだで話すことがなくなってきた。それとも触れてはいけない話題が多くなりすぎたせいだろうか。

「今日の予定は?」ルークがようやく口をひらいた。

デニーズがコーヒーカップを口に運んでから下に置くと、カップの縁にピンクの口紅の跡がくっきりと残った。「ショッピングに行こうかと思って」

またショッピングか、とルークはうんざりした。彼女はまた夫の銀行預金から大金を無駄遣いするつもりらしい。彼には妻が際限なく買い物ばかりしているように思えた。

「あなたは?」デニーズが尋ねた。

「仕事だ」

デニーズは夫のそっけない口調にため息をついた。「まさか、あなたはまだ怒っているんじゃ……」

「いや。もうすんだことだ、そうだろう?」彼が妻の顔をまともに見ると、彼女は一瞬たじろいだが、すぐに肩をいからせて夫を見返した。

「そうね。終わったことを言い合っても意味がないわ。将来のことを考えましょう。わたしたちには明るい未来があるんですもの。ルーク、あなたを幸せにするわ」

デニーズは誘惑するように微笑んだが、ルークは何も感じなかった。ここ何度かベッドで彼女と愛し合ったときと同じように、彼はなんの感情も湧かなかった。この一年というもの、彼にとってセックスは喜びというよりもむしろ義務になっていた。

デニーズの微笑に応えるかわりに、彼は新聞を手にとった。卑怯《ひきょう》な手段だったが、いまの彼にはこれしかできなかった。

新聞の紙面に載っている記事を漠然と目で追っていると、ふといちばん下の記事に目が留まった。〝少年が轢かれ、その場に置き去り〟という見出しだった。記事によると、十二歳のダニー・セントクレアがハーフ・ムーン・ベイのタリー・ロードを渡っているときに轢き逃げの被害にあった。少年は危篤状態。目撃者はハーフ・ムーン・ベイ警察に名乗り出てほしいと書いてあった。

ルークは息をのんだ。その意味を理解するまで何度も記事を読み返した。セントクレアという名前が引っかかった。それはジェニーのラストネームだった。ぼやけたダニー少年の顔写真が、彼を恐怖のどん底に突き落とした。家の戸口に立っていた少年と、昨夜の夢に現われた少年はやはり同一人物で、このダニー・セントクレアだった。

ジェニーの息子だろうか？　彼の頭のなかに疑問が渦巻いた。

もちろん、これだけ年月がたっていれば、ジェニーに息子がいてもおかしくない——たとえそれが十二歳の子供であっても。彼女と別れた正確な日付はもう覚えていない。あれはもうはるか昔のことだ。だが、ルークはそれが意味することにとまどいながらも、一つの重要な言葉を思い出していた——父さん。あの少年は彼を父さんと呼んだ。

いや、そんなはずはない。ルークは首を振った。そんなことがあるわけがない。ジェニーは中絶したはずだ。彼女は金を受け取った。彼と別れて中絶すると約束したのだ。

「どうしたの、あなた？」デニーズが尋ねた。

彼はぽかんとして妻の顔を見た。彼女のことなどすっかり忘れていた。

「ルーク？」彼女は心配そうに尋ねた。「大丈夫なの？」

彼はゆっくりと新聞をたたんだ。感情が高ぶって手が震えた。子供。息子。自分に息子がいてもおかしくないのだ。

身体じゅうを駆けめぐった喜びが、たちまち恐怖に変わった。ダニー・セントクレアは車に轢かれた。ダニー・セントクレアは危篤状態だった。彼の息子は、父親と会う前に死んでしまうかもしれない。

ルークはいきなり立ち上がった。椅子が後ろに倒れた。デニーズが驚いた表情で夫を見た。

「どうしたの？」

彼は首を振った。頭のなかが疑問でいっぱいで、彼女の質問に答える余裕はなかった。

「ルーク、あなたまるで幽霊でも見たような顔をしてるわ」

幽霊？　そう、たしかに妙なものは見た。「もう出かけないと。行ってくるよ」

ルークはキッチンカウンターにある車のキーをつかみ、ドアを出てガレージに向かった。黒のベンツに乗りこみ、ラルストン・アヴェニューを時速六十キロで飛ばしているとき、どこに向かえばいいかわからないことに初めて気づいた。病院であるのは間違いないが、どの病院だ？　たぶんペニンシュラだろう。どこでもかまわない——ダニーを見つけるまで、すべての病院にあたるつもりだった。ルークは自分に息子がいるかどうかを確かめなくてはならなかった。


メリリーは息子のベッドルームに入り、彼の寝姿を見下ろした。ウィリアムは手を顎の下にあてて胎児のような姿勢で眠っていて、ベッドカヴァーが細い身体から投げ飛ばされ、パジャマが膝までめくれあがった脚に鳥肌が立っていた。

優しい手つきでキルトのベッドカヴァーをウィリアムの身体に掛けたメリリーは、彼が寝言を言ったのではっとしたが、彼はそのまままた寝入ってしまった。ウィリアムは小さく、あどけなく見えた。彼はダニーより一つ年下だった。いま、病院のベッドで生死の境をさまよっている息子を見守っているジェニーがどんな思いでいるのか、彼女には想像もできなかった。

だめ、そんなふうに考えてはいけない。もっと楽観的に考えなければ。

ダニーはきっと大丈夫。すぐによくなる。家族はまた元どおりになる。来週になったら感謝祭の七面鳥をいっしょに食べながら、ダニーが助かったことを神に感謝するのだ。もう一つお祝いすることがふえるのだ。

「メリリー」

彼女がふりかえると、ドアのところに夫が立っていた。

「なあに？」

「仕事に出かけるよ」と、リチャードが言った。

「今日は土曜日よ」

「ハーディング夫妻は今日しか都合がつかないんだ。午前中に会議をして、昼食をとって、契約書にサインして三時の飛行機に乗せなきゃならない。会社にとっては重要な契約なんだ。行かなかったら、マカリスターに殺される」

メリリーは廊下に出て、ウィリアムの部屋のドアを閉めた。チャコールグレーのスーツに、ぱりっとした白いワイシャツ、赤いシルクのネクタイ姿のリチャードを見つめる。彼の髪は濃い茶色で、もみあげのあたりに白いものが混じっていた。メリリーは彼ほどハンサムな男性にいままで会ったことがなかった。そして彼は彼女の夫だった。

自分のものという感覚が彼女のプライドをくすぐった。リチャードは彼女のものだった。彼女とウィリアムとコンスタンスのもので、ほかの誰のものでもない。

「できるだけ早く病院に行くよ」リチャードが話しつづけた。

「わかったわ」

リチャードは深い同情のこもった表情でメリリーを見た。そういう感情のこもった彼の眼差しを見るのは久しぶりのことだった。

「子供たちにはなんて話したんだ?」

「まだ何も話してないわ」

「何も? 何も言わずに出かけたのか?」

「子供たちにはジェニーの手助けをすると言って出かけたのよ。九時にはちゃんと寝るようにときつく言い置いてね。わたしが帰ったときには、二人ともちゃんと寝ていたわ」メリリーはリチャードのネクタイと襟を直そうと手を伸ばした。リチャードはその手首をつかみ、彼女を自分のほうに向けさせた。

「ダニーが怪我をしたことを子供たちに話したほうがいい。何も起こっていないふりをするわけにはいかないんだから」

「怪我の状態がまだわからないのよ。もしかするといまごろはもうすっかりよくなっているかもしれないわ。ちょうど病院に電話をしようと思っていたところなの」メリリーは手をふりほどこうとしたが、夫は握った彼女の手を離さなかった。「なんなの?」夫の真剣な表情にとまどって、彼女は小声で尋ねた。

「昨日は家を空けていてすまなかった」と、彼が言った。

メリリーは目をそらした。「わかっているわ。仕事が優先ですもの」

「連絡すべきだったよ」

「どうせあなたがいても、何も変わらなかったわ」

リチャードが彼女の手を離すと、メリリーは廊下の突き当たりに行った。曾祖母《そうそぼ》の形見の書き物机の上に、アンティークの電話が置いてあった。

「よくそんなふうにしていられるな?」リチャードが言った。

「えっ、なんのこと?」

「何が起きても、どうしてそんな平然としていられるんだ?」彼は不愉快そうに言った。

「きみはまるでダニーが膝をすりむいたかのようにふるまっているが、昨日の話ではあの子は危篤状態なんだろう」

メリリーは喉の奥から塊《かたまり》がこみあげてくるのを感じた。リチャードの言葉で、ダニーの症状がかなり深刻なことを思い出したくなかった。悲観的なことばかり考えてもなんにもならない。

「すぐに回復するわ」

「そんなことはわからないだろう」

「これから訊いてみるわ」彼女は受話器をとった。

リチャードは壁に寄りかかって、妻の様子を見守った。

メリリーは病院に電話をかけた。「ダニエル・セントクレアの容態を知りたいのですが。昨晩、小児病棟のICUに運びこまれたんです。ええ、待ちます」メリリーは電話のわきに置いてある住所録を落ち着きなく指でたたいた。ようやく受話器の向こうに事務的な口調の声が戻ってきた。感情的にならないきびきびとした声で容態を伝えられるほうが、聞くほうはむしろ気が楽だった。「そうですか。ありがとうございました」

リチャードは期待をこめて彼女を見たが、メリリーは首を振った。「まだ意識を取り戻していないらしいわ」

「ジェニーはきっと心配で生きた心地がしないだろう。なぜこんなことになったんだ？」

「もしも十二年前に彼女がわたしの言うことを聞いていれば、こんなことにはならなかったのよ」

リチャードはうんざりしたように天井を仰いだ。「まさか本人にそんなことを言ったんじゃないだろうな」

「もちろん言うもんですか。でもダニーに父親は死んだって話しておけば、あの子は父親に会いに行ったりしなかったでしょう？」

「きみの言うとおりだよ、メリリー。きみの言うことはいつも正しい。完璧でいることはさぞ気分がいいだろうよ」

「あなたと言い合いはしたくないわ」

「きみはいつだってそうだ」

廊下の真ん中のドアが開き、コンスタンスが出てきた。太腿の途中までの長さのバート・シンプソンの白いTシャツを着た彼女が、眠そうに目をこすりながら父親と母親を交互に見た。「どうしたの？」

「なんでもないわ」と、メリリーが答えた。「朝食は何がいいかしら？　ワッフル、フレンチトースト、卵？　それとも温かいオートミールがいい？　朝食はちゃんと食べないとだめよ」

「お母さん、何があったの？　なんだか様子が変よ」

「話してやったらどうだ？」リチャードが言った。「どうせいずれわかることだ」

「わかるって何が？　まさか――まさか離婚するの？」コンスタンスはうろたえた声で言った。

「いいえ」メリリーは強い調子で言った。「何を言っているの。どうしてそんなことを言うの？」

「じゃあ、なんなの？」

「ダニーだよ」リチャードが言った。「昨日の晩、交通事故にあったんだ。ひどい怪我を負ってる」

コンスタンスは目を見開いて両親を見つめた。「大丈夫なの？」

リチャードは肩をすくめた。「まだわからない」

「もちろん、大丈夫にきまっているわ」メリリーが話に割って入ってきた。「ダニーは強くて健康な子ですもの。すぐによくなるわよ」

コンスタンスは母親のほうを向いた。「昨日の夜、病院に行ったの？」

メリリーはうなずきながら、娘の傷ついた表情を見るのがつらかった。あらゆるものから子供たちを守ってやりたいと思っても、子供たちが成長するにつれてそれがどんどんむずかしくなっていく。

「どうして言ってくれなかったの？」

「心配させたくなかったのよ」

「へえ。家族のなかで、わたしだけが知らなかったのね」コンスタンスは腰に手をあてた。

「いつになったら子供あつかいするのをやめてくれるの？」

「おまえを子供あつかいしたわけじゃない、コンスタンス。これはおまえのいとこの話なんだから」と、リチャードが言った。

「そうよ。それにウィリアムもまだ知らないの。あの子にはわたしから話をさせてちょうだい」と、メリリーはつけ加えた。「それで、朝食は何がいいの？」

「何もいらない。食べたくないわ」コンスタンスは足音をたてながらバスルームに向かい、ドアを乱暴に閉めた。

メリリーはため息をついた。「あなたは、リチャード？　卵でも焼きましょうか？」

「いいや、ぼくも食欲がないんだ。マットには話したのか？」

「留守番電話にメッセージを入れたけど、まだ折り返し電話をしてこないの」

「マットとダニーは仲がよかったからな」

「ダニーがまるで死んだみたいな言い方をしないで。あの子はちゃんと生きているんだから」

「意識がないんだろう？」

「きっと目が覚めるわ」メリリーがすがるような声で言った。

「そうなればいいが。もう一度マットに電話してみなさい。彼ならジェニーの役に立てるかもしれない」

「ジェニーの面倒はわたしがみるから、マットなんて必要ないわ」

「きみにはマットは必要ないかもしれないが、ジェニーには必要だろう」

メリリーは腰に手をあてて夫をにらみつけた。「何が言いたいの？　わたしが妹の役に立てないとでも言うの？　母が死んで以来、わたしがずっとジェニーの面倒をみてきたのよ」

「だがきみは彼女の気に障るような言い方をときどきするだろう」リチャードは言葉を選びながら言った。「彼女を支えるかわりに批判している」

「ばかなことを言わないで。わたしはいつだってジェニーにいちばんためになることしかしていないわ」

「ああ、わかった、わかった」リチャードは降参したというように両手を上げた。「とにかく、マットに電話してみなさい」

メリリーは階段を降りていく夫の後ろ姿を見つめた。マットに電話しろですって？　この十二時間というもの、十分ごとに電話しているというのに。弟は家にいないか、いても電話にすら出られない状態なのだろう。いずれにせよ、いまのマットではジェニーの役には立たない。

それでも彼はジェニーの兄なのだから。メリリーはやはりもう一度弟に電話をかけてみることにした。

鳴りつづける電話の音に文句を言いながら、マットは眠りから覚めた。無意識の幸せな状態から、現実の世界に引き戻された。目を開けようとすると、たくさんの針で神経を突き刺されるような激しい痛みに襲われた。やがてなんとか目をこじ開けると、目の前に白い枕カヴァーがあって、電話のベルが鳴りやんでいた。

どこからともなく声がした。留守番電話のメッセージだ、と彼は気づいた。

「マット、どこにいるの？　すぐに電話して。大切な話があるの」

マットはうなり声をあげて枕の下にもぐりこんだ。冷たいシーツの感触が心地よい。なんだ、よりによってメリリーか。朝起こしてほしい女の声じゃない。おそらくまたがみがみ小言を言うためにかけてきたんだろう。このあいだの面接をさぼったことで文句を言うにきまっている。面接は、彼女の面白みのない会計士の友人が紹介してくれたものだった。まあいい、あとで電話しよう——ずっとあとで。

その前に両目をとじて、しばらく夢を見ていたかった。眠っているときのほうが、人生はずっと素晴らしい。

ふたたび電話が鳴ったので、マットは毒づいた。呼び出し音が三回鳴ってから、留守番電話が作動した。マットは仰向けになり、メリリーのかん高い声がまた聞こえてくるのを覚悟した。だが聞こえてきたのはハスキーなバリトンの声だった。

「マット、アラン・ブラディだ。ジェニーがあんたを捜してる。いったいどこにいるんだ？」留守番電話のブザーが鳴り、マットはベッドの上で上半身を起こした。いきなり動いたせいで頭がくらくらして、それに合わせて胃がむかむかした。白髪交じりの髭《ひげ》が伸びている頰を撫でながら、彼は何が起きているのかを理解しようとした。ジェニーのボーイフレンドから電話をもらったことは、いままで一度もなかった。

二日酔いの頭に、一抹《いちまつ》の不安がよぎった。そういえば昨夜ジェニーが来て、何かごちゃごちゃ言っていた。なんの話だったんだろうか？　思い出そうとしながら、マットは足を床につけて慎重に立ち上がった。

そうだ、ダニーがどこかに行ったとか言っていた。だが、どこに行ったんだ？　頭がうまく働かない。マットはふらつく足でバスルームに行き、用を足してから冷たい水で顔を洗った。それでいくらか気分がすっきりした。

彼はビーチに面した自宅アパートのリヴィングルームに入っていき、留守番電話の責めたてるように点滅している赤いライトを見つめた。再生ボタンを押し、テープが巻き戻されるのを待った。ようやく再生が始まった。

「マット、ハワード・ラルストンだ。月曜日に電話してくれ。仕事の話があるかもしれない」

何をいまさら、とマットは思った。ラルストンは彼のかつてのエージェントで、六年前に彼のキャリアが終わったときには、何一つ手助けをしてくれなかった。

「マット、メリリーです。事故があったの」マットは胃がきゅっと締めつけられるのを感じた。「ダニーが車に轢かれたの。いま、ペニンシュラ病院にいるわ。できるだけ早く、あなたも来て」

病院? ダニーが?

突然、足の力が抜けてしまい、マットは椅子の背に寄りかかった。

「マット、どこにいるの?」またもやメリリーの声だった。さっきよりも取り乱しているようだった。「ジェニーはまるでゾンビみたいに青白い顔でここにすわっているわ。わたしにはどうしたらいいかわからないわ」

「マット? アラン・ブラディだ。おれたちはまだ病院にいる。おそらく今夜はひと晩じゅうここにいるだろう。ダニーの手術は終わった。いまはICUにいる」

ICUだって? 集中治療室のことか? マットを目をとじ、必死に息をしようとした。

おお、神よ、いったい何が起きたんだ?

「マット、またメリリーよ。もう夜の十二時をまわったわ。あなた、どこにいるの? わたしは家に帰ってきたわ。ジェニーはまだ病院よ。くわしいことはわからないんだけど、ダニーを轢いた車は逃げてしまったらしいの。何時でもかまわないから、帰ったらすぐに電話して」

「マット、アラン・ブラディだ。いま、朝の六時だ。おい、あんた、いったいどこにいるんだ？　ダニーは昏睡状態だ。あまりいい状況じゃない。これから署に行って、あの子をこんな目にあわせた野郎の手がかりがないか捜してくる。ダニーは家のすぐそばまで戻ってきてたんだ。おそらくどこかの酔っぱらいが彼を轢いたに違いない」

留守番電話のブザーが鳴り、メリリーの最後のメッセージが流れた。彼を起こしたあの声だった。マットは電話機を見つめながら、もっと何か言ってくれと祈った――ダニーは危険な状態を脱したとか、もう心配ないとか、全員がすでに家に戻っているとか。だが、不吉な静けさが続いた。

いくつもの疑問が頭によぎったが、答えは一つしかなかった。ジェニーとダニーのところに行かなければならない。彼はベッドルームに戻り、床に脱ぎ捨ててあったジーンズをはき、椅子に放ってあるしわくちゃのシャツを着て、テニスシューズをはいてからリヴィングルームにひきかえし、テーブルにある車のキーをつかんでからアパートを出た。

しかし、正面ポーチに出た彼は、その場で足をとめた。愛車のジープ・ラングラーが、いつも駐めてあるはずの私道になかった。通りを見渡したが、車は一台もない。昨夜、帰宅したときに車をどこに駐めたのかを、彼は必死に思い出そうとした。

何も思い出せなかった。〈アカプルコ・ラウンジ〉の駐車場を出て、キーをイグニッションに差しこもうとした記憶はある。だがその記憶は曖昧で、そのときの彼は泥酔していた。そのあとのことは、まったく覚えていない。車に乗ったのだろうか？　家まで運転して帰ってきたのか？　キーはここにあるのに、なぜ車がないのだろう？

マットはアパートの入口の階段にすわりこんで、いまの状況を把握しようとした。車はどこかにあるはずだ。もしかすると二軒目の店に置いてきたのかもしれない。すくなくとも店を移動した気がする。がたがたする道を走りながら、なぜ霧がこんなに深いのか、なぜ明かりがないのかと思った覚えがある。

ちくしょう、おれの車はいったいどこにあるんだ？　おれはどうやって家に帰ってきたんだ？　とにかく病院に行かないと。ジェニーに会いに、そしてダニーに何があったかを確かめるために。

何があったんだ？

ダニーが車に轢かれた。

家からほんの数ブロック先で。

車は停止しなかった。

おそらくどこかの酔っぱらいが……

ちくしょう。マットは両手に顔をうずめた。心の声がそんなはずはないと叫んだ。まさか自分が轢き逃げ犯人だなんてことは——でもひょっとしたら、そうなのか？

8

「泣かないで、坊や、ママが子守歌を歌ってあげる……」ジェニーの声がささやきに変わり、やがて途切れた。ダニーは泣いていないのだ。気持ちを落ち着かせる歌は、彼には必要ない。必要なのは彼を起こす大きな音だ。

ジェニーは息子の顔の前で手をたたいた。だが彼は微動だにしなかった。

「起きなさい、ダニー。起きるのよ」

彼を叱るとき、逃げ出そうとする息子にきちんと話をしたいときにするように、息子の腕をぎゅっとつかんだ。やがて力をこめて腕をつかんだことを後悔した。もしも彼を傷つけてしまったらどうする?

医者は、ダニーは痛みを感じていないと言っていた。それが本当ならいいのだが。ダニーがこうして寝ている姿を見ているだけでもつらい。そのうえ、彼が痛みを感じながら助けを呼ぶこともできないなどと思ったら耐えられない。

看護師が病室に入ってきて、静寂を破るように明るく挨拶した。

「もうすぐ先生が回診にみえます」と、看護師は言った。「そのあいだ、お母さまはすこし外に出ていていただきたいのですが」

「ここにいてはいけませんか？」ジェニーはダニーのぴくりとも動かない、いまにも壊れそうな華奢《きゃしゃ》な姿をちらっと見た。病室から出るのが怖かった。彼がいきなり姿を消してしまうのではないかと、ひと筋の煙のように冷たい風に吹かれて消えてしまうのではないかと、不安でたまらなかった。

ジェニーは手の力でダニーを目覚めさせようとするかのように、自分の指をしっかりと彼の指にからませていたが、ダニーはまったく反応しなかった。

「ミセス・セントクレア、お願いします」

看護師はベッドの足もとに立って待った。

ジェニーは立ち上がった。「もう目を覚ましてもいい頃じゃないですか？」

看護師は口ごもった。「手術のためにかなりの量の鎮静剤を打っていますから」

「でも目を覚まさないのは、薬のせいだけじゃないんですよね？」

「先生方が診れば、もっとくわしいことがわかります。おそらく三十分ぐらいで終わりますから」

「そんなにかかるんですか？」

「くわしい検査が必要なんです。申し遅れましたが、わたしは昼間ダニーのお世話をする担当看護師の一人で、レスリーといいます。入院中は、かならず誰かが二十四時間彼を見ていますから」

「それを聞いて安心しました」

「すこしお休みになってはどうです？」レスリーが言った。「昨夜はさぞお疲れになったでしょう」

レスリーは親切で言ってくれているのに、その瞬間、ジェニーはこの丸顔で血色のいい看護師の顔に嫌悪感を抱き、彼女にとっては大切なダニーが一人の人間ではなく、たんなる病気の身体でしかないことにむしょうに腹が立った。「待合室にいますから、終わったらすぐに知らせてください」

「わかりました」

レスリーはダニーのベッドに近づき、点滴の残量を確認した。彼女の動きはきびきびしていて手際がよかった。ジェニーが病室から出ていかないのを見て、看護師は顔を上げた。

「何かまだわからないことでも？」

「あなたは……以前に……同じような患者を見たことがありますか？」

「ありますよ」

「その子たちは……」ジェニーは唇を舐めた。「その子たちは治ったんですか？」

看護師は哀れみのこもった目でジェニーに微笑みかけた。「元気になった子もいます」

〝助からなかった子供もいるけれど〟——その無言の言葉が、ジェニーが裏を覗きたくない厚いカーテンのように二人のあいだに重くのしかかった。

「そうですか」ジェニーは病室を出ようとした。

「ミセス・セントクレア？」

「なんですか？」

「この病室で奇跡が起きるのを何度も見たことがあります。いまでもわたしは奇跡を信じています」

「本当に？」ジェニーはこれから奇跡が起きると心の底から信じたかった。

レスリーがうなずいた。「ええ。それに家に帰れば、わたしにも二人の子供がいます。ダニーのことはちゃんとお世話しますから」

レスリーが優しくダニーの頭に触れ、頭の後ろ側の寝癖を撫でつけるのを見て、ジェニーは目を潤ませた。

「いつもこうなっちゃうの」ジェニーが言った。「毎朝、濡らして直すんだけど、お昼頃にはまた元に戻ってしまうの。わたしがからかうと、息子は機嫌が悪くなるんだけど」彼女は愛しそうに微笑んだ。「なのに、ついついからかいたくなっちゃうの」彼女はベッドに近づき、指を舐めて髪を撫でつけたが、寝癖のついた髪はまたすぐにぴんと立った。すくなくともダニーの一部はまだ闘っている。ほかの部分も同じくらい活発に活動してくれることを彼女は祈った。

ジェニーはダニーの病室を出て、ナース・ステーションの前を通って待合室に行った。テレビがついていた。ちらっと画面を見ると、クイズ番組が放送されていた——笑い声とジョークとベルの鳴る音が聞こえた。彼女は頭が混乱して吐き気がした。彼女の世界が音をたてて崩壊しようとしているのに、人びとが幸せでいるのはなぜなのか？

待合室には誰もいなかったので、ジェニーはテレビを消した。おかげで静かになったが、ダニーの病室ほど静かではなかった。エレヴェーターが到着するたびにチャイムが鳴り、看護師や医師が乗り降りしている。廊下の向こうから、ぐずって泣く子供の声が聞こえてくる。母親がうるさいと言って娘を叱っていた。ジェニーは廊下を走っていって母親の肩を揺さぶってやりたい衝動に駆られた。すくなくともあなたの子供は泣き叫ぶことができるし、悪い子にもなれるじゃないか、と言ってやりたかった。すくなくともあなたの子供はまだ生きているじゃないかと。

ああ、自分はいったい何を考えているんだろうか？　ダニーだって生きている。ただ手術のために鎮静剤が効いているだけなのだ。あの子はきっと目を覚ます。かならず元どおりに元気になる。

自分を抱きしめるように腕を組んで、ジェニーは窓から中庭を眺めた。もうじき朝の十時で、しだいに霧が晴れてきた。陽光が木々の枝に反射して、医師や看護師たちがコーヒーを飲んでいるテーブルを照らしていた。

ジェニーは太陽を見たくなかった。彼女の気持ちと同じように暗くどんよりした天気であってほしかった。だが考えてみれば、ダニーは太陽の子だ。雨が大嫌いで、夏が大好きで、ボディーボード、スイカ、独立記念日など、夏にかかわるものすべてが好きだった。

息子にまた夏を過ごさせてやりたかった。髪に白髪が交じるまで、あと五十回ぐらいは夏を過ごさせてやりたい。いま、こんなかたちであの子の人生を終わらせるわけにはいかない。ダニーは今日、目を覚まさなくてはならない——感謝祭の前に、本格的に冬が来る前に、もう一度ビーチで思うぞんぶん遊ぶために。

「ジェニー」

ふりかえると、目の前に姉がいた。メリリーは黒のスラックスに白のブラウスとグレーのブレザーを着て、白黒のネックレスをしていた。足もとは磨きあげられた黒のパンプスで、腕時計も指輪も服と調和していた。

完璧——汝《なんじ》の名はメリリーなり。

だがジェニーはその姿を見て安堵《あんど》した。すくなくともメリリーの行動は予測がつく——変化がなく、想定外のことはせず、感情に流されない。メリリーは彼女に同情したりしないし、泣き言も言わせない。いまはそうした姉の冷静な顔を見ることで、ジェニーはかえってほっとした。

「ダニーの様子は？」メリリーが尋ねた。

「変わりないわ」

「あなたは？」

ジェニーは肩をすくめた。「さあ、どうでもいいわ」

メリリーは心配そうに妹を見た。「わたしはあなたのことも心配なのよ」

「ええ、わかってるわ」

メリリーは妹に両腕を広げた。ジェニーはためらったが、メリリーの不安そうな顔を見て、昨夜の姉への態度を反省し、歩み寄って姉をしっかり抱きしめた。

姉と抱き合ったのは久しぶりだった。メリリーがシャネルの香水をつけていたので、ジェニーは同じ香水をつけていた母に抱きしめられた子供の頃を思い出した。母はふくよかな体型の愛情深い女性だった。メリリーは骨ばった身体つきで、いつも人を非難するような目で見た。

ジェニーは姉から離れると、ソファに腰をおろし、背もたれに寄りかかって目をとじた。メリリーがどれほど努力しても、母のかわりにはなれなかった。

メリリーがかたわらにすわり、しばらくは黙っていたが、沈黙は長くは続かなかった。

「あなたが乗っていた車をアランが取ってきて、あなたの家の前に駐めてきてくれたわ。あなたの車じゃないって言ってたけど」

「そうよ、バリーの車を借りたの。いまごろ、彼は車がどこに行ったかと心配しているはずだわ」

「わたしがかわりに電話をしておいてあげるわ」

「〈アカプルコ・ラウンジ〉のバーテンダーなの。店に電話すればつかまるわ」ジェニーは目を開けた。「それで思い出したわ。今夜、仕事に行かなくちゃならないんだったわ」

「それもわたしが電話しておくわ。ほかに何かしてほしいことはある？」

「ううん、ないわ」

メリリーはしばらく口をつぐんだ。「ねえ、一度家に帰ったほうがいいと思うの。着替えて、すこし休んだらどう？」

ジェニーは首を振った。「ここから離れられない。いまはだめ」

「ダニーはまだしばらく寝ているかもしれないわよ」メリリーは言葉を選びながら言った。

「あの子は寝ているんじゃない、昏睡状態なの」

メリリーは落ち着かない表情をした。「それでも眠っていることには違いないわ――どんな言い方をしようと」

「あの子の容態に関して、自分に嘘をつきたくないの」

「まだドクターもはっきりしたことは言えないんだもの。神様を信じるのよ、ジェニー。ダニーはきっとよくなるわ」

もちろん、メリリーは自分の言葉を信じていた。彼女は自分にとって不愉快なことはすべて否定する女だった。残念ながら、ジェニーは姉のように感情を抑制することはできない。彼女は悲しいときには泣き、嬉しいときには笑い、怖いときには逃げ出してしまいたくなる。

臆病者。彼女はじつは昔から臆病者で、揉《も》めごとや争いごとが嫌いだった。それはたぶん子供の頃の体験が影響しているのだろう。父は靴下の左右が合っていないとか、新聞からクーポンを切り取ったなどというつまらないことで母をどなりつけていた。当時幼かったジェニーは、父の怒声を聞きながらベッドルームの隅で丸くなり、胃の痛みをこらえていた。

彼女を落ち着かなくさせるのは、喧嘩だけではなかった。家族で外に食事に出かけると、父は料理が気に入らないといって、運ばれてきたものを突っ返したり、席が調理場に近すぎるからといって、席を替えるように要求したりした。そういう小さないざこざが起きるたびに、彼女はいつも胃が痛んだ。

ジェニーはいまもまた気分が悪くなっていた。ダニーのために闘わなくてはならないのはわかっていたが、自分にできるかどうか自信がなかった。もしも自分が途中で力尽きてしまったらどうしよう？　ダニーの命は母親の自分の力にかかっているかもしれないのに。

「ジェニー、聞いているの？」

ジェニーは目をしばたいた。「えっ、何？」

「アランは轢き逃げ犯人について何か突きとめたのかって訊いたのよ」

「さあ。何時間か前に帰っていったけど」

「彼がいてくれてよかったわ。いい人よね」

「そうね」ジェニーは立ち上がり、落ち着かない様子で待合室のなかを歩きまわった。

「あなた、ルークのことをアランに話したの？」

メリリーの質問で、ジェニーの足がとまった。彼女はゆっくりふりかえった。「姉さんがアランに話したんじゃないの」

「わたしはただ、ダニーは父親に会いに行ったと話しただけよ」メリリーは言い訳がましく言った。「アランがどう思うかまで、あのときは考えられなかったの」

「どうでもいいわ」

「ルークの家に行ったとき、彼と話をしたの？」

「いいえ、窓から覗いてみただけ。ドアベルを鳴らしたけど、家政婦がなかに入れてくれなかったの。ダニーはいないって彼女が言うから、帰ってきたの」

「いまさらルークに話してはだめよ、ジェニー。彼とはもうかかわらないのがいちばんなんだから」

「ご心配なく。ルークと連絡をとるつもりはまったくないから」

「その必要はない。ぼくはここにいるから」

けっして忘れることのない聞き覚えのある声を耳にしたジェニーは、はっとしてふりかえった。戸口に立っていたのはルーク・シェリダンだった——彼女に多くの喜びと、あまりにも大きな心の痛手と、山ほどの怒りを残して去った男。

ジェニーは言葉を失い、ただあっけにとられて彼を見つめた。彼はダニーよりも歳をとっていたが、ブロンドの髪、青い目、顎のくぼみはダニーのそれと同じだった。彼女はかつて指先で彼の唇をなぞり、髪で彼の鼻をくすぐり、彼のまぶたや貴族的な鼻にキスをしたことを思い出した。ジェニーにとって、彼は運命の人であり、恋人だった。

ルークは険しい表情をしていた。ダニーの獅子《しし》鼻とえくぼとふっくらした唇は、ルークではなくジェニーから受け継いだものだった。そのことが彼女に、ダニーがルークと彼女のあいだに生まれた子供で、この男がダニーの父親であるという事実を思い出させた。

なぜいまなのか？ なぜこんなときに彼はわたしの前に現われたのか？ ジェニーが彼の顔を見つめていると、彼の目が曇り、目のはしに心配そうな表情がよぎった。

メリリーがジェニーの後ろからやってきて、妹の肩をしっかり抱いた。「なんのご用ですか、ミスター・シェリダン？」

ルークはメリリーの質問には答えなかった。彼はジェニーの心の底を見抜こうとするかのように、ただ彼女だけをじっと見つめていた。ルークは昔から彼女の心を読むことができた。だがいまは、彼女は彼に心の内を読まれたくなかった。どれほど強く彼に心を揺さぶられているかを知られたくなかった。彼とこうして顔を合わせるのは十三年ぶりだった。もう何も感じないはずなのに、実際は動揺していた。

彼を見つめていると、ジェニーの脳裏に若かった頃の自分と、暑い夏の日々と蒸し暑い夏の夜の記憶がよみがえってきた。彼の声はジェニーをビーチでのたき火へ、古いギターで奏でられたラブソングへと引き戻した。彼女は視線を落として彼の手を見つめた。力強く、器用なあの手が、かつて素晴らしい楽器を奏でるように彼女を愛撫したのだ。

ジェニーはめまいがして目をとじた。身体がふらついた。メリリーに支えられていなかったら、きっと床に倒れていただろう。多くのことがいっぺんに起きて、彼女の許容範囲を超えてしまった。ダニーの事故、そしてこんどはルークの出現。

「ジェニー、ジェニー」メリリーが彼女の肩を揺すった。「大丈夫なの？」

ルークの姿が消えていることを期待して、ジェニーはふたたび目を開けた。だが彼がまだそこにいた。「大丈夫よ」と、彼女は小声で答えた。

「何をしに来たの？」メリリーがルークに尋ねた。「妹を動揺させているのがわからない？

ここから出て行って」

「出て行くわけにはいかない。ジェニーに話がある」

「彼女は動揺しているの。いま、話はできないわ」

「大事なことなんだ」

ジェニーは二人のやりとりをテニスの試合を見るように眺めていた。

「ジェニーと話がしたい——二人きりで」ルークは強い口調で言った。

「何か言いたいことがあるなら、わたしの前で言えばいいでしょう。わたしはこの子の姉なのよ。もしかしてあなたは忘れているかもしれないけど」

「忘れられるわけがない。あなたはたいした保護者だった」

「誰かがこの子の面倒をみなきゃならないのよ」

ジェニーは姉の言葉でわれに返った。二人はまるで自分を子供あつかいしている。「なんの用なの、ルーク?」

「ジェニー、彼と話す必要なんかないわ」メリリーが言った。

「いいのよ」

「新聞記事を見たんだ」ルークが言った。「少年が車に轢かれたって。きみの息子か?」

ジェニーはゆっくりうなずいた。「そうよ。ダニー」彼女の声が震えた。

ルークは衝動的に一歩前に出て、彼女に手を伸ばした。

ジェニーもたがいに惹かれ合うものを感じて、身をこわばらせた。

ルークはふいに動きをとめ、腕を下ろして両手をズボンのポケットに入れたので、高そうなスーツの上着がしわになった。

「それで――彼の具合は？」

「よくないわ。頭に怪我をしているの」

「ジェニー、腰かけたほうがいいんじゃない？」メリリーが口をはさんだ。「ミスター・シエリダンと話すのはあとにしたら――ずっとあとに」

「ジェニー、二人きりで話がしたいんだ。すこしだけでいいから」

ジェニーはためらった。頭のなかで、断われという声がした。だがルークの口ぶりはせっぱ詰まっていて、彼らしくない必死さが伝わってきた。

「メリリー、コーヒーを買ってきてくれない？」と、ジェニーは言った。

「なんですって？」メリリーがいきりたった。「わたしにここから出て行けというの？」

「わたし一人で大丈夫だから」

「ジェニー、だめよ」

「コーヒー一杯。五分だけ」

メリリーはため息をついた。「五分だけよ」そう念を押して、彼女は去っていった。

彼が口をひらくまでに、一分以上かかった。ジェニーはルークのワイシャツのボタン、ズボンの折り目、イタリア製の高級靴を見つめていた。彼の顔以外ならなんでもよかった。運がよければ、彼が口をひらく前にメリリーが戻ってきてくれるかもしれない。

「きみは——ちっとも変わらないね」ようやく彼が話しはじめた。

それは彼女が予想した言葉ではなかったが、無難な台詞《せりふ》だったので彼女はほっとした。

「そんなことないわ。ずいぶん歳をとったわ」

「いや、昔と同じダークチョコレート色の髪だ。きみのことを思うたびに……」言葉がとぎれ、彼は思い出を打ち消すように首を振った。

「何をしに来たの？」ジェニーが尋ねた。

彼の表情がこわばった。「ダニーが昨日ぼくの家を訪ねてきたらしい」

ジェニーははっとしたが、できるだけ彼女はおもてに出さないようにした。「それはないと思うわ。あの子はあなたのことを知らないんだから」

「昨日の午後、少年がぼくの家を訪ねてきたんだが、妻が応対に出た」

「あなたの奥さん……」その言葉が胸に突き刺さり、彼女はソファにすわりこんだ。彼の妻——もちろん彼が結婚していることは何年も前から知っていたが、ルークの口から妻という言葉を聞くのは初めてだった。彼の言い方はとても親しげだった。べつにそんなことはどうでもいいが。そんなことを彼女が気にするわけがないではないか。

ルークは昔の思い出、若い頃の夢、失恋の記憶であって、いまはもう彼のことなどなんとも思っていない。彼女を捨て、ダニーを捨てた彼を、ジェニーは憎んでいた。

彼女の宝物であるダニーを、ルークは中絶するよう望んだのだ。彼女の心は鉄のようにかたくなになった。「何かの間違いよ」

「デニーズは彼が菓子を売りに来たと言っていたが」ルークは話を続けた。「ちらっと見かけただけだが、昨日の晩ずっと気になっていた。今朝の新聞で写真を見たとき、同じ子だと確信したんだ」

「ダニーは学校の行事でお菓子を売り歩くこともあるから」

「つまり、彼は昨日うちの近くに来ていたってわけか？」

「そうかもしれないわ。友だちといっしょだったの。あの子たちがどこに行ったかは、はっきりは知らないわ。わたしは仕事に出てたから」

「学校が終わったあとに、息子がどこに行ったか知らないのか？」

彼のあてこすりにジェニーはかっとなり、肩をいからせて立ち上がった。「わたしはちゃんと息子の面倒をみています。あの子が学校帰りに何をしようが、あなたには関係ないことだわ」

ジェニーは部屋を出ようとした。ルークから離れたかった。

「ジェニー、待ってくれ」ルークの声で、彼女の足がとまった。

彼女はドアの縁に手をかけた。「なんなの？」彼に背を向けたまま訊いた。

「ダニーの父親はどこにいる？」

彼女は息を深く吸いこんでから、数を十かぞえた。「ここにはいないわ」

「本当に？」ルークは彼女に近づき、肩に手をおいて彼女をふりかえらせた。

ジェニーの肩に触れた手は焼きごてのように熱く、その目は必死に答えを求めていた。

どうしよう、彼は気づいているんだわ。

「ダニーはぼくの息子なのか?」ルークが尋ねた。肩をつかんだ手に、肌に食いこむほどの力が入る。

「いいえ、違うわ」彼女は首を振った。「なぜそんなふうに思うの? あなたは中絶しろと言ったじゃない」

「たしかにきみは金を受け取ったが、だからといって手術を受けたという保証はない。それに新聞によると、あの子は十二歳だ」

「それがどうしたの?」

「数ぐらいかぞえられる」

「もう行かないと。息子が待っているの」ジェニーは彼の手を振りほどこうとしたが、ルークは彼女を離さなかった。

「ぼくに嘘をつかないでくれ、ジェニー」

「嘘なんてついてないわ」

「いや、嘘を言ってる。きみは嘘をつけない人だ。昔からそうだった。ぼくのほうを見ようとしない。ぼくを避けようとしている。なぜだ? ぼくがダニーの父親だからか? 息子が生まれたことを隠していたからか?」ルークは彼女の肩を揺すった。彼の目は怒りで燃えていた。「ダニーはぼくの息子なんだろう?」彼はジェニーを揺すりつづけた。「なあ、そうなんだろう?」

9

「ミセス・セントクレア?」看護師が後ろから声をかけた。

ルークは一瞬手に力をこめたが、やがて力を抜いた。ジェニーはふりかえり、ルークの責めるような視線から逃れられてほっとした。

「はい?」

レスリーがややとまどった表情でジェニーを見た。「回診が終わりました。もう病室に戻ってもかまいませんよ」

「ありがとうございます。すぐ行きます」

「まだ話は終わってない、ジェニー」ルークが言った。

「いえ、もう終わったわ」彼女はありったけの勇気をかき集めて、ふたたび彼と向き合った。「帰って、ルーク。ダニーはあなたの息子じゃない。あなたと話すことは何もないわ」

ジェニーは彼に背を向け、毅然としてその場から歩み去った。

堂々とした退場のしかただ、とルークは皮肉まじりに思ったが、彼女が言ったことをこれっぽっちも信じてはいなかった。なんて女だろう。彼の息子を十二年間も育てていながら、そのことを黙っていたなんて。

真実をねじまげるのは彼女の勝手だが、あの当時に彼以外の男がいたという可能性を考えることなど彼の自尊心が許さなかった。いや、それはありえない。あの日、彼女は涙を流して言ったのだ——妊娠した、彼が子供の父親だと。

ルークはどうしようもなく苛立ちながら、髪を撫でつけた。自分がどうすべきかわからないなどということは、本当に久しぶりのことだった。だが彼はほかの女性と結婚しているのだ。いちばん無難な方法は、今度のことをすべて忘れることだ。ジェニーは彼がかかわることを望んでいない。デニーズも間違いなく夫がかかわることを望まないだろう。

だがそうなると、あの子はどうなる？　彼の脳裏に、昨夜と同じくらいはっきりとあの少年の顔が浮かんだ。ダニーは彼を父さんと呼んだ。それを忘れることができるのか？

無理だ。まだ終わりじゃない。絶対にまだ終わりではない。

「ねえ、父さんが帰っちゃうよ」ダニーが抗議した。「待って、行かないで」と、彼は叫んだが、ルークはエレヴェーターに乗りこんだ。「父さん、何やってるんだよ？　ぼくに会いに来たはずなのに」

ジェイコブは噛みタバコを噛みながら、状況を眺めていた。「どうやら臆病風に吹かれたらしい。残念だったな」

「残念だった？　それどころか最悪だよ。これからどうするの？」

「おれか？　テレビで大学フットボールの試合でも観るか、昼寝でもするかな」

「寝る？　こんなときに寝るっていうの？」

ジェイコブは肩をすくめた。「ちょっと考えただけだ」

「父さんをとめてよ。ここに連れ戻して」

「それはおまえがやるべきことだろう」

「ぼくが？」ダニーはエレヴェーターの閉まった扉を見てから、ふたたびジェイコブを見た。彼はおどけた調子で口笛を吹きながら、逆さまになって天井を歩いていた。ダニーはエレヴェーターの扉に近づき、一瞬立ちどまってから、扉を通り抜けようとした。すると彼の身体が宙に浮いた、と思った瞬間に落下しはじめた。

「ジェイコブ！」ダニーは悲鳴をあげた。

エレヴェーターのシャフトは長く暗いトンネルだった。信じられないような速度で落下したあと、ダニーは大の字になってエレヴェーターの上に落ちた。指先で箱の縁につかまると、まるで冒険の真っ最中のインディ・ジョーンズになった気がした。エレヴェーターは驚くほどのスピードで動いているので、わくわくすると同時に恐怖も感じた。

ジェイコブがいきなり隣りに現われた。彼はあぐらをかいて、片手で野球ボールを放り投げていた。「どうした？　死ぬんじゃないかとビビってるのか？」

「スリルがあって楽しいよ」エレヴェーターが次の階にとまると、ダニーは起き上がって箱の上にすわった。

「いったい何をするつもりなんだ？　ちょっと気になったんで訊いてみるんだが」

「父さんと話がしたいんだ」

「親父さんはここにはいないぞ」ジェイコブが手でまわりを指差すと、エレヴェーターが金属音をたててふたたび下降を始めた。

「それはわかってる。父さんはこのなかにいるんだ」

「それならおまえもなかに入ったほうがよくないか？」

「どうすればいいの？」

ジェイコブは手を伸ばし、まるでソーダの缶を開けるようにエレヴェーターの天井を開けた。「さあ、どうぞ」

ダニーはエレヴェーターの箱のなかに飛びこんだ。ルークは後ろの壁際に立ち、むずかしい顔をして腕を組んでいた。彼の隣りには、黒いドレスを着た生真面目そうな年配の女性が、黒の大きなレザー・バッグを大事そうに抱えて立っていた。女性の前には、七歳ぐらいの少女がいて、赤くて大きな棒付きキャンディーを手に持っていた。

ダニーはため息をついた。父と二人きりで話したかったのだが、どうしようもなかった。

「やあ、父さん」ダニーはルークの腕に触れた。

ルークは彼のほうを見なかったが、まるで幽霊にでも触られたかのように腕を振った。

「父さん、どこに行くつもり？　ぼくに会いに来たはずじゃないか」ダニーは自分の胸を指差した。「ぼくだよ、あなたの子供。病院のベッドで寝ているんだ」

ルークは返事をしなかった。ただ落ち着かないように身体をすこし揺らしただけだった。

ダニーはジェイコブを見上げた。「ねえ、どうやったらぼくの声が届くの？」

「彼に届けと心の底から願えばいいだけだ」

「願ってるよ」ダニーは激しい苛立ちを感じた。自分に何が起こっているのか理解できなかったし、それを言うなら、世のなかすべてが理解できなかった。こんなの絶対におかしい。彼は透明人間になっていて、もしかすると死んでいるのかもしれない。それにジェイコブはまったく役に立たない。

「あんた本当に天使なの？」

ジェイコブは声をあげて笑った。「その質問をしたのは、おまえが初めてじゃない」

「こんなのいやだ。ぼくは父さんと話したいんだ、いますぐに」

「落ち着け、坊主」ジェイコブが言った。

「落ち着くなんて無理。ぼくはもう一回生き返りたい」ダニーは叫んだ。「こんなの不公平だ。なんでぼくを元に戻してくれないの？」

「それはおれが決めることじゃない」

「じゃあ、誰が決めるのさ？」

ジェイコブがわけ知り顔でにやりと笑ったので、それがよけいにダニーを怒らせた。「もう一度頑張ってみたらどうだ？　こんどはエレヴェーターのスイッチをいじってみろ」ジェイコブは操作パネルを顎で指した。「時間を稼ぐんだ。急いだほうがいいぞ。もうすぐ階下に着く」

ダニーは操作パネルにならんだボタンを見て、とっさに〝停止〟と書かれたボタンを押した。するとエレヴェーターががくんと揺れて停止した。

年配の女性が壁につかまって悲鳴をあげた。少女は女性のスカートに顔をうずめて泣きだした。「まったく」と、ルークが舌打ちした。

「まあ、どうしましょう」女性はあわてふためいた。「どうしたらいいの、ねえ、どうしたらいいの」

「大丈夫ですよ」ルークが言った。「すぐに動きだすはずですから」

女性は唇を舐め、せわしない呼吸を始めた。「わたしたち、死ぬんだわ。このまま死んでしまうんだわ」彼女は壁の手すりをぎゅっとつかんだ。

少女の泣き声が大きくなった。

「心配いりません」ルークは安心させるように言い、子供の頭を撫でようと手を伸ばすと、少女は驚いて持っていたキャンディを床に落とした。

少女はルークを責めるように指差し、口をいっそうへの字にした。「あなたのせいでキャンディを落としちゃったじゃない」彼女は叫んだ。「キャンディを返して」

「とってあげるよ」ルークはべたべたした赤いキャンディを拾い上げたが、それはすっかりカーペットの毛にまみれていた。

「汚いじゃない」少女は泣き叫んだ。

「ごめんよ」と、ルークは言った。

「あなたなんか、大嫌い」

恐ろしい顔で自分をにらみつける少女の剣幕に、ルークはあとずさりした。

年配の女性は壁を押しはじめた。「こんなの耐えられない。ここから出ないと息ができないわ。壁が迫ってくる。いますぐここから出ないと」彼女は胸に手をあてた。「ああ、どうしよう。心臓麻痺《まひ》を起こしそうだわ」

「落ち着いてください」ルークは声をかけた。「深呼吸をして」

女性は浅い息をくりかえした。

「わたしたち死んじゃうの、おばあちゃん?」少女が唇をふるわせながら尋ねた。

「死んだりはしない」ルークは大きな声できっぱりと言った。「エレヴェーターが緊急停止しただけだ。さあ、二人とも落ち着いて」

ダニーはジェイコブを見上げて、うんざりしたように天を仰いだ。「グッドアイデアだったよ、相棒」

ジェイコブは笑った。「親父さんと話したいんだろう? さあ、いまがチャンスだ」

「わかった、わかったよ」

「ぐずぐずしてる暇はないぞ。この病院の保守点検係は、エレヴェーターが止まるとすぐに飛んでくるからな」

「せかさないで。いま考えてるんだから」

「そいつは悪かったな」

少女の泣き声がかん高い悲鳴に変わったので、ルークはため息をついた。これ以上大声で泣きわめかれたら、鼓膜が破れてしまうだろう。彼は操作パネルにあるはずの緊急用の電話を探した。パネルの一部に金属製のカバーがついていた。彼はそこに手を伸ばしたが、操作パネルに触れることができなかった。こんな不思議なことは初めてだった。まるで彼の手が何かにさえぎられているようで、腕をまっすぐ伸ばすことすらできない。彼はもう一度力を入れて押した。

「やめて、肩が痛いよ」と言う声がした。

「なんだって?」

「痛い、あっ、それはくすぐったい」

くすくす笑う声がしたので、ルークが驚いていると、やがて目の前に立っている少年の姿が見えてきた。まるで鏡に自分の姿を映したようなその姿は――ダニーだ。やれやれ、また彼の姿が見えている。

「まだ誰にも電話しちゃだめ」ダニーが言った。「話があるんだ」

「話だって?」ルークはダニーの腕に手をおいたが、触れることはできなかった。少年には実体がない。彼は実際にはそこにいないのだ。「話なんかできない。きみはここにはいないんだ」

「でも、ぼくの姿は見えるでしょう?」

「ああ。だがきみは誰なんだ？　ダニーか？」

「ほかに誰がいるのさ？」

「おばあちゃん、あの人がおばあちゃんに話しかけてるわ」少女が会話をさえぎった。

ダニーは少女を無視した。「上の階に戻ってよ。ぼくに会いに来たんだろう？」

ルークは訴えるようなダニーの青い目を見つめた。彼は実物の人間に見えるが、たんなる幻覚でしかないのだ。「きみのお母さんが会わせてくれなかった」

「なんですって？」そばにいる女性の声で、ルークは彼女がいることを思い出した。

「あなたに話しかけているんじゃないんです」

「じゃあ、誰と話しているの？」

「彼ですよ」ルークはダニーを指差した。

「誰もいないじゃない」

「彼女にはぼくが見えないんだよ、父さん。ぼくの姿はあなたにしか見えないんだ」と、ダニーが説明した。

「ああ、どうしましょう。頭のおかしい人といっしょにエレヴェーターに閉じこめられるなんて」女性は少女を抱きしめた。

ルークはまたため息をついて、ダニーをふりかえった。「たぶん、ぼくは頭がおかしくなっているんだ。きみと話しているにもかかわらず、きみは存在しないんだから」

「もう一度、母さんと話し合って。すごく大事なことなんだから」

「ぼくは本当にきみの父親なのか?」ルークは当惑していた。彼は自分が目にしているものが信じられなかった。彼は科学者で、論理的にものを考える現実的な人間だ。それなのにいま、二階と三階のあいだで停止したエレヴェーターのなかで、幻の少年と話をしている。

「もちろん、あなたはぼくの父さんだよ」

「いままでまったく知らなかった」

「母さんは、あなたがぼくを欲しがらなかったと言ってた」

「欲しがらないだって? もちろん、きみが欲しいさ」ルークは大きな声で言った。

隣りの女性が息をのんだ。「ちょっと、こっちはあなたなんか欲しくないわ。わたしは幸せな結婚生活をおくっているんですから。まったく、この人はいったい何を考えているのかしら?」

ルークは言い返すのもばからしくなり、ふたたびダニーに目を向けたが、彼の姿は消えかけていた。「待って、行かないでくれ。きみの姿を見たい。きみに触れたいんだ。きみが実在すると実感したい」

「ちょっと、わたしに触らないでちょうだい」女性が言った。「大声を出すわよ」

「あなたに話しかけているんじゃないんだ」ルークはかっとしてどなった。

ダニーは父親の腕に触れた。「母さんともう一度話をして。なるべく早く。ぼくはひどい怪我をしている。もしかすると助からないかもしれない」

「待ってくれ。なぜそんなことがわかる?」

「ぼくにはわかるんだ」

目の前の障害物が急になくなったので、ルークは壁にぶつかった。ダニーはもういない。そこには何もなかった。「ちくしょう」彼は毒づいた。

「ああ、どうしよう」女性の呼吸がまた荒くなった。少女が叫びだした。

ようやくエレヴェーターが動きだした。

一階で扉が開くと、女性と子供はエレヴェーターから飛び出した。ルークはあとからゆっくりエレヴェーターを降りた。どうしたらいいのか、わからなかった。戻ってジェニーと話をしようかと思ったが、いったいなんと言えばいいのだろう？　夢のなかにダニーが出てきて、今度はエレヴェーターのなかで彼に会ったと言うのか？　きっと彼女もぼくの頭がおかしいと思うだけだ。

たぶん、そのとおりなのだろう。彼は幽霊や幻視など信じない。まったくばかげた話だ。おそらく睡眠不足と、デニーズの卵管結紮《けっさつ》の話に心底腹が立っているせいに違いない。子供のことが頭から離れず、父親になりたいという思いが強すぎるのだろう。

ジェニーに十二歳の息子がいるからといって、それが彼の子供だとはかぎらない。べつの男がいたのかもしれない。

だが、あの直後に彼女がまた妊娠することがありうるだろうか？

その答えは、いやになるほどあきらかだった。もちろん、そんなことはありえない。ジェニーは彼から中絶費用を受け取ったが、結局、手術を受けなかったのだ。彼の息子を産んでおきながら、それを隠しとおしたのだ。その理由は、彼にも理解できる。あのとき、彼は自分の態度をはっきりさせたのだから。

しかし、いまは状況が変わった。ジェニーと彼のよいところをすべて受け継いで生まれてきたあの子が欲しい。なぜならジェニーと過ごした時間が、彼の人生で最高の時だったからだ。だが残念ながら、ジェニーとの関係を続けることは、医大、地位、金、権力という彼が望んでいた未来、そして両親が彼のために望んでいた未来の邪魔になった。

いま、彼は望んでいたものすべてを手にしたが、ジェニーも息子もいない。そう考えると、彼はがっくりと肩を落とした。

ルークがエレヴェーターから離れようとすると、足が重くて思うように動かない。前に進もうとしても、まるで誰かが細い両腕で彼の首にしがみついているかのようだった――ちょうど子供が彼の背中におぶさっているみたいに。

ダニーだ。ルークは苦笑した。まったく強情な子だ。

とっさに決断したルークは、エレヴェーターにひきかえして上昇ボタンを押した。ジェニーをさしおいて息子に会うことはできないかもしれないが、せめてダニーの主治医に会うことならできる。どんな形であれ、彼はとにかく答えが欲しかった。

メリリーがダニーの病室に入ってきたので、ジェニーは顔を上げた。「ルークは帰ったの?」

「ええ」メリリーはベッドに近寄ろうとせず、そわそわと落ち着かない様子だった。彼女は昔から病人が苦手だった。「ダニーったら、顔色が真っ青ね」メリリーが言った。「ちっとも気がつかなかったわ」

メリリーの目には、恐怖と不安がにじんでいた。「この子はきっと助かるわ」ジェニーは断言した。

「もちろん、助かるわよ」メリリーが深くうなずいた。「かならず元気になるわ」

「ええ、かならずよくなるわ」

二人は黙りこみ、病室にはモニターのブザー音と、ダニーの胸に空気を送りこむ人工呼吸器の音だけが響いた。こんな小さな少年のためにいくつもの機械が使われていたが、これらの機械によって彼は生かされていた。

「ジェニー、すこし休んだほうがいいわ」メリリーが言った。「もう何時間もここにいるんだから、何か食べて休むべきよ」

「お腹がすいてないから」

「最後に食事をしたのはいつ？　昨日の晩はずっとダニーを捜しまわっていたし、そのあとはこの病室にこもりきりじゃない。あなたが倒れるわけにはいかないのよ」

「お願いだから、放っておいて」ジェニーがダニーの手を撫でた。「この子が目を覚ましたとき、そばについていてやりたいの」

メリリーがベッドと距離をおいたまま、きまり悪そうに身じろぎをした。「リチャードがあとで寄ると言っていたわ。午前中はお客さまと会わなくてはならないの」メリリーは落ち着きなくブラウスの襟元に手をやった。「地方から来てるお客さまなのよ」

ジェニーがいぶかしげに姉を見た。「ねえ、リチャードとはうまくいってるの？」

「もちろんよ。どうしてそんなことを訊くの？　リチャードはただ忙しいだけよ。それはわたしも同じだけれど」

「べつに無理をしてここに来なくても――」

「そういう意味で言ったんじゃないわ」

「わかっているけど。でも、もしかするとかなり時間がかかるかもしれないから――ダニーが目を覚ますまでに。ウィリアムとコンスタンスには姉さんが必要でしょう」

「二人ともダニーのことを心配しているわ。すぐによくなるって二人には言ってあるけど。来週の感謝祭に、ダニーがいないなんて考えられないわ」

ジェニーはそのひとことに心臓がとまりそうになった――ダ、ダ、ダニーがい、い、いない。彼女はいてもたってもいられなくなった。「ああ、どうしよう、メリリー。もしも本当にダニーがいなくなってしまったら？」

メリリーは妹の腕に手をおいた。「感謝祭はダニーもわたしたちといっしょにお祝いするのよ。そうでないとわたしが許さないのを、あの子は知っているもの」

ジェニーは息を深く吸いこみ、ゆっくりと吐いた。疑いを持ってはいけない。疑念を持たないようにしないと、自分の心が押し潰されてしまう。「姉さんの言うとおりだわ」

「いつだってそうよ」メリリーは明るく微笑んだ。

ジェニーもむりやり笑顔をつくった。「そうね。マットとは話した？」

メリリーの顔から笑顔が消えた。「留守番電話に十回以上メッセージを残してるんだけど。もしかするとどこかに出かけているのかも」

「昨日の夜、会ったのよ。たぶんブレンダの家にいるんだわ」

「あの子も人生を立て直してくれればいいんだけど」

「わたしもそう思うわ」

「ねえ、ジェニー、ルークに何を話したの？」

メリリーの探るような視線を避けるために、ジェニーはダニーに目を向けた。「何も話してないわ」

「よかった。彼がダニーの父親だってことをあの人に言ったところで、何もいいことはないもの。話がよけいに複雑になるだけよ」

「わかってるわ」だがジェニーは、心の奥底では、息子の父親であり、ダニーがあれほど会いたがっていた男性を強く求めていた。一日遅れで今日になってルークが姿を現わすとは、なんという皮肉だろう。彼らはいつもタイミングが悪かった。

ジェニーはダニーの頬を撫でた。「看護師さんの話だと、ダニーに話しかけたほうがいいんですって。わたしの声が聞こえるかもしれないの。ねえ、聞こえる、相棒？　ママはあなたを愛しているのよ、知ってるでしょう」彼女の声は震えていた。「頑張って起きなくちゃ。

頑張るのよ、坊や。眠りの精があなたの目にたくさん砂を入れたの。でも払いのけることができるのよ。やればできるわ。あなたは強いんだから。あなたは戦士なんだから」

「ジェニー――」

ジェニーは姉に顔を向けた。「この子はわたしの勇気の源なのよ、メリリー。ある日、映画を観に行って、夜遅く帰ってきたら、裏口のドアが開いていたの。わたしは死ぬほど怖かった。隣りの家に飛んでいって、警察に電話したかった。でもダニーは、たった十二歳のこの子は、野球のバットを持ってわたしといっしょになかを調べに行ったの。わたしはそれを許したのよ、メリリー。本当にそれを許しちゃったの」彼女は苦痛のあまり声を荒らげた。「ああ、わたしってひどい母親だわ。あのときだって、あの子は怪我をしたかもしれないのに。昨日も同じよ。わたしが家にいて、あの子が何をしようとしているか気づいてさえいれば」

「ジェニー、やめなさい。あなたはひどい母親なんかじゃないわ」

「なんでそんなことが言えるの？　姉さんは真っ先にわたしを批判するじゃないの」

「それはこまかいことについてだけで、あなたがダニーの命を危険にさらすなんて思ってもいないわ」

「でもこれでわかったでしょう。わたしはそういうことをしているのよ、何度も」ジェニーはダニーのベッドの隣りにある椅子に腰をおろした。「過去に戻って、何もかもやり直せたらって思うわ」

「過ぎたことを悔やんでもしかたがないわ」

ジェニーはため息をついた。「ねえ、メリリー。心配してくれるのは嬉しいんだけど、わたしを独りにしてくれない?」

「わたしに出て行けというの?」メリリーは驚いて尋ねた。

「ええ」

メリリーはあっけにとられた顔をした。「そう、わかったわ。もう一度マットに電話をしてくるわ。そのへんにいるから」と言って、メリリーは病室から出ていった。

一人になってほっとしたジェニーは、息子に顔を向けた。メリリーと話をしたくなかった。息子以外の誰とも話す気になれなかった。「さあ、ダニー、起きる時間よ。ビーチに行きましょう——あなたとわたしの二人で」

二人で生きていきましょう——と、ジェニーは心のなかでつけ加えた。これまでずっとそうしてきた——五百ドルを受け取って、ルークのもとを去ったあの日から。彼女は悲しいときにいつもそうするように、ビーチに行った。風が涙を拭いてくれた。海がルークの金を持っていった。

せっかくの金を海に捨てたのは、まったくの衝動的な行動だった。あのときの彼女はほとんど文なしで、一年しか大学に行かずにアイスクリーム店でアルバイトをしている、妊娠した十八歳の少女だった。だがその行動は、彼女のプライドを満足させた。

ルーク・シェリダンなど必要ない。彼は最高の夏をプレゼントしてくれたが、夏は終わっ

った。季節が変わって木々の葉が色を変えるように、ルークもまた彼女に背を向けて去ってい

苦悩する日々が、何週間も何カ月も続いた。ふくらんでいくお腹を鏡で見るたびに、ダニーを授かった夜のことを思い出した――コンドームが破れても、押しとどめられなかったほとばしる情熱を。たがいに一つになりたいという狂おしいほどの欲求を。彼女の胸をまさぐるルークの手を。彼女の全身を優しく愛撫する彼の唇を。

ダニーはけっして愛に包まれて生まれてきたわけではないけれど、彼は間違いなく愛のなかで生を受けたのだ。

彼女はそのことを、当時と同じようにいまも強く確信していた。ルークはただ臆病風に吹かれただけなのだ。十年の時を経て、彼女はようやくその事実に気づいた。長い時間がたって、あの頃とは比べものにならないくらい賢くなったいま、ジェニーにはその構図がはっきり見えてきた――前途有望な青年が、次の食事のことぐらいしか考えていない少女を妊娠させてしまった。

むろん、ルークは夢の王子さまのようにふるまうこともできただろう。彼女を抱きしめてプロポーズすることもできたはずだ。だが彼はあわてふためいて逃げ出した――まるで大切なイタリア製の靴に地獄の炎が燃え移りそうになったかのように。

あれから長い年月が過ぎて、もう二人のあいだにはなんのつながりもなくなったかに見えたが、いまこうして一瞬にしてかつての記憶がよみがえってきた。ひと目会っただけで、た

ったひと言彼の声を聞いただけで、ジェニーは彼のシャンプーの香り、優しい言葉、顎のくぼみ、彼女を抱きしめる腕の感触を思い出した。

ジェニーはそれを思い出したくなかった。彼女は、別れを告げたときの彼の冷ややかな目つき、手切れ金を渡したときの彼のよそよそしい態度を思い出そうとした。

胸のうちで、彼女は怒りを掻きたてた。そうすることで、いまのこの苦しみから逃れようとした。もう二度と彼と会わなければ、何もかもがうまくいくだろう。

10

「お会いできて嬉しいです、ドクター・シェリダン」ブルース・ローウェンスタイン医師は、会いにやってきたルークに挨拶した。ルークがさしだした手を、彼は力強く握り返した。

ルークは医師の自信に満ちた力強い握手に満足した。ダニーの脳外科手術を執刀したローウェンスタイン医師が、信頼できる手の持ち主であることを知って、彼は安心した。

「ルークと呼んでください」

ローウェンスタイン医師は微笑んだ。「〈シェリ・テク〉社の跡を継がれたそうですね。大きな責任を負うことになられたわけだ。どうぞ、おかけください」彼はデスクの前の革製の椅子を示した。「故郷に戻られた気分はいかがです？」

ルークは椅子にすわって足を組んだ。「悪くないですね」

「たしか〈マッコーリー・パーキンズ〉社にいらしたんですよね？」

「ええ、ですがあれはたんなる研修のためで。わたしにとっては昔から〈シェリ・テク〉社が最終的なゴールでしたから」

ローウェンスタイン医師がうなずいた。「ご両親には何度もお会いしています。じつに立派なご家族ですね」

「ありがとうございます」

「わたしにも四人の子供がいますが、誰一人として病院のそばに近寄りたがらない」彼は首を振った。「なぜだかさっぱり理由がわかりません。むろん妻には自分の夢を子供たちに押しつけてはいけないと言われていますが」

ルークはその言葉に心を打たれて、医師を見つめた。彼は自分の夢が両親のそれと違うなどということは、考えてみたこともなかった。

ローウェンスタイン医師は椅子を引いてデスクに近寄り、厚いガラス板の上に両肘をついた。「それで、なぜ今日はこちらにいらしたんですか？」

ルークが返事をする前に電話が鳴った。

「すみません、少々お待ちいただけますか？」ローウェンスタイン医師は受話器をとり、同僚と話を始めた。

彼が電話に出ているあいだ、ルークはオフィスを見まわした。部屋の片側には、ごくありきたりな茶色の革製ソファが置いてあり、デスクの後ろにはサイドキャビネットがあり、一方の壁には額に入った何枚かの卒業証書が飾られ、レントゲン写真を見るための投影機が据えられていた。

ルーク自身も研究開発に専念するかわりに、こうした病院勤めや開業医として患者を診ることもできたのだが、彼は医療現場の人間関係にどうしてもなじめなかった。患者と向き合って、彼らの苦悩や恐怖をともに分かち合いたいと思ったことはなかった。彼は苦しむ患者をどう励ましたらいいのか、悲しい知らせを患者や家族にどう伝えたらいいのかがわからなかった。

早い時期に、彼は医学の研究分野に進もうと決心した。彼にとっては顕微鏡や臨床検査、治療実験、統計とかかわるほうが、生身の人間の生と死に直接かかわるよりも楽だった。けっして心が痛まないわけではないが、彼は感情をおもてに出すことや、人と深くかかわり合うことが苦手だった。彼の両親は愛情深いタイプではなく、涙にくれる息子を優しく抱きしめたり、不安におののく息子を温かく励ますということは一度もなかった。だからこそ彼はジェニーに強く惹かれたのだ。

彼女の自然な愛情表現は、それまで癒されることのなかった心の傷に塗られた軟膏《なんこう》のようだった。彼女はルークの心の壁をいとも簡単にくぐり抜け、かたくなな外面の奥にひそむ孤独で傷つきやすい彼の内面に触れた。その後、何年間も会うこともなく、彼女に電話したり手紙を書く勇気も彼にはなかったが、それでも彼はけっしてジェニーを忘れることができなかった。

いま、またこうして二人は再会した——考えうる最悪の状況で。かつて二人の仲を引き裂いた子供によって、彼らは引き合わせられたのだ。その子は明日にはもう生きていないかもしれない。

ローウェンスタイン医師は電話を切り、申し訳なさそうに微笑んだ。「すみませんでした。

ここ二日ほど彼と連絡がとれなかったもので」

「かまいませんよ」

「さて、で、ご用件は？」

「先生の患者の一人で、ダニー・セントクレアという少年のことをうかがいたいんです」

ローウェンスタイン医師の表情が曇った。「子供の手術は本当にいやです。けっして慣れることはありません。ダニーは非常に危険な状況ですが、それはもうご存知ですね」

「自発呼吸をしているんですか？」

「いいえ、人工呼吸器をつけています。刺激に対する反応はほとんどありません。声にも、身体に触れても反応しません。ですがまだ早い時期ですから。ジャック・バーマンが今日の午後、診てくれることになっています」ローウェンスタイン医師はベイ・エリアでもっとも優秀な脳外科医の名前を出した。「彼の意見をぜひ聞いてみたいのです」

「ええ、わたしもです」

医師は考えこむような表情でルークの顔をじっと見た。「なぜ彼に興味をお持ちなのか、うかがってもかまいませんか？」

「家族の友人なのです」ルークは無難な答えを選んだ。デニーズにまだ話していないので、この男に自分がダニーの父親であると明かすわけにはいかなかった。

「あの子の母親は立派な女性のようです。気骨があります。残念ながら、いまはそれが必要な状況です」

ルークはうなずきながら名刺をとりだした。「今後も容態を教えてもらえませんか？　ダニーのためにできるだけのことをしてやりたいんです」

「ええ、いいですとも」ローウェンスタイン医師は名刺を受け取った。「一つお訊きしてもいいですか？　これまで臨床医になろうと思われたことはないんですか？　実際に患者を治療する仕事につこうと考えられたことは？」

ルークは首を振った。「一度もありません」

「それは興味深い。医者でありながら患者を診ないというのは、わたしには考えられない。わたしは患者と接するのが楽しみなんです」

「その患者が十二歳の重体の子供でもですか？」ルークは首を振った。「誰かにあなたの子供は重体ですとは、ぼくにはとても言えません。なんと言ったらいいのか」

「言葉は必要ないんですよ。たいていの場合、こちらが何も言わなくても、みんなわかっているんです。とくに母親は」

ルークは椅子から身を乗り出した。「答えが出ないのはわかっていますが。先生の勘では、ダニーの回復の見込みは？」

「七対三ですね」

「回復の見込みが七ですか？」

「いえ、最悪の事態が七です」

その言葉にルークは強い衝撃を受け、息が苦しくなった。呼吸ができるようになるまで、しばらく時間がかかった。「先生の勘が間違っていることを祈ります」

「わたしもですよ」

「お時間をとっていただいて、ありがとうございました」

ローウェンスタイン医師は立ち上がり、ルークをドアのところまで見送った。「ダニーをあんな目にあわせたやつが逮捕されることを願っていますよ。少年はいま、命がけで闘っています。本当に残念なことですよ」


土曜日のもうじき五時になろうとしていた。アランがデスクの奥の古びた革製の椅子に腰かけると、椅子が耳障りな音をたてた。ここは彼にとっては第二の自宅のようなもので、帰ってくると安心した。すくなくとも彼の世界は秩序が保たれていた。

部屋にはほかに三つのデスクがならんでいたが、デスクにいるのは一人だけで、その人物は電話をかけていたので、アランは昨夜起きたことをまた説明せずにすんだ。すでに上司に事故現場の詳細を報告していたし、勤務中の同僚警官たちにも話をしていた。残念ながら、いまのところ轢き逃げ犯人の手がかりはなかった。

スー・スペンサーがコーヒーカップを二つ手にして部屋に入ってきて、そのうちの一つをアランの前に置いた。「カフェインをとって頭をすっきりさせたほうがいいわ」

アランはひと晩ですっかり伸びた顎鬚を撫で、コーヒーをひとくち飲んで顔をしかめた。

「おい、またアルマンドがコーヒーをいれたのか?」

「彼は濃いのが好きなのよ」

「こんど屋根のタールを塗り替えるときは、やつがいれたコーヒーを使うといい」

スーはほっそりした腰を彼のデスクのはしにのせて微笑んだが、親しみのこもった目には心配の色が浮かんでいた。「今夜は休みをとるはずじゃなかったの？」

「仕事をしたほうがいいかなと思って。それ以外ではなんの役にも立てないからな」

「ダニーの具合は？」

アランは首を振り、もう何度も訊かれた質問に身体をこわばらせた。その問いかけは彼の頭のなかでこだまのようにくりかえし響いていた。「よくない」

「そう、助かるといいけど」

「まったくだ。なんとしても真実を突きとめたい。目撃者、タイヤのスリップ痕とか、何かわかったか？」

「採取したのはガラスの破片だけ。たぶんヘッドライトが割れたものね。道はせまくて、両側には木が鬱蒼《うっそう》と茂ってたし。百メートル以内には商店も民家も一軒もないわ。いちばん近い店は〈イーダス・アイスクリーム〉、誰も何も聞いていないわ」

「それは知ってる。ちょっと前にその近辺を車で流してきたんだ。もしかして何か見落としがあるかもしれないと思って」

「わたしも同じことをしてみたけど、見落としはないわ。ダニーが倒れていた場所と道路の位置関係からみて、彼は車に轢かれて五メートル以上引きずられたようね。怪我の具合から考えると、車は彼のあばら骨あたりにぶつかったんじゃないかしら。トレーナーが破けていて、かすり傷がいくつもあるし、腹部にはガラスでできたと思われる切り傷もあった。対向車線にべつの車がいなくて幸運だったわ。さもなかったら、たぶん彼は二度轢かれていたでしょうよ」

「幸運か」彼はくりかえした。「クリストファーの話は？」

「ふりかえったとき、車のライトが遠くに消えていくのが見えたそうよ。道の真ん中に駆け出して、ダニーを助け起こそうとした。それから次に来た車を止めたの。彼がパニックを起こして、ダニーを置き去りにしなくてよかったわ。あんなに真っ暗じゃ、誰にも何も見えなかったでしょうから」

アランは落ち着きなく指でデスクをこつこつとたたいた。苛立ちがつのり、怒りがこみあげてきて、とにかく誰でもいいからたたきのめしたい気分だった。できれば少年を轢いてそのまま置き去りにしたやつを殴り倒したかった。

「昨日の夜は、視界が本当に悪かったわ」スーがあらためて彼に言った。「バスの運転手からも話を聞いたけど、少年たちを降ろしたあと、気をつけるようにと言ったらしいわ。でも彼らが道を渡るとこは見ていないの」

「誰かいたはずなんだ。たとえば〈イーダス・アイスクリーム〉から出てきて、無茶な運転をして帰る客とか」

「現場に戻って、名前を訊きだせるかやってみましょう。小さな町だもの。みんながおたがいのことを知っているし。たぶん犯人は道沿いのバーから出てきた客だと思うの」

アランは険しい顔でうなずいた。「酔っぱらいは本当に嫌いだ。絶対に犯人《ホシ》を挙げてやる。絶対に逃がさないからな」

「そう言うと思ったわ。〈アカプルコ・ラウンジ〉に行ってみる？」

アランは二十四時間ぶりに笑顔を見せた。「きみの考え方が好きだよ、スー」

「だってわたしたちはパートナーじゃない。最後まであなたにつき合うわよ、相棒」

「ありがとう。それにしてもジェニーは……」と言いかけて、彼は口ごもった。ただ誰かに話を聞いてほしいだけで、何かを言いたいというわけではなかった。それに結局のところ、スーも女性だった。

「ジェニーがどうしたの？」

「彼女は――彼女という人間がよくわからないんだ。彼女がどういう女性なのかがおれには理解できない。彼女はすっかり参っている。おれは大丈夫だ、心配するなって言ってやりたいんだが、まるで憎んでいるような目でおれを見るんだ」アランはペンを手にとって指先でまわした。

スーが彼の肩に手をおいたが、アランはそれを振りほどいた。彼女に気弱なところを見せたくなかった。彼はつねにタフな警官であり、これからもずっとそうでありつづけたかった。

「彼女だってつらいのよ、アラン。きっと自分のなかの怒りをあなたにぶつけているのよ。そうでないとその怒りが爆発してしまうから」

「どうかな」アランはゆっくりと言った。「ここ半月ほど、彼女とあまりうまくいってなかったんだ。この事故のせいで、おれたちがどうなるかわからないな」

「絆《きずな》が強くなるかもしれないわ」

「別れることになるかもしれない」

「物事の明るい面を見ましょうよ」

「明るい面があるのか？」

スーは申し訳なさそうに肩をすくめた。「思いつかないわね」

アランはペンをデスクに放り投げた。「まあいいさ、いまのところ、おれはダニーにもジェニーにも何もしてやれない。だが犯人を捕まえて、罪を償わせることはできる」彼は立ち上がった。「まず〈アカプルコ・ラウンジ〉からあたってみよう」


マットが受話器を置いたのは、これで今日三度目で、彼は壁に掛かった家族の写真を見つめた。母がまだ生きていた頃、何年も前に撮った写真だった。彼らはリヴィングルームでクリスマスツリーの前にすわっていた。

両親はピアノの椅子に腰かけていて、子供たちはその後ろに立っている。全員が微笑んでいたが、父だけはべつだった。彼はこれまでの人生で微笑むということがほとんどなかった。

マットは母に目を向けた。キャサリン・セントクレアと娘のジェニーはよく似ていた――同じような自然な笑顔、同じような豊かな茶色の髪。キャサリンは心優しい人で、膝《ひざ》をすりむいて痛がる子供たちにキスし、父親に責めたてられる彼をかばおうとしてくれた。

キャサリンが死んだとき、家族は求心力を失った。当時、二十二歳になっていたメリリーは病的な仕切り屋になり、十代のジェニーとマットをまるで幼児あつかいした。

彼は当時、姉を完全に無視していた。フットボールの奨学金を受け、十八歳でスタンフォード大学の一年生として試合で活躍していた彼は自信満々で、この世に怖いものなど何もなかった。謙虚さは美徳であることを教えてくれた母を失った彼は、生意気で傲慢《ごうまん》な鼻持ちならない若者だった。

十五歳の高校一年生だったジェニーは、兄弟のなかでもっとも傷つきやすい年頃だった。写真のなかの妹を見た彼は、思わず顔がほころんだ。ジェンジェンはまるで雌の子馬のようだった。細い脚に長い腕、無造作に額にかかるぼさぼさの髪。写真のなかの彼女はダニーより一つか二つ年上で、母子は驚くほど似ていた。

ダニーも母親と同じように人生の喜びを知っていて、同じように底抜けに楽観的な性分だった。だからこそ彼はハッピーエンドを信じて父親を捜し出そうとしたのだろう。

なんてことだ。マットは思わず目をとじた。胸の奥から苦いものがこみあげてくる。ダニーは彼をいまでも尊敬してくれる家族でただ一人の人間だった。親友であるダニーを失うことが、彼はたまらなく怖かった。

マットは病院に行きたかった。メリリーは朝から一時間ごとに電話をかけてきていた。だが彼は何を言ったらいいか、どう説明したらいいかわからず、受話器をとらなかった。それにメリリーにがみがみ文句を言われるかと思うと、それも憂鬱《ゆううつ》だった。彼には姉の罵倒《ばとう》に耐える力もなく、正しい対処のしかたもわからなかった。

とにかく、まず自分の車を見つけなくてはならない。いったいどこに置いてきてしまったのだろう? ブレンダに電話をしたが、留守番電話につながっただけだった。ケニーは釣りに行っていて、夜遅くにならないと戻らないし、ジョディは〈アカプルコ・ラウンジ〉のあとまっすぐに家に帰ったと言っていた。

マットはふたたび受話器を手にとり、バーに電話をした。もしかしたらバリーが、マットの車が店の駐車場に駐めてあると言って、彼を安心させてくれるかもしれない。

耳に響いてきたのは話し中を知らせる音だった。

ちくしょう。

マットはもう待てなかった。もう一瞬たりとも待つことはできなかった。〈アカプルコ・ラウンジ〉までの距離はほんの一、二キロだ。自転車に乗っていって、車を見つけて自転車を後ろに放りこみ、堂々と胸を張ってそのまま病院に行けばいい。

病院のエレヴェーターから降りてくるリチャードの姿を見て、メリリーは腕時計に目をやった。結局、彼は一日じゅう出かけていて、なんの連絡もよこさなかった。いつもと同じだった。いまさら驚くこともない。ここ数カ月というもの、ずっとそんな状態が続いていた。

「メリリー」リチャードは腰をかがめて彼女の頬にキスをした。

「もう六時よ」

「ランチが長引いてしまったんだ」リチャードは彼女のかたわらに腰をおろし、ネクタイをゆるめた。とても疲れているように見え、四十三歳という実年齢よりも老けて見えた。「容態に変化は？」

メリリーが肩をすくめた。「指を二、三本動かしたの。ジェニーは大喜びして有頂天になっているけど、ドクターは反射的な動きだろうと言っていたわ。ダニーは昏睡状態だから」

「こんなことになるなんて、信じられないよ」

「ジェニーは病室から離れようとしないの。マットはぜんぜん姿を見せないし、父はここに来ようともしないわ」彼女の声が詰まり、何年ぶりかで鉄のような自制心を失った。「孤独でたまらないの。どうしていいかわからない――何を言ったらいいのか。口から出る言葉がすべて間違っているような気がして」

リチャードは妻の肩に手をまわして彼女を抱きしめた。こんなふうに彼女を抱きしめるのは何年ぶりだろうか。メリリーは目をとじて、夫の匂いを吸いこんだ。だが花のような香りに心を掻き乱された――べつの女性の香水だ。

彼女はその考えを頭の隅に追いやった。彼は客といっしょにいたのだから、そのなかの一人がたぶん女性だったのだろう。

「そんなことはない、メリリー。きみは役に立とうとして、よくやっているよ」

すくなくとも夫は彼女の努力を認めてくれた。そう思うと、涙があふれてきた。だが彼女はけっして泣いたりしない。まばたきで涙をおさえて、彼女は顔を上げた。「ハンカチを借りてもいいかしら？」

夫の返事を待たずに、彼女は彼のジャケットの内ポケットに手を入れ、折りたたまれた白いハンカチをとりだした。そのとき、いっしょに何かが足もとに落ちた。金色で丸く、真ん中にダイアモンドがついたものが。

それは彼の結婚指輪だった。彼女が十七年前に彼の指にはめたあの指輪だった。

指輪はカーペットの上に落ちた。リチャードが拾おうとしたが、彼女が先にそれをつかんで手のひらにのせ、当惑顔の夫の目の前にさしだした。

「なぜ指輪をしていないの？」

「さ——最近、すこし太ったんだ。それできつくなってね」

「嘘つき」大きな声に、リチャードだけでなく彼女自身も驚いた。

「なんだって？」

「太ったどころか、痩せたじゃないの」

「おまえは何が言いたいんだ？」彼はすこしも悪びれた様子がなく、まるで妻に事実をはっきり言わせて、二人のあいだの茶番劇を終わらせたいかのようだった。

だがメリリーは何も言えなかった。すべてを失う危険を犯したくなかった。

「べつに何も。あなたを責めてるわけじゃないの。サイズをすこし大きくしてもらったほうがいいわね」と言って、メリリーは夫に指輪を返した。「あなたにこれからもそれをはめていてほしいもの。あなただってそれを望んでいるでしょう？」

「もちろんだ」リチャードはそうつぶやき、指輪をすんなりと指にはめた。

〈アカプルコ・ラウンジ〉の駐車場には車が一台もなかった。土曜日の夜の客はまだ来ていなかった。マットは十段変速機付きの自転車を壁際に停め、自分の車を目で捜したが、どこにもなかった。

入口に近づいた彼はためらった。一台のパトカーが、二台分のスペースをまたぐように斜めに停まっている。これはたんなる偶然に違いない。おそらく酔っぱらいが何か問題を起こしたのだろう。自分が何も心配することはない。

だが、ここ二年間ほどはマットは警官が苦手だった。スピードの出しすぎと酒酔い運転を何度もやっていた。まだ捕まったことはないが、もうすこしで捕まりそうになったことはある。しらふのときは、自分のふるまいが危険だとわかっていたが、危険はつねに彼の人生の一部だった。

フットボールは危険なスポーツだ——暴力、スリル、興奮。彼は黄金の右腕を誰かにもぎ取られたかのように、試合が恋しくてたまらなかった。かつての彼は素晴らしい選手だった。いま、NFLでプレーしているあんな連中よりずっと巧《うま》かった。

五年前に、守備のラインマン、バーニー・ステインマンにタックルされて、彼はすべてを失った。あのときマットは脚を三カ所骨折した。いまでも骨が折れたときのぽきんという音が耳に残っている。

脚に鋭い痛みが走り、彼は足をとめた。むろん、それは錯覚だった。彼の脚の怪我はとっくの昔に完治していた。だが心の傷は癒えず、一生の夢が突然砕け散った痛手から、彼はいまだに立ち直れないでいた。

フットボールを失った彼は、抜け殻も同然だった。ただ酔っているときだけは気分が楽になった。しばしのあいだ、酒を飲んで痛みを忘れ、パーティではしゃいでいるふりをし、いかした女たちがいまでも彼を追いかけている気になった。もちろん、なかには有名な元クォーターバックと寝ることで、スリルを疑似体験したいという女も何人かいたが、そういう女たちもやがて次の話題の有名人を追いかけて去っていった。

本気で彼を心配してくれたのはジェンジェンだけだった。そう思った瞬間、彼はなぜ自分が店に入らずに駐車場で立ちすくんでいるかを思い出した。

心の奥底では、まさか自分が甥《おい》を車で轢いて逃げたなどとは信じていなかったが、なにしろ昨夜の記憶がまったくなく、車がどこにあるのかもわからない。

彼は背すじを伸ばし、ドアを押して店に入った。

バーカウンターに二人の警官がいて、ウェイターのジョゼフと話をしていた。警官の一人は見知らぬ女性だったが、もう一人は妹のボーイフレンドのアラン・ブラディだった。

マットはきびすを返してその場から逃げだそうとしたが、アランに見つかってしまった。

「マット」アランが驚いた声を出した。「あんた、いったいどこに行ってたんだ？　留守番電話に十回以上もメッセージを残したんだぞ」

「わかってる。いま聞いたところだ」

「病院には行ったのか？　ジェニーに会ったのか？」

このいかがわしい酒場以外にはどこも行っていないと認めれば、自分が最低の人間に見られるのはわかっていたが、マットはほかに言うことが見つからなかった。最近は嘘ですらすぐには口をついて出てこなかった。

「いや、まだだ」彼はぼそりと言った。

アランが目を細めた。「なぜだ？」

彼の口調はうわべは穏やかだったが、マットは身体をこわばらせた。アランとは以前から馬が合わなかった。アランは彼のことを役立たずだと思っていたし、マットのほうも警察官とはつき合いたくなかった。「病院は苦手なんだ。かえってジェニーを落ちこませる」

「彼女があれ以上落ちこむことはないだろう。彼女にはあんたが必要なんだ、マット。メリリーが彼女を苛立たせてる」

「そうだろうな」

「何か飲むか？」ジョゼフが言った。

「ああ、ビールをくれないか」

「ビールだと？」アランが聞きとがめた。「あんた、甥っ子が入院しているっていうのに、ここで飲んだくれるつもりなのか？」

「アラン、言いすぎよ」女性警官が注意した。

アランはマットをにらみつけた。「あんたはろくでなしだ」

マットは肩をすくめ、アランにののしられても痛みを感じないふりをした。たしかに自分はろくでなしだが、問題はその程度だ。もしもダニーを轢いたのが自分だったら、この先どうやって生きていけばいいのだろう？

「なぜそこまで最低の人間になれるんだ？」アランは語気を荒げ、一歩前に出た。

アランのほうが身体が大きかったので、マットは本能的にあとずさりしたが、アランがマットの腕をつかんだ。「すぐにこの店から出て、車で病院に行け」

「無理だ」

「無理じゃない、行くんだ」アランはマットを力まかせに引きずってドアに向かい、駐車場に連れ出した。「車はどこにある？」彼は強い口調で尋ねた。

「自転車に乗ってきた」マットはアランの目を見ずに言った。まずいことになった、とマットは思った。

「自転車だと？　車はどうしたんだ？」

「べつに。ただ運動したい気分だったんだ」

「ほう、そうか？」アランはマットを建物の壁に押しつけた。

「おい、気をつけろ。痛いじゃないか」

「これでも手加減してやってるんだ。おい、もう一つ質問だ。昨日の夜、あんたはこの店で飲んでいたのか？」

「おまえ、何を言ってるんだ？」

「ウェイターの話だと、八時に出勤したときには、店はかなり混んでいたそうだ」

「だから？」

「あんたの車はどこにある、マット？　ヘッドライトが壊れていないといますぐ言わないと、あんたをぶちのめしてやるぞ」

11

　ジェニーは椅子の背に頭をもたせかけ、目をとじてダニーの病室の風景を視界から消した。一瞬でいいから休みたかった。疲労がピークに達していた。

　そのまま眠りに落ちると、ふたたび夢を見た。ルークとともに、彼女の真っ赤なフォルクスワーゲンのオープンカーでパシフィック・コースト・ハイウェイを走る姿が目の前に浮かんできた。それは息をのむような絶景で、道のすぐわきは切り立った崖になっていて、その真下には大西洋の白波が渦を巻いていた。カーラジオからはエルトン・ジョンの《クロコダイル・ロック》が流れていて、彼女はコーラスに合わせて調子はずれの声で歌っていた。ルークは運転席の背もたれに手をまわしていた。彼の指先が、日中の暖かい陽射しを浴びている、むきだしになったジェニーの肩に触れていた。若かった彼女は、恋をして生きていると実感し、世界を征服できるほど強くなった気がしていた。力いっぱいアクセルを踏みこむと、車がいっきに加速し、ポニーテールを縛っていたリボンが風に飛ばされ、茶色の髪が風になびいた。彼女は声をあげて笑った――そしてルークも。

　彼が恋人を見て微笑んだ――日焼けした顔に白い歯がまぶしかった。ルークがサングラスをはずすと、その青い目に彼女は息をのんだ。彼女がハンドルをぎゅっと握ると、車体が右に大きくぶれた。ルークはドアハンドルにつかまり、彼女はあわてて車をまっすぐに戻した。

「スピードの出しすぎだよ」と、ルークが言った。

「思いきりスピードを出せば、このまま空を飛べるかもしれないわよ」怖がる彼の表情を見て、彼女は笑い声をあげた。「心配しないで。そこまで頭がおかしくはないから」ジェニーは車の速度を落とし、やがて展望台のある路肩に車を停めた。彼女は車から降りて、海を見るために柵に近づいた。

ルークも車から降り、彼女の腰に手をまわして自分のほうに引き寄せた。

「最高だと思わない？」ジェニーは彼と目を合わせようとして、腕のなかでもがいた。「あなたがいて、わたしがいて、天気がよくて、素晴らしい夏の日。ほかに何もいらないわ。だって欲しいものが全部ここにあるんだもん」

ルークは彼女を見つめた。「きみを見てると、それを信じたくなるよ」

「だったら信じればいいじゃない」

ジェニーは彼の頬にキスをした。唇が顎の線をなぞり、やがて唇のはしにたどりつく。ルークが息をのんだ。ジェニーは彼のそんな息づかいが好きだった。それは二人の関係の主導権を握っているのは自分だというふりをしながら、じつは彼のほうが彼女に参っているのがわかる唯一の証拠だった。

ルークは彼女の唇にキスし、舌先で唇を押し開いて、舌と舌をからみ合わせた。彼の両手がセーターのなかにすべりこみ、まるで壊れやすい陶器をあつかうかのように彼女の胸や背中を愛撫した。

ルークは、彼女がいままでつき合ってきた男の子たちよりもずっと洗練されていた。実際、彼は男の子ではなく、大人の男であり、それがジェニーを大人の女の気分にさせた。

外見はまるで違っていても、二人はじつは似た者同士だった。彼女は孤独をばか陽気な笑いで、ルークは尊大な沈黙で隠していた。いっしょにいることで二人は孤独を追い払い、たがいの腕のなかに愛と喜びを見い出した。

顔を上げたルークは、息を切らしていた。首筋の血管が激しく脈打っている。だがこれこそがルークなのだ。つねに行かなくてはならない場所があり、会わなければならない人がいて、やりとげなくてはならないことがあって、せわしなく時間に追われていた。ジェニーもスピードは好きだったが、それは純粋に車を飛ばすのが楽しいだけで、人生の次のステップに行くことを急いでいるわけではなかった。

「この場できみを抱きたいよ」ルークがささやいた。

ジェニーの指が彼のうなじを這い、さらに彼の髪を掻き上げた。「いいわよ」

「何を言ってるんだい。ここはハイウェイの路肩だぞ」

「あなたにキスされたら、そんなこと忘れちゃった」

彼はにやりと笑った。「たぶんきみの言うとおりだ」彼の笑顔が曇った。「ぼくたちはまるで不釣り合いだよ、ジェニー」

「大切な部分はそうじゃないわ」

「夏が終わったら、ぼくはこの町から出て行く」

「まだ一カ月も先の話じゃない」

「医学部に入ったら忙しくなる」

「わたしのことを考える時間くらいはあるでしょう。たまに手紙を書いたり、電話をかけたりするくらいはできるでしょう」

「たぶん無理だろうな」

彼の返事に、彼女の心は沈んだ。「ひどいわ、ルーク。時間をつくろうと思えばつくれるはずよ。わたしはあなたを愛しているの。あなただってわたしを愛しているんだもの」

ジェニーは彼がたしかにきみを愛していると言うのを待ったが、ルークはただ曖昧《あいまい》にうなずいただけだった。いつかきっと彼に愛していると言わせてみせる。

「そろそろ帰らないと。今夜は両親と食事に行かなくちゃならないんだ」ルークが言った。

「ご両親に会いたいわ」

ルークは身を固くして目をそらした。「会うことになるさ。そのうちにね」

「今夜じゃだめなの？」

「古い友人と食事なんだ——退屈な人たちだよ。いっしょに来ても、きみは楽しめないさ」

「あなたといっしょなら、どこにいても楽しいわ」

ジェニーはルークの腰に手をまわし、胸に顔をうずめて彼の鼓動に耳をすました。彼女はルークの身体を愛していた――力強い筋肉質の肉体も、彼女に優しく触れるその手も、彼女の上で、そして彼女のなかで動いている彼自身も。彼女にとってルークは最初でただ一人の恋人だった。彼以外の男性といっしょにいることなど想像もできなかった。

「きみみたいな人に会ったのは初めてだ」ルークは静かに言った。「この先きみみたいな女性とは二度と会えないと思う」

「よかった」

「きみといると、なんでもできる気がするよ」

「なんだってできるじゃない」ジェニーは彼の目を見つめた。「わたしはあなたのことを信じてるわ」

彼はさぐるように彼女を見た。「なぜだい?」

「だってあなたは頭がいいし、すごく優しい人だから。ときどきそれを隠そうとするけど、心の底ではあなたは自分で思っているほど心を閉ざしてはいないと思う」

「きみに対してはね。でも、いままで親しい友だちは一人もいなかった。ぼくのすべてをさらけ出してもいいと思った相手は、きみだけだ」

「だったらさらけ出せばいいじゃない。ねえ、わからないの、ルーク?」彼女はおどけたように彼をたたいた。

「わからないって、何が?」

「何があっても、わたしはあなたを愛しているの。お金持ちでなくても、重要人物でなくても関係ないわ。正直いうと、あなたがそうでなければいいのにって思ってるくらいよ」

「ぼくはぼくだ、ジェニー。それは変わらない」

「いまのあなたはあなた自身ではないわ。まるで本物のルークをおもてに出すのを恐れているみたい。わたしにはその理由がわからないわ」

ルークはキスで話をさえぎった。そのキスが優しく情熱的だったので、ジェニーは黙ってされるがままになった。やがて彼女はルークの腕から逃れ、海に向かって両手を大きく広げた。「今日のことは絶対に忘れない——それから昨日の夜のことも」そう言いながら、ジェニーは彼のほうをふりかえった。

ルークの目にも、二人で過ごした昨夜の記憶と情熱がよみがえっていた。「ぼくも絶対に忘れない」

「シャツを脱いで」

ルークが口をぽかんと開けた。「なんだって？」

「絶対に忘れないという誓いを封印するために、何かを海に投げ入れるのよ」

「ぼくのシャツを海に投げこめっていうのか？　これ、ラルフ・ローレンのポロシャツなんだぞ、ジェニー。けっこう値段が高いのに」

「何言ってるのよ」ジェニーがシャツの裾《すそ》を引っぱったので、ルークはしぶしぶシャツを脱いだ。

「よし、脱いだぞ。こんどはきみが脱ぐ番だ」彼はいたずらっ子のようににやりとした。

ジェニーは声をあげて笑った。「絶対にいやよ」

「なんでだい？　スリルのある人生を歩みたいと言ったのは、きみじゃないか」

ジェニーは道路のほうを見た。平日の朝の道路には、車が一台も走っていなかった。「まあいいわ、やっちゃえ」彼女はシャツを脱いで、黒のレースのブラジャー姿でその場に立った。

ルークは彼女のすぐ後ろに立った。「本当にやるとは思わなかったな」

「脱げって言ったのはあなたじゃない」

「冗談だったのに」

「手遅れよ。さあ」ジェニーはルークの手をとって、崖っぷちに近づいた。「いっしょに投げるわよ」

彼女は自分のシャツを片手に、もう片方の手にルークのシャツを持っていた。二人はしばらく海を見ていた。

「急げよ。凍えそうだ」と、彼が言った。

「わかったわ。ルークとジェニー、わたしたちのために――いまもそしてこれからも」

二人は崖からシャツを投げ、ピンクと白の布が彼ら自身のようにからまり合って落ちていくのを眺めた。シャツは海のなかに落ち、たちまち波にのみこまれて消えた。

ルークはジェニーを抱きしめ、まるで手放すのを恐れるかのように情熱的に彼女の髪を両手にからませた。そして彼女の名前を何度もうわごとのようにささやいた。

彼の声がどんどん大きくなっていく。ジェニーはまばたきをして目を開け、顔を上げた。きらめく夏の海は目の前から消えていて、オープンカーもなくなっていた。崖のかわりに目の前にあるのは病院のベッドの白いシーツで、彼女はもはや十八歳の恋する少女ではなかった。

またあの声が聞こえた。彼女はダニーのベッドの隣りの椅子で背すじを伸ばし、ドアのほうをふりむいた。

ルークがベッドの足もとに立ち、彼女ではなくダニーを——彼の息子を見ていた。

ジェニーはいままで何度もこの瞬間を想像していたが、けっしてこんなふうにではなかった。

彼の青い目は苦悩に満ちていた。厳しい表情で、顎の線がくっきり浮かび上がるほど奥歯を噛《か》みしめていた。

「ああ、なんてことだ。彼は本物だったんだ——幻覚ではなかったんだ」ルークは驚いて声をあげた。

ジェニーは椅子から立ち上がった。「ルーク——」

彼は片手で制した。「たのむ、この子の顔を見せてくれ」

ジェニーはぐっと唾をのみ、ルークがベッドに近づけるようにわきにどいた。

目の前のルークは彼女の心を乱し、彼の要求を拒むことはむずかしかった。鮮やかな夢のせいで、この男を命をかけて愛した頃の記憶がよみがえっていた。かつて彼女は、いまもそしてこれからも彼を愛すると誓った。

いまはもちろん消えてしまい、これからは幻想になった。残るは、闘わねばならない現在だけだった。

「ぴくりとも動かない」ルークがつぶやいた。

「この子は昏睡状態に陥っているの。もちろん、それはすでに知っているわね。あなたは医者ですもの」

ルークは医者としてではなく、父親としてダニーを見つめていた。

ルークがダニーの肩に優しく触れるのを見て、ジェニーは泣きくずれそうになった。何年ものあいだ、彼女はルークに息子が生まれたと告げることを夢見ていた。父子がいっしょにいる姿を思い描いていたが、つねに恐怖が先に立った。

最初のうちは、彼女も傷つき怒っていた。やがてルークがデニーズと結婚し、その時点でもう手遅れだと悟った。彼には彼の人生があり、彼女には彼女の人生がある。ルークは子供を欲しがらなかった——すくなくとも彼女が産んだ子供は。ルークは彼女にそう断言した。

だがジェニーは、ルークとダニーが父と息子として接することを完全にあきらめることができなかった。だからこそダニーがルークに会いたいとせがんだとき、彼女の心は揺れた。ルークがダニーを彼女から取り上げようとするのではないかと恐れつつ、その一方で、彼がダニーを無視するのではないかとも恐れていた。

いま、ルークはここにいる。もしそのことを知ったら、ダニーはきっと大喜びするに違いない。ジェニーの目から涙がこぼれ、頬をつたった。ダニーはあれほど父親に会いたがっていたのに。いまとなってはもう手遅れだ。ダニーは目を開けることすらできない。ルークに訊きたくてうずうずしていた質問をすることすらできないのだ。

「ああ、ダニー」彼女はささやいた。「起きなさい、坊や。彼が来てくれたのよ」

彼女はルークに顔を向けた。何を言えばいいのか、どうすればいいのかわからなかった。二人のあいだに空気がふたたび息を吹き返し、彼女自身の鼓動がより大きく響いてきた。

ルークは無意識にゆっくりと腕を広げた。不合理だと思いつつも、ジェニーはゆっくりと彼の腕に身をまかせた。

ジェニーは彼の胸に顔をうずめて目をとじた。ようやく戻るべきところに戻った。

ルークは彼女の頭に顎をのせ、両腕でしっかりと彼女を抱きしめた。二人とも無言だった。数分間が過ぎた。言うべきことはたくさんあったが、どちらも口をひらかなかった。やがてジェニーがルークから離れ、彼は両手をポケットに入れた。ジェニーは腕を組みながら、この人は自分が不滅の愛を誓った相手ではないと自分に言い聞かせた。彼は変わった。医学部に進学し、確固たる地位を築き、ほかの女性と結婚している。彼女もまた変わった。歳をとり、以前のように屈託のない、人を信じやすい少女ではなくなった。

「ぼくがダニーの父親だという事実をいつまで否定しつづけるつもりなんだ?」ルークが尋ねた。

ダニーが何か反応しないかと、彼女はベッドのほうをふりかえった。だが彼は父親の声にもぴくりとも動かない。それでも息子にこの会話を聞かせるわけにはいかなかった。「その話はここではしたくないわ、ルーク」

「それなら外で話そう」

「でも、ダニーが目を覚ましたときに、そばについていてやりたいの」

「廊下で五分話すだけだ。彼が目を覚ましたら、看護師が呼びに来てくれる」

「あなたと話すことなんてないわ」

「本当か？ ジェニー、話をしよう。きみがうんと言うまで、ぼくはここを動かないからな」

ジェニーは思案した。強情なルークは、欲しいものを手に入れるまで絶対にあきらめない。

「いいわ、五分だけなら」彼女は看護師に声をかけた。「すぐに戻りますから」

集中治療室の外の廊下には、誰もいなかった。ジェニーは腕時計に目をやった。午後十時だった。重症患者の親類以外の面会時間は終わっていた。彼女は待合室を避けて廊下の先に進んだ。廊下の突き当たりの窓下に、病院の駐車場を見渡せるベンチが据えられていた。たいした景色ではなかったが、そこは病院の外にも違う世界があることを彼女に思い出させてくれた。

ジェニーと二人きりになったルークは、壁に寄りかかり、すぐに話しだそうとはしなかった。

「話があるなら早くして」いまのジェニーはルークとかかわるよりも、ダニーのことだけを考えていたかった。

「どんな子なんだ?」ルークがふいに尋ねた。

「ダニーのこと?」

「そうだ」

「なぜ知りたいの?」

「いいから話してくれ」

「そうね、すごくいい子よ。ユーモアのセンスがあって、いたずらっ子で、無鉄砲なところがあって」彼女は愛しそうに微笑んだ。「ものすごく頭がよくて、あの子にしてみればかっこいいことじゃないんだけど、成績もいいの。いまのところは野球が最大の関心事。でも女の子にも関心があるみたい」

「仲がいいのか――きみたち親子は?」

「ええ、とても。たんなる母と息子以上の関係よ。ある意味では、わたしたちはいっしょに成長してきたんだもの」

「きみは母親になるには若すぎた」

「神様からいただいた贈り物を、突っ返したりはできないわ」

ルークは彼女の目を見て言った。「中絶しなかったんだな?」

「しなかったわ」彼女はルークから目を離せなかった。彼の反応は複雑で、困惑、怒り、苛立ちが入り混じり、一瞬の喜びも混じっていたようだが、それは長続きしなかった。

次に口をひらいたとき、彼の声には怒りがこもっていた。「ぼくに知らせるべきだった。何年間もぼくは息子がいることを知らなかった。その事実を隠す権利は、きみにはないはずだ」

ジェニーは驚いて目を見張り、彼女に怒りをぶつけたルークに腹を立てた。

「偉そうに、何様のつもり？　子供が欲しくないと言ったのはそっちじゃない。あなたは両親と同じようにお金持ちで有名な医者になりたかったんでしょう」

「まだ二十二歳だったんだ。ぼくだって子供だった」

「それであなたのとった行動が許されると思ってるの？」

「この十三年間に、ぼくが変わったとは思わなかったのか？　息子がいることをぼくが知りたがるんじゃないかと思わなかったのか？」

「話をすり替えないで。あなたはわたしを古新聞のように捨てたのよ。あなたの人生にわたしはそぐわないから、そのうえわたしが妊娠なんかしたもんだから。まるで妊娠させたのはおれじゃないとでもいうように、知らん顔をしたのよ」

「ジェニー――」

「ところがいまになって、あなたが考え直したかもしれないと思いやれというの？　勝手なことを言わないでよ」

「考え直したんだ」彼はどなり返したが、廊下を歩いていた看護師が静かにしろと身ぶりで注意したので、声をひそめた。

ジェニーの態度は冷ややかだった。「それは残念だったわね」

「それだけか？　ぼくに言う言葉はそれだけか？」

「なんて言ってもらいたいの？　あなたがダニーの父親になる気になって嬉しいわとでも言ってほしいの？　おあいにくさま。いまさらあなたにいまのわたしたちの生活を掻きまわされたくないわ。何年も前にあなたがわたしに言ったことは正しかったわ。わたしはあなたの世界にはそぐわないし、あなたもわたしの世界にはそぐわない」

「ぼくらのあいだには子供がいるんだ、ジェニー。ダニーのことを知ったいま、ぼくはあの子の人生にかかわりたい」

「残念だけど、それはお断わりよ」

「昨日、ダニーはぼくに会いに来たんだ。彼はきみとは考えが違うらしい。ぼくは絶対にここから動かないぞ。ダニーが目を覚ましたときに、そばにいたい。あの子もそれを望んでいるはずだ」

ジェニーはあきれたように首を振った。「あの子が何を望んでいるか、なぜあなたにわかるの？」

「きみがなんと言おうと、ぼくはきみのそばにいるからな」

「一日じゅうここに、わたしといっしょにいるっていうの？」彼女は立ち上がり、ひと言ひと言を強調するように彼の胸に指を突きつけた。「仕事も何もかも放り出して、いままで一度も会ったこともない子供が目覚めるのを待つというの？」

「そのとおりだ」

「へえ、てっきり理屈に合わないことをするのはわたしのほうだと思っていたのに」

「ああ、そうだとも」

「そうかしら？　なら答えて、ルーク。大成功なさった傲慢なご両親と、すてきな奥さまに、カントリー・クラブでランチしましょうと誘われたら、なんて言うつもりなの？　病院から離れられないって言うつもり？　自分とまるで不釣り合いな女——これってあなたの母親の台詞じゃなかったかしら——とのあいだに子供がいたことを、つい最近知ったからって言うつもり？　その子がいま、危篤だからって言うの？　きっとあの人たちは大喜びするでしょうよ」

「きっとわかってくれるさ」ルークはゆっくりと言った。

「そうかしら？　本気でそう思ってるの、ルーク？　夢みたいなことを言ってるのは、どこの誰かしらね？」

12

ルークにとって、日曜日の朝はあまりに早くおとずれた。デニーズに息子の件をどう話すか、夜も寝ないでずっと考えつづけた。すでに午前十一時をまわっていたが、まだその話をきりだせずにいた。ふだんなら問題から逃げたりはしないのだが、今回だけは事情が違っていた。デニーズにダニーのことを打ち明けることで、二人の夫婦関係がすっかり変わってしまうと彼は感じていた。

六杯目のコーヒーをテーブルに置き、ルークはキッチンとファミリールームを抜けて、プールを見下ろす裏庭のテラスに出た。裏は緑が豊かで、美しい花々で彩られていた。ここは大人のための裏庭だった。

この庭にダニーがいるところを、ルークは想像できなかった。彼が夢で会った、野球帽を後ろ前にかぶり、ぶかぶかのジーンズとトレーナーを着たあの少年には、この庭よりもバスケットボールのゴールリングのほうが似合いだった。

今日、私道にあるガレージの上にゴールリングを設置してみようかと考え、ルークは微笑んだ。子供の頃、彼はバスケットボールのリングが欲しくて、三年越しでクリスマスプレゼントに父親にねだったが、父親はスポーツにほとんど興味がなく、また息子をスポーツマンに育てる気もなかった。父親の関心は本と大学と医学だけで、やがてそれはルーク自身の関心事となった。

ダニーの存在を知るまで、ルークはバスケットボールのことなどすっかり忘れていた。息子がいると考えただけで、彼は喜びで満たされた。彼はダニーに自分を知ってほしかった。そして同時に彼もダニーをよく知りたかった。そのためには時間が必要だ。

とにかくダニーに早く回復してほしかった。そうすれば父と息子として会えるだろう——もしもジェニーが許してくれるならば。

論理的に考えれば、彼がジェニーを傷つけたことは確かで、彼女がその報復にダニーのことを隠していたことも理解できた。だが彼のなかの非論理的な感情が、ジェニーが息子を知る機会を彼から奪ったことに激怒していた。ダニーと自然な父子関係を築くのはもう手遅れかもしれないと思うと、彼は激しい憤りを感じた。

ジェニーは彼に息子がいることを伝えるべきだった。すぐではなくとも、この十二年のあいだに真実を伝えるべきだった。話し合って解決することはできたはずだ。親権を共有することだって可能だったはずだ。

「ルーク——」

彼がふりかえると、妻がテラスに出てきた。彼女はベージュのスラックスにダークグリーンのブラウス姿で、ダークブラウンの太いベルトで細いウエストと豊かな胸を強調していた。

ガレージの上にバスケットボールのリングをつけるあいだ、梯子《はしご》を押さえてくれるタイプの女性ではなかった。

デニーズは夫の唇にキスをした。彼女はキスをしたまま、指先で彼のうなじを愛撫した。それはたんなる挨拶のキスではなかった。ルークも妻の求めに応じれば、ジェニーのことを忘れられるかもしれないと思った。ほかの女性と結婚しているのだと、彼自身に言い聞かせられるかもしれない。

だがデニーズの唇はハチミツと潮水の味がしなかった。なんてことだ。デニーズとは結婚して以来何百回となく愛し合っているというのに、なぜ自分は十三年も前にかわしたキスの味を忘れられないのだ？　記憶に残るはずの香りは、ジェニーではなく妻のもののはずなのに。

ルークは顔を上げて息を深く吸いこんだ。デニーズはいぶかしそうに彼を見た。「まだ怒ってるの？」

彼は首を振った。

「今朝はすごく早く起きたじゃない。ねえ、お昼寝をしたほうがいいわよ――わたしと」

ルークは一歩下がって手すりに寄りかかった。「きみの目的は眠ることじゃないような気がするな」

「だってしばらくいっしょに過ごしてなかったじゃない。あなたはずっと忙しかったし」

彼女は夫に近づき、彼のシャツの襟をいじった。彼女の爪は真っ赤に塗られていて、彼にはそれが派手で毒々しい色に見えた。ジェニーの爪には何も塗られていなかった。まったくどうして彼女のことがいつまでも頭のなかから消えないのだろう?

「話があるんだ、デニーズ」

彼女は口をとがらせた。「話はしたくないわ。もう喧嘩はしたくないの」彼女は爪先立ちになって、彼の耳たぶに舌を這《は》わせた。

その動きに、彼は身をこわばらせた。ふいに思いたって、妻の腰に両腕をまわし、彼女の顔を自分のほうに向かせた。舌を彼女の口のなかに押し入れ、以前の情熱をふたたび呼び覚まそうとした。彼女の両腕に指を這わせ、豊かな胸に触れた。

妻のベルトに手をかけると、デニーズは身を引いた。「ここじゃだめ。ベッドルームに行きましょう」

「ここで、いますぐ」彼はキスをくりかえした。

「ルーク、だめよ」

「どうせ二人きりじゃないか。家政婦だっていないんだ」

「ここは外なのよ。外でなんていやだわ」

ルークはため息をつき、その息とともにようやく彼のなかに芽生えていたかすかな欲望がしぼんでいくのを感じた。

デニーズは彼の手をとり、家のなかに連れていこうとしたが、彼は動かなかった。妻を抱きたいという衝動は完全に消えていた。

デニーズは両手を腰にあて、むっとした顔で夫を見た。「いったいどうしたの？」

「なんでもない」

「じゃあ、どうして妙な態度をとるの？」

「ぼくが？」彼は驚いて尋ねた。「せっかくその気になったのを、ぶちこわしたのはきみのほうじゃないか」

「このわたしがあなたとこのテラスでころげまわるとでも思っているの？　冗談じゃないわ。そんなみっともないことはできないわ」

「そうだな、きみにはできないだろうな」

デニーズは両手を上げて天を仰いだ。「もうあなたのことが理解できないわ、ルーク。あなたは毎日どんどん遠くに行ってしまう。なぜなのか話して。わたしが何をしたというの？」

妻の質問に、彼は顔をしかめた。

「それだけじゃないわ」彼女は話題を変えた。「昨日はどこに行ってたの？　何時間も帰ってこなかったけど」

ルークはためらった。真実を告げるチャンスだが、どうきりだしたらいいだろう？　ずっと会えなかった息子が家に帰ってきたと言うのか？　いや、家に帰ってきたわけじゃない。それに彼のもとに戻ってきたわけでもない。だが、それは重要なことではなかった。デニーズは夫に子供がいたという事実を喜ばないだろう。ひどいショックを受けるに違いない。

「ルーク、話してちょうだい」彼女は言った。「わたしを除《の》け者にしないで。あなたの妻なのよ」

「どう話せばいいのかわからない」

彼女の顔が青ざめ、不安な気持ちを軽い口調でごまかそうとした。「もったいぶるのはやめて。怖くなっちゃうじゃない」

「そんなつもりはないんだが。ただむずかしい問題なんだ」

「いいから、話して」

ルークはゆっくりと息を吸いこんだ。「ずっと昔、まだ医学部に行く前、きみと出会う前に、つき合っていた女性がいた」

デニーズは両手で耳をふさいだ。

「デニーズ、たのむから聞いてくれ。話せって言ったのはきみだろう」

「あなたが何を言おうとしているかわかるわ。この前訪ねてきた子供のことでしょう」

「彼はぼくの息子かもしれない」

「いや」彼女は叫んだ。「いやよ」

ルークは妻の両手をつかみ、無理やり耳から離した。「ちゃんと聞いてくれ」

「いやよ、聞きたくない」

「彼の名前はダニーというんだが、金曜日の夜に交通事故にあって大怪我をした。昨日は彼に会いに病院に行ったんだ」

「嘘でしょう」デッキチェアに腰をおろしたデニーズは震えていた。「助かるの？」

「まだわからない。意識が戻らないんだ」

「そうだったの」彼女は夫を見上げた。「それであの子の母親と——あなたがつき合っていた女性とも会ったの？」

ルークはうなずいた。喉が締めつけられるような気がした。「ああ、会ったよ。はじめは父親はぼくじゃないと言っていたが、ダニーに会ったとたんに真実がわかった」

「そうね」彼女はため息をついた。「わたしにもわかったわ。あの子が言う前に」

「あの子が言う前に？」ルークは妻の向かい側に腰をおろした。「あの子はきみになんて言ったんだ？」

「自分はあなたの子供だって、あなたに会いたいって」

「なのにどうしてドアを閉めたりしたんだ？」

「あたりまえじゃない、パーティの最中だったのよ」

彼は口をあんぐりと開けた。「それとこれとは関係ないだろう？」

「子供の話で喧嘩したばかりだったんですもの。あなたの子供がドアの前に立ってるなんて、信じたくなかったの。さっさと消えてほしかった。実際に、帰っていったわ」

「そうだ、その帰り道に車に轢《ひ》かれたんだ。もしもあのとき、きみがあの子を家に招き入れてさえいたら……」ルークは髪を掻きあげた。「なぜ嘘をついたんだ？」彼はひきつった笑い声をあげた。「そうか、嘘をつくのは毎度のことだからな」彼は自問自答した。

「まさか事故はわたしのせいだと言うんじゃないでしょうね?」デニーズは背すじを伸ばして言い返した。「わたしのせいじゃないわ。いきなり来られてびっくりしたのよ。どう対処すればよかったわけ?」

「もうすこし思いやりのある対応をしてほしかった」

「彼女はわたしと違って思いやりのある女性なの?」彼女は冷ややかに言った。「だったらどうして彼女と別れたの?」

「医学部への進学が決まっていたからだ。うちの両親は彼女を気に入らなかった。彼女はうちの家風と合わなかったんだ」

デニーズの目に希望の光が浮かんだ。「ご両親は彼女を気に入らなかったの?」

「ああ、きみが現われるまで、どんな女性も気に入らなかった」

「あなたにとっても、そうだったの?」

「こうしてきみと結婚したじゃないか」

「そうだったわね」二人のあいだに沈黙が流れた。「これからどうするの?」デニーズが尋ねた。「ご両親にはもうこのことを話したの?」

「いや、まずきみに伝えたかったから」

「そうなの」

「そういう言い方はやめてくれないか?」

「なんと言えばいいのかわからないわ」

ルークが立ち上がった。「病院に行ってくる」

「いっしょに行ってもいいかしら？」

「だめだ」デニーズの気持ちを気遣う前に、言葉が口から飛び出した。

「なぜだめなの？」夫の強い口調に、彼女は傷ついていた。

「ダニーはまだ集中治療室にいるんだ。危篤状態が続いている。ジェニーや家族はひどく取り乱している。ぼくが行ったというだけで、取り乱しているんだ」

「大喜びで迎えてくれたんじゃないの？」

「そんなわけないだろう。ぼくは彼女に中絶しろと言ったんだから」

彼女は目を大きく見開いた。「やっぱり思ったとおりだわ。あなたは子供が欲しくなかったのよ」

「二十二歳のときはね」

「二十六歳のときもそうだったわ」

「いまは三十五なんだよ、デニーズ。人は変わる。ぼくは変わったんだ。それがわからないのか？」

彼女は夫の首に手をまわした。「目の前にいるのは、わたしが結婚した男性だわ。わたしが愛して、深く敬愛する男性。あなたを絶対に手放さないわ、ルーク。大丈夫、うまく乗り切ることができるわよ。解決策は見つかるわ。たとえばダニーが——そうね、たまには遊びに来るとか。そうすれば、あなただって父親気分を味わえるじゃない」

妻の言い方に、ルークは思わずかっとした。「ぼくは父親気分を味わいたいんじゃない。本物の父親になりたいんだ。あの子のことを知りたい。彼をぼくの人生の一部にしたいんだ」

「ぼくのじゃなくて、ぼくたちの人生じゃないの？」

「きみはあの子を受け入れられるのか、デニーズ？」

「ほかの女性が産んだ子をあなたの子供として？」彼女は当惑して首を振った。「簡単ではないけど、でも努力してみる——あなたのためだもの」

彼は妻の言葉に軟化した。もしかすると彼女につらく当たりすぎたかもしれない。「すまない」

「わたしこそごめんなさい。ねえ、本当にいっしょにベッドルームに行く気はない？　喧嘩の醍醐味《だいごみ》は仲直りにあるんだから」彼女の目は、彼が望むものすべてをあたえると訴えていた。だが問題は、彼が妻に望むものは何もないということだった。

「もう一度ダニーに会いに行ってくる」

「会いたいのがあの子ならかまわないわ、彼女でないなら」

ルークは最後のひと言を聞かなかったふりをして、キッチンに入った。彼にはジェニーともう一度会いたいと思う気持ちを否定することができなかった。神よ、あの子を、そしてわれわれを救いたまえ。

「やあ、父さん、ここだよ」

ルークは私道に続くドアのほうに目をやった。ドアが半分開いていて、汚れた指がドアの縁をつかみ、壁とドアの隙間からはスニーカーが見えていた。期待を胸に、ルークはドアに近づいた。すると手とスニーカーが見えなくなった。

私道に出たルークは、驚いて立ちどまった。ガレージの上に取り付けられたバスケットボールのリングに、ダニーがボールを投げ入れていた。

「二ポイント」バックボードにあたって跳ね返ったボールがリングを通過すると、ダニーが言った。「父さんの番だよ」彼はルークにボールを投げてよこした。

ルークは物の存在を実際に感じるとは思っていなかった。まさか実物のバスケットボールが腹にあたるとは思わなかった。リングが本物であるはずはないし、ボールが存在するわけがない。なのに、なぜボールがあたった腹が痛いのだろう？　なぜボールが足もとで跳ねて、植え込みのなかに転がっていったのだろう？

ダニーは走ってボールを取りに行った。「やり直しだよ、父さん。腕前を見せてくれよ」

「きみは実在しない、ダニー」

「それはわかってるよ。さあ、シュートして」

ルークはダニーからバスケットボールを受け取り、両手で感触を確かめながら、ボールを手になじませようとした。「ボールに触ったのは久しぶりだ」

「がんばれ、父さん」

ルークはリングに向けてボールを投げたが、目標まで届かなかった。ダニーの顔を見るのが怖かった。失敗した父の姿を見て、少年の目に落胆の色が浮かぶのが怖かった。ルークは父親の目に非難や嫌悪感が浮かんでいるのを何度見ただろう？

「悪くないよ。ちょっと錆《さ》びついてるって感じかな」ダニーはリバウンドしたボールを手にとり、ダンクシュートを決めた。「試合をしようよ」

ダニーの目には愛想尽かしの感情など浮かんでいなかった。そこにあるのは好奇心と寛容さで、その瞬間の彼はジェニーにそっくりだった。

「ぼくはスポーツマンじゃないんだ、ダニー。スポーツはほとんどしたことがない。両親は……」ルークは首を振った。「スポーツにまるで興味がなかったんだ。でも父さんは昔からここにリングをつけたいと思っていた」

ルークはガレージに近づいてネットの下に立ち、それがどうやって壁に取り付けられているのかを確認しようとした。だがネジはどこにも見えないし、留め具がついているようにも見えなかった。

「一対一の試合をしよう」ダニーが言った。「先に十点を取ったほうが勝ち。ぼくが先行だよ」

ルークは微笑んだ。事情はよくわからなかったが、とにかく彼はこのダニーとの触れ合いを楽しんでいた。「どうしてきみが先行なんだ？」

「だってぼくは子供だから」ダニーがにやりとした。

「ぼくが先行だろう。年上なんだから」

「たしかに年寄りだよね」ダニーは考え深げに言った。

「おい、年寄りとは言ってないぞ。年上って言ったんだ」

ダニーはドリブルしながらルークのまわりを一周して、最初のゴールを決めた。シュッ。

「やった」彼はガッツポーズをした。「一対ゼロだ」彼はボールをルークに渡した。

ルークは角からシュートを決めると、身体じゅうにアドレナリンが流れるのを感じた。

「これで一対一だ」

「悪くないじゃん、父さん。でも、ぼくは強いんだよ」

「身のほど知らずでもあるな。そこはぼくに似たんだろう」

ダニーがゴールを奪いにかかり、ルークがそれを阻止しようとした。少年はふたたびゴールを決めた。真剣勝負のゲームが始まった。追いつ追われつの競い合いのなかで、二人はたがいに対する尊敬と理解と友情を深めていった。ほとんど言葉をかわさずに、二人はプレーを続けた。これがたんなるバスケットの試合以上のものであることを、彼らは知っていた。

三十分後、ルークは両膝に手をあてて息をはずませていた。チノパンツのなかで、脚の後ろを汗がしたたり落ちた。

「ぼくの勝ち」ダニーが言った。彼はボールを地面に置いて、その上に腰をおろした。彼は気まずくなるほど長いあいだルークを見つめた。「楽しかったよ。いっしょにプレーしてくれるとは思わなかった」

「どうして？」

「あなたは忙しい人だって、母さんが言ってたから。たぶん忙しすぎて子供を持つ時間もないんじゃないかって」

「きみのためならいつだって時間をつくるよ、ダニー。埋め合わせをしたいんだ。いままでやりそこなったいろんなことの埋め合わせを」

「いいやつじゃん、父さんって」

「きみもだよ、ダニー――」

「父さん――」

彼らは同時に話しだした。ルークが手を振った。「きみから、どうぞ」

「父さんに会えてよかった――たとえどんなことになっても」

ダニーの姿がしだいに薄くなっていくのを見て、ルークは恐怖に襲われた。「行かないでくれ」

「ジェイコブが戻ってきた」ダニーが言った。

「ジェイコブって誰だ？」

「ぼくの守護天使だよ」

守護天使だって？ ルークは首を振った。やっぱり自分は頭がおかしくなっているんだ。実在しない少年と、これまた実在しない天使について話し合っているなんて。

「ぼくのことを信じてよ、父さん」まるで彼の心のうちを読んだように、ダニーが言った。

「これは大事なことなんだよ、とっても」

「どういう意味だ？」

「説明できないんだけど、父さんがやらなければならないことなんだ」

「行かないでくれ。話したいことがまだたくさんある」

「ジェイコブが耳を引っぱってるんだ。痛い、やめてよ」ダニーが声をあげた。

「また来てくれ、いいだろう、ダニー？」ルークが懇願した。

「頑張ってみる。ジェイコブが、父さんはフックシュートの練習をもうすこししたほうがいいって。ほら、これあげるよ」ダニーが彼にボールを投げてよこした。

ルークは呆然としてボールを見つめた。顔を上げると、ダニーの姿は消えていた。

デニーズが家から出てきて、夫の姿を見て足をとめた。「何をやってるの？　まあ、あなた汗だくじゃない」彼女は不愉快そうに眉をひそめた。「何をしたの？　まさか革靴のままジョギングでもしてきたの？」

「バスケットボールをしていたんだ」

デニーズは驚いて彼の顔を見つめた。「バスケットボールって？　どこで？」

「ここだよ」だがルークが見上げると、ガレージの上のリングは消えていた。彼はボールを手にしたまま、その場に立ちつくした。「ガレージの上にリングを取り付けようかと思うんだ」

「なぜ？」

「ダニーの怪我が治ったら、いっしょにプレーするためだよ」ダニーの名前を聞いて、彼女は表情をかたくした。「ガレージの上にリングをつけるのは反対よ。見栄えが悪くなるじゃない。いったい何を考えているの？　あなたはわたしが結婚した人ではないわ。あなたが誰かは知らないけど、わたしの夫をどこにやったのか教えてほしいわ」

ルークは微笑みながら妻に向かってボールを投げた。「遊びに行かせてやったんだよ。さあ、きみの番だ」

デニーズはバスケットボールをフェンスの向こうに投げた。「試合終了よ、ルーク。わたしの勝ち」

マットは、ジェニーの小さな家の前で自転車を降り、ポーチの柵に自転車をたてかけた。彼はステップを上がって正面ドアの前に立った。ジェニーの車は家の前に駐めてあったが、それはなんの意味もなかった。妹の車はまともに動いているよりも壊れていることのほうが多かった。

ドアベルを三度鳴らしたが、彼女は出てこなかった。家はひっそりと静まりかえっていた。マットはため息をついてポーチのはしに行き、通りを見渡した。

三軒先の家では、住人が庭の芝刈りをしていた。歩道で二人の少年がスケートボードをしていて、どこかで犬の吠え声がした——ごく普通の日曜日の午後の風景だった。マットはステップに腰かけ、頭をかかえた。

すっかりしらふに戻っていて、それが気分を落ちこませた。すべてがはっきりしてきたことで、彼は憂鬱になった。昨夜の彼は信じられないくらい酔っぱらっていたのだ。丸一日の記憶をすっかり失うほど酔っていて、その同じ日に、どこかの〝酔っぱらい〟が彼の甥を車ではねた。

もしも自分が犯人だったらという不安が、彼の心をじわじわと苦しめた。目をつぶるたびに、ダニーのそばかすだらけの顔が頭に浮かんだ。微笑もうとしてくしゃくしゃになってしまうダニーの顔や、いつもやけに大きい声で長く続く笑い声を思い出した。最愛の甥っ子ダニーは、マットがNFLでプレーしていた頃のビデオを見て、彼のことをいまでもかっこいいと思ってくれていた。

「かわいそうに。大怪我をしたなんて。ああ、おまえをそんな目にあわせないためなら、おれはなんだってするのに」

だが彼にできることは何もなかった。いまはとにかく自分の車を見つけ出して、自分ではなくほかの誰かがダニーを轢いたことを確認しなくてはならない。そんなことをしてもダニーの怪我はよくならないが、すくなくとも大手を振って病院に行くことはできる。

友人のケニーからはなんの答えも得られなかった。マットが車のほうに行くのは見たが、彼はそのまま帰宅したので、昨夜はその後マットと会っていない、とケニーは言った。彼はブレンダに電話してみろと言ったが、残念ながら彼女は家にいなかった。マットは彼女の家まで行ってみたが、車は家の前に駐まっておらず、またも無駄足に終わった。

「あら、マットじゃない」隣りに住む老女のグレーシー・パターソンが彼に声をかけた。

マットは顔を上げて微笑んだ。グレーシーはいつも彼によくしてくれた。彼女はダニーとともに、彼にはまだ多くの可能性があると考えている数少ない人間の一人だった。マットは立ち上がって、両家を仕切る金網のフェンスに近づいた。

「やあ、グレーシー。元気ですか？」

「最悪よ、マット。ダニーがひどい怪我をしたって聞いたわ。もう胸が張り裂けそうよ」

マットはふたたび胸が悲しみでいっぱいになった。「まったくです。ぼくも同じ気持ちですよ」彼はスニーカーの爪先で足もとの土を掘った。

「ダニーのことをいろいろ思い出しちゃって。ジェニーがここに引っ越してきたとき、あの子はまだ一歳だったのよ。預かってあげたりして、ずいぶんいっしょの時間を過ごしたわ。まるで自分の子供のような気がするわ。このあいだなんか、レーシングカーを見せに来て、嬉しそうにはしゃいでいたわ」グレーシーは涙を押しとどめるように咳払いをして、両手に持ったキャセロール皿をさしだした。「それはともかく、ジェニーのためにラザニアをつくったの。しばらくは料理をする気にもならないだろうから」

マットは彼女から皿を受け取った。「ありがとうございます。きっと喜びますよ」

「あなたはどうなの？　あまり具合がよさそうには見えないけど」彼女は穏やかだがきっぱりとした声で言った。

「最高ってわけじゃないですね」

「何かしてあげられることはある？」

「ぼくの車がどこにあるかわかりますか？」

「わたしが？　まさか」グレーシーは困ったように頭に手をやった。「失くしちゃったの？」

「どうやらそうらしいんです。捜しに行かないと。ごちそうをありがとう、グレーシー」

「ジェニーとデヴィッドに、心配していると伝えてね」

「ダニーのことですよね？」

「ええ、そうよ、わたしったら。もちろんダニーのことよ。さあ、わたしも行かないと。妹が夕食を食べに来るから、やることがいっぱいあるの。金曜日の夜に来るはずだったのよ。だからいろいろ買いそろえて待ってたのに、結局来なかったの。どうしてそんな失礼なことができるのか、わたしにはわからないわ――とくに家族の連中ときたら。ともかく、できるだけ早くお見舞いに行くからってジェニーに伝えてね」彼女は血管が浮き出た細い手をマットのほうに振り、せわしなく家のほうに戻っていった。

　家族の連中か、とマットは皮肉をこめて思った。彼自身も家族の一員としては最低の部類に入る。だが彼の家族そのものが、母が死んでからというものは、まともな家族とは言えなかった。そうなったのも彼が原因かもしれないが。

　潮時だ。病院に行かなければ。ジェニーに会わなければならない。そして運命と向き合わなければ。

13

「きみのほうがダニーより具合が悪そうに見えるよ」アランは集中治療室に入ってきて、ジェニーを抱きしめて言った。彼女の小さな身体を腕に抱きながら、アランはなんとしてでも彼女を守ってやりたいと思った。彼女の不安をぬぐい去り、すべてをよい方向に持っていってやりたかった。だが救いたいという思いと同時に、それが無駄な努力だとも感じていた。ジェニーが望んでいるのはダニーを回復させることだけで、アランにはどうすることもできなかった。

ジェニーはほんの一瞬彼に身体をあずけたが、すぐに身を引いた。そのかたくなな態度は、まるで一瞬たりとも気を抜くまいとしているかのようだった。昨夜ここで泣きくずれていた女性は、息子のために闘う強い母親に変身していた。

「ダニーが足を動かしたの——突いたら、ほんのすこしだけど」ジェニーが言った。「看護師はただの条件反射じゃないかって言うんだけど、わたしはそれだけじゃないと思うのよ。たぶんもうすぐ目を覚ますわ」

「そうだといいね、ジェニー」アランは彼女の肩をつかんだ。「すこし休んだらどうだ？

家まで送っていこう。シャワーを浴びて、着替えをして、すこし眠って、何か食べるといい」

彼女は怯《おび》えた顔でアランを見た。「だめよ、ダニーが目を覚ますまでは、ここから動かないわ。もうすぐかもしれないんだから」

アランは彼女の両肩に手をおいたまま、彼女の顔を覗きこんだ。「ジェニー、看護師から話を聞いた。ダニーはしばらくこんな状態で——何日も、一週間ぐらいはこの状態が続くかもしれないそうだ」

「足を動かしたの。だから、足を動かしたって言ってるでしょう。わからないの？」

「わかってるよ。それはいい徴候だが、それでもまだ時間がかかるかもしれない」彼の声が穏やかな口調に変わった。「きみのことが心配なんだよ。ダニーが目を覚ましたとき、きみが元気でしっかりしていないと困るだろう。一生何も食べず、眠らずにいるわけにはいかないんだから。もう何時間もここにいるじゃないか」

ジェニーは急に言い返す元気もなくなった。じつは、彼女は疲れはてていた。食欲を感じないほど空腹だった。ただ、心の安らぎが欲しかった。何もかも忘れたかった。彼女はアランの腕に身をまかせ、胸に顔をうずめた。「あなたの言うとおりだわ。すこし横になったほうがいいみたい。でも家まで帰るわけにはいかないの。遠すぎるわ。戻ってくるのに二十分もかかるんだもの」

「それならメリリーの家に送っていくよ。あそこなら十分ぐらいの距離だから」

「メリリーの家じゃ、ゆっくり休めそうにないけど」

「でも近いだろう」

「そうね」ジェニーが顔を上げた。「マットとは話ができた？　兄さんにどうしても会いたいんだけど」

アランが顔をこわばらせたので、ジェニーはいぶかしげに彼を見つめた。「話をしたの？」

「彼には会った」

「どこで？　待合室にいるの？　それとも階下《した》に？」

「いいや。〈アカプルコ・ラウンジ〉にいた」

ジェニーはとまどった顔をした。「マットは事故のことを知らないの？」

「知ってる」アランは肩をすくめた。「病院に来るのを怖がってるみたいだ」

「どうして？」

「やつが最低の人間だからだ」

「そういうことは言わないで。マットはわたしの兄さんなの。いつでもわたしのそばにいてくれたんだから。ここに来ないってことは、ちゃんとした理由があるはずだわ」

「きみはみんなのために言い訳をするんだな」

「いいえ、ダニーとマットのときだけよ。わたしにとって大切な人たちだから」

「ときに愛は盲目と言うだろう」

「それってどういう意味？」

「べつに。きみと言い合いをしたくない。おれもダニーのことは心配なんだ」アランは首をかしげた。「だがきみの兄さんのことは、また話がべつだ。いま、おれがいちばん心配なのはきみのことだ」

「あなたには感謝してるわ、アラン。ただマットにもいいところがあるってことをわかってほしいの。ここの五年間というもの、彼にはいろいろあったから、すこしは大目に見てやってくれない？」

アランは返事をしなかった。「さあ、出かけようか？」

ジェニーがため息をついた。「ちょっとだけ待って」彼女はベッドのほうを向き直り、ダニーの手をとった。彼の指が彼女の手を握り返すのを待ったが、ぴくりとも動かなかった。この四十八時間、ジェニーは息子がすでに死んでしまったのではないか、ベッドに横たわっているこの身体から出ていってしまったのではないか、という思いにずっと駆られていた。しかし彼の心臓はまだ動いていた。

「ちょっと出かけてくるわね」彼女はダニーに話しかけた。「でもすぐに帰ってくるわ。ゆっくり休んで、楽しい夢を見てね。大好きよ、ハニー。あなたを失うわけにはいかないの。あなたを手放すわけにはいかないわ。たとえ行く先が神様や天使がいるところであっても。あなたはわたしの宝物なんだから。だからまだ行けないって神様に言うのよ。ここに、ママのそばにいなきゃならないって」

ジェニーはダニーの手をとって目をとじた。すぐに、指が握り返されるのを感じた。彼女は目を開け、握った手を見つめた。すると、また――ほとんど気づかないようなかすかな感触だったが、ダニーの指先が彼女の親指にあたった。

「ああ、神様。ねえ、見た、アラン？　いまの見えた？　手を握り返したわ」

アランは何も言わずに彼女を見つめた。

「感じたの。わたしの言うことが聞こえたのよ。わたしにはわかるの」

「ああ、彼には聞こえてるとも」

「そんな適当にあいづちを打つのはやめて。わたしの言うことを信じてないんでしょう？」

「きみの手をずっと見ていた、ジェニー。だが何も見えなかった」

「感じたの」彼女はなおも言い張った。「本当に動いたのよ。ここを離れるなんてできないわ」

「ジェニー、いいかげんにするんだ。いつまでもここにいるわけにはいかないんだから」

「なぜ？　なぜよ？」

「一生寝ないで、飲まず食わずではいられないんだ。それに、きみはダニーに出かけてくるって言ったんだ。きみが感じたのは、彼がいいよ、行っておいでっていう答えだったのかもしれない」

「指が動いたことを信じてもいないくせに」

「ジェニー、たのむから」

彼女はもう一度、名残り惜しそうに息子を見た。ダニーはまったく動かなかった。「わかったわ」彼女は身をかがめてダニーの頬にキスをした。「すぐに戻るからね、相棒。ママのために元気になるのよ。聞こえた？」

ダニーはトレーナーの袖で涙をぬぐいながら、母親が病室から出ていくのを見送った。彼はベッドで寝ている少年の姿を見たくなかった。怖かった。それが自分だということはわかっていたが、その少年が現実のものとは思えなかった。

彼は猛烈な怒りをおぼえ、ジェイコブをふりかえった。「ぼくを元に戻してよ」

「無理だ」

「つまり、ぼくは死んだってこと？」

「いいや」

「じゃあ、どういうことなんだよ？」

「おまえと、おまえの母親と父親は、ここからまだ学ばなきゃならないことがあるんだ」

「たとえば、どんなこと？」

「学び終えたときに、それがわかる」ジェイコブがかたくなに言い張った。

「ぼくはいちばん大切なことを学んだよ」ダニーが答えた。「ぼくは生きたいっていうこと。母さんや父さんといっしょにいたいってことを」

「彼らはいっしょにいるわけじゃない、ダニー。おまえの母親はアランと結婚することを考えているし、父親はほかの女性と結婚している」

「でも、二人はいっしょにいるべきなんだ。まだおたがいのことを愛しているし、それがぼくにはわかるんだ。母さんは、父さんといっしょに過ごしたときの思い出を全部とってある――写真やラブレターや、父さんの髪の毛なんていうくだらないものまで」

「彼女がかつて彼を愛していたのは確かだ。だから彼女はああいうものを捨てずにとってあるんだ。だがいまはどうだかわからない」

「じゃあ、母さんに訊いてみれば？」ダニーはジェイコブの腕に触れた。「父さんと話したみたいに、母さんとも話していい？　母さんに言いたいことがたくさんあるんだ。金曜日に母さんにひどいことをしたって思ってるんだ。お願い、母さんと話をさせて。ちょっとでも会えれば、母さんもすごく喜ぶと思うんだ」

ジェイコブは首を振った。「言っただろう。それは許されない。おまえの親たちは、それぞれに学ばなければならないことがある。おまえの父親は、実際に触れたり感じたりできないものを信じることを学ばなければならない。おまえの母親は、欲しいものを勝ち取るための強さと勇気を持たなければならない」

ダニーは腰に手をあてて首を振った。「ほかの人と話がしたい」

ジェイコブは声をあげて笑った。「おれを飛び越していくつもりか、坊主？　そんなことは誰にもできないぞ」

「ふうん、そうなんだ。それなら、ぼくはほかの天使を要求する。もっと若くて、可愛くて、優しい天使がいい」

「レッスン、その一。ダニー・ボーイ、欲しいと言ったらなんでも手に入るわけじゃない」

「それ、まるっきりうちの母さんの台詞じゃないか」

「彼女に教えたのは誰だと思ってるんだ？　我慢しろ、坊主。そのうち、何もかもうまくいくから」ヨガのポーズのような妙な格好で、ダニーのベッドの足もとにすわっていたジェイコブは、組んでいた脚をほぐした。「そろそろ廊下に出てみよう。きっと面白いものが見られるぞ」

「面白いものって？」

「アランとジェニーが、これからおまえの親父さんと対面するんだよ」

ルークはまたもやべつの階にとまったエレヴェーターに苛立ち、足を踏み鳴らした。この調子ではジェニーにふたたび会う前に日が暮れてしまいそうだ。ようやくまた動き出したエレヴェーターは、幸いなことに次の階を通過して、彼の目的地にとまった。やっと着いた。

エレヴェーターから降りて、集中治療室のほうに向かおうとしたとき、ほかの男性といっしょにいるジェニーと鉢合わせした。がっしりした体型の逞《たくま》しい男が、所有権を主張するように彼女の肩を抱いている。

ほかの男が彼女の肩を抱いているというなんでもないしぐさに、ルークは激しい怒りをおぼえた。なんてことだ。自分は頭がおかしいのだろうか？　ジェニーは自分の女ではないし、もう十年以上も彼のものではなかったのに。それでも、彼は自分で認めたくないほど不愉快だった。

ジェニーは彼の姿に気づいて立ちどまった。かたわらの男はルークをいぶかしげに見ている。ルークは自分たちがまるで西部劇の対決しようとしているガンマンになったような気がした。

「ルーク」彼女が小声で言った。

ジェニーの肩を抱いた男の手に力が入った。

「ダニーに会いたい」ルークが言った。

「おまえはいったい誰だ?」男はジェニーの前に一歩出て、強い口調で訊いた。

「そっちこそ、誰だ?」ルークが言い返した。

「おれはジェニーの婚約者、アラン・ブラディだ」

「わたしはルーク・シェリダン。ダニーの父親だ」

世界がとまった。すくなくともジェニーにはそう思えた。二人の男性はまるで彫像のように動かない。敵意が火花を散らしていた。

「いまさら、よくも図々しく来られたものだ」アランがわざと落ち着いた声で言った。「おまえのせいでこんなことになったんだ」

「ダニーに会ってくる」

ルークはジェニーのほうを向いた。

アランもジェニーをふりかえった。

ジェニーはこの場から逃げ出したいと思った。いや、それよりも、しだいに現実味をおびてきたこの悪夢から一刻も早く目覚めたかった。ルークにだめだと言っても、彼は聞く耳を持たないだろう。どうぞと言えば、アランが怒り狂う。どちらにしても彼女の負けで、いまは疲れすぎていて、ほかの選択肢を考えることができなかった。彼女は気を失いそうになった。

彼女のすぐ隣りにいたアランは、彼女の変化に気づかなかったが、ルークはすぐに彼女のそばに駆け寄り、崩れ落ちそうになる彼女をしっかり抱きかかえた。

自分はなんて弱虫なんだろう——ルークに支えられながら、彼女は思った。まるで甘やかされて大事に育てられた娘のようで、彼女本来の姿である逞しいシングル・マザーの行動とは思えなかった。

ルークは彼女を廊下の椅子にすわらせた。アランはルークの手を払いのけ、彼女の肩を抱いた。ジェニーは突然、自分が二股の骨《ウイツシユ・ボーン》になった気がした。

「いまは何も考えられないわ」彼女はささやいた。「疲れてしまって」

「さあ、ジェニー、メリリーのところに送っていくよ。そこでゆっくり休めばいい」と、アランが言った。

ジェニーはルークを見上げた。「わたしがいないときに、病室に行かないでほしいの」

「なぜだ？」

「もしもダニーが目を覚ましたら——目を覚ましたときに、わたしがいっしょにいない状態であなたに会ってほしくないの。あの子が混乱しちゃうでしょう」

「こんなやつを病室に入れる必要はない」アランがルークに向かって言い放った。「あの子が生まれる前に、おまえは父親の権利を放棄したんだ。何があったかはジェニーから聞いた。いまさらのこのこやってきて、この一家をひっかきまわす権利はないはずだ」

「わたしはダニーの父親だ。それだけでもあんたよりずっと権利があると思うが」

アランが立ち上がると、ルークも立ち上がった。ジェニーはため息をついた。苦悩する乙女の時間は終わった。彼女も立ち上がった。「これから姉の家に行って、二、三時間休憩してくるわ。五時までには戻るから。ルーク、それまでダニーに会うのを待ってもらえるとありがたいんだけど」

ルークはしばらく彼女を見つめていたが、やがてうなずいた。「わかった。きみの言うとおりにしよう」

「ありがとう」彼女はアランと腕を組んだ。「さあ、行きましょう」

ダニーはジェイコブに言った。「父さんもやっぱりアランのことが嫌いなんだ」

「あの警官はいいやつだ」

「あいつ、ダサいんだもん。ぼくのやることが気に入らないんだよ」

ジェイコブは笑った。「わざとやってたんだろう、坊主」

ダニーもにやりと笑った。「ああ、たぶん。あいつは母さんにふさわしくない。あいつといっしょにいると、母さんは笑わないんだ。それにアランはビーチが嫌いなんだよ。ハーフ・ムーン・ベイに住んでて、ビーチが嫌いだなんてありえるかい？　たぶん父さんはビーチが好きだと思うな」

「おまえの親父さんはいつでも仕事ばかり、金儲《かねもう》けばかりしてる」

「人を救うための薬を作っているんだ」ダニーは父親の肩を持った。

「おまえは父さんが好きなんだな？」

「そうだな——好きになりたいと思ってる」ダニーはゆっくりと答えた。「まだはっきりとはわからないけど。だってあの人が、ぼくらの家の五倍ぐらいある大きな家に住んでることが忘れられないんだ。母さんはいままですごく苦労してきた。それもあの人がぼくを欲しくないって言ったせいで」

「それでもおまえは彼に父親になってほしいんだろう？」

「あの人はぼくの父さんだよ。それに病院に来てくれた。ぼくの存在を知ったあとは、いっしょにいたいって言ってくれた。それって評価してもいいんじゃないかな」

「オーケー、それなら彼にもチャンスをやろう」

「それって、どういう意味？」

「それって、おれは病院にうんざりしてるって意味だ。すこし楽しもう」

ダニーが目を丸くした。「楽しむ？　何をして？」

「鳥みたいに飛ぶのがどんなもんか、想像したことがあるか？」

「ないよ」

「だったら、これから体験してみるといい」

ダニーは自分の身体が宙に浮くのを感じた。ジェイコブがまるで天窓を開けるように天井を引き開けると、突然彼らのまわりには真っ青な空が広がっていた。ダニーはジェイコブの腕につかまって空を飛んでいた。

「これって、マジですごい」彼は大喜びで声をあげた。「ねえ、ぼく一人でも飛べる?」

「やってごらん」

ダニーがジェイコブの腕を放したとたん、彼は落下しはじめた。腕をめちゃくちゃに振りまわしたが、鳥とはとんでもなく重い象の中間になった気分だった。「ぼくにはできないよ」彼はパニック状態になった。

「自分を信じるんだ、ダニー」

「わかったよ」ダニーは半信半疑で答えた。「やってみるよ。ぼくならできる、ぼくならできる」

彼は両腕をぱたぱたさせて宙を蹴《け》り、何度もその言葉をくりかえした。天使というよりも〝空飛ぶちびっこ機関車〟になった気分だった。

やがてダニーはなんとか自分の動きをコントロールできるようになった。実際、腕の動きをゆるめると、本当にまわりの風を感じられるようになった。不安が消えると、視界がより鮮明になった。彼は自由気ままな鳥の気分を味わった。

しばらくして、彼は新しい技を試してみた。低空飛行で高い木の枝を蹴ってみたり、鳥の巣をいじってみたり、口笛を吹いてスズメの群れを脅かしてみたりした。

ジェイコブの姿が見えなくなったので、ダニーはたちまち不安に襲われた。いったい自分は何をしているんだろう？　一生この世界から――生と死の狭間の世界で、ジェイコブしか話し相手がいないここから出られないのだろうか？

ダニーは母親に会いたかった。クリストファーやマット伯父さんや、ダサいいとこたちのウィリアムやコンスタンスにも会いたかった。たしかにコンスタンスはいやなやつだし、それにメリリー伯母さんは東の国の悪い魔女といい勝負だが。リチャード伯父さんは悪い人じゃないが、ただめったに家にいない。ダニーは祖父とほとんど顔を合わせたことがなかった。ジョン・セントクレアはジェニーとダニーを無視しつづけてきたし、たとえたまに口をひらいたとしても、出てくるのは批判ばかりだった。

だがそれでも、彼らはダニーの家族で、彼らにもう二度と会えないと思うと悲しかった。もう母に抱きしめてもらうことも、香水の香りを嗅ぐことも、母の歌うくだらない子守歌を笑うこともできないなんて。

じつは、母の歌は嫌いではなかった。だがそんなことを言うとかっこ悪いので、母には言わなかった。

ダニーの気持ちは落ちこんだ。母に何かを告げたくても、もう手遅れかもしれない。金曜日に学校に行く前に、母さんに大好きだって言っただろうか？　いや、父親に会ってはいけないと言われて怒っていたので、ただ黙って母を残して家を出てしまった。あのときに戻って、母さんに大好きだよって言えればいいのに。時間を巻き戻して、金曜日を一からやり直せればいいのに。

ふとダニーが顔を上げると、地面がすぐそばに迫っていた。彼はどすんと音をたててバラの植え込みに落下し、両脚が蔓《つる》にからまった。どこにもひっかき傷はなかったが、棘《とげ》があった部分がちくちくした。顔を上げると、ジェイコブが宙に浮いたブランコをこいでいるのが見えた。彼はブランコを前後にこいで、ときには一回転して、まるで子供のように大声で笑った。

「おふくろさんのことを考えてたんだろう？」ジェイコブはブランコから降りて、ダニーに近寄った。

「しかたないだろう。母さんに会いたいんだから」

「わかるよ、坊主」

「お母さんに会いたくならないの？」

「おれのおふくろは、とっくに死んでる」

ダニーは不思議そうに彼を見た。「じゃあお母さんに会えるの？　ここがどこだか知らないけど、いまいるこの世界で？　だってどっちももう死んでるわけだし」

「いや、まだだ。だが、たぶんいつかは会えると思う。その前にいくつかやらねばならないことがある」

「たとえばどんなこと？」

ジェイコブはダニーがかぶっている野球帽をぎゅっと下に引いた。「たとえば、おまえを正しい道に導くとか」

「それってどういうこと？」

「それはだな、坊主、こうしていっしょにいるあいだに、おまえにいくつかのことを教えなきゃならないってことだ。上にいるボスに、おれの能力を証明しなきゃならない。なにしろ完璧な天使ってわけじゃないんでね……」

ダニーは鼻を鳴らした。「だろうね」

「おい、おまえに飛び方を教えてやっただろうが？」

「ああ。でも次はちゃんと降り方も教えてくれよ」ダニーはようやく植え込みから這い出て、まわりの景色に目をやった。「ねえ、ここってメリリー伯母さんの家だよ」

ジェイコブは肩越しににやりと笑った。「へえ、そうかい」

「あっ、母さんとアランだ」ダニーは私道に入ってきたフォードのピックアップ・トラックを指差した。

車が停まり、ジェニーが降りてきた。彼女はその場に立ちつくし、まぶしすぎる昼間の陽光に手をかざした。そのとき、正面ドアが勢いよく開いて、メリリーが飛び出してきた。

「ああ、よかった」メリリーが言った。

「何？　何かあったの？　病院から電話が来たの？」ジェニーがあわてて尋ねた。

「いいえ、そうじゃないわ。あなたがやっと休む気になってくれて、ほっとしてるのよ」

「なんだ、そうなの」ジェニーはため息をついた。

「お腹はすいてない？　パスタとサラダをつくったところなのよ」

「メリリー、そんな面倒なことをしてくれなくてよかったのに」

「面倒なんかじゃないわ」メリリーがきっぱりと言った。「今回のことを乗り越えるには、きちんと栄養をとらなくちゃ」

家に続く通路を歩いている途中で、メリリーが突然立ちどまった。彼女はリヴィングルームの窓の下にあるバラの植え込みを見た。「まあ、わたしが大事に育てているバラが――」彼女は植え込みに近づいた。「バラの枝がどれも折れているわ。まるで誰かが上にのったみたい」

「ヤバい」ダニーがつぶやき、ジェイコブを見た。「ぼくがやったんだよね」

「これじゃ植え直さなくちゃならないわ」メリリーが言った。

アランが咳払いをした。「メリリー、そのう、バラの話はあとでもいいんじゃないかな？」

「あら、ごめんなさい。さあ、家に入りましょう」

だが、ジェニーはその場から動かなかった。彼女はバラの植え込みを長いあいだ見つめていた。「妙だわ」とつぶやいて、彼女は胸に手をあてた。「なんだか変な感じがするの」

「ぼくの姿が見えるのかな？」ダニーが尋ねた。

ジェイコブは首を振った。「いや、だがおまえがいることを感じているんだろう。もしもおまえが言うとおり、本当に二人が仲よしならば」

「ぼくたちは昔から大の仲よしだよ。母さんはいつも、ぼくたちは一つのサヤに入ってる豆みたいなもんだって言ってる」

「ダニー」と、ジェニーがつぶやいた。

「どうしたんだ？」アランが心配そうに尋ねた。

彼女は植え込みを指差した。「あれって、ダニーがやりそうなことなの。あの子がこの場にいるような気がするの——いまこの瞬間に」

「もちろん、そうでしょうとも」メリリーが妹の腕にそっと触れた。「あの子はいつでもあなたの心のなかにいるんだもの」

「ねえ、今年のイースターに、ダニーがサッカーボールで姉さんの家の窓を割ったことを覚えてる？」

「忘れられるわけがないでしょう」メリリーはぶつぶつと文句を言った。「あなたの子供を愛しているけれど、ダニーはトラブルメーカーだから」

「ぼくはトラブルメーカーなんかじゃない」ダニーはメリリーに向かって顔をしかめた。

「おっと、気をつけろ。おふくろさんが近づいてくるぞ」

ジェイコブがダニーをわきに引き寄せると、ジェニーは植え込みに近づいて、深紅の美しいバラを手にとった。花に鼻を近づけて匂いが嗅いでから、彼女は庭を見まわした。「植え込みの奥から、ダニーがいまにも顔を出しそうな気がするわ」

「やっていい？」ダニーが尋ねた。

ジェイコブは首を振った。「絶対にだめだ」

「ジェニー、家のなかに入りましょう」メリリーがせきたてた。

アランが不思議そうな顔でジェニーを見ていた。「大丈夫か？　妙な顔をしているけれど」

ジェニーは微笑んだ。「ええ、なんだか気分がよくなったわ。食欲まで出てきたみたい」

ジェイコブがダニーをふりかえった。「おまえもなかに入るか？」

ダニーは返事をしなかった。彼はすでに家の壁を通り抜けてリヴィングルームに入ろうとしていた。透明人間でいることが、しだいに便利になってきた。

14

メリリーの家のリヴィングルームは真っ白だった――カーペット、ソファ、カーテン、壁、ドア、そのすべてが白かった。唯一色がついているのは、片隅に置いてある真っ黒なグランドピアノだけだった。すごく変な部屋だ――ダニーは室内を見まわして顔をしかめた。こんな落ち着かない部屋では、テレビゲームをする気がしない。塵《ちり》一つ落ちていないきれいすぎるこの家で、いとこたちはよく暮らせるな、とダニーは思った。

ジェイコブがコーヒーテーブルの上にあったアンティークの花瓶を持ち上げて、くるくるとまわした。

「ねぇ、気をつけてよ」ダニーが注意した。「たぶん百年ぐらい前のもので、百万ドルぐらいするんだよ」

「ただの花瓶じゃないか」ジェイコブはそれを宙に放り上げ、器用に片手で受け取った。「花をさすためのものだ」

ダニーが花瓶を奪い返そうとすると、ジェイコブは笑いながら身をかわした。すると花瓶が二人の指のあいだから滑り落ち、床で砕けた。

「おっと」ジェイコブが言った。

「あーあ」ダニーが叫び、割れた花瓶を見つめた。少年は狼狽《ろうばい》して床にすわりこみ、ジェイコブをうらめしそうににらんだ。「なんでこんなことをするんだよ?」

「おまえが花瓶を引っぱったからだ」

「あんた本当に天使なのか?」ダニーが強い口調で言った。「天使がこんなことをするもんか」

ジェイコブが宙に浮かび上がり、思いきり伸びをしたので、頭が天井についた。「おれのすることに不満なのか?」

「あんたは最低だよ」

「おい、そんなことを言うと後悔するぞ、坊主」

「ふん、どうするつもりだ? 殺すっていうの?」

ジェイコブはしばらく腹をかかえて笑った。「うまいことを言うな、ダニー」

「さあ、かたづけるのを手伝ってよ」ダニーが言った。

「元に戻すこともできるぞ。おれには力があるからな」

ダニーは疑うように眉を上げた。「本当に? やって見せてよ」

だがジェイコブが動く前に、メリリーがジェニーを引き連れてリヴィングルームに入ってきた。

「何かが壊れる音がしたと思ったら」メリリーが言った。「まあ、ひどい」彼女は頰に両手をあてた。「わたしの大事な花瓶が割れてるわ」

「でも変だな。ここには誰もいなかったのに」アランが言った。

ジェニーは割れた花瓶を見つめた。「ダニー」彼女はつぶやいた。「そんなばかな」

「コンスタンス、ウィリアム」メリリーがどなった。「いますぐここに降りてきなさい」

ダニーはいとこたちが部屋に入ってくるのを見ていた。コンスタンスはいかにもふてくされた顔でぐずぐずとやってきたが、ウィリアムは目を輝かせてにこにこしながら部屋に入ってきた。

「何、お母さん？」と、彼は言った。

ダニーが天を仰いだ。「ちっ、ごますり野郎」

「この花瓶を割ったのはあなたたなの？」

「違うよ。お母さんにリヴィングルームで遊んじゃいけないって言われているもの」

「本当でしょうね」メリリーは不機嫌そうに言い、娘のほうを向いた。「コンスタンス、あなたなの？」

「わたしは電話してたわ。ねえ、ショッピング・モールに行ってもいい？」

「だめよ」メリリーが首を振った。「家にいなさい」

「お母さんたら、昨日の夜も出かけちゃいけないって言ったのに、今日もだめなの？　どうしてわたしを家にとじこめようとするのよ？」

「もしかすると病院に行かなくてはならないかもしれないし、ほかに何があるかわからないから、家にいてほしいの」メリリーが言った。

コンスタンスがため息をついた。「じゃあ、もう部屋に戻ってもいい？」

「いいえ、まだよ。この家にいる誰かが、わたしの大切な花瓶を割ったの」

「はしに置いてあったせいで落ちたんじゃないかな」アランが口をひらいた。

メリリーはすぐに首を振って、彼の意見を否定した。「犯人はいますぐ名乗り出なさい」

誰も返事をしなかった。やがてジェニーがつぶやいた。「ダニーがやったんだわ」

全員が驚いて彼女を見た。

「どうやったかはわからないけど、あの子がやったのよ。わたしにはわかるの。あの子がいまこの瞬間、この部屋にいるのを感じるわ」

「それってダニーの幽霊がいるってこと？」コンスタンスが急に目を輝かせた。「すごいじゃない」

「ジェニー、あなたは疲れているのよ」メリリーが言った。「ダニーは病院にいるの。ここにはいないわ」

「なあ、ジェニーをここに連れてきたのは、彼女を休ませるためなんだ。もしかしたらホテルに連れていったほうがいいかもしれない」と、アランが言いだした。

「バカなことを言わないで。さあ、キッチンに行きましょう。何か食べて、それからお客さま用のベッドルームで横になるといいわ」

メリリーが先頭に立ってリヴィングルームを出ていった。子供たちとアランがあとに続き、最後にジェニーがしたがった。彼女は戸口で立ちどまり、リヴィングルームをふりかえった。

「ダニー」彼女は小声でささやいた。

「ねえ、姿を見せてもいい？　お願いだから」ダニーが懇願した。

ジェイコブは首を振り、突然、真面目な顔になった。「かわいそうだが、坊主。まだだめだ」

「愛してるわ、ダニー」ジェニーがささやいた。「あなたがたとえどこにいようと」彼女はキッチンに戻っていった。

「母さんと話したいんだ、ジェイコブ。いつになったら話ができるか教えてくれよ」

「もうすこしの我慢かもしれない」

「もうすこしの我慢かもしれないけど、もう二度と話せないかもしれないんでしょ？」ダニーの声が震えた。「ぼくは死んじゃうんだろう？　そうなんだろう？　いつ死ぬの？　今日？　明日？　それとも来週？」

「おまえはまだ何も学んでいないんだな」

「何を学べばいいんだよ？」ダニーは苛立って声を荒らげた。「言ってくれよ。そうしたら学ぶから」

「そこが問題なんだ。それを教えるわけにはいかない」

「それじゃ、これだけは教えて——ぼくが生きるか死ぬかを決めるのは誰？　あなたが決めるの？」

「いや、おれじゃない」

「じゃあ神様が決めるんだね。神様に会わせてよ」

「これは戦争じゃない、ダニー。ボスのところに連れていけと言われても、そうはいかない。いいか、おまえはこれまでなんでも自分の好きなようにやってきた。おふくろさんは生活が苦しいのに、なんとかやりくりしておまえが欲しがってたあの靴を買ってやった。いくらだったかな——九十ドルか？」

「七十二ドル」ダニーがむすっとした声で答えた。

「それにクリストファーの家族といっしょに山に行ったこともあったよな——よりによって感謝祭のときに。あのとき、おふくろさんが何をして休日を過ごしたか知っているか？」

「ああ、メリリー伯母さんのところにいたんだ」

「いいや、彼女は毎晩二時まで〈アカプルコ・ラウンジ〉で酔っぱらいの相手をしてたんだぞ。おまえにスキーセットを買ってやった小切手が不渡りにならないようにするためだ。七面鳥をひとくちも食べられなかった。それにこの前のハロウィンのとき、自分で壊したくせにクリストファーのせいにした窓の件はどうだ？」

「わかったよ、何が言いたいのかよくわかった」ダニーはジェイコブに向かって顔をしかめた。「つまり、ぼくは罰を受けているんだね？」

「いいや、そうじゃない。だが自分がとても身勝手だったことは認めなければならない」

「もしもいい子になるって約束したら、生きられるの？」

「そんなに簡単にすむなら、おれたち天使は必要ない。命を駆け引きの材料にすることはできないんだ、ダニー」

「ぼく、あんたなんて大嫌いだ」ダニーは腕組みをした。「それに神様がいるってことも信じられないよ。だって誰もぼくの質問に答えてくれないんだから」

「だが、おまえの祈りが聞き届けられることもあるだろう。父親の家に行く途中のバスのなかで、祈ったことを覚えているか？」

ダニーはそのときのことを思い出した。「わからない。たぶん父さんに会いたいってお願いしたんじゃないかな」

「で、彼に会えたのか？」

「まあね」

「事故にあわなくても、父さんに会えたと思うか？」

「それってつまり、ぼくが自分で事故を招いたってこと？」

ジェイコブは彼の問に答えなかった。「おまえのいちばんの望みはなんだ、ダニー？」

「ぼくは生きたい」

「それから？」

「父さんと母さんにいっしょになってほしい」

「もしもそのどちらかを選ばなければならないとしたら、ダニー、どっちを選ぶ？」

「選べないよ。どっちも欲しいもん。ねえ、選ばなくちゃいけないの？」

選択肢――ここに残るか、妻の待つ家に帰るか。悩むほどのことではなかった。リチャードはシャルドネの入ったグラスをキッチンカウンターに置き、冷えてべちゃっとなったピザを手にとった。旨いのは上にのっているスパイシーなペパロニだけだったが、彼は空腹だったし、いちおうそれは食べ物だった。メリリーが家で彼のために用意しているであろう夕食とは比べものにならなかったが。やれやれ。彼は妻の手料理を想像するだけで激しい偏頭痛を起こしそうになった。

メリリーがすることは何もかも完璧すぎた――食器やグラスのセッティング、料理の盛り付け、それに会話まで。子供たちが黙ってじっと耐えている横で、メリリーは自分たちがまるでテレビドラマの家族のように幸せだというふりをする。

だが考えてみれば、ドラマのなかの家族だって彼らほど〝幸せ〟そうにはしていない。

もううんざりだった。この十七年間、彼なりに努力はしてきたが、メリリーは彼に協力しようとはしなかった。彼女は夫婦のあいだに溝があることをけっして認めようとしなかったので、その溝を埋めようがなかった。いまの彼は結婚生活から、完璧な妻にふさわしい完璧な夫を演じなくてはならないという重圧から逃れたかった。

彼は四十三歳になるが、メリリーとの結婚生活にこれまでずっと不満をいだいてきた。結婚一年目の、メリリーの母親が生きていた頃はまだよかった。彼女は夫を愛する穏やかな若い娘だった。その後、彼女は弟や妹を育てる役目を負い、そのうえ自分の子供たちも育てな

た。彼女にとってはすべてが義務で、それには夫婦間のセックスも含まれた。自然な成り行きにまかせた行為はなし。ユーモアもなし。あまりの堅苦しさに、リチャードは自分のほうから妻を誘わなくなった。彼はまずメリリーの胸に触れなければならない。最低五分かそれ以上。次に口を使い、それから太腿《ふともも》のあいだに手を入れる。それはあまりにも退屈な営みだった。

リチャードは微笑んだ。後ろから伸びた手が、彼のシャツのなかにすべりこみ、彼の腰に巻きつき、彼のズボンの留め金をもてあそぶようにして開けようとしていた。その指先の動きだけで、彼は固くなった。

リチャードは目をとじて、相手がメリリーだと思いこもうとした。頑固で要求の多い妻ではなく、夢のなかの恋人だと思おうとした。ズボンが床に落ちた。彼女の身体が前にまわり、彼の腹に彼女の息がかかった。彼女の舌がへそに触れ、やがてそれが下に移動していった。

彼女が彼のものをくわえると、リチャードはうめき声をあげた。それは強烈な、責めたてられるような快感だった。彼はじっとしていられずに動きだし、激しく腰を振って、彼女の名前を呼びながら自分自身を解放した――メリリー。

その後、二人のあいだに深い沈黙が流れた。彼は女性を見下ろし、彼女は彼を見上げた。

「すまなかった」

「残念だわ」

日曜日の夜、メリリーがドアを開けると、そこには父が立っていた。ジョン・セントクレアは六十七年の人生をそのまま表わしたような人物で、ぼさぼさの髪は白髪まじりで、肌は青白く、目のまわりのしわは笑いすぎたせいではなく、世間に対する不満で顔をしかめすぎたせいでできたものだった。

ジョンは二十七年間《ペニンシュラ》紙の配達トラック運転手として働いた。全米トラック運転手組合の会員で、真面目な労働者だった。けっして仕事を休まず、病気にもならず、誰のどんなこともけっして許さなかった。二年前に退職を余儀なくされ、それ以来彼の機嫌はますます悪くなった。まるでもう家族とどう接していいかがわからなくなっているようだった。

「お父さん」彼女は小さな声で言った。「よく来てくれたわね」

「おまえのあのバカな妹はどこにいる?」

ジェニー。いつでもまずジェニーの話。メリリーの名前が最初に父の頭に浮かぶことなど一度もなかった。母が亡くなって以来、彼女はこんなに頑張っているというのに。

父はメリリーの返事を待たずに彼女のわきをすり抜けて家に入り、リヴィングルームを通らずにキッチンに向かい、勝手に冷蔵庫を開けてビールをとりだした。ジョンがそこにビールがあることを知っているのは、メリリーがいつも父のためだけにそれを用意していたからだった。リチャードですらそれに触れることは許されなかった。

「グラスは？」彼女が尋ねた。

父は首を振ってふたを開けた。「それで、まだ病院にいるのか？」

「ええ、病室から離れようとしないの」

「子供は？」

「ダニーは危篤状態のままよ」メリリーはわざとダニーの名前を出した。

「いったいジェニーは何をやってるんだ――息子をバスで丘の向こうまで行かせるなんて？」

「ダニーは許しを得ないで行ってしまったの」

「息子に甘すぎるからそういうことになるんだ」

「ええ、そうね」メリリーは同意した。「お見舞いに行くの？」

「病院は嫌いだ。昔から」ジョンはビールをぐっと飲んだ。「一度も行っていない。あのとき――おまえも知っているだろうが、あのとき以来」

お母さんが死んだとき以来。「ええ、わかってるわ」メリリーはうなずいた。「でも、きっとジェニーは喜ぶわ」実際は、ジェニーは父と会うくらいなら歯根幹治療を受けるほうがましだと言うだろうが、いまこの場では父にこう言うのが正しいことで、メリリーはつねに正しいことを言うのが自慢だった。

父は首をかしげて思案した。「行くとしたら、明日だ」

「お父さん」メリリーは妹を支えてやってほしいと父に言いたかった。ジェニーは彼の娘なのだから。しかし自分を見つめる、人を許さない険しい目を見ただけで、彼女は何を言ってもかえって父をかたくなにさせるだけで、変化を望むのは無理だとわかった。「夕食を食べていくでしょう？」

「メニューはなんだ？」

メリリーは心のなかで十かぞえた。「ハムとグリーン・ビーンズに、ポテトグラタンよ」

「いいだろう。亭主はどうした？」

「ちょっとオフィスに行かなくちゃならなくなったの」

ジョンは頭上の時計を見上げた。「日曜日の七時だぞ」

「仕事熱心な人だから」

「あんないい男を見つけて、おまえは幸せ者だ」ジョンが言った。「リチャードは一生おまえの面倒をみてくれる。妹のような目にあうことはない。独りで、父親のいない子供を育てなければならないようなはめにはならん」

「お父さんの言うとおりよ」メリリーがうわずった声で言った。「子供といえば、ウィリアムは二階でパソコンをいじっているから、行って声をかけてやってくれない？」

ジョンはうなずいてキッチンから出ていった。ウィリアムはジョンのお気に入りの孫で、彼をいい子だと思っている。それはウィリアムが祖父を恐れていて、彼にけっして口答えをしないからなのだが。コンスタンスとダニーの場合は事情が違った。

ダニー。メリリーはため息をつきながらキッチンカウンターを拭いた。夕食が終わったら、病院に行かねばならない。せめて今夜はうちに泊まるようにジェニーを説得しなくては。妹の面倒をみるのは姉としての役目なのだから。

正面ドアが開いて閉まる音がした。メリリーの胸に安堵《あんど》が広がり、それがリチャードがキッチンに入ってくるまでの三十秒間に怒りに変わった。

彼がキッチンに入ってきたとき、彼女は冷蔵庫に顔を突っこんでいた。リチャードがグラスを手にして水道の水をくんでいる音が聞こえた。彼は何も言わなかった。彼女も口をひらかなかった。

やがて彼女は身を起こし、冷蔵庫のドアを閉めて夫に尋ねた。「お腹はすいてる?」

リチャードは首を振った。「さっき食べた」

「そう。父が来ているの。二階にいるわ」

「へえ、そうかい」リチャードはキッチンテーブルに腰をおろし、新聞を手にとった。

「ダニーのことを心配して来てくれたのよ」

「それはきみの買いかぶりだと思うよ」リチャードは彼女を見た。「どうしてきみはいつも他人に期待をするんだ? なぜ相手をそのまま受け入れない——それがよかろうと悪かろうと?」

メリリーは夫の目をじっと見つめた。その質問に実際の言葉以上の深い意味があるとわかっていたが、言葉の裏の意味に目を向けたくなかった。彼らの結婚生活にすこしでも関係のあることで言い争いをしたくなかった。いまのリチャードに何が起こっているとしても、それはいつかは過ぎることだ——彼女が見ないふりさえしていれば。妻の務めを果たし、夫のそばに寄り添ってさえいれば。

「夕食の用意をしないと。子供たちがお腹をすかしているでしょうから」彼女は小声で言うと、仕度にとりかかった。

「ダニーの具合は？　何か変化はあったのか？」

「いいえ、同じよ。病院に行ったかと思ったのに」

「時間がなくなってしまった。明日の朝、仕事に行く前に寄ってみる」

「ジェニーがきっと喜ぶわ」

リチャードが新聞に目を通しているあいだに、メリリーは料理をテーブルにならべていった。本来ならば、夫婦水入らずの楽しい時間のはずだった。たがいに話をすべきだったが、メリリーには触れたくないことが多すぎて、何を話したらいいかわからなかった。やがて、コンスタンスが軽い足どりでキッチンに入ってきた。ヘッドホンを耳につけ、ウォークマンからラップミュージックが漏れていた。

「あの男は誰……あの男は誰って言ったの……」彼女も大声で歌っていた。テーブルに父がいるのを見て、娘の目が輝いた。「お父さん」彼女は父に駆け寄って抱きついた。

メリリーは胃がきゅっと痛んだ。コンスタンスが父親になついているのを見て、彼女は傷ついた。この男は娘にたいしたことをしてやっていないのに。それに対して自分は、コンスタンスのためにできるかぎりのことをしているのに、返ってくるのは文句と非難がましい視線だけだった。

「やあ、お嬢ちゃん」リチャードは愛しそうに娘の髪を撫でた。「元気かい？」

「元気よ。ねえ、シンディの家に行ってきてもいい？　いっしょに宿題を仕上げたいの」

「父さんはかまわないと思うよ」

メリリーは身をこわばらせた。「だめよ、コンスタンス。まだ夕食を食べていないし、明日は学校があるし、シャワーも浴びなきゃならないし、それに――」

「お母さん、わたしはもう七歳じゃないの。いつシャワーを浴びるかぐらい、自分で決められるわ」

「でも、出かけるのはだめよ。いとこの命が危ないというのに、自分だけ楽しい思いをするなんて悪いとは思わないの？　すこしはダニーのことも考えなさい」

「わたしが家にいても、ダニーの助けにはならないわ。あの子が車に轢かれてから、お母さんはわたしを家にとじこめようとしてるみたい」コンスタンスが言い返した。「宿題をしなくちゃならないの。お父さん、ねえ出かけてもいいでしょう？」

「ああ」リチャードは新聞から顔を上げずに言った。

「ありがとう」コンスタンスは得意げな視線を母親に投げかけてから、キッチンから飛び出していった。

「ちゃんとシンディの家に行くのよ。間違っても男の子と遊びに行ったりしてはだめよ」メリリーは娘の後ろ姿に向かって叫んだが、返ってきたのはドアがばたんと閉まる音だけだった。メリリーは苛立ちながら夫をふりかえった。「リチャード、いったいどういうつもりなの？　わたしがコンスタンスをシンディの家に行かせたくないのを知りながら、許してしまうなんて」

リチャードが顔を上げた。「そんなに騒ぐほどのことじゃないだろう？」

「あなたって本当に信じられない人ね。めったに家にいないくせに、たまに帰ってくると、こうして……」彼女は適当な言葉を探したが、恐ろしくて口に出せなかった。

「こうしてなんだ？」リチャードが静かな声で尋ねた。「ぼくはまたきみの要求を満たせなかったというわけか？」

「もういいわよ。あなたと言い争いはしたくないの」

リチャードはテーブルをたたいた。「ぼくはきみと言い争いをしたいんだ」

「リチャード、お願い、父が二階にいるのよ。喧嘩しているところを聞かれたくないわ」

「なぜ？　幸せな結婚生活をおくっていないと思われるのがいやなのか？」

「わたしは幸せな結婚生活をおくっています。素晴らしい夫がいるんですもの」彼女は夫の自尊心を満足させることで、父の前で夫婦喧嘩になるのを防ごうとした。

リチャードは立ち上がって彼女に近づいた。「ぼくは完璧じゃない、メリリー。いいかげんに認めたらどうなんだ――ぼくに対してじゃなくても、せめて自分自身に対して」

「リチャード、愛してるわ」メリリーは奥の手をつかった。

リチャードはためらった。メリリーが爪先立ちになって、夫の唇にキスをした。彼女のほうから彼に触れてきたのは久しぶりだった。彼女は唇を離さず、両手で彼の胸に触れ、その手を首にまわした。

身体を離すと、リチャードの目に欲望の光が見えた。その激しさに、彼女は思わず目をそらした。すると、リチャードのシャツの襟についた赤い染みが目に留まった。シャツのはしから上着をめくった。それは口紅で、彼女のつけている色ではなかった。

「どうしてそれがここについたのか、訊かないのか、メリリー？ 知りたくないのか？」

彼女の身体じゅうの末梢神経がノーと叫んでいた。彼女は知りたくなかった。知りたいと思ったこともなかった。

「夕食の時間だわ」彼女は廊下に向かって歩きだしながら、夫がついてこないことを祈った。彼はついてこなかった。彼女が父とウィリアムを連れてキッチンに戻ったとき、リチャードの姿は消えていた。窓の外を見ると、ちょうど彼の車のテールライトが彼方に消えていくところだった。

15

「本当に大変なことになったな、ジェニー」二十分後、リチャードは義理の妹を抱きしめた。女性を腕に抱いたのはこの日三回目だったが、彼はいま初めてそれを心地よいと感じた。ジェニーに対してよこしまな欲望を感じているからではなく、彼女のことが本当に好きだったからだ。彼女はリチャードがありのままの姿を見せられる数少ない人間の一人だった。

「来てくれてありがとう。メリリーはいっしょじゃないの？」

「きみもすこしは彼女から解放されたいんじゃないかと思ったから」

「姉さんも頑張っているのよ」

リチャードはダニーの姿をよく見ようとベッドに近づいた。少年は仰向けに寝ていて、ベッドの頭の部分がすこしだけ持ち上がっていた。鼻と腕から何本ものチューブが伸びている。

「自力で呼吸できないのか？」リチャードが尋ねた。

ジェニーは首を振った。「いまはまだ」

「犯人は見つかったのか？」

「アランが捜してくれてるわ。内心ではどうでもいいって思うこともあるの。だって犯人が捕まっても、何も変わらないんだもの。でも子供にこんなひどいことをして逃げるなんて許せないと思うときもあって」彼女は腰をかがめ、ダニーの頬を撫でた。「坊や、リチャード伯父さんがお見舞いに来てくださったわ」

「やあ」リチャードはぶっきらぼうに言って、咳払いをした。「コニーとウィリアムがよろしくと言っていた。早くよくなれって――大急ぎでな」リチャードはジェニーのほうを見た。「声は聞こえているのかな？」

「そう信じたいけど。ドクターはできるだけ話しかけるようにって。昏睡状態から目覚めるように刺激をあたえるほうがいいって言われているの」

リチャードがうなずいた。「大丈夫かい？　何か必要なものはある？」

「ダニーさえいれば」

「きっとよくなるさ。彼はお母さんに似て強い子だから」

「わたしが強い？」ジェニーは震える声で笑った。「そんなことないわ」

「本当の自分を知らないだけだよ」

「それはたぶん、知りたいと思わないからだわ」

「ぼくも同じ問題をかかえている」

ジェニーは彼の腕に手をおいた。「エレヴェーターまで送っていくわ」

廊下にはほとんど誰もいなかった。面会時間はそろそろ終わりだった。二人はエレヴェーターの前で立ちどまったが、どちらもボタンを押そうとはしなかった。

「ねえ、メリリーとはうまくいっているの？」ジェニーが尋ねた。

リチャードが首を振った。「いいや」

「メリリーもわかっているの？」

「認めようとしない」

「姉さんは義兄《にい》さんのことを愛しているのよ」

「愛せない理由はいくらだって思いつくんだが」彼はエレヴェーターのボタンを強く押した。

「姉さんに見つかればいいと思ってるの、リチャード？　だからそんなに露骨なことをするわけ？」ジェニーが尋ねた。

リチャードは彼女の言葉に顔をこわばらせた。そのあけすけな物言いに、彼は不意を突かれた。だが考えてみれば、ジェニーはどんなときでもいやになるほどはっきりと本当のことしか言わない。「メリリーはぼくのことなどどうでもいいから、見つけたいとは思っていない」

「そうじゃないわ。姉さんは義兄さんのことを想っているのよ。ただそれをおもてに出す方法を知らないだけ」

「だとしたら、学んでくれればいいが——手遅れになる前に」

エレヴェーターのドアがひらいて、リチャードは乗りこんだ。ジェニーは手でドアを押さえた。「姉さんを見捨てないで、リチャード。とくにいまみたいに、人生がどんなにはかないものか思い知らされているときには。一瞬でも無駄にしちゃだめよ。うまく立て直さなきゃ」

「愛情を立て直すことなんてできないんだよ、ジェニー。丸いネジを四角い穴にはめることはできない。とくにきみは、それがよくわかっていると思っていたが」

彼女は顔をそむけた。「もし、わたしとアランのことを言っているのなら、わたしたちに違いがあるのは知ってるわ。でも彼はいい人だし、ダニーには父親が必要なの。それに、アランはけっしてわたしを傷つけないわ」

リチャードは首を振った。彼女がみすみす妥協をするのを見るのが耐えられなかった。

「彼がきみを傷つけないのは、きみが傷つくほど彼を想っていないからだよ」

「そんなことないわ」

「きみとルークがいっしょに過ごした夏のことは覚えている。きみたち二人のあいだには電気が走っていて、うちの家に火がつくんじゃないかと思ったほどだ。きみがルークを見るような目でアランを見ているところを目撃したことはないよ。だいたい、彼とはもう寝たのか？」

「リチャード！」ジェニーは誰かに会話を盗み聞きされていないか、肩越しに確かめた。

「大人同士なんだからいいじゃないか、ジェニー。昔のきみはもっと情熱的だった」

「そうね、でもそのせいでこのざまだわ。わたしはもう十八歳じゃないの。ルークを見るような目で男性を見ることはもうないわ。ルークがいまここに来るのは、ダニーのことを知ったからよ。わたしたちのあいだには何もないし、これからもそれは絶対に変わらないわ」

長く待たされすぎたエレヴェーターが、抗議のブザー音を鳴らした。

「きみがメリリーにそっくりだなんて、いまのいままで気がつかなかったな」リチャードが言った。

「それってどういう意味？」

「彼女は自分が見たいものしか見ようとしない――その点はきみも同じだ」

エレヴェーターの扉が閉まり、ジェニーは扉に映った自分の姿を見ながらその場にたたずんだ。リチャードの言葉が彼女の心を駆けめぐり、彼女を苦しめた。べつに彼が正しいというわけではない。絶対に間違っている。彼女は二度とルークと関係を持つことはないし、あのような苦悩に身をさらすことはない。

だが、アランのことはどうだろう？　自分は彼に対して正しいことをしているのだろうか？

彼とはまだベッドをともにしたことはない。何度か直前までいったが、そのたびに彼女をためらわせる何かがあった……夜遅かったり、朝の出勤時間が早かったり、ダニーのことがあったり……。

アランを求めていないわけではない。だが若い頃のようなたがいの身体をむさぼり合うほどの激しい情熱を感じていないというだけだ。ダニーが生まれて以来、ベッドをともにした男の数は片手で数えられる。いまは彼らの顔すら思い出せない。

目の前でエレヴェーターの扉が開き、なかは空っぽで彼女が乗るのを待っていた。無意識にボタンを押してしまったらしい。ジェニーは廊下の先にあるダニーの病室を肩越しに見て、もう一度エレヴェーターに視線を戻した。休息が必要だった。すこし考えただけで、どこに行くかは決まっていた。

赤ちゃんたちはそろそろ寝る時間で、身動きがとれないくらいしっかりと毛布にくるまれていた。ジェニーは新生児室の窓に顔を近づけて、なかの赤ちゃん一人一人を眺めた。ジェファーソン家の赤ん坊は大きくて頭に毛がない。ルチェシ家の子供は痩せていて、顔にピンクの発疹《ほっしん》が出ている。ペッシ家の赤ちゃんは貪欲《どんよく》におしゃぶりを吸っていて、スターリング家の子はいつまでも泣きやまない。

看護師が泣いている赤ん坊を抱きあげ、砂糖水が入った哺乳瓶を口に押しこんだ。赤ん坊は一瞬驚いたようだったが、やがて吸いはじめ、まるで中身を残さず喉に流しこみたいとでもいうように小さな両手で哺乳瓶をたたいていた。

「どの子がダニーに似ている?」

ふりむかなくても、ジェニーにはルークが後ろに立っているのがわかった。「どの子も似てないけど、ただあの子はダニーと同じような飲みっぷりね」

「あの子が赤ちゃんだった頃に会いたかった」

ジェニーは身体を固くした。「あなたが選択したことでしょう」

「彼はどれくらいの大きさだったんだ?」

「三千六百八十五グラム」

「髪は生えてた？」

「ううん、一本も」

「ぼくもそうだった」

「生まれたときから、ダニーはあなたに似てたわ」ジェニーはルークのほうをちらっと見た。「いつもそのことに腹が立ったわ。わたしが産んだ子なのに。夜中に起こされて、おしめを替えてるのはわたしなのに——なのにあなたに似てるなんて」

「ぼくのことは、あの子になんて話してたんだ？」

「本当のことよ」

ルークはうなずいた。「やっぱりそうか。きみはぼくにも嘘をつかなかった。ただぼくと別れたときは、本当に中絶すると思ったが」

「わたしたちの子供を処分するなんて、できなかったの」ジェニーは目の前のガラスに指を押しつけながら、十三年前にその選択肢について初めて考えたときの痛みを思い出した。

「あなたがわたしのことをどう思っていようと——あのとき、わたしはあなたを愛していたんだし、ダニーはその愛の最高の結晶なんだもの」彼女は話題を変えた。「どうしてわたしがここにいるってわかったの？」

「医学部にいた頃、ぼくもつらいことがあるとよく新生児室に来たんだ。ここに来ると、病院では悪いことばかりじゃなくて、いいことも起こるんだって思い出すことができる」

ルークは壁に寄りかかり、カジュアルなズボンのポケットに手を入れた。ネイヴィーブルーのセーターの袖《そで》を肘のあたりまでめくりあげている。まるで二日間まともに寝ていないと思えるほど、疲れた顔をしていた。それを見て、ジェニーは微笑んだ。彼だって数日ぐらいは眠れない夜を過ごしてもいいはずだ。彼女はかぞえきれないほどそんな体験をしてきたのだから。

「ここに来たのは、ダニーを産んで以来だわ」ジェニーが言った。「必死でお乳をあげようとした長い夜を思い出すわ――うまくやれないんじゃないかって不安で、孤独で。でもすごく幸せだった。喜びに包まれていたんだもの。赤ちゃんが生まれること以外に、この病院でほかに何が起きているかなんて考えてもみなかった」彼女は言葉を切った。「病院というのは第二のわが家のようなものかもしれないわ」

「じつは、医学部を卒業してからは病院とはあまり縁がなかった。ここ数年はずっと研究所で顕微鏡を覗いていたし。いまは海を見ながら重役室にすわっている」

「あなたの望みがかなったのね。あなたのご両親も望んでいたことだから、きっとあなたを誇りに思っているでしょうね」ルークが彼女の夢より両親の夢を選んだことを思い出して、彼女は口をつぐんだ。「ダニーのところに戻らないと」

ジェニーはエレヴェーターに向かって廊下を歩きだした。ルークもならんで歩いていった。彼にいなくなってほしいという思いと、いっしょに来てほしいという思いが、ジェニーのなかで交錯した。何年もの時間を経て、彼がふたたび彼女の人生にかかわってくることに慣れるのには時間が必要だった。

「きみとはちゃんと話をしなくてはならない、ジェニー」エレヴェーターを待ちながら、ルークが言った。

「何について話すの？」

「今日、電話でダニーについていろいろな医者に問い合わせてみたんだ。〈マヨ・クリニック〉からドクター・ポール・バックリーに来てもらおうと思う。彼はこの国で最高の脳神経外科医なんだ」

ジェニーは驚いて彼を見た。「なぜ？」

「セカンド・オピニオンを聞くためだ」

「あなた、わたしの知らないことを何か知ってるの、ルーク？」ジェニーは彼の腕をつかんだ。「そうなのね？　医者であるあなたに、ほかのドクターたちは率直に打ち明けたんじゃないの？　ダニーがもう――もう二度と――」ルークが彼女の唇に指をあてた。

「シーッ」彼がささやいた。「そんなことは言っちゃいけない」

「真実を話して」

「ダニーは昏睡状態にある。それが真実だ」

「人は昏睡状態から目を覚ますわ」

「もちろん、そうだとも。ただ、ダニーに最高の治療をうけさせてやりたいんだ」

「それはわたしも同じ気持ちよ」

「だったら明日の朝、バックリーに電話してみる」

「でも費用がかかるんでしょう、ルーク。わたしの保険でカバーできるかしら」

「費用ならぼくがもつ」

「あなたに払ってほしくはないわ」彼女は顔をそむけた。「なんとか払えるように考えるから」

「バカなことを言うな、ジェニー」

彼女は気色ばんで彼をにらみつけた。「わたしはバカじゃない。ダニーはわたしの息子なの。わたしの責任なの」

「ぼくの責任でもある」

突然に彼が豹変《ひょうへん》した理由をさぐるように、ジェニーは彼の顔を覗きこんだ。「いまになってなぜなの、ルーク？　どうしていまになってそんなに気にかけるの？　あなたはダニーをまったく知らないのに」

「あの子をよく知りたいと思ってる。ぼくだって歳をとったんだよ、ジェニー。すこしは賢くなっていると思いたい。ぼくは過ちを犯した。大きな過ちだ。きみに中絶しろなんて言うべきじゃなかった。ぼくは――」

「怖かった」彼女がルークの言葉を続けた。「わたしだって怖かったわ。父に話したとたん、家から追い出されたのよ。結局、メリリーとリチャードのところに厄介になるしかなかった」

「すまなかった」

「まだ十八歳だったのよ。高校しか卒業してなくて。仕事もお金もなくて」

「五百ドルがあっただろう」

彼女は苦々しげに微笑んだ。「あなたの家から帰る途中、海に捨てたわ。バカなことだし、非現実的なことをしたけど、でもものすごく気分がよかったわ」

ルークはため息をついた。「きみがぼくを憎むのは理解できる。理屈では、ぼくはきみに憎まれることをしたとわかっているんだ」

「あなたはいつだって論理的ね。そのせいで、結局わたしたちは別れたんだもの」

「ぼくが去っていくことは、きみだって最初から知っていたはずだ」

「それがどれだけつらいことか、わからなかったの」

「それはぼくも同じだ」

彼女はうんざりした顔をした。「調子のいいことを言わないで。あの日、あなたはすこしも悲しそうには見えなかったわ。いかにも幸せそうだった。輝かしい人生の船出だから、わたしがいては邪魔だったのよ。結果的に、わたしも新たな人生を歩むことになったわ。ダニーが生まれて、あの子はわたしにとって何よりも大切な宝物になったの」

乗りこんだエレヴェーターにはほかに二人の人間が乗っていたので、彼らは次の階に着くまで黙りこんだ。エレヴェーターから降りると、ルークはジェニーの前に立った。「もしできれば、明日バックリーにここに来てもらう。ほかにも専門家を呼んで、必要なだけ検査をさせる。明日から、うちの会社の研究員二人にこの件を担当させて、頭の怪我と昏睡に関するあらゆる資料を調べさせよう。とにかくできるかぎりの手を打ちたい。ローウェンスタインは優秀な医者だが、彼に任せれば絶対確実というわけじゃない」

ルークがダニーの治療プランを延々と話すのを、ジェニーはあっけにとられて見つめていた。彼は彼女を無視して強引にことを進めようとしていた。彼のいつものやり方だった。ジェニーは言い返したかったが、ダニーのためにじっとこらえた。

「最後に、好きなときにダニーに会わせてほしい」ルークが言った。

ジェニーは首を振った。「だめよ。あなたは急ぎすぎだわ」と言って、彼女は立ち去ろうとした。

「急ぎすぎ？」ルークは彼女の両肩をつかんで、自分のほうにふりかえらせた。「急ぎすぎだって？　ハイウェイのヘアピンカーブを時速百三十キロで飛ばすきみが、ぼくを急ぎすぎだと言うのか？」

「それはずっと昔の話よ。いまのわたしは大人なの。責任があるの。わたしだけの話をしているんじゃないわ。わたしの息子の話なの」

「ぼくたちの息子だ。きみは十二年間もあの子を独占していたんだ。それはいい。きみはぼくがそれを望んでいると思っていたわけで、過ぎたことはもう忘れる。だが、ぼくが言いたいのはこれからのことだ。たのむ、ダニーといっしょに過ごす時間をくれ。どうしても自分の息子といっしょにいたいんだ」

ジェニーは長いあいだルークを見つめていた。彼の目に浮かぶ誠実さや、追い詰められたような声をじっくり観察した。そして最後のひと言が、彼女に心を決めさせた。ただダニーに会いたいだけではなく、どうしてもいっしょにいたいというその言葉が、息子がどれほど父を知りたがっていたかを思い出させた。

「奥さんのことは？」彼をダニーに会わせないもっともな理由を探して、彼女は尋ねた。

「あなたのご両親は最初からわたしを気に入らなかったし、ダニーがあなたの息子であることを望まないでしょうね。あの子を孫として認めないと思うの。もうお二人には話したの？」

「まだだが、きちんと話をする。きみの家族だって、ぼくを嫌っていたじゃないか、ジェニー。これは彼らの問題じゃない。ぼくたちの問題なんだ」

「ぼくたち？」そのひと言が深く胸に突き刺さり、彼女は痛みに息をのんだ。「ぼくたちなんてありえないわ」

「いままでも、これからもぼくたちは息子を通してつながっているんだ。あの子はぼくたちの子供なんだ」

「でも産んだのはわたしよ、ルーク。それにあの子を育てたのもわたしよ。あなたはずっと昔に自分の権利を放棄したんだから」

「親権をとるために訴えることもできるんだぞ」ルークが唐突に言いだした。「ぼくの存在をむりやり認めさせることもできるが、そんなことはしたくない」

「どうしてよ？　やればいいじゃないの」彼の横暴さにジェニーは憤激した。「あなたはいつだって欲しいものを手に入れて、いらないものを捨てていくのよ。でもこれからはそうはいかないわ。今回は主導権を握っているのはわたしなの。わたしが決めて、計画をたてるから」

「きみが？　次の食事の計画ぐらいしかたてたことがなかったじゃないか」

「次の食事を食べるお金があるかどうかわからなかったからよ」彼女は興奮して声を荒らげた。

「バカなことを言うな、ジェニー。きみはいつだってその時を生きていた。それがきみって人なんだ」

「いまは違うわ。もう愚かな若い娘じゃないのよ、ルーク。わたしは母親で、ダニーの世話をする責任があるの。あなたの助言を聞くのは、あなたが医者だからよ。あなたの提案を聞くし、くやしいけど、お金だって払ってもらうけど、それはダニーがわたしのプライドなんかよりずっと大切だからだわ」

「じゃあ、彼に会わせてくれるのか？」ルークは引き下がらなかった。

「いいわ。ダニーもあなたを知りたがっていたから。だからあの子はあなたに会いに行って、そのせいで大怪我をしたのよ。あの子、わたしの声には反応しないの」悲しみが襲ってきて、彼女の声が震えた。「あなたの声には反応するかもしれないわ。あなたと話をしたい一心で、あの子が意識を取り戻すかもしれない。だから賭《か》けてみるわ」

ルークはうなずき、目の前にいるこの女性に感服した。いままで彼はジェニーの笑い声や豊かな感受性や明るさに惹かれていたが、彼女の勇気や強さに感銘を受けたことはなかった。もしかすると彼女の芯《しん》の強さは、ダニーとともに生まれ、歳をかさねるうちに身についたものなのかもしれない。

ジェニーは集中治療室に続くドアの前で足をとめた。「行かないの？」

何年も前と同じ問いかけだった。あのとき、彼女はただ月明かりのなかで泳ごうと誘っただけだったが、それが二人の関係の始まりだった。今夜、これが彼の息子との関係の始まりになる。

「行くよ」と、彼は答えた。

アランはリモコンのボタンを押し、日曜日の夜の映画放送からスポーツチャンネル、CNNへと次つぎとチャンネルを変えていったが、彼の関心を惹くものはなく、ずっとジェニーのことを考えつづけていた。今日も午後の数時間をいっしょに過ごしたが、彼は息子のことに頭がいっぱいで、彼と距離をおこうとする彼女の態度が不満だった。

ダニーの事故は二人のあいだの溝をますます深めていった。彼はどうも間違ったときに間違ったことを口にしてしまうようだ。だが、彼は女性経験がそれほど豊富ではない。四人兄弟の長男として生まれた彼は、いつも男に囲まれて育ち、彼の母親は男勝りの女性で、子供を育てることにあまり熱心ではなかった。母の考えでは、息子たちをこの世に送り出しただけで充分だった。

アランは女性とつき合いはじめたのも遅かったし、初めてのセックスはまるで取っ組み合いで、もう二度と会いたくないと女性から愛想をつかされた。歳を重ね、すこしは技を磨き、自信もついたが、これまで完璧な女性と出会うことはできなかった。ジェニーと出会うまでは。

ジェニーは物腰が穏やかで、心優しく、失敗に対して寛容な女性だ。彼女とならば、これまで何もなかった将来が見えてくる。問題は、彼女が情熱を傾ける対象に、どうやら彼が含まれていないことだった。

半年間つき合っていて、いまだに彼らはベッドをともにしていなかった。はじめの頃、ジェニーはつき合いは慎重にしたいと言い、過去に傷ついたことがあり、子供の心配もあるので、誰かれなく男とベッドに飛びこむわけにはいかないとアランに話した。彼はその言い訳を受け入れ、彼女の自制心に感心さえした。何より彼は人生のパートナーを求めていたのであって、セックスの相手が欲しかったわけではない。だが、彼の我慢にも限度があった。

この数週間というもの、二人で過ごす夜は会話よりも沈黙の時間が多くなっていた。たぶんそれはこれからの二人の関係についてどちらも緊張していたからかもしれない。ちょうど先週、ジェニーは彼と関係を持ちたいと言いだしたところだった――彼とうまくやっていきたい、彼はいい人だし、彼のことを大切に思っていると――でも……ここが問題なのだが、いつもそのあとに今日はだめなのと彼女は言うのだった。

ダニーが障害になっているのはわかっていた。父親がわりをつとめようという彼の努力にもかかわらず、彼はどうしてもダニーと馬が合わず、それがまたジェニーとの仲が進展しない原因になっていた。

アランはまた二回テレビのチャンネルを変えて、サッカーの試合をぼうっと見ていたが、五分ほどたってからアナウンサーがスペイン語を話していることに気がついた。

うんざりして彼はテレビを消し、ソファから床に足を下ろした。彼の部屋はせまくて散らかっていた。汚れたトレーニングウェアが正面ドアわきに積み重なり、ダイニングテーブルには、銃の横に半分食べ残しの中華料理のテイクアウト用容器が三つならんでいた。

ひどい部屋だ、と彼は思った。北カリフォルニアで暮らしはじめてからすでに三年になるが、いまだに壁に写真の一枚も飾っていない。実際、彼はこの部屋にいる時間をなるべく短くして、一日のほとんどの時間をパトカーと警察署とジェニーの家で過ごしていた。

アランはジェニーに初めて会ったときのことを思い出した。彼女は〈マグドゥーガルズ・マーケット〉でレジの仕事をしていた。彼女の微笑みが彼の目を引いた。それから六週間、ほかのレジのほうが空いていても、彼はジェニーのレジにならびつづけた。彼女は客の誰とでも気さくに話をした。

ようやくジェニーを夕食に誘い出した彼は、〈チャックズ・ステーキハウス〉に行き、彼女のために一週間分の給料を奮発してシャンパンを注文した。だがジェニーが金になびくような女ではないことにすぐに気づいた。

手を伸ばして、彼はコーヒーテーブルの上の写真を手にとった——パンプキン・フェスティバルに行ったときのジェニーの写真だった。写真を撮ったのがダニーだったので、そこに少年は写っていないが、アランはその日のことを思い出して、写真のようにジェニーと二人で過ごせたならよかったのにと思った。実際は、ダニーのせいで最悪の一日だった。ダニーは母親を独り占めしようとし、アランが選んだカボチャをどれも拒否し、とにかくずっと態度が悪かった。ジェニーは穏やかに彼を叱ったが、なんの効果もなかった。

アランが惹かれたジェニーの優しさが、ダニーを甘やかせる結果になっていた。もしもジェニーと結婚したら、きちんとルールを決めて、息子の行動を律しようと彼は心に決めていた。むろん、ダニーが全快したらの話だが。それと——彼の胃がきゅっと縮んだ——あのルーク・シェリダンが彼らのまわりをうろちょろしないでくれたらだが。

ルークが二人の関係の最大の障害であることを、アランは知っていた。ジェニーとのあいだにどんな問題があろうとも、いずれは解決することができるだろう。ダニーもいつかは彼の厳しさが少年を思ってのことだと気づくはずだ。

だが、もしもジェニーが初恋の男性をふたたび人生に迎え入れたなら、アランの計画はすべて夢に終わってしまう。ジェニーとルークがたがいに見つめ合うところを目にして以来、その情景がアランの脳裏から離れず、彼を脅かしていた。ジェニーは一度もあんな欲望に満ちた目で彼を見たためしがなかった。

ジェニーがアランを求めないのは、彼女がもともとセックスにあまり興味がないからだと彼は思いこもうとしていたが、ルークとジェニーが見つめ合う様子をひと目見ただけで、彼の考えが間違っていたことがわかった。

彼女がルークとつき合っていたのは知っている。なにしろ彼はダニーの父親なのだから。ルークはジェニーと寝ていて、自分は寝たことがないという事実がむしょうに腹立たしかった。いますぐ今夜にでも、彼女を自分のものにしてしまいたかった。そして彼女の頭のなかからルーク・シェリダンのことを追い出してしまいたかった。

だが、ジェニーは病院にいて、彼はこうして独りで自分のアパートにいる。

ちくしょう。

彼はもうじき四十歳になる。すぐにでも理想のパートナーを見つけないかぎり、一生独りでいることになるだろう。ジェニーとのつき合いに、彼は半年間もの時間をかけた——彼女の希望にそって、ゆっくりと、彼女の望むペースで。ここでルーク・シェリダンがすました顔で彼女の人生に戻ってきて、彼女を横取りするなどということは絶対に許せない。アラン・ブラディは自分のものを守り抜く。ジェニーは彼のものだ。

ドアをノックする音がしたので、アランは本能的に身構えた。もうすぐ夜の十時だった。もしかするとジェニーかもしれない。彼がドアを開けると、戸口に険しい表情のスーが立っていた。

「どうしたんだ?」

「もう一度〈アカプルコ・ラウンジ〉に行ってみたの。金曜日の夜に働いていたバーテンダーに話を聞きたくて」

アランは彼女を部屋に招き入れ、ドアを閉めた。「それで？」

「彼の話だと、マット・セントクレアはあの夜かなり飲んだくれていたらしいの。事故が起こる数分前に、数人といっしょに店を出て行ったそうよ。彼らはタリー・ロードを行ったみたい――ダニーが轢かれたのと同じ道よ」

「続けろ」

「バーテンダーは、マットが自分の車を捜してて、金曜日の夜にどこに行ったのか記憶がないとも話してたわ」

アランはスーを見つめた。彼女は彼が内心思っていたことを、はっきり口に出して言っていた――ジェニーの最愛の兄が、彼女の最愛の息子を車ではねたと。

「なんてことだ。それが事実だったら、ジェニーは死んでしまうぞ」と、彼は言った。

「ジェニーは死なないわ。でもダニーは死んでしまうかもしれない。この話が気に入ろうが気に入るまいが、ともかく最初の容疑者が見つかったわ」

16

月曜日の朝は、雲一つないさわやかな天気で、金曜日の濃霧がまるで大昔のできごとのように思えた。ジェニーはメリリーのレクサスを病院の駐車場に駐めて、車から降りた。

今日は新たな一日で、四時間しか眠ることができなかったにもかかわらず、ジェニーは昨日よりもずっと楽観的な気分だった。もしかすると、ルークと話し合い、自分の立場をはっきりさせて、彼がまたいつ現われるかと思い悩むかわりに、主導権を手にしたのがよかったのかもしれない。理由はなんであれ、彼女は今日という日が新たな希望や可能性を運んでくると確信していた。

病院に近づくと、正面ドアの真横のベンチに男が一人で腰かけているのが見えた。彼は洗いざらしのジーンズに、濃い色のフード付きのトレーナーを着ていた。かたわらには十段変速機付きの古ぼけた自転車があった。どこかで見たような自転車で、彼の姿にも見覚えがあった。

彼女が近くに行くと、男は顔を上げた。彼女を見つめるその目には、苦悩がにじんでいた。

「マット」彼女は静かに呼びかけた。

「すまない。本当にすまなかった」

ジェニーは兄の無精ひげが生えた顔や、充血した目をじっと見た。マットはひどいありさまだった。二日酔いで、実際の三十四歳という年齢よりもずっと老けて見えた。その様子に心が痛んだ彼女は、兄の膝《ひざ》に手をおき、妹というよりも姉になった気分で声をかけた。「兄さん、大丈夫？」

「おい、それはおれの台詞《せりふ》だろう。ダニーはどうしてる？」

「よくないわ、マット。頭に怪我をしてて、事故以来、意識が戻らないの。ドクターの話だと、昏睡状態に陥っていて、長く続くかもしれないの」

「くそっ」マットは首を振った。「なんでよりによってあいつがこんな目にあうんだ？　あの子はまだガキじゃないか」

「わからないわ。答えなんてない気がするわ」

「おまえ、まるでもうあきらめちまったような言い方だな」

「絶対にあきらめないわ」ジェニーはきっぱりと言った。「あきらめたりしないわ、絶対に。でも怒りとか非難とかを超越したいと思っているの。そういう感情はダニーの助けにはならないから。具体的な計画が必要なのよ。あの子を起こすための方法とか」

「たとえば？　あの子に何ができるんだ？　誰かが何かできるのか？」

「話しかけるとか、歌ってやるとか、あの子に会いに行くとか」ジェニーはハンドバッグを開けて、なかから紙切れをとりだした。「あの子が好きだった歌と、映画と本とテレビ番組と、思いつくかぎりのものを書き出してみたの。看護師に訊いたら、一回に一人ずつ、短い時間ならば、あの子の友だちを連れてきてもいいって言ってくれたわ。もしかしたら誰かの声に、あの子が反応するかもしれないでしょう」

マットは驚いた顔で妹を見つめた。「おまえ、しっかりしているんだな、ジェンジェン。おまえがこれほどちゃんとしてるとは予想外だった」

「しっかりしないわけにはいかないんだもの、マット。毎日泣きつづけるわけにはいかないわ。逃げることもできない。だってやってみたけど、何も変わらなかったんだもの。姉さんみたいに何もかもうまくいってるふりをすることもできないし。だって実際には」――彼女は息を深く吸いこんだ――「うまくいかない可能性も大きいわけだし」

「そんなことを言うなよ」

「言わざるをえないの。立ち向かわなきゃならないのよ。息子を失いたくないから。こんなとんでもない事故で失うわけにはいかないわ。ここ数日いろいろと考える時間があったのよ、マット。どうしてわたしがダニーにルークのことを話さなかったかわかる？　彼にあの子をとられたくなかったから。ところがいまや、あの子を永久に失うかもしれないの」

「おい、非難するのはやめたんじゃないのか」マットが言った。

「正直になろうとしているだけ」

「おまえはいつだって正直だよ。まったく誰に似たんだろうなあ。おまえ以外の家族全員は嘘つきばかりなのに」

ジェニーが立ち上がった。「ダニーに会いに行きましょう」

マットはためらった。「病院は苦手なんだ――脚がだめになったあのとき以来。くそったれの医者に、おまえのキャリアはおしまいだと言われたときのことを思い出す」

ジェニーは兄の勝手な言い分にかっとなった。「いいかげんにしてよ。兄さんのことはどうだっていいの。ダニーがスポーツをできなくなることを心配してるんじゃないのよ。あの子が二度と目を覚まさないことを心配してるの、わかる?」

マットはショックを受けて妹を見つめた。「だいたいいままでどこに行ってたの、マット?」彼女は強い調子で尋ねた。「いったいどこにいたのよ? また飲んだくれてたの? 週末に兄さんが来てくれるのをずっと待っていたのに」

「すまなかった。ここに来られるような状態じゃなかったんだ。来ても、よけいに迷惑をかけると思って」

「そうね、兄さんの言うとおり。ここに来るべきじゃなかったのかもね。ビールの泡に溺《おぼ》れているべきなのかもしれないわね。兄さんにとっては、それがすべての答えなんでしょう?」

「おれだって、ここ数年はいろいろ苦労したんだ」

「まあ大変だったわね。いいかげんに大人になりなさいよ、マット。わたしには頼れる兄さんが必要なの」

マットも立ち上がった。「おまえの邪魔はしないよ」

「だめ、そんなの許さないわ」彼女はどなった。「今回のことから逃げ出すことはできないわ。許さないから。わたしには兄さんが必要なの。ダニーにもあなたが必要なのよ」

「あとでまた来る」マットは逃げるように言った。

「あとで？　二杯ぐらいひっかけてからってこと？　一生に一度くらい自分以外の人のことも考えたらどうなの、マット。家族のことを考えて」と言い捨てて、彼女はその場から立ち去った。

考えてるさ、とマットは大声で叫びたかった。ダニーのことを心配しているし、自分が何をしたのか恐ろしくてしかたがないと、彼女にはっきり言いたかった。妹を抱きしめて励ましてやりたかったのに。彼女は怒って行ってしまった。彼にはどうしたら妹が戻ってきてくれるのか、見当もつかなかった――自分の人生をどうしたら取り戻せるのか、彼にはわからなかった。


「あなた、こんなことをして、ご両親がどんな思いをするかわかっているの？」デニーズが尋ねた。

ルークはハンドルを握りしめ、彼女の質問に答えられない理由を運転のせいにした。もちろん、両親のことは考えた。あの事故以来、ずっと彼らのことが頭から離れない。だからこそこうして彼は仕事を休み、海岸沿いの道をカーメルまで車を走らせているのだ。電話ですませるのではなく、じかに会って話をしたかった。

チャールズとビバリー・シェリダンは、ルークに子供がいたことを喜ばないだろう。とくに、その母親がジェニーであればなおさら。両親はひと目見た瞬間からジェニーを嫌っていた。彼らにとって彼女は気ままで、純真すぎて、正直すぎた。

父はジェニーの教育のなさと目的意識の低さをこきおろした。母は彼女のファッションセンスとテーブルマナー、それに無邪気さをあざわらった。息子の嫁としてまったく違う女性を希望していることを両親に言い渡されたルークは、ほかのあらゆることと同様に彼らの言葉にしたがった。

一人っ子だった彼は、医学を除けば両親にとっての唯一の関心事だった。彼の毎日は徹底的に監視された。六歳のときから成績トップの卒業生総代として高校を卒業するまで、彼には数学と科学の家庭教師がついていた。それは落ちこぼれないために家庭教師が必要だったのではなく、つねに成績トップを維持するためだった。

つねにトップ、最高、最重要であることが、彼の両親にとっては何よりも大切なことだった。両親ともにつねに期待以上の成果を収めてきた人たちで、二人とも学校では卒業生総代だった。彼らの期待に応えることは不可能にすら思えたが、ルークは必死で頑張った――あらゆる意味において。

ずっと長いあいだ、彼は両親と同じものを望んでいた。彼らの考えが彼の頭を完全に支配し、世俗のものから隔絶された暮らしをしていたために、彼は一度も両親の価値観を疑わなかったし、その時間もなかった。だが十何年も前のあの夏の日に、すらりとした、大きな瞳の少女が、人生にはほかにいろいろなことがあると彼に教えてくれた。

ルークは疲れを感じ、うなじを手で揉《も》んだ。それからデニーズのほうをちらりと見た。彼女は質問に夫の返事がかえってこなかったので、窓の外をぼんやりと眺めていた。

ふたたび渋滞がひどくなり、ルークは苛立たしげにハンドルを指でたたいた。なぜ自分のまわりにはこんなに野心家ばかりがいるのだろうか？　デニーズがそのいい例だ。博士号こそ持っていないが、彼女もＵＣＬＡでコミュニケーションの学位をとっていて、出会ったころは広告代理店の取引先担当責任者として働いていた。彼女の両親は金持ちではなかったが、どちらもホワイトカラーの仕事をしていた。

彼の両親は彼女の勘のよさや人づき合いのうまさ、それに自分を犠牲にしても彼の仕事を成功させようという献身的な態度にすっかり魅せられた。彼らは息子より先にデニーズに惚《ほ》れこんでしまった。彼は自分は両親を喜ばせるためにデニーズと結婚したのかもしれない、とときおり思うことがあった。

まったく自分は最低の人間だ。変わらなくてはならない。みんなのためにも物事を正さなくてはならない――とりわけダニーのために。

自分の息子。そう思うだけで彼は喜びに包まれた。これからいっしょにたくさんのことができる。自分はダニーの本当の父親になろう。野球観戦や釣りに行ったり――むろん、まず釣りのしかたを学ばなければならないが、勉強すればいいことだし、調査すればいいことだ――もしかするとテレビゲームのやり方も学習するかもしれない。とにかく彼の父親のようにはなりたくない。息子の話を聞き、彼を愛し、ダニーを変えようとはせずにありのままの彼を受け入れよう。

「昨日も彼女と話をしたの？」デニーズは爪磨きをとりだして、小指の爪を磨きだした。

「ああ」

「あなたが戻ってきてくれて、彼女は喜んでた？」

ルークは苦笑いした。「いまは何に関しても喜んでいる場合じゃないと思うが――とくにぼくの存在に関しては」

「そうかしら。あなたはお金持ちで、彼女はそうじゃないんでしょう。当然、あなたにすごく興味を持つと思うけど」

「ジェニーは一度もぼくの金に興味を持ったことはない」

「十八のころはね。でもいまは状況が違うわ」

「ジェニーの場合はそうじゃない。彼女はプライドが高いんだ」

ようやくサンタクルーズ山脈を抜けたので、ルークは安堵のため息をついた。地平線の向こうに海が見えてきた。海はいつでも彼の気持ちを落ち着かせてくれる。十三年前の夏、それは彼に愛と情熱も運んできた。初めて知ったもっとも深い愛。

もしかすると、デニーズとともにそれをふたたび体験できるかもしれない。彼のべつの一面を彼女に見せてやろう。そうすれば二人の距離が縮まるはずだ。彼はハイウェイから降りるためにウィンカーを出した。

デニーズは驚いて夫を見た。「何をしてるの？　ここで出るはずではないでしょう」

「海がすぐそばにある」彼は窓の外を指差した。

夫は頭がおかしくなっている、と彼女の表情が語っていた。「だから？」

「ビーチを散歩しよう。裸足で砂浜を歩くんだ」

「何バカなことを言ってるの？　わたしはストッキングをはいているのよ」

「脱げばいいだろう。裸足になるんだ」

「いまは十一月なのよ、ルーク。寒いじゃない。十一月にビーチに行く人なんていないわ」

彼女はシートの背にもたれて腕を組んだ。

彼は信号で車を停め、かどのマクドナルドのドライヴスルーから出てくるティーンエイジャーたちが乗った車を眺めた。もう一度若くなれたら。あんなふうに自由になれたら……ビーチは目の前だった。彼は駐車場に入り、車から降りた。息を吸いこむたびに、昔のことを思い出した。空は晴れ渡っていた。冷たい潮風が頭のなかのクモの巣を吹き飛ばしてくれた。

肩越しにふりかえると、デニーズはまだ車のなかにすわっていて、不機嫌そうな顔をしていた。

ルークは助手席にまわってドアを開けた。「さあ、いい天気だぞ」

「風が強いじゃない。髪が乱れるわ。ご両親に会うときにはちゃんとしていたいの。いますぐ出発しないと遅れてしまうわ。お義父《とう》さまが時間にうるさいのは、あなただって知っているでしょう」彼女は腕にはめたゴールドのローレックスの文字盤を爪でたたいた。

「ぼくじゃなくて、きみがうちの親の本当の娘ならよかったのかもしれないな」ルークが言った。「ぼくは散歩に行ってくる。いっしょに行くかい?」

「どうしたの、ルーク? 幼児がえりでもしたの?」

「なんとでも思うがいい」

彼は革靴と黒い靴下を脱いだ。砂浜に触れることなどめったにない足の下で、砂と砂利がきゅっきゅっと音をたてた。ルークは歩きだし、やがて走りだした。心臓の鼓動が速くなる。意識が現実から逃避して、突如ジェニーが彼の横に現われ、二人はふたたび若かった頃に戻っていた。

「競走よ、ルーク」ジェニーが笑いながら言った。「位置について、用意……あっ、見て、ハンググライダー」

ルークがふりむいたすきに、ジェニーは鳥が飛び立つように走りだした。彼女は脚が速かった。それはまるで一編の詩のように美しい光景で、彼は一生その姿を見つめて幸せを噛《か》みしめていられるような気がした。だがちらりとふりかえった彼女の挑戦的な表情を見て、彼は脚を速めた。彼女に追いつき、飛びついた。二人は砂の上に倒れこんだ。

ジェニーの身体におおいかぶさると、彼女の心臓が彼の胸と合わさって鼓動を刻む。彼女は息を切らしていた。茶色の瞳が興奮できらきらと輝いている。

「キスして」彼女が言った。

もちろんそうしたかったが、彼のなかの小悪魔が彼女をからかいたい気持ちにさせた。

「よい子は言われるまで待つもんだぞ」

「わたしはいい子よ。だからキスして」

「どうして？」

「だってあなたはわたしに夢中なんだから」

彼女の額から髪を払いのけ、顔を両手で包んだ。彼女のすべてを愛していた。「ああ、ぼくは夢中だ」

「わたしにね」

「きみに」彼はあっさり認めた。「でもぼくたちはまったく合わないんだよ」

「知ってる。あなたのご両親はわたしを嫌ってる。あなたには不釣り合い。賢くないし、美人でもないし、中流家庭の出だし、将来もたいした人間にはならないし」

「そんなことないよ」

「ご両親はそう思っているわ」

「でも、きみの姉さんもぼくを嫌ってる。ぼくは偉ぶった横柄なやつで、ただひと夏の恋を求めてるだけだと思ってる」

「まるでわたしたちってロミオとジュリエットね」ジェニーは指で彼の唇をなぞった。「わたしのために、あなたは死ねる？」

「死ねない」

彼女は彼の腕をたたいた。「ちょっと、そんな答えはないでしょう」

彼はにやりと笑ったが、口調は真剣だった。「ぼくはヒーローにはなれない。白馬できみをさらって一生幸せにするとは約束できない」

「誰がそんなことを頼んだの？」

「誰も。でもきみといっしょにいると、そうしたいと思ってしまう。すべてを変えたいと思ってしまう」

「あなたって考えすぎよ」

「きみは考えなさすぎだ」

「いいからキスして。そうしたら二人とも何も考えずにすむわ」

彼は顔を近づけ、彼女の唇にキスをした。彼女の唇は美味だった——まるで暑い日の冷えたビールのように、真夏に食べるスイカのように、いままで食べることを許されなかった甘いキャンディーのように。

思い出が入り交ざって、過去が現実となり、ルークは息を切らして砂の上に崩れ落ちた。十三年後のいまになっても、あのキスの味を思い出せる気がした。なぜ彼女を忘れることができないのだろう？

何年ものあいだ、彼女の姿や声や香りを意識の外に追いやっていた。たまに夢のなかに出てくることはあったが、仕事に没頭することで、やがて彼は夢すらまったく見なくなった。

いま、ジェニーは彼の前に戻ってきた。初めて会ったころと同じように強い影響力を持って。

あのときはタイミングが悪かった。いまもタイミングが悪い。彼の目に涙が浮かんだ。ルークにはそれが信じられなかった。まばたきをして抑えたが、それでも涙はとまらなかった。彼は泣いたりしない。子供のときですら、けっして泣いたりしなかった。

ルークは立ち上がり、車に向かって駆けだした。濡れた頬を潮風のせいにできることを期待しながら。

一時間後、ルークはカーメルにある両親の家の私道に車を乗り入れた。それは両親が引退後に住むことを夢見ていた家で、四つのベッドルームに広いダイニングルーム、書斎、太平洋を見下ろすパティオ、庭園、デッキがついた広大な邸宅だった。

チャールズとビバリーはデッキでルークたちの到着を待っていた。父は《ウォール・ストリート・ジャーナル》を読んでいて、母は科学雑誌をめくっていた。ルークにとっては見慣れた両親の姿だった。彼らはつねに知識と成功を追い求めていた。

チャールズは息子の顔も見ずに新聞をめくりつづけた。「遅いぞ」と、彼は言った。

「道が混んでいたんだ」

ルークはデニーズが遅れた本当の理由を言うかと思ったが、彼女はただ腰をかがめて義母に挨拶のキスをしただけだった。彼が車に戻ったとき、彼女は激怒していた。精神的に疲れはてていた彼は、適当な返事をしただけで、やがて彼女は黙りこんだ。だがその沈黙がそろそろ破られるときが来た、と彼は感じていた。

ビバリーは雑誌を置いて、アイスペールに冷やしてあったシャルドネに手を伸ばした。

「ワインは？」

「ぼくは結構」ルークが言った。

「いただきます」デニーズが義母の隣りの席に腰をおろして言った。

ビバリーは三個のグラスにワインを注いだ。「チャールズ、新聞を置いたらどうなの？ ルークは大切な話があって来ているのよ。なにしろ昨日会ったばかりなんですもの」

「もしも時間どおりに来ていれば、あわてる必要はなかったはずだ。母さんとわたしはこれから予定があるんだ」チャールズがしぶしぶ新聞をテーブルに置くと、顔の前で指を合わせた。

ルークは椅子を引いて腰かけた。まったく、出だしから好調だ。「やっぱりワインを一杯もらうよ」

母が何も言わずにワインを注いだ。

「さあ、用件を言いなさい」チャールズが言った。

ルークは咳払いをした。「覚えているかどうかわからないけど、医学部に進学する直前、ぼくにはつき合っていた若い女性がいた。彼女の名前はジェニー・セントクレア」すると両親がじっと目を見交わした。「どうやら覚えていたようだね」

「当然だ。まだ耄碌《もうろく》してはいない」チャールズが答えた。「その女がどうしたんだ？」

ルークはひと息おいてから話を続けた。「彼女は十二年前に子供を産んだ。ぼくの子だ。名前はダニー」

「まあ、なんてこと」ビバリーが胸を押さえた。

チャールズは凍りついた。

デニーズは海を眺めている。

「どうせおまえに金の無心でもしに来たんだろう」ようやくチャールズが口をひらいた。「金をやって追い払うんだ。そんな話がマスコミに漏れたら大変なことになる」

「金の話じゃないんだ」ルークは言ったが、そんな抗議が無駄なことはわかっていた。チャールズにとっては、医学も含めてすべては金だった。父は富と名声を得るために医師になり、希望を両方ともかなえた。

「もちろん金の話に決まっているじゃないか」まるでルークの思いが聞こえたかのように、チャールズは答えた。「いくら欲しがっているんだ？　百万ドルか？」

「彼女は金なんか欲しがっていない。何も欲しがっていないんだ。彼女の息子――いや、ぼくの息子は」彼は言い直した。「金曜日の夜に車に轢かれた。いまは集中治療室にいる」

「それで容態は？」ビバリーが尋ねた。母は父ほど無情ではなかったが、彼と同じくらい客観的だった。

「硬膜下血腫。血腫はすでに取り除いたが、まだ意識が戻らない」

「どれくらいたってるの？　三日？」

「そうだ」

「よい徴候ではないわね」ビバリーがデニーズに言った。「あなたは大丈夫なの、デニーズ?」

デニーズがかすかに笑みを浮かべてうなずいた。「大丈夫ですわ。最初に聞いたときは、やはりショックでしたけど。でもずっと昔の、ルークとわたしが出会う前のできごとですもの。重要なことではありません」

もちろん、重要なことに決まっているだろうが、とルークはどなりたかった。重要どころか、すべてだった。彼には息子がいる——息子が。口をひらきかけたが、そのままつぐんで待った。

「だったら、その女は何が目的なんだ?」チャールズがふたたび尋ねた。

「だから彼女は何も求めていないんです。求めてるのはぼくのほうだ。ぼくは息子をよく知りたい」

「その子が意識不明ならば、その機会はほとんどないだろう」チャールズが言った。

「よくなることを願っているんです」ルークは怒りが爆発しそうになるのを必死でこらえた。父の理路整然とした話し方がこれほど勘に障ったことがいままであっただろうか。「あの子はあなたの孫なんですよ。だから当然知りたいだろうと思って」

「もちろん、知りたいわよ」ビバリーが口をはさみ、夫の腕に手をおいた。「話してくれてよかったわ。だってあなたの子供ならば、重要なことですものね。でも、本当に確かなの?

間違いなくあなたの子供なの？」

「確かだ」

「DNA検査はしたのね？」

ルークはため息をついた。「いいえ、でもジェニーはぼくの子供だと言っているし、ぼくは彼女を信じる」

「何を言っているんだ、ルーク。わたしはおまえをそんなバカな息子に育てた覚えはないぞ」チャールズが強い調子で言った。「おまえは金持ちなんだ。当然、相手はおまえが父親だと言うだろう。おそらく同じことを言ってくる女が十人はいるに違いない」

「そうならないことを祈りますわ」デニーズが低い声で言った。

ビバリーはチャールズをにらみつけ、デニーズの腕を軽くたたいた。「この人はそういう意味で言ったんじゃないのよ。ねえ、昼食にしない？」

「あなたたちが言うことはそれだけか？」ルークは唖然《あぜん》とした。「孫がいるんだぞ。どんな子か、すこしは興味を持たないのか？　彼がどんな顔をしているか、知りたいと思わないのか？」

「そうね――でも――」ビバリーは救いを求めて夫を見た。「話の続きはまたにしましょう、ルーク」

チャールズが椅子から立ち上がった。「金をやって追い払え、ルーク。子供のために信託基金を用意してやって、おまえは距離をおきなさい。その女の問題に引きずりこまれないようにするんだ。その話だと、子供には相当の医療費がかかるはずだし、彼女には払えないだろう。それを全部払わされるはめになるぞ」

「ダニーはぼくにそっくりなんだ」ルークは言った。「青い目で、ブロンドの髪で、そばかすがあって。あの子はシェリダン家の子供だ。わが家の子として生きる権利があるし、愛されるべきなんだ」

「お願いだから、もうやめて」デニーズが声をあげた。彼女の目には苦悩が見えた。「いまはもうこれ以上、この話は聞きたくないわ。きっとあなたのご両親も同じだわ」

「デニーズの言うとおりよ、ルーク。すこし時間をちょうだい」ビバリーが言った。

ルークは立ち上がった。「時間なんてないんだよ、母さん。ダニーは死んでしまうかもしれないんだ。もしも孫の顔を見たいのなら、今日これからすぐ、ぼくらといっしょに病院に行こう」

「それはちょっと、ねえチャールズ?」

父親は口をへの字にして首を振った。

「ダニーはあなたたちにとってただ一人の孫になるかもしれないんだぞ。それなのに、そっぽを向くつもりか?」ルークが尋ねた。

「バカなことを言わないで。あなたたちだって、そのうち赤ちゃんが生まれるわよ」ビバリーが言った。「そうでしょう、デニーズ?」

デニーズはワインに口をつけた。「さあ、どうでしょう」

ルークはデニーズの曖昧な返答に、うんざりして首を振った。デニーズは両親に対して本当のことを言いたくないのだろう。

チャールズは家のなかに戻っていったが、ドアの手前で立ちどまった。「おまえがその女を孕《はら》ませるなんていうバカなことをしたせいで、もしもわたしたちが二時間もかけて見たこともない子供に会いに行くと思っているのなら、おまえは愚か者だ。それと、この件で〈シエリ・テク〉社に迷惑がかかるようなことは絶対にするな。わたしはおまえに会社をやったんだ。家も譲ってやった。一家の恥になるようなことはするんじゃないぞ」

ルークは父をにらみつけ、怒りのあまり爆発してしまいそうになった。

「あの子はぼくの息子です。その事実を認めたくないのなら、それで結構。あなたなんて必要じゃない。あの子が必要としているのはぼくなんです。ぼくはけっしてあの子を見捨てたりしません」

チャールズは家のなかに引っこんでしまった。

「ああ、ルーク。こんなこと、あの人の心臓に悪いわ。わかっているでしょう」ビバリーも家のなかに戻っていき、デッキにはルークとデニーズだけが残された。

デニーズは手に持ったワイングラスを置いた。「まったく、話し合いは大成功だったわね」

「なぜ彼らはあんなに無関心でいられるんだ？　なぜ心配にならないんだ？」

「どうしてあなたはそこまで心配するの？」デニーズが言い返した。「あの子に会ったこともないのに。もしかするとわがままに育てられた、どうしようもない子供かもしれないわよ。

抱っこして足の裏をくすぐることができるような赤ちゃんではないの。あの子はホルモンの分泌が盛んな思春期真っ盛りのティーンエイジャーで、態度がすごく悪いかもしれないわよ」

「そうじゃない」

「なんでわかるの？　一度も話をしたことがないじゃない」

「ある」無意識に言葉が飛び出していた。

デニーズが眉を上げた。「だって意識不明だって言ったじゃない」

「きみには理解できないさ」彼は庭に続く階段のほうに歩きだした。彼女からも、ほかの誰からも逃げ出したかった。

「あなたの言うとおりだわ。わたしには理解できない」彼女は夫の背中に向かって大声で言った。「ロスから戻ってから、ここ数カ月というもの、あなたは変わってしまったわ。元のあなたに戻って。昔に戻りたいの」

「ぼくもだよ」ルークは言ったが、彼が戻りたいのは数日前ではなく、何年も前のジェニーと過ごした過去だった。

17

三時間後、ルークはヒルズボローの自宅の私道に車を入れた。リモコンのボタンを押してガレージを開け、車をなかに入れた。扉が閉まると電気がつき、彼とデニーズはしばらくのあいだ、ガレージのせまい空間のなかで無言のまますわっていた。

ルークがドアの取っ手に手をかけると、デニーズが夫の腕をつかんだ。顔を向けると、彼女は泣いていた——涙が頰をつたい、見事な左右対称になっていた。

「彼女のもとに戻らないで」彼女が言った。「あなたが必要なの」

ルークは胸が痛んだ。罪の意識が押し寄せてきて彼をのみこみ、手も足も出ない状況に追いこまれそうだった。彼は冷静さを失いたくなかったが、いまの手に負えない状況はひどすぎて笑いだしたくなるほどだった。

「容態に変化があったかどうか知りたいんだ」

「三十分前に電話したばかりじゃないの」彼女の手が自動車電話に触れた。「何も変化がないことはわかっているでしょう」

「あの子の容態は刻一刻と変わるんだ」

「ルーク、正直になって」デニーズはこの会話を続けるのをためらうかのように、唇を舐《な》めた。

「ぼくは精一杯正直になろうとしている。こんなことは本当に久しぶりだが、きみに自分の思いを伝えている。それがきみの聞きたいことと違ったとしたら、それはすまないと思う。だが、これはぼくたちの話じゃないんだ。ぼくと、ぼくの息子の問題なんだ。きみはこの関係がたぶん理解できないだろうが」

「今夜は家にいてほしいの。いますぐいっしょに二階に行って、わたしを抱いて」

ルークはハンドルに手をおいた。壁にきちんとならべられた大工道具をフロントガラス越しに眺めて、ここは父の家、自分が育った家なのだということを思い出した。この家で、彼の人生が細部にいたるまできっちりと計画された。そして彼はその計画にすべて従ってきた。ただ唯一の寄り道は、ジェニーとの二カ月間の夏の思い出だけだった。それ以外は、彼は期待されたとおりの行動をとってきた。そのなかには、妻が希望するたびにかならず妻を抱くことも含まれていた。

だがいま、その要求は彼を違う意味で刺激した。息子が昏睡状態に陥っているときに、どうやって女を抱けというのだ？　彼はロボットじゃない。いままでほとんどおもてに出すことはなかったが、彼にだって感情はあるのだ。

「もうわたしのことが欲しくないの？」デニーズが尋ねた。「ねえ、わたし太った？　髪に白髪がある？　それとも目のまわりにしわが出てきた？　言ってくれれば直すわ」

ルークはため息をついた。デニーズにとっては、すべては彼女を中心にまわっているのだ。いまでさえ、彼女はこっそり鏡を見ながら、髪が乱れていないか、口紅がとれていないかを確認していた。

「そういうことじゃないんだよ」ルークが言った。「きみは美しい女性だ」

「それなら、どうしていっしょに二階に行って、妻を抱くのがそんなにむずかしいの？」

彼女は身を乗り出してルークの唇にキスをした——熟練した、誘うような唇は、望むものを手に入れようとしていた。彼女は恐れていた。彼女が望んでいるのがオルガスムではなく、自分の地位を強固なものにすることだとルークにはわかっていた。そのためになら、彼女はどんなことでもする。彼はつねに妻のそんな闘争本能を尊敬の眼差しで見ていたが、いまそれが自分に向けられるのはうとましかった。

彼は妻を押し返した。「いまはだめだ」

彼女の目が怒りに燃えた。「あなたがその気になったときに、わたしのほうはあなたを受け入れないかもしれないわよ」

「それは覚悟しているよ」

二人のあいだに沈黙が流れた。

「あなたは変わってしまったわ」

「やっと気づいたのか」

「やっと？　だってまだ三日しかたっていないじゃないの——あれから」

「ダニーの事故はきっかけにすぎないんだよ。ぼくたちの結婚生活はかなり前からぎくしゃくしていた。去年、きみは浮気しただろう、デニーズ」その言葉は、ためらう間もなく彼の口から飛び出していた。いざ声に出してみると、はっきり言ったことでルークは安堵した。何カ月も前に、彼女と対決すべきだったのだ。

「してないわ」

否定の言葉が即座に出た。デニーズは彼の言葉にショックを受け、傷ついているように見えたが、彼はまったく信じなかった。初めてベッドをともにした夜でさえ、これほど無垢《むく》な顔はしていなかった。「ハンク・スタンフォード、スポーツクラブのテニスインストラクターだ」と、彼は言った。

「なぜそんなふうにわたしを疑うの?」

「彼から聞いたからだ」

「嘘を言ってるのよ」

ルークは彼女の顔から真実を読み取ろうとしたが、妻は筋金入りの嘘つきだった。過去に何度騙《だま》されたのだろうか、と彼は考えた。「いいだろう。とりあえずきみの浮気の話はおいておこう。だが、ぼくに断わりもなしに卵管結紮をしたことは否定できないだろう」

デニーズはシートの背に身体をあずけ、膝の上で両手を組んだ。「その話はもうしたくないわ。終わったことなんだから」

「そうなると、ぼくらにはもう話すことがないようだな。車から降りてくれ、デニーズ。病院に行かなくてはならないんだ」

彼女が吐く息はまるでヘビが出すシューシューという威嚇音《いかく》のようだった。「ひどいわ、ルーク」

「こんなことをしている時間はないんだ」

「わたしに協力してほしいなら、いっしょに連れていって」

ルークは思案した。デニーズに現実を見せることなく、ただ協力しろと言うのは理不尽だろうか？ もしもダニーに会えば、彼の置かれた立場を彼女も理解できるかもしれない。だがジェニーのことは？ それに彼女の兄弟たちは？ だがデニーズに借りがあるのはたしかだし、せめてすこしは優しい言葉をかけてやるべきだった。

「わかった。じゃあいっしょに行こう」彼は言った。

デニーズはハンドバッグの取っ手をいじった。「いまってこと？」

「もちろん、いまだよ」

「ちょっと待って。まさかいいって言うとは思わなかったから。すこし考えさせて」

「本当は行きたくないんだろう？」答えは、彼女の落ち着かない態度からあきらかだった。

彼女は本当は病院になど行きたくはないのだ。ただ主張しておきたかっただけだ。

「行きたいわよ。でも今夜はジュニア・リーグのクリスマス・ショーを計画する会議があるの。わたしは明日のほうが都合がいいわ」

「ランチの約束をしているわけじゃないんだよ、デニーズ。明日じゃ手遅れになるかもしれないんだ」

デニーズはむっとした顔で車から降りた。「とにかく、今日は無理だわ。病院以外でもいろいろなことが起きているのよ、ルーク。わたしたちの生活があるの。以前はあなただって気に入っていた生活だわ。わたしと同じくらい、あなただって望んでいた生活よ」

デニーズの言うとおりだった。唯一の問題は、彼がもうそれを望んでいないという点だった。

ジェニーはダニーのベッドの隣りにある椅子に腰かけ、両目をとじた。もう何時間も病院にいて、声が嗄《か》れるまで息子に話しかけ、歌い、話を聞かせていた。看護師は交代し、点滴によってダニーの静脈に新たな液体が注ぎこまれ、人工呼吸器が彼に酸素を送りつづけていたが、ダニーは絶望的なほど静かだった。

病室が空っぽで、まるで自分だけしかいないように思えた。メリリーの家ではあれほどダニーの存在を強く感じたのに、ここではそれを感じないというのが奇妙だった。ここにあるダニーの肉体が、彼の心臓や脚、腕、頭、それにそばかすが――彼女の目が涙で曇った――愛らしいそばかすが、彼がどれほど幼いかを思い出させた。

なぜこの子がこんなことに？　どうして自分ではなかったのだろうか？　彼女はもう三十年も生きて、愛も悲しみも経験してきた。だがダニーはまだ人生を始めたばかりで、これから成長して大人にならなければならないのに。

「どうして？　どうしてなの？」彼女は声に出して言った。目を開けて天井を見た。もしかすると天国を覗き見できるかもしれない。だが何も見えなかった。本当に天国はあるのか、神はいるのかと彼女は考えた。もっと宗教心が強ければ、頼れる信仰があればよかったのに。だが彼女はこれまで教会にほとんど行ったことがなかった。

もしかすると、そのせいで神が彼女に罰をあたえているのかもしれない。教会にも行かず、ダニーが退屈だと言うと、日曜学校も辞めさせてしまった。無理やり行かせればよかった。何もかも違う行動をとるべきだった。

「ジェニー？」

もう一つ、違う行動をとるべきだった相手、ルークだ。

「また来たのね」

「来るって言っただろう」ルークはベッドのそばに寄り、息子を見下ろした。「やあ、坊や。また来たよ。きみに会いに。もうぼくと話をしてくれてもいいんじゃないか？」

ジェニーは驚きの目で彼を見た。彼が現われたことに対する怒りが、彼の意外な優しさの前に消えていった。

「きみの存在を知るまで、自分がどれほど息子が欲しかったか気づかなかった」ルークはダニーの額に触れ、顔にかかった髪を耳にかけてやった。「きみが生まれたとき、その場にいられたらよかったよ。きみが初めて歩いたとき、それに初めてマッシュポテトをお母さんに投げつけたときも」彼はジェニーを見て微笑んだ。「きみの母さんの性格だと、きっとマッシュポテトを投げ返しただろうけど」

「投げ返したわよ」ジェニーは小声で言った。「ものすごいフードファイトになっちゃったの。すごく楽しかったわ」

「見られなくて残念だったよ。ぼくは何もかも見逃した。きみのそばにいるべきだった。きみとダニーといっしょに暮らすべきだった。大失敗だ」

「ダニーもわたしもあなたの計画の一部じゃなかった」

「計画自体が失敗だったと思いはじめているところだ。さあ、ダニー、起きろ。話してくれ。どなってくれ。おまえは史上最悪の父親だって言ってくれ。でも絶対に死ぬな。死んじゃだめだぞ」

ルークは拳が白くなるほど強くベッドの手すりを握りしめた。無意識にジェニーは彼の腰に手をまわし、彼も同じことをした。突然、彼らは他人ではなく、悲しみを共有する両親になっていた。

ルークは彼女に身体を向け、ジェニーは彼の両腕に身体をあずけた。温かい安堵感が身体に広がり、同時に刺すような罪の意識も感じた。ルークといっしょにいるのは間違いだ。彼女を慰めるべきなのはアランで、この男ではない――この男は、彼女が情熱的に愛し、心から憎んだ相手だった。

だがジェニーは身を引かなかった。引けなかった。二人の絆《きずな》はあまりに強すぎた。二人は息子を通じてつながっていた――すくなくともいまの時点では。

「ダニーの部屋を見てみたい。彼の物をこの目で見たい」ルークが言った。「彼がどこで寝ているのか知りたいし、何を着て学校に行くのかも知りたいんだ。家に連れて行ってもらえないか？　お願いだ」

ジェニーはどうしようか考えたが、最後の〝お願いだ〟のひと言が決め手になった。もしも彼が強く要求したのなら、きっとノーと答えていただろう。いまでさえ、彼女はためらっていた。事故以来、彼女は家に帰っていなかった。この場を離れたくなかったが、ここにいてもあまり役には立たないように思える。それに、もしも家に帰れば、メリリーの家で感じたように、またダニーを身近に感じることができるかもしれない。

「いいわ」彼女は言った。「ただし、あなたが運転してね。先週、車が壊れてしまって、そのあと事故があって、直す機会がなかったのよ。いまはメリリーの車を借りているんだけど、あの車で海岸のそばには行きたくないの。姉は潮風が塗装を傷めると思っているから」

ジェニーはダニーのほうを向いた。「朝になったら戻ってくるわね、坊や。ぐっすりお休みなさい。愛してるわ」彼女は息子のいつもの返事を待った――ぼくも愛してるよ、母さん。だが何も聞こえなかった。

「本当につらいわ」彼女はダニーの寝癖に触れた。「お願いよ、ダニー。ママを愛してるって言って。あなたの声をどうしても聞きたいの」

静寂。ああ、静寂なんて大嫌いだ。

二十分後、ルークはハイウェイ一号線にのり、ジェニーに自宅への道順を尋ねた。二人は心地よい沈黙のなかで彼女の家に向かい、ラジオから聞こえてくる音楽と、ときどきあいだにはさまれるスポーツニュースと交通情報、それに軽快なDJのおしゃべりに耳を傾けた。

「ここかい？」ルークが尋ねた。「百二十五番地って言ったよな？」

「グリーンのよろい戸がついた黄色の家よ」彼女はルークがにやりとするのを見て、ふっと微笑んだ。「そうよ、夢を一つ実現したの」

「自分で塗ったのかい？　それともあの色の家を買ったのかい？」

「自分で塗ったの。白い家は嫌いなのよ」

「覚えてるよ。きみはビーチに家が欲しいって言ってた」

「ビーチの家とはとても言えないけど。正確に言えば、ビーチから一ブロックの場所にある倒れそうな小屋ね。おまけに水まわりはぼろぼろだし、床は傾いているし、窓から海は見えないし」彼女は訂正した。「でもわが家だわ」

ルークは家の前に車を停め、車から降りた。

「ねえ、まさか車のことはくわしくないわよね？」ジェニーが尋ねた。

ルークは用心深い目で彼女を見た。「アクセルを踏めば前に進むってことぐらいは知ってるが」

「ありがとう、アインシュタイン」ジェニーは十年も乗っている白いホンダを指差した。それはルークの優美な黒のベンツとならぶと、ひどくみすぼらしく見えた。「二日ぐらい前からぜんぜん動かなくなっちゃったの。でもどこがおかしいのか、さっぱり見当がつかなくて」

「修理工場に持っていけばいいじゃないか？」

「いまは手もとに修理代がないから。それにこのあたりでは、車は必需品ってわけじゃないのよ。仕事には自転車で行けるし、ダニーは歩いて学校まで行ってるし」

「ぼくがなんとかしよう」ルークがあわてて言った。「明日の朝いちばんに修理工場に運ばせよう。費用はすべてぼくが持つから」

「だめよ」ジェニーが首を振って顔をそむけたので、ルークは彼女の腕をつかんだ。

「なぜ、だめなんだ？」彼は問い詰めた。「病院に戻るのに、車が必要だろう」

「近所の人に送ってもらうわ。自分の車は、いずれ自分のお金で修理するから。変なことを言い出してごめんなさい」

「まったくきみは強情だね、ジェニー。なぜ手伝わせてくれないんだ？」

「だって」

「だって、何？」彼は引き下がらなかった。息子そっくりの口ぶりだ。

ジェニーは無難な言い訳を探したが、かわりに言葉が堰《せき》を切ったようにあふれだした。

「だって、あなたは急ぎすぎるから。一週間前までは、十年以上もあなたと会っていなかったし、連絡もとっていなかったのよ。ところがいまは、わたしの息子を自分の子だと言って、今度は家を見たいと言い出して、それからわたしの車を直して修理代を払ってやるなんて言って。わたしにはあまりにも急でついていけないわ」

二人のあいだにわずかな亀裂が走り、ジェニーはいっきに話したせいで息が切れた。

ルークはすまないというように片手を上げた。「わかった。きみの言うとおりだ。ただ、もしよければというだけのことだ。きみの人生を乗っ取るつもりはない」

「よかったわ。だってわたしの人生だもの、ルーク。ずいぶん昔に、わたしは自立しなくてはならなかったの。あなたが知っている女の子は、もうこの世にはいないのよ。わたしと彼女を混同しないで」

ルークは不思議そうな目で彼女を見た。その目には尊厳がこもっていた。ルークはいままで一度も彼女を尊敬の眼差しで見たことがなかった。つき合っていたあの当時でさえ。欲望や情熱の目で見ることはあったし、彼女が考えた奇抜な計画に面食らうことはあったが、尊敬の目で見ることはなかった。彼女はほんのすこし胸を張った。

「きみは変わったんだね、ジェニー」

「わたしたち二人とも変わったのよ」

ジェニーは家に向かいかけたが、そのとき、フェンスの向こう側に白いものが目に入ったので足をとめた。「グレーシー?」

老女が姿を現わした。手には鋤《すき》を持ち、白いオーバーオールを着ていた。頭には日除けの麦わら帽子をかぶっていたが、時刻はすでに午後七時ちかくで、とっくに陽は落ちていた。

「ジェニー、ダニーのことを聞いたわ。具合はどうなの?」

ジェニーはフェンスに歩み寄った。「ひどい怪我をしていて。でもよくなるって信じているの」

グレーシーは心配そうな目で彼女を見た。「毎晩、あの子のためにお祈りしているわ」

「ありがとう」ジェニーはグレーシーが持っている鋤を指差した。「何をしているの？」

「何って、ガーデニングに決まっているじゃない」

「こんな時間に？　グレーシー、もう暗いわよ」

「えっ？」グレーシーはほかのことに気をとられていたかのように周囲を見まわした。「あら、ほんと。ぜんぜん気がつかなかったわ」

「続きは明日にしたほうがいいわ」

「そうね、そうするわ」グレーシーは袖の汚れを払い落とそうとしたが、その手は震えていた。

「ねえ、大丈夫？」ジェニーは心配そうに尋ねた。グレーシーはたんなる隣人ではない。彼女はジェニーにとって母がわりで、ここ数週間、彼女の体調はあきらかに悪くなっていた。

「大丈夫よ」心配ないというようにグレーシーは手を振った。「あなたのお兄さんにラザニアを渡したんだけど、ちゃんと冷蔵庫に入れておいてくれたかしら」

「マットが来たの？」

「ええ、来たのよ。昨日、いえ、おとといだったかしら？　ううん、昨日だったわ。だってドリスが旅行から帰ってきた日だから。ダニーの話を聞いて、彼女もすごく心配していたの。

病院にお見舞いに連れていってくれると言ってたんだけど、まだ時間がとれなくて」

「仕事探しできっと忙しいんでしょう」ジェニーが言った。ドリスはグレーシーの姪《めい》で、年老いた叔母に一人暮らしをさせないためにこの家に移り住んできたのだ。「ダニーは意識が戻らないの」ジェニーは話を続けた。「せっかく来てもらっても、わからないかもしれないわ」

「でもあなたはわかるでしょう？」グレーシーはフェンス越しにジェニーの手を握った。「あなたたちはわたしにとっては家族だもの。まるで自分の子供みたいに思っているのよ。わたしにできることがあったら、なんでも言ってね」

「ありがとう。おばあちゃんの声を聞いたら、きっとダニーは喜ぶわ。だってずっと仲よくしてもらってたんですもの」

「あの子はわたしのお気に入りだもの。ところで、後ろに隠れているその若い人はどなた？」グレーシーが尋ねた。

「あら、ごめんなさい。こちら、ルーク・シェリダン」ジェニーがわきにどいた。「こちらはグレーシー。ずっとお隣りに住んでいて、仲のいいお友だちなの」

「初めまして、ミセス……」

「いいのよ、グレーシーと呼んで。みんなそう呼ぶんだから」彼女はジェニーに微笑みかけた。「ハンサムじゃない、あなたの新しいボーイフレンドは」

「ボーイフレンドじゃないのよ」

「あら、残念」

「グレーシー」

「ごめんなさいね。でも前の彼よりこの人のほうがすてき」

ジェニーは天を仰いだが、ルークは楽しそうに彼女に笑いかけた。「おやすみなさい、グレーシー」ジェニーはあてつけがましく言った。

「おやすみなさい」グレーシーは手を振って家に戻っていった。

「いい人だね」ジェニーと家に向かいながら、ルークが言った。「それに男の趣味もいい」

「彼女はあなたの正体を知らないから」

「きついことを言うな」

ジェニーはバッグからキーホルダーをとりだし、ドアの鍵穴にさしこんだ。「グレーシーはよちよち歩きのダニーをよく預かってくれたのよ。いまでも学校から帰ったあとのあの子の様子を見ててくれるわ」

「ジェニー?」

「何?」

「時間稼ぎをしているな」

ジェニーは目の前のドアを見つめて、まだドアノブをまわしていないことに気づいた。

「家に入ってダニーの名前を呼んだら、あの子が飛び出してくるんじゃないかしら?」

それはないというように、ルークは首を振った。

「そうよね、そんなはずはないわね」彼女はドアを開けた。

家のなかはかび臭かった。ジェニーは明かりをつけ、まだダニーが自分の名前を呼びながらどこかから顔を出すのではないかと期待したが、そんなことは起こらなかった。

二人はリヴィングルームを抜けてキッチンに入った。溶けかかったバターの塊がカウンターの上にのっていた。金曜日の朝、ダニーが食べなかったシリアルの入ったボウルがそのままテーブルに残っていた。

ジェニーはシリアルを見つめ、いきなり泣きだした。「ああ、あの子は本当に死んでしまったんだわ、ルーク」

ルークは彼女を抱きしめた。「死んでなんかいない、ジェニー。あの子はきっとよくなる。信じなきゃいけないよ」

「どうやって信じたらいいの？　もう三日もたっているのよ。どうやってあの子なしで生きていけるっていうの？　あの子はまだ子供だけど、わたしの人生なのよ」

ルークは目をとじて、彼女の腰に手をまわした。いっしょに泣きたい気分だったが、彼女は頼る相手を求めていた。

「わたしが愛した人は、みんな遠くに行ってしまう」ジェニーが言った。「母、それからあなた、今度はダニーまで。わたしが何をしたというの、ルーク？」彼女は顔を上げた。「どうしてこんな罰を受けなきゃならないの？」

「きみは何も悪いことなんかしていない」

「きっとしてるのよ。メリリーはわたしが失敗ばかりするって言ったわ」

「メリリーは自分が何を言っているのかわかっていないんだ」

「父はわたしのことを身持ちの悪い女だと思ってる」

「ジェニー、やめろ」

「それにあなたのご両親も。お母さんはわたしをなんて呼んだっけ——バカで愚かな娘？　みんながみんな間違っているってことはないと思うの」

「ぼくはけっしてきみをそんなふうに思ったことはない」

「それならどうしてわたしを捨てたの？　なぜ別れなくちゃならなかったの？　わたしたちは最高のカップルだったのに」何年も前から彼に訊いてみたかった質問だった。それはとめる間もなく彼女の口から飛び出していた。

「怖かったんだ。うちの両親はぼくに大きな期待をしていた。彼らをがっかりさせたくなかった。ぼくたちは若かったんだよ、ジェニー、子供だった。愛がなんであるかもわかってなかった」

「わたしはわかっていたわ。あなたのことを地球上の誰よりも愛していたもの」その告白は心の底から出てきたもので、彼女は気分がよくなった。はっきり口に出してしまうことで、傷を癒すことができた。「わたしは心も魂も身体もあなたに捧げたわ。軽い気持ちでやったことだって、あなたは思っているかもしれないけど、そうじゃないの」

「ちゃんとわかっているよ」

「ただあなたは、わたしがあなたを愛したようにはわたしを愛してくれなかった」

「そうだね。ぼくはきみのように心が広くもなければ勇気もなかった。きみはぼくの人生で唯一の反抗だったんだ。ぼくがぼく自身でいられたのは、きみと過ごしたあの二カ月間だけだった」

ジェニーは目を見張った。「そんなの信じられないわ」

「なぜだ?」

「だってあなたは自分で決断したんじゃない。自分でほかの女性と結婚すると決めたんでしょう」

「彼女も計画の一部だったんだ、ジェニー」ルークは髪を掻きあげた。「デニーズは悪い人間じゃない。それに彼女のせいではないんだ、彼女が――」

「彼女が何?」

「彼女がきみじゃないってことは」

ジェニーは感情の渦にのみこまれていくのを感じていた。冷静に考えれば、こんなふうになってはいけないということはわかっていた。ダニーのことで感情が高ぶっているせいだ。息子を失いかけているせいで、神経が張りつめているのだ。

ルークが顔を近づけ、彼女にキスをしようとした。彼女もそれを望んでいた。

いけない!

自分を見失ってはいけない。ルークが昔どれほど彼女を傷つけたかを忘れてはいけない。

彼女はゆっくりと彼の腕から離れた。

「ジェニー」

彼女は片手でルークを制した。「何も言わないで、帰って」彼女の声は震えていた。「あなたとこんなことはできないわ」

「ダニーの部屋を見せてくれないのか?」

「明日か来週か、とにかくもっと明るいときにして。あなたは結婚していて、二人のあいだには何もないことを、わたしがちゃんと覚えていられるときにして」

「本当に何もないのか、ジェニー?」ルークは彼女の顎を持ち上げ、目の奥を覗きこんだ。

「昔はぼくに嘘なんかつかなかったのに」

18

「嘘をつくな、マット。金曜日の夜、どこにいたか言うんだ」アランがソファのはしに腰かけると、マットはまたビールをひとくち飲んだ。

「〈アカプルコ・ラウンジ〉でビールを二、三杯飲んだ。だからなんだって言うんだ？」

「バーテンダーの話だと、あんたは帰るころには酔っぱらっていたそうじゃないか」

マットは小声で悪態をつき、バドワイザーのボトルをコーヒーテーブルに置いた。そのわきには二カ月前の『スポーツ・イラストレイテッド』誌が置いてある。フォーティナイナーズの新しいクォーターバックの写真が表紙になっていて、フットボール界の新たな希望の星というタイトルがついていた。

同じようにマットが表紙になった雑誌が、デスクの引き出しの奥に眠っている。それは彼が失った輝かしいキャリアを思い出させるものだった。彼自身を含め誰もが彼を勝者だと信じていたあの頃に戻りたかった。だが、そんな日々は永久に失われてしまった。

「さあ、どうなんだ？」アランは引き下がらなかった。

マットは椅子に身を沈めた。「おれがどこにいたと思ってるのか言ってみろよ」

アランは目を細めた。「おれに言わせるなよ、マット」

「いいから言えよ」マットはぶっきらぼうに言い返した。「おまえは自分を何様だと思ってるんだ？」

「おれはあんたの妹の恋人で、将来、彼女の夫になる人間だ。それにダニーを轢いたろくでなしを捕まえようとしている」

マットはいきなり立ち上がった。「おまえはおれが自分の甥を轢いたと思ってるのか？」

アランも立ち上がり、マットとにらみ合った。二人はほぼ同じ身長だったが、アランのほうが肩幅が広く、下半身もがっしりしている。顔はいかつく角張っていて、その目には強い意志が宿っていた。

マットはふたたび腰をおろした。クォーターバックとしての本能が頭をもたげた。アランはまるでタックルの格好の標的を見つけたディフェンスのラインマンのように前に出てきた。それをブロックする人間も、マットを守ってくれる味方もいないし、防御のための弁解は何一つ思いつかない——いや、一つだけあるかもしれない。

「ブレンダといっしょにいた」マットは言った。「ブレンダ・チャニング。客室乗務員だ。ひと晩いっしょに過ごしたんだ」

アランはこの情報にがっかりしたようだった。「チャニングか、ほう。で、そのブレンダ・チャニングにはどこに行けば会える？」

「わからん。東京に行くとか言っていたが」

「ほう、なるほどね」

「もういいか?」マットはアランを家から追い出したかった。アランには一度も好意を持ったことがなく、心優しい妹が選んだ相手にしては冷たい男だと思っていたが、もしもジェニーが彼を好いているのならしかたがない。とにかく妹には幸せになってほしかった。

マットはただ彼女がほかの男を選んでくれることを期待していた。マットを靴の底についた犬の糞のような目で見ない男を。アランは彼がかつてフォーティナイナーズをディビジョン・チャンピオンシップに導いたことを知らないのだろうか? 彼はスターだったのだ。尊敬されてしかるべき人間なのだ。

「車を見せてほしい」アランが言った。

マットのふくれあがった自信が、またたくまにしぼんだ。「いや——車はここにはない。友人の家に置いてある」

「そうか、それならその友人の家に行こう」

「彼は家にいない」

「友人の名前は?」

「なぜそんなことを知りたがるんだ?」

「なぜ言いたがらないんだ?」アランはまるで犯罪の臭いを嗅ぎ取ったかのように、鼻にしわを寄せた。

マットはたいしたことじゃないというふりをした。「この会話に意味があるとは思えないな。ジェニーはおまえがここに来ていることを知っているのか?」

「車はどこだ、マット?」アランは彼の襟をつかんだ。「車がどこにあるか言え」

「わからない。わからないんだよ」マットは叫んで、アランの手を振りほどいた。

「どういう意味だ?」

「つまり、車がどこにあるのか、おれにはわからないんだ。金曜日の夜に〈アカプルコ・ラウンジ〉を出てから、自分が何をしたのかさっぱり覚えてないんだ」

「おい、マット、おまえどんなやばいクスリをやってるんだ?」

マットはビールを手にとり、挑戦的にそれを飲んだ。「なんだと思う?」

アランは彼の手からボトルをとりあげ、それを暖炉に投げつけた。ボトルは粉々に砕けた。

「おまえ、弁護士を雇ったほうがいいぞ」


今日は火曜日。事故が起きてから四日がたった——感謝祭まであと二日。メリリーはカレンダーを見てうろたえた。やることは山ほどあるのに、時間が足りない。それにやる気もまったく起こらない。家を飾りつけ、パイを焼いて七面鳥に詰め物をするのは、メリリーにとってつねに喜びだった。母といっしょにやってきたことだし、彼女はこの伝統を家族に伝えていきたかった。

家族——まったくなんて状態になってしまったのだろう。

メリリーは目の前の仕事に意識を戻した。伸ばしたパイ生地をひっくり返して、台に貼りつかないように小麦粉をまぶす。

「お母さん、図書館に行って読書感想文の宿題をやってくるわ」コンスタンスが言った。

メリリーは驚いて顔を上げた。「もうすぐ夕食の時間よ。パイを作るのを手伝ってくれると思っていたのに」

「手伝いなんて必要ないじゃない。お母さんは誰の助けも必要じゃないでしょう」コンスタンスは挑むような目つきで母親を見た。「行っちゃだめだなんて、言わないでよね」

「行っちゃだめよ」

「お母さん」

「外は雨が降ってるし、寒いし」

「お天気速報をありがとう。だからなんだっていうの？」

「そういう言い方はやめなさい。わたしはあなたの母親なのよ。もうすこしましな口の利き方をしたらどうなの。それに、どうせ本当は図書館に行くわけじゃないんでしょう。男の子に会いに行くのね？　真夜中すぎに電話してきて、わたしが寝たと思っておしゃべりしているあの子でしょう」

コンスタンスは驚いて口ごもった。「なんでそれを……もしかして電話を盗み聞きしてるの？」

「いいえ。でもそうしたほうがいいかと思いはじめているところよ」メリリーは娘を見つめ、怒りが冷めていくのを感じた。この頑固で生意気な娘を、彼女はやはり愛していた。いっしよに本を読み、いっしょに笑い、毎晩彼女が食事の仕度をしながらいっしょに歌を歌った、あの可愛い少女はいったいどこに行ってしまったのだろう？　十代の地獄。いまや何もかもが闘いだ。縄張り争いや、尊敬や独立をめぐる争い。

メリリーはどう子離れしたらいいのかわからなかったし、ダニーの事故以来、彼女の過保護ぶりはいっそうひどくなっていた。「あなたに何かあっては困るから言っているのよ」彼女は言った。「それがわからないの？」

「何か起こるわけないでしょう」コンスタンスは根拠のない自信を持って答えた。

メリリーは布巾で手を拭いた。「すわりなさい、コンスタンス」

コンスタンスはため息をついて、キッチンテーブルの椅子にどすんと腰をおろした。

「話し合わなきゃ」メリリーが言った。「その男の子のことを話してちょうだい。名前はなんというの？　家はどこ？」

「同じ学校の子。お母さんは知らない子だわ」

「一度夕食に招待したらどう？」

コンスタンスはうんざりしたように鼻を鳴らした。「冗談はやめてよ。こんなところに連れてきたら、すっかり落ちこんでしまうわ」

「最近はみんなぴりぴりしてるのはわかっているけど」メリリーが言った。「でも、あなただってダニーのことが心配じゃないの？　もしかして――」電話が鳴って、メリリーは話をやめた。「電話に出なくちゃ。ジェニーからかもしれないわ。どこにも行っちゃだめよ。話はまだ終わっていないんだから」

メリリーは電話のところに行き、受話器をとった。「もしもし？ マット、どうしたの？」

弟の話に、彼女はあわてふためいた。「アランがあなたを逮捕しようとしているですって？ なんのために？ まあ、そんな。ええ、すぐに行くわ」

「話の続きはどうなるの？」メリリーがハンドバッグをつかむのを見て、コンスタンスが言った。

「いまは無理だわ。マットを助けに行かなくちゃ。ウィリアムといっしょに留守番をしててね。なるべく早く帰るから」

「図書館はどうなるのよ？ わたしの生活はどうなるわけ？」

メリリーは返事をしなかった。いま、最悪のニュースを聞いたあとでは、コンスタンスの社会生活がどうなるかなど考えている余裕はなかった。いったい次はどんな悪いことが起こるんだろうか？

「ダニーは言葉にはぜんぜん反応しないの」ダニーの病室の外で、ジェニーがルークに言った。ガラス越しに、ローウェンスタイン医師がダニーの手足を動かしているのが見えた。

「命令されるのが嫌いなんじゃないかな」ルークが軽口をたたいた。「きみも嫌いだったろう？」

彼女は微笑もうとした。「うまい言い方ね」ローウェンスタイン医師が病室から出てきたので、彼女はドアに近づいた。

「どうでしょう?」

「彼は自力で頑張ってますよ」ローウェンスタイン医師の答えは、ダニーのよくならない容態に肯定的なひねりを加えた解釈だった。

ローウェンスタイン医師は妙な考えが頭に浮かんだと言いたげな表情でルークを見たが、何も言わずに首を振った。

「あの、何か?」ルークが尋ねた。

「いや、わたしには関係のないことですから」医師はダニーのカルテを看護師に渡した。看護師もまた興味津々の目で二人を見た。

ふいにジェニーは医師たちの不可思議な態度を理解した。彼らはルークとダニーが似ていることに気づいたのだ。最初はルークに注意をうながそうかと思ったが、すぐに彼にまかせようと思い直した。もしも本当に彼がダニーの父親になるつもりなら、いいことばかりではなく悪いことも受け入れなければならない。

「ジェニー?」

ルークの目を見ると、彼も気づいているのがわかった。それは言葉に出さない質問だった。

「あなたしだいよ」と、彼女は答えた。

「では、失礼」ローウェンスタイン医師が言った。「またのちほど」

「待ってください。お話ししておきたいことがあるんです」ルークはひと息おいた。「わたしはたんなる家族の友人ではなく、ダニーの父親です」

看護師がえっと息をのんだ。ローウェンスタイン医師も驚いてはいたが、完全に不意を突かれたわけではなさそうだった。ルークは誇らしげな顔をしていた。

ジェニーは彼に微笑みかけた。「ずいぶんはっきり言ったわね」

「わたしが口出しすることではありませんが」医師が言った。「だが、たしかにそっくりだ。では失礼します」彼は小声で看護師と話し合ったあと、その場から立ち去った。

ジェニーはルークを病室に招き入れた。「ねえ、あんなことを言ってしまっていいの?」

「ダニーはぼくの息子だ。世界じゅうに知られたってかまわないさ」

「本当にそうなりそうな気がするわ」ジェニーが言った。「あなたの評判に傷がつくし、ご家族や会社にも影響がおよぶかも。マスコミはスキャンダルに飛びつくわよ。隠し子がいるなんて、格好のスキャンダルになるわ」

ルークは肩をすくめた。「ぼくの評判なんてどうだっていい。三十五年間、ぼくは人にどう見られるかばかり気にして生きてきた。いま、心配なのは、ダニーときみがどう思うかだけだ」

「でも、奥さんは？　ご両親は？」

「どうだっていいじゃないか」ルークは指をぱちんと鳴らした。「なあ、あの海岸沿いのハンバーガー・ショップはまだあるのか？　なんという店だったかな？」

「〈ビルズ・バーガー・シャック〉？」

「そうだ——あの、口のなかが火傷《やけど》しそうになるチリを出す店」

「いまでもあるわよ。ビルお爺さんは七十ちかいけど、絶対に引退しないって頑張ってるわ」

「行こうよ。ハンバーガーを買って、ビーチにすわって食べよう。すこしここから離れて、気晴らしをしたほうがいい」ルークは手で病室を指し示した。

ジェニーはためらった。「どうしようかしら。わたしはここに残ったほうがいいと思うの」

「ポケベルを持っているんだ、ジェニー。もしもダニーの容態が変わったら、ポケベルで呼んでもらえる」

「でも、お店まで二十分はかかるし」

「夕食を食べるだけだ。きみにとっても、ここから出たほうがいいんだよ。それに話し合わなきゃならないこともある」

「そうね。どうせ何か食べなきゃならないんだから」

「そうだろう」ルークはポケベルの番号を控えて看護師に渡し、二人は集中治療室から出た。

公衆電話の前を通りかかったとき、ジェニーが立ちどまった。「誰かに電話して、居場所を言っておいたほうがいいかも」

「誰か？　婚約者とか？」

「アランは婚約者ってわけじゃないの。あの人があんなことを言ったのは——」

「所有権を主張するためだ」

「違うわよ」

「いや、そうだ」

ジェニーはため息をついた。「それって男の論理なわけね?」

ルークは微笑んだ。「そうかもしれない」

「まあ、どうでもいいわ。アランとわたしは婚約しているわけじゃないの。真剣につき合ってはいるけど、将来の計画はまだ立てていないわ。ともかく、彼はいま仕事中だから、彼に電話する必要はないの」

ルークがエレヴェーターのボタンを押した。「アランは警察官なんだよな?」

「そうよ。ダニーを轢いた犯人を見つけ出そうとしてくれてるの」

「何か手がかりはあったのか?」

ジェニーは首を振った。「たぶん、まだだと思うわ」

「絶対に犯人を捕まえてほしい」

「ええ、わたしもそう思うわ」

「母が最初にここに連れてきてくれたのは、わたしが十歳ぐらいのときよ」ジェニーはチリバーガーの残りを口に放りこんだ。彼らは〈ビルズ・バーガー・シャック〉の裏手にあるせまいパティオにすわっていた。目の前の裂け目がある木のテーブルには、数百ものイニシャルが風雨にさらされた木目に刻まれていた。

ジェニーはこの店に多くの思い出があった。母と、ルークと、ダニーと過ごした日々。彼女はハンバーガーの包み紙を丸め、それをごみ箱目がけて投げたが、手前で落ちてしまった。

「まるでわたしの人生みたい」彼女はむりやり微笑もうとした。「一日遅れ、一ドル足りない。とにかく、母はこの店のハンバーガーが大好きだったの。スパイシーで辛いから。父はこの店に近寄りもしないわ。あの人はバニラが好きなタイプなの」

「バニラが好きで悪いかい?」ルークが抗議した。「バニラはぼくがいちばん好きなフレーバーだ」

「あなたはラズベリーケーキが好みだとばかり思っていたわ」

彼はジェニーに微笑みかけた。「そう言ったのは、きみに気に入られたかったからだ。もしバニラなんかたのんだら、退屈な男だって思うだろう」

「あなたのことなら全部知ってると思いこんでいたのに」

「きみは、ほかの誰よりもぼくのことをよく知っているよ」

ジェニーはテーブルを見つめた。彼の親しげな言葉が彼女を緊張させた。「わたしたちのイニシャル、まだここにあるかしら。あれを彫った日のことを、いまでもよく覚えているわ。あなたはちゃんとペンナイフを持ってて、それといっしょにキーホルダーについていたサバイバル・キットは、本物のボーイスカウトが恥ずかしくなるような代物だったわ」

「つねに準備しておかないと落ち着かないんだ。むろん、たまにはぼくだってへまをすることはある」

ルークは彼女の目を見つめ、ジェニーは彼が避妊具なしで愛し合ったあの夜のことを思い出しているのに気づいた。コンドームが破けたが、どちらもやめようとはしなかった。それは無責任で無鉄砲な行ないで、まさにジェニーのふだんの生き方だったが、ルークにとっては例外的なことだった。

かつての情熱を思い出し、ジェニーの胸が高鳴った。今夜食べたチリよりも刺激的で、燃え立つような激しい恋。彼女の人生で、唯一完璧だったもの。

「あった」ルークが、テーブルの彼女がすわっている側を指差した。

「どこ?」

「きみの手のところ」

ジェニーは目を凝らしたが、見えなかった。目が思い出で曇っているせいかもしれない。ルークが小さなハートの上で自分の手と彼女の手をかさね合わせた。

〝JSとLS永遠に〟

ジェニーはこみあげてくる感情を必死でのみこんだ。永遠は結局二カ月しか続かなかった。短すぎる二カ月。「こんなこと書くなんて、ばかげてるって思わない?」彼女はごみ箱に近づき、そばに落ちていた包み紙を拾い上げた。

ルークが彼女のあとを追った。「ばかげてるんじゃなくて、純真なんだよ。きみとあの時間をいっしょに過ごせてよかったとぼくは思ってる。なにものにもかえがたい貴重な二カ月だった」

彼女はつねにルークがどう思っているかを知りたかった――そもそも覚えているのかどうか――もしも覚えているとしたら、楽しい思い出なのか、それとも後悔なのか。

ルークが彼女の腕をとった。「散歩しよう、ジェニー。かなり雑草が生えているが、ビーチへの道はまだあるみたいだ」

「どうしようかしら。もう戻ったほうがいいんじゃない？」

「きみがそんなことを言うなんて。ビーチを散歩しようという誘いを断わる？　この世にはもう聖域はないのか？」

彼女は微笑んだ。「海が好きなのは認めるわよ。心が落ち着くんだもの」

「それなら今夜、きみの気持ちを落ち着かせよう。いっしょに歩こうよ」

こんどはルークが先頭に立って道を進み、ジェニーがそれに続いた。でこぼこの道で、さしだされた彼の手にしぶしぶつかまった。道のはしまで来ると、ジェニーは靴を脱ぎ、それを片手に持った。

どちらもしばらく無言で歩きつづけた。ジェニーは波の音を聞きながら、しだいに肩の力が抜けるのを感じた。終わりのない波の単調なリズムが気持ちを落ち着かせた。

「ここでたき火をしたわね」ジェニーが何もない砂の上を指差した。今夜、そこにはビールのボトルが一本落ちていた。「子供たちのしわざね」と言って、彼女はそのボトルを拾い、ごみ箱のところまで来ると、それを捨てた。

二人は歩きつづけた。無言の合意で、すべてが始まったあの場所に向かっていた。そこに着くと、魔法のような池は姿を消していて、海が一面に広がっていた。

「もう池はなくなってしまったんだ」ルークががっかりしたように言った。

「変わらないものなんてないのよ」

「あの日に戻りたいと思うよ」

「なぜ？　戻れたら、違うことをするの？　そうはならないと思うわ。それに過去に戻ることなんてできないんだもの」ジェニーは砂の上に腰をおろして、海を見つめた。

ルークも隣りにすわった。「きみは、違うことをするかい？」

「わたし？　アイスクリーム屋で働くのはやめておくわ。だってあのひと夏で五キロも太ってしまったんだもの」

ルークはにやりと笑いながら、砂をいじった。細かい砂が、彼の指先からこぼれ落ちた。

「きみはいつもぼくを笑わせてくれる」

「あなたっていつも正直な人ね」

ルークは好奇心に満ちた目で彼女を見た。「なぜぼくだったんだ、ジェニー？　あの夏、きみならどんな男だって選べたはずだ。きみの友だちはきみのことを頭がおかしいと思っていたよ。ぼくは本の虫で、女の子の口説き方も知らないし、女性に声をかけることもできない。ぼくの人生は数学の公式だけで、ぼくが知っている唯一の反応は、研究室で起きる化学反応だけだった」

「あなたの秘めた強さが好きだったの」彼女は若かった頃のルークを思い出しながら言った。

「あなたが人を観察するところも好きだった。まるでわたしたち全員よりも多くのことを知っているような顔をして。もちろん、実際に知っていたけど。あなたのIQは比べものにならないくらい高かったし。それに、それに、あなたはわたしの話を聞いてくれた。本気で聞いてくれた」彼女はルークの目を見つめた。「だってね、ルーク、うちでは誰もわたしの話なんて聞いてくれなかったの。母だけは違ったけど、でも母は死んじゃったし。そのあとはメリリーがわたしの人生を仕切ってて、マットはスーパースター気取りだし、父はわたしに目も向けない。だってわたしがやることは全部間違いだから。あなたに出会ったとき、初めて本物の人間になれたような気がしたの」

「ぼくにとっては、最初に会ったときからきみは本物だったよ。開けっぴろげで、正直で、愛にあふれてて。すべてをさらけ出していた」

「それっていいことではないわ」

「でも、ぼくたちはいろんな意味で違っていた」ルークが言った。「ぼくは保守的な共和党員で、きみはリベラルな民主党員」

「わたしは裸足が好き。でもあなたはけっして靴を脱がない」

「ぼくはどこにでも車で行ったけど、きみはいつも歩きたがった」ルークが続けた。

「わたしはデザートを最初に食べる。あなたは肉がポテトにくっついただけでも機嫌が悪くなった」

「それに、きみの作った砂の城ときたら」ルークは首を振った。「設計図って言葉を聞いたことがないのか？　きみはまったく工学的なセンスが欠けている」

「わたしの想像力は果てしないの、人生より大きいんだから。まったく、わたしたちってなんでこうも違っているのかしらね？」彼女はルークに笑いかけ、彼もあの頃のことを思い出して微笑み返した。

「同感だ。それなのに、なぜぼくたちはいっしょにいたんだろう？」

彼女は首をかしげて考えこんだ。「それはきっと、わたしたち一人ずつはちょっと変だけど、いっしょだとしっくりいったからよ。すくなくともしばらくのあいだは」彼女は爪先で冷たく湿った砂の感触を楽しんだ。

ルークは砂浜に寝ころび、腕を枕にして夜空を見上げた。

ジェニーも彼の視線を追った。今夜は霧も雲もなく、空には満天の星がきらめいていた。

「あなたは天国を信じる？」と言ってから、彼女は自分の質問に笑いだした。「もちろん信じないわよね。だってあなたは科学者だもの。きっと宇宙がどうしてできたか、ちゃんと説明できるわよね」

「できるよ」ルークは星空を指差した。「あのなかのどれが星で、どれが衛星かも言いあてられる。天の川の位置もわかるぞ。あそこにある影のようなものが見えるかい？」

ジェニーは目を凝らした。「ええ。まるで虹みたいだけど、白いわ」

「あの色だってちゃんと科学的に説明がつくんだ」ルークは言った。「でも昔、うちのばあさんが天の川は魂が天国に昇っていくときに通る道だって教えてくれた。たくさんの魂のせいで白く見えるんだって」

「いい話ね。心が落ち着くわ。とくにいまみたいに疑問が山ほどあるのに、答えがほとんど見つからないときには」彼女はしばらく口をつぐんだ。「おばあさんの話をしてくれたのは初めてね」

「ぼくが十歳のときに亡くなった。父方の祖母なんだ。神様は家族の全員に脳味噌をあたえたが、自分にはハートをくれたってよく言っていたよ。ばあさんはきっときみのことが気に入ったはずだ」

「わたしもあなたのおばあさんを好きになったと思うわ。なんとなく母に似ている気がするし。ねえ、彼女たちは本当に聖人みたいな人だったのかしら？ それとも亡くなってしまったせいで、そういうふうにわたしたちが記憶しているだけ？」

「聖人？」ルークは彼女に顔を向けた。「うちのばあさんは六十二歳のときに、十五歳も年下の男と再婚したんだ。左耳にピアスをしているような男と。父は心臓麻痺《まひ》を起こしそうになってた。その後、祖母とは三年間も口をきかなかったほどだ。いいや、彼女は聖人なんかじゃなかったよ。彼女は人間だった。ぼくたちはみんな人間なんだ。誰だって過ちを犯す」

ジェニーはため息をついた。「わたしたちこそ大きな過ちだったわね。ただ楽しい時間を過ごしたけど」

「最高に楽しかったのは、タホー湖にドライヴに行って、道に迷ったときだな」

「わたしが地図を忘れたってかんかんに怒っていたくせに」

「それにコンパスと水と道順も忘れてきたんだ。でもあのときに見た大鷹《おおたか》のことはいまでも忘れない。偉そうに高い空を飛んでた」

「あなたみたいにね」彼女は言葉を切った。「それにあのときの山。本当に素晴らしい眺めだったわ」

「鹿が寄ってきて、きみの手から餌を食べたっけ」

「車のバックシートで寝たのよね。あなたったら毛布を一人占めして」

「きみはいびきをかいた」

「あなたはわたしを抱いた」

「そしてダニーを授かった」

ジェニーはルークを見て、彼女が感じているのと同じ感情を、彼が抱いていることを知った。「あなたの言うとおりだわ。あれはいままでで最高に幸せな時だった」

19

ジェニーは水曜日の午前八時すこし前に〈マグドゥーガルズ・マーケット〉に入っていった。職場に来たのは久しぶりに思えた。週末をべつにすれば、ほんの二日休んだだけだったが、そのあいだに考えられないほど状況が激変していた。

どっしりした体格の、腹回りと同じように顔もサンタクロースにそっくりのジョージ・ハンリングが、最初にジェニーの姿に気づいた。ジョージは精肉コーナーの担当者で、肉切り包丁を持つこんな穏やかな人物に、彼女はいままで会ったことがなかった。彼はベーカリーのカウンターわきで、ドーナッツにかぶりついていた。指からはジャムがしたたり落ちている。

「やあ、ジェニー」彼は口のなかのものを飲みこんで、ナプキンに手を伸ばした。

「ドーナッツは奥さんに禁止されているんじゃないの、ジョージ？」

ジョージは指についたジャムを拭きとってから、彼女の手をとった。「本当に大変だったな。こんなことになるなんて、信じられないよ。みんな、きみのことを心配してたんだ。もしもおれに何かできることがあれば……」

ジェニーはうなずいて、彼の頰にキスをした。「ありがとう。本当に優しいのね」

ジョージは真っ赤な顔をしながら仕事場に戻っていった。

プルーデンス・メイヤーズに声をかけられて、ジェニーは顔を上げた。プルーは二十七歳のセクシーなブロンドの女性で、肩につくほど大きなイヤリングに太腿もあらわなミニスカート姿で、太平洋のように広い心の持ち主だった。プルーもジェニーと同じシングルマザーで、〈マグドゥーガルズ・マーケット〉でレジの仕事について五年ちかくなり、ジェニーとは親しい友人同士だった。

食品店のレジ係はけっしてジェニーの夢の仕事ではなかったが、生活費を稼ぐことはできた。夜、学校に行くこともできたし、アクセサリーの製作販売の仕事を軌道にのせるチャンスもあった。いつの日か、彼女は野菜や乳製品の値札をレジに通しているときには発揮できない自分の才能を生かして、自分の会社を興《おこ》したいと思っていた。

それでもこの七年間に、彼女はこの店で多くのよい友人と出会った。ジェニーは生まれつき社交的で、いまでは〈マグドゥーガルズ・マーケット〉は彼女にとって第二のわが家となっていた。だが残念なことに、半年前にT・W・マグドゥーガルが引退し、甥《おい》のチャックがあとを継いでからというもの、〈マグドゥーガルズ・マーケット〉は地域の店からスーパーマーケットに様変わりしてしまった。

まるで出の合図を待っていたかのように、チャックが店長室の窓から顔を出した。これまでもジェニーは幾度も思ったのだが、やはりあの男はカウンターに盗聴器を仕掛け、監視カメラをバナナの下に隠しているに違いない。彼はジェニーにオフィスに来るようにと手招きした。彼女も手を振り返したが、プルーのカウンターで立ち止まった。

「おはよう、調子はどう？」プルーは会計をすませ、女性客にレシートを渡しながら話しかけた。

「なんとか頑張ってるわ」プルーの同情するような微笑を見て、ジェニーの声が震えた。

「思っていたよりきついけど」

プルーはカウンターから出てきて、ジェニーを抱きしめた。二人を見た客がため息をついて隣りのレジに移ったことなど、気にも留めていないようだ。

ジェニーは目に涙を溜めたまま微笑んだ。「こんなことをしたら、叱られるわよ」

「本当に大変だったわね、ジェニー」

「ええ。ねえ、メリリーから電話があった？　友だちのリストを渡しておいたんだけど」

「きたわ。あなたのお姉さんってすごく事務的ね」

「そうなのよ」

「それで、あの子の具合は？」

「おそろしく静かなの。まったく動かないのよ、プルー。目も開かないし、しゃべりもしないし。あんな状態のあの子を見ているのに耐えられない」

「ああ、どうしよう」プルーは目のはしの涙をぬぐった。「お医者さんはなんだって？」

「ほとんど何も言ってくれない。待つしかないの。待つのは苦手だわ」

「ジェニファー」チャックがオフィスから出てきて彼女を呼んだ。「話がある」

「ちょっと待ちなさいよ。子供が入院してるんだから」プルーがぴしゃりと言った。

「ただ話をしたいだけだ」チャックは言い訳がましく答えた。「それに、きみのレジにもお客さまが待っているだろう」

「はい、はい」彼女はジェニーをふりかえった。「一人でなんとかなるわ。ダニーのことに比べたら、ほかのことなんてたいしたことないわ」

ジェニーが店長のオフィスに向かおうとすると、プルーは激励するように親指を立てた。遅かれ早かれ、チャックと話をしなくてはならないことはわかっていたし、どうせならいますませてしまったほうが気が楽だ。

「お子さんのことは気の毒だったな」チャックはジェニーと目を合わさずに、デスクの向こうの椅子にすわったまま言った。

「お店からお花を送っていただいて、ありがとうございました」ジェニーは答えたが、おそらくチャックが何もかかわっていないことはわかっていた。彼女は落ち着きなく身体を揺らした。できれば腰かけたかったが、チャックはオフィスにある椅子をすべて取り払ってしまった。彼はまるで校長室の子供のように、従業員を自分の前に立たせるのを好んでいた。

「きみはこのマグドゥーガルズのファミリーの一員だからな」チャックはさらりと言った。

「家族の一員と思っていただいて嬉しいです。今回はご迷惑をおかけしました」

「それはしかたがないことだ」チャックは咳払いをした。「で、いつから戻ってこられるんだ?」

「まだわかりません。息子は昏睡状態なんです。いつ意識を取り戻すかはわかりませんし、そばにいて話しかけたり、手足を動かして目覚めさせなくてはならないんです。二十四時間、刺激をあたえつづけなければならないので」

「なるほど」チャックは椅子に深く腰かけ、顔の前で両手の指を合わせた。

「もう有給休暇がないのはわかってますし、たぶん病気休暇も使い果たしてしまっていると思いますけど、お休みをいただきたいんです、ミスター・マックリントック」

チャックはネクタイをゆるめた。「そうだな、いや、家の事情とあれば、きみには十二週間休職する権利がある。むろん無給だが、ただポジションは確保しておく」

無給。ジェニーは考えただけで心が沈んだ。収入なしで、どうやって三カ月間暮らしていけばいいのだろう? 家賃が払えないどころか、食べることすらできないだろう。それにダニーにいろいろ治療が必要になるかもしれない。彼女の保険でカバーできる範囲を超えた治療が。そうなったら、どうしたらいいのだろう?

ルークならきっと喜んで手を貸してくれるだろう。だが、だめだ。彼の援助を受けるわけにはいかない。

「きみのために特別に伯父から、今週の分の賃金を全額払うようにと言われている」チャックはしぶしぶそうつけ加えた。「金曜日に小切手をとりに来てくれ。正式には、きみの休職は来週の月曜日から始まることになる」

一週間分の賃金。充分ではないが、ありがたくもらっておこう。「ありがとうございます」

「きみには心から同情しているんだよ、ジェニファー」チャックは首を振って、残念そうな表情を浮かべた。「だが、こちらとしても商売を続けていかねばならない」

「よくわかります」ジェニーはオフィスから出て、プルーのカウンターで立ちどまった。ならんでいた客の支払いが終わり、すこし立ち話をする時間がとれたことにほっとした。

「店長はなんだって?」プルーが尋ねた。

「最長十二週間、無給だけど休職していいって。ポジションはとっておいてくれるみたい。それからT・Wがわたしのために一週間分の給料を出してくれたわ」

「よかったじゃない。でも、ジェニー、これからどうするつもり? よかったら、すこし貸そうか?」

「そんな余裕ないでしょう」

「かき集めれば、なんとかなるわよ」

「大丈夫よ。貯金もすこしはあるし、どうしても必要なら、マットかメリリーが助けてくれると思うし。ただ、たのむのは気が重いの。とくにメリリーには。彼女にお金を借りると、条件がいっぱいついてくるから」

「ちょっと、このレジは開いているの?」女性客がきつい口調で尋ねた。

プルーは首を振った。「いいえ、いまは休憩中」

「札が出てないじゃない」

「でも本当なの。あちらのレジでお願いします」プルーは隣りのカウンターを指差した。

「こんな店、二度と来ないわ」

「ご勝手に」プルーは小声でつぶやいて、ジェニーのほうを見た。「そうそう、忘れるところだったわ。友だちのカレンがね、あなたが作ったぶらさげるタイプの、あの可愛い貝殻のイヤリングが欲しいんだって。涙の形に似たやつの。十ドルにしかならないけど、それでもサンドウィッチとコーラぐらいは買えるでしょう」

ジェニーは笑顔を見せた。「どんなに少ない額でも、お金は大切にしないと。いまでも歩道に一セント硬貨が落ちてると拾っちゃうのよ。ダニーにいつも笑われるの……」彼女の声が詰まり、話の先を続けることができなかった。

プルーはいまにも泣きそうな顔で唇を嚙みしめた。「ああ、最低。何かわたしにできることがあればいいんだけど。あなたの気持ちを思うと、本当につらくて」

「ありがとう、そう言ってくれて」ジェニーは友人の目を見つめた。「ところで、ダニーの父親が戻ってきたの」

プルーは目を見開いた。ダニーが父親に会いたがっていたのを知っているのは、アラン以外にはプルーだけだった。

「どういうこと？」プルーが尋ねた。「ダニーは彼と話せたの？」

「いいえ。会いに行ったけど、結局会えなかったの。その帰り道に車に轢《ひ》かれたのよ」

「なんてこと。それで、その父親はなんて言ってるわけ？」プルーは〝休止中〟の札を出して、またもやべつの客をほかのカウンターに追いやった。

「プルー、それはまずいわよ」

彼女はかまわないというように手を振った。「いいのよ。どうせ休憩時間なんだもん」プルーはジェニーを人気《ひとけ》のない雑誌売り場に連れていった。「さあ、全部話して」

ジェニーは肩をすくめた。「ダニーのことを話すべきだったたってルークに言われたわ。あの子のことが知りたいんだって」

「だってちゃんと彼に話したんでしょう？」

「そうだけど、ダニーが生まれたあと、何か言ってくるべきだったたって言うのよ。彼の言うとおりかもしれないわ。もう、何がなんだかわからない」彼女は盗み聞きされないように声をひそめた。「彼に会ったら、昔の思いが戻ってきちゃって。だって彼のこと本当に愛していたし、あの人にはひどく傷つけられたし。心のなかでは、彼には近づいてきてほしくないと思ってるの。でもルークはダニーの父親だし、ダニーがあれだけ彼に会いたがっていたことを考えると、完全に拒絶することもできないし。もしもルークがダニーを目覚めさせることができるのなら、チャンスは逃したくないのよ」

プルーは眉をひそめた。「アランはどうなの？」

「喜んではいないわ」ジェニーはこの表現が控えめすぎるとわかっていた。ルークに対するアランの態度は、嫉妬と焦燥感の入り交じった殺意に近いものだった。だが現時点では、彼らの感情と向き合う時間もエネルギーも彼女にはなかった。

「アランはたぶん、あなたがまだルークのことを想っているんじゃないかって恐れてるのよ。実際にそうみたいだし」

「想ってるわけじゃないわ――思い出なのよ。頭のなかに浮かんでくるの、プルー、昔のわたしたちが。もう戻れないのは知ってるし。彼は結婚しているの。それにアランもいるし」

「アランはあなたにお似合いの相手じゃないわよ」プルーが言った。「そのルークって人のことは知らないけど、まあたぶんそいつは最悪の男だろうけど。だって、あなたとダニーを捨てたんだから。でもアランが運命の人だって思うふりをするのはやめたほうがいいわ。そうじゃないんだから。さっさと目を覚まして、現実を見なさいよ」

「人に言えた義理じゃないでしょう」ジェニーはプルーの数多い恋愛失敗談を引き合いに出した。

「わたしはアドバイスは聞かないけど、人にアドバイスをするのは得意なのよ。ほっといて」プルーはジェニーの顔の前で風船ガムをふくらませた。

「あなたに言われたこと、考えてみるわ。ねえ、わたしたちのために祈ってね、いい?」

「もちろんよ。ねえ、ジェニー――まあ、いいか」

「何?」

「わたしはね、物事というのはかならず理由があって起こるって思ってるの」

「どんな理由があるっていうの?」

「ダニーの父親は、あなたの人生に戻ってくるべくして戻ってきたんじゃないかな」
「ルークに戻ってきてほしくなんかないわ。わたしが必要としているのはダニーだけ」
「もしかすると、両方手に入るかもよ」

その日の昼ちかく、ルークは〈シェリ・テク〉社のオフィスに戻ったが、上司の顔色をうかがう受付係や社員の挨拶をほとんど無視した。頭のなかにあったのは、ダニーのことだけだった。彼は答えを必要としていた――それもいますぐ。ダニーが昏睡状態に陥ってから、すでに五日がたっていた。それはよい徴候ではなかった。意識を取り戻すのに時間がかかればかかるほど、回復の見込みがなくなる。

オフィスに向かう廊下を歩きながら、彼は大きな苛立ちを感じていた。いままで彼は人生のすべてを医療に捧げてきた。自分の息子が命を落とすところを、ただ横で見ているわけにはいかない。

彼には資質も金もあり、この国の医療の最高峰にいるのだ。ダニーは治る。絶対に治してみせる。

ルークは秘書のロレイン・パーカーのわきを無言ですり抜け、小声で挨拶しながらピンク色のメモ書きをさしだす彼女を無視した。昨日は二時間たらずしかオフィスにいなかったし、月曜日は顔すら出さなかった。彼がこのように会社を休むということは、法王がミサを欠席するのに等しい。彼の父は、毎日真面目に働くことを身をもって息子に教えてきたし、ルークもこれまではその先例に従ってきたが、いまの彼はダニーのことが頭から離れず、それ以外のことには注意を向けることができなかった。

「ドクター・シェリダン?」秘書が遠慮がちに戸口から声をかけた。「このメモをデスクに置いておきましょうか?」

「ああ、そうしてくれ」

「お父さまから三度電話がありました。おつなぎしましょうか?」

「いや、いまはいい。ありがとう」

ロレインは怯《おび》えた目で彼を見た。彼女はこれまで父のもとで十年間働いていて、チャールズはなんでも思いどおりにしてきた。

「お父さまは待ちきれないような口ぶりでしたが」彼女は言い張った。

ルークは顔をしかめた。「父はもう引退したんだから、すこしは待つことを覚えてもいいはずだ」

彼女は苛立たしげに「そうですか」とつぶやいて部屋から出ていった。

ルークはブリーフケースを床に置くと、受話器をとって〈シェリ・テク〉社の主席科学者であるキース・アヴェリーの内線番号を押した。キースは優秀で仕事熱心で、脳神経外科の専門知識が豊富だった。もしもダニーを昏睡状態から目覚めさせる手助けができる人間がいるとしたら、それはキースだけだろう。

「アヴェリーです」男の声が答えた。

「ルークだ。何か見つかったか?」

「いいえ。実際の傷について、もうすこし情報が必要です」

ルークはうなずき、卓上の住所録をめくりながら話を続けた。「ローウェンスタインに電話しろ。わたしの命令で調べていると言えば、喜んで協力してくれるはずだ」

「すぐにとりかかります」

ルークが受話器を置くと、マルコムがドアから入ってきた。

「戻られたと聞いたので」マルコムはルークのデスクの前の椅子に腰をおろした。「今朝、あなたが誰かの父親だという電話が、マスコミから二件もかかってきたことについて、ご説明願えますか?」

ルークは自分の椅子に腰かけた。「聞いたのか」

「サン・マテオ郡の全員といっしょに。そんなことを病院で発表するなんて、何を考えているんですか? あなたより先にニュースが病院を出てましたよ」

「病院の噂話《うわさ》のすごさを、すっかり忘れていた」

「では、事実なんですか?」

ルークはうなずいた。「ああ、事実だ。何年も前、まだデニーズと知り合う前に、ある女性とつき合っていた。彼女は妊娠して、ぼくは彼女が中絶したと思いこんでいた」

「だが、彼女はしなかった」マルコムの口からヒューッという音が漏れた。「まずいですね。で、彼女はいくら要求しているんですか?」

ルークはため息をついて椅子の背にもたれた。なぜ彼のまわりの連中は、ドルとセントを基準にしか考えられない人間ばかりなのだろうか？ 少年の命がかかっているということに、こいつらは気づいていないのか？

「彼女は何も要求していないよ、マルコム。何もだ。子供が昏睡状態になっているんだ」ルークはガラスのペーパーウェイトを手にとり、それを手のひらでころがした。彼のイニシャルがガラスに彫りこまれていて、それが彼が〈シェリ・テク〉社に来たことを祝う両親からのプレゼントだった。彼はようやく家に戻ってきた。

だが、なんのために？ ここでは、彼はほとんど必要とされていない。〈シェリ・テク〉社はあまりにもきちんと組織化されすぎていて、彼が何もしなくても勝手に運営されていく。何かを変えようとすると、それがどんなに些細《ささい》なことであっても、かならず反対にあう。父の哲学と目標が会社に浸透していた。

それは家でも同じだった。目をつぶると、両親の姿が浮かび、息が詰まるような彼らの愛情を思い出す。彼らの声が頭のなかで響く。「一生懸命に勉強しなさい。医者になるのよ。〈シェリ・テク〉社を継ぎなさい」

彼はそのとおりにした。その結果、何が手に入った？ 何が？ 答えは出てこない。

「ルーク」マルコムはルークの顔の前で指をぱちんと鳴らした。「話を聞いてください」

ルークは背すじを伸ばした。「なんだって？」

「どう対処しますか、とうかがったんです。年が明けたらすぐに臨床試験も始まることですし、〈ジェネシス〉社買収の可能性を考えると、しっかり統一戦線を張る必要があります」

「自分の会社の計画ぐらいわかっているよ、マルコム」

「それなら、なぜ昨晩の会議を欠席されたんです?」

ルークは部下の顔を呆然として見つめた。

「七時からレストラン〈カッペリーニ〉で。覚えてらっしゃいますか?」

ルークは咳払いをした。たしかに記憶にはある、いまは。だが、昨日はジェニーのことで頭がいっぱいだった。「忘れてた。電話して謝っておく」

「お願いします。もし、あなたがほかのことで気をとられているとか、面倒な法廷闘争に巻きこまれそうだという疑いがすこしでもあれば、〈ジェネシス〉社はほかの道を模索するかもしれません。彼らを狙っているのはわれわれだけではありませんから」

ルークはマルコムを見て肩をすくめた。「そうなったら、そうなったときのことだ。率直に言って、いまぼくは〈ジェネシス〉社のことも〈シェリ・テク〉のことも、どうだっていいと思ってる」

「なんですって?」マルコムは驚いて上司を見た。

ルークは椅子から身を乗り出した。「聞こえただろう。ぼくには息子がいるんだ、マルコム。その意味がきみにはわかるはずだ。きみだって子供がいるんだから」

「そうですね、たしかに。ですが、ルーク、いまはビジネスの話をしているんですよ」

「いままでのぼくの人生はビジネスだけだった。ダニーは家族だ。家族が優先されるのは当然だろう」

「ですが〈シェリ・テク〉だってあなたの家族だ、ルーク。お父さまからあなたに引き継がれたものでしょう」

「父か……」ルークは突然怒りがこみあげてきた。彼が衝動的にガラスのペーパーウェイトを壁に投げつけると、それは大理石のタイルにぶつかって粉々に砕けた。これでようやく家族の呪縛から解き放たれた。

マルコムが飛び上がった。「落ち着いてください、ルーク。あなたが冷静さを失うところを見たのは初めてだ。この件はわたしがなんとかしますから、落ち着いてください、いいですね？」

「落ち着けるわけがないだろう。ダニーの件を調べるように三人のスタッフに命じた。あの子を救うために、できるだけのことをするつもりだ」

「あなたに医者にできない何ができるというんですか？」

「そんなことはわからない。だが科学は人間のどんな問題にも答えが出せると信じてきたが、いまはその確証が揺らいでいて、どうやって解決すればいいのかがわからない」

「無理なのかもしれませんよ」

「そういうわけにはいかないんだ」

「あなたは神じゃない」マルコムはドアに向かった。「〈ジェネシス〉の件はわたしがなんとかします。会議はもう一度来週に設定し直しましょう。あなたがすこし落ち着けるように。

それから簡潔な広報記事を用意します。事実だけを書いて」

「たのむ。ただ、セントクレア家にマイナスになるようなことはいっさい書かないでくれ。ジェニーとダニーはもう充分苦しんでいるのだから」ルークが間をおいた。「それから、マルコム、ロレインに管理室に電話をさせて、暖房の設定温度を上げさせてくれないか。このオフィスは寒すぎる」

「温度を上げる？　お父さまはオフィスが暖かすぎると、社員が眠くなると思っていらしたのに」

「ぼくは父じゃないんだ、マルコム。いいかげんにきみたちもそのことに気づいてもいいはずだ」ルークは椅子をまわして、窓の外の景色を眺めた。水平線が彼のいきり立った神経を静めたが、それも長くは続かなかった。ダニーのことを考えただけで、緊張が戻ってきた。

「どこに行くんだい？」ダニーは上昇気流に乗ってすべるように空を飛びながら、ジェイコブに尋ねた。

「友だちに会いにいく」ジェイコブは少年をともなってふかふかした白い雲のあいだを抜けながら答えた。「あそこにいたぞ」

ジェイコブとダニーは野球場の真ん中に降り立った。試合の真っ最中で、突然飛んできたボールにダニーは飛び上がった。

ジェイコブが声をあげて笑った。「逃げるんじゃなくて、とるんだよ」

「グローブがない」と言ってから左手を見ると、革のグローブをつけていた。なぜグローブをはめているのかと尋ねる前に、べつのボールが飛んできた。ボールは彼の頭上を飛んでいき、少年は無理と知りながら必死に後ろに下がってジャンプした。すると驚いたことに、バシッという音とともにボールはグローブのなかにおさまった。

「ホームに投げろ」ジェイコブが言った。「ホームだ」

ダニーはホームベース目がけて力いっぱいボールを投げた。キャッチャーがさっとタッチして、ランナーはアウトになった。

ダニーは興奮してその場で何度も飛び上がった。「やったぁ。信じられない」

一人の少年が彼のそばに駆け寄ってきた。「ナイスプレーだったね。ぼくはマイケル」

「やあ」ダニーはなんと答えたらいいか、何をすればいいかわからず、落ち着きなく身体を揺らした。どうやら試合は終わったらしい。ほかの子供たちはダグアウトに集まって、コーチの話を聞いている。ダニーはジェイコブがピッチャーマウンドに立って、派手に腕を振り上げてホームベースの真上にボールを投げこむのを見ていた。

「ストライク!」ジェイコブが叫んだ。

ダニーはあきれたように天を見上げ、ふたたびマイケルに目を向けた。「彼とは知り合いなの?」

「ジェイコブのことはみんな知ってるさ。しょっちゅうここに来るから。でも誰か連れてきたのは初めてだ」

ダニーは球場を見渡した。まわりには何もなく、場所がどこなのかまったくわからない。あるいはここは現実の世界ではないのかもしれない。「ここにいる人は、みんな死んでいるのかい？」

マイケルがうなずいた。「うん」

彼の短い答えには多くの意味が含まれていて、それはダニーを怯えさせたが、いまは自分の未来と向き合いたくなかった。

「きみはどうして死んだの？」ダニーが尋ねた。

「ぼくは生まれたときから嚢胞《のうほう》性線維症だったんだ」マイケルが答えた。「呼吸もうまくできないし、スポーツもできなかった。いつも胸が苦しくて。でも最悪だったのは両親さ。ぼくを助けられないっていつも泣いてた。だからずっと死にたいと思ってたんだ。ぼくを迎えにきてくださいって神様に祈ったよ。だってうちの親に欠陥品を送りつけたんだから、製品を回収すべきだと思ったんだ」

ダニーは彼があたりまえのようにそう話すのを聞いて衝撃を受けた。もしかすると、ここ天国ではみんなが死というものに慣れているのかもしれない。「それで、神様はきみの願いを聞き入れてくれたんだね」

「ぼくが死んだあと、父さんは嚢胞性線維症の子供たちのために基金をつくった」マイケルが話を続けた。「ほかのたくさんの子供たちを助けたんだ。母さんはストレスがなくなって、また絵を描きはじめて、以前よりずっと深みのある絵を描けるようになったんだ。だからね、ダニー、ぼくはもともと父さんたちとはほんの短いあいだだけいっしょにいる運命だったんだよ」

「父さんや母さんに会いたくないの？」

「いつだって会える」マイケルが言った。「父さんたちに触れることはできないし、父さんたちもぼくに触れることはできないけど、でもいつかはまたここで会えるんだ。ぼくがこうしているのを見たら、父さんも母さんも喜ぶはずだよ」マイケルは胸を張った。「いまはこんなに楽に呼吸ができるんだから」

「でも、ぼくの場合は違うよ。ぼくは病気だったわけじゃないし」

「でもいまはそうだ。頭に怪我をしているんだ。昏睡状態から目覚めたとしても、きみに何ができるか、お医者さんたちにもわからない。きみがまた歩けるようになるのか、走れるのか、ボールを打てるのかもわからない。もしかすると知的障害が残るかも」

ダニーは急に怖くなった。病気になんてなりたくない。以前と同じ状態に戻りたい。「それでも、ぼくは戻りたい」

「痛い思いをしてもかい、ダニー？　身体が不自由になってもいいのか？　いままではなんでも思いどおりにできたんだろう？」マイケルが指摘した。「病気になったことがなくて、素晴らしい母さんがいて、腹をすかしたこともない。苦しむっていうのがどういうことか、きみは知らないんだ」

「そんなこと、知りたくもないよ」ダニーは身勝手な自分が誰かに襲われるのではないかと周囲を見まわしたが、誰にも気づかれなかったようだった。「死ぬのは怖くなかった？」マイケルの勇気に驚いたまま、ダニーは尋ねた。

マイケルはうなずいた。「ああ、最初はね。でも天使がやって来て光が見えたとたんに、大丈夫だって思ったよ」

「ジェイコブがきみの天使だったの？」

マイケルが笑いだした。「まさか」

「なんでそんな言い方をするんだい？」ダニーは疑るように尋ねた。

「いいから、気にするな」

ジェイコブが彼らに近づいてきた。「いまの投球を見たか、坊主？　いやあ、やっぱりおれはうまいな」

ダニーが顔をしかめた。「もう帰ろうよ、ジェイコブ。帰って、何が起こってるか見たいんだ——もう一度父さんと話したい。どうやったら戻れる？」

マイケルとジェイコブはしばらく見つめ合っていた。

「誰か、教えてよ」ダニーが叫んだ。

「落ち着け、坊主。試合は長いんだ。九回裏でツーアウトでも、何が起こるかわからないぞ」

ダニーはとまどったように彼を見つめた。ジェイコブが信念を持てと言っているのか、それともふざけているのかが判断できなかった。「せめてもう一度、父さんに会わせてくれる？」

「それはまかせておけ。そういえば興味深いニュースがあるぞ。おまえの親父さんが、みんなにおまえが自分の子供だと宣言した」

ダニーは驚いて目を丸くした。「本当に？」

「本当だ」

「父さんと母さんはまたいっしょになるの？」

「おまえの親父は結婚してる」

「離婚することもできるじゃないか。母さんはいまでも父さんを愛しているんだ。ぼくにはわかる」

「おまえが事故にあったために、彼らは再会した」

ダニーはうなずいた。しだいに何が起こったかを理解しはじめていた。「だから事故が起きたんだね？　たんにあんたがへまをしたわけじゃないんだ。もともとそうなる運命だったんだろう」

ジェイコブがわけ知り顔の笑みを浮かべながら、顎を撫でた。「ボスがドアを閉めるときは、たいてい窓を開けておくんだ」

20

「窓を開けたほうがいいわね。この部屋、臭うわ」ジェニーはダニーのベッドルームに入ったとたんに言った。

ルークは不快そうに鼻にしわを寄せた。

「いったいこの臭いはどこから来るんだ?」

「何かが腐ってるのよ。臭いの元を突きとめなきゃ」

「なんだって?」

ジェニーは彼を無視して、原因究明に向かった。ダニーのベッドカヴァーをめくると、オレオ・クッキーがころがり落ちた。悪臭の元ではないにしろ、間違いなくシーツにチョコレートのかけらがつく原因だ。床に膝をついてベッドの下を覗くと、ホッケー用スティックが二本と、問題の臭いとは違うが、やはり悪臭を放つ汚れた靴下が出てきた。それに失くなったはずの読書感想文の宿題に、雑誌が一冊。

ジェニーは雑誌を手にとった。「まあ、『プレイボーイ』だわ」

ルークは彼女の肩越しに覗きこんで微笑んだ。「ダニーが『プレイボーイ』を読んでるのか?」

「読んでるわけじゃないと思うけど。きっとクリストファーのお兄ちゃんからもらったんだわ」

「男の子なら誰だってポルノ雑誌を覗き見するもんだよ」

「あの子はまだ十二歳なのよ」彼女は嘆いた。「それに最悪なのは、あの子がこれをわたしに隠してたってことよ。ほかに何を隠してるのかしら？　ほかにわたしに言ってないことがどれだけあるのかしら？」

「きみはあの子の母親なんだ。男の子は、夜電気を消したあとに自分が女の裸をじろじろ見てるなんてことは、母親には言わないもんだ」

「ダニーとはセックスについてちゃんと話し合ったのよ」彼女は立ち上がった。「わたしにはなんでも話してくれると思ってたのに」

「そんなに大騒ぎすることじゃないだろう」

「大騒ぎなんてしてないわ。大騒ぎしたことなんてないわよ」

ルークはにやりと笑った。「きみはいつだって、なんにだって大騒ぎするじゃないか。きみは情熱的で感情的な人だ。きみのそういうところが、ぼくは好きなんだ」

彼があまりにこともなげに言ったので、はじめジェニーは聞き違いかと思った。十三年間なしのつぶてで、今度はいきなり〝きみのそういうところが好きだ〟なんて。まるで昨日さよならしたばかりの友人か恋人同士のようだ。

ジェニーは雑誌をごみ箱に投げ捨てた。ルークとはセックスやそれに関連する話題について話したくなかった。ダニーの机の引き出しを開けると、探していたものがそこにあった。彼女はカビだらけのペパロニ・ピザをおそるおそるつまみ上げた。

ルークが顔をしかめた。「そんなものが机の引き出しに入ってるのか?」

「当然じゃない。物差し、ペン、チューインガム、マンガ本が何冊かといっしょに。ほかにしまうところなんてないでしょ?」彼女はピザを入れたごみ箱を手に、キッチンへと戻った。中身をすべて白いビニール袋に空けると、口をしっかり締めて、裏口のドアのわきに置いた。

ルークは冷蔵庫の前に立って、ダニーの科学発表会の写真を見ていた。

「それはダニーが作った宇宙船なのよ」ジェニーが説明した。「あの子のなかには、わたしたちの両方がすこしずつ混ざっているのよね。わたしの冒険好きなところと、あなたの科学への情熱と。ダニーは宇宙飛行士になりたいの」

「本当か。すごいことだな」

「それって、ちょっと親バカな発言じゃない?」

「ものすごく親バカな発言だ」ルークは優しい目で彼女を見た。「あの子のことを全部知りたいんだよ、ジェニー。きみがいろいろとってある物とか、学校の写真とか、覚えてるおかしなエピソードとか。本物の彼がどんな子か、ぼくに見せてほしいんだ。病院のベッドで寝てるあの子は、冷たくて、遠くにいるような気がする。ぼくの前で彼を目覚めさせてくれ、ジェニー」ルークは彼女の両手をとって、それをしっかり握った。「彼のことがどうしても知りたいんだよ」

ジェニーは不思議そうな目で彼の顔を見つめた。そこには弱さと苦悩がにじみ出ていて、感情を堂々とさらけ出していた。記憶のなかのルークにはなかった表情だった。

「あの子も、あなたのことを知りたがっていたわ」彼女はつぶやいた。「すごく罪の意識を感じるの。もしもあの子をあなたに会いに連れていってやってたらって思うと。でも怖かったのよ」

「ぼくのことが？」

「ダニーのことが。もしかして、あなたのほうがいいって言い出すんじゃないかって。あなたといっしょに暮らしたいって。あなたはわたしがあたえてやれないものを、あの子にあたえることができるし。あの子を失うのが怖かったの。だから時間稼ぎをしたの。あなたと分かち合うのがいやだった。こんなことになったのも、全部わたしのせいなんだわ」

「あれは事故だったんだ」

「あの子をあなたのもとに連れていっておけば、あんな事故は起きなかった」

「もう終わったことだよ、ジェニー。そんなふうに自分を責めてはいけない。ぼくにだって罪の意識はあるんだ。ああ、自分がきみに中絶しろと言ったなんて信じられないよ」

「子供を持つことは、あなたの計画に入っていなかったんだもの、ルーク。でもね、あなたに地獄に堕ちろ、それでもわたしはこの子を産むって言えばよかったと思ってるの。正直に言うと、どっちにするか決心がつかなかったのよ。揺れてたの。何度も自分に問いかけたわ。メリットとデメリットを紙がなくなるまで書き出したわ。わたしが決断できない人間なのは知ってるでしょう。実際、決断したわけじゃなかったのよ。ただ中絶するには手遅れになっちゃっただけ。だからあの子を産んだの。生まれてきたら、あの子に夢中になっちゃって。そのとき初めて、選択の余地なんか最初からなかったんだってわかったの」

ジェニーは過去を思い出して首を振った。「いままでずっと、自分で主導権を握らずに、ただ対応ばかりして生きてきたわ。あなたは違う。あなたはいつも主導権を握ってる。十秒で決断を下せる人。わたしなんか十分かかっても、サラダにブルーチーズとフレンチのどっちのドレッシングをかけるか決められない。めちゃくちゃなのよ。わたしの人生はめちゃくちゃ。いまだってわたしはドクターにやれと言われたことをやっているだけ。あなたやアランやメリリーに言われるままに動いているだけ。まるで自分の考えなんてないみたいに。だから神様はダニーを取り上げに来たのかもね。あの子をこんなひどい母親に預けておくことに耐えられなくなったのかも」

「やめるんだ、ジェニー」

「だって」

「やめろ」

「何かせずにはいられないのよ。行動しないと、物事を変えて――」

「よせ」

「わたしって始末に負えないし、こんな――」

ルークは彼女の口を唇でふさいだ。彼女は完全に不意打ちを食らった。そのキスにはやり場のない怒りと、情熱と、思い出が詰まっていた。彼女が無意識に唇を開くと、彼の舌が侵入してきた。理由はすべて消えていた。

二人の身体がぴったり合わさった。顔と顔、胸と胸、腰と腰、股間と股間。彼は固く、彼女は柔らかく、完璧に一つになっていた。二人をへだてるものは服だけだった。

ジェニーは彼の上着を脱がせ、ネクタイをはずした。彼の両手がセーターのなかに伸びて、彼女の胸を包んだ。唇をかさねたまま、ルークがうめき声をあげた。ジェニーは彼のシャツのボタンをはずし、濃い胸毛に両手を這《は》わせた。

過去の感触が戻ってきた。彼の筋肉の肌触り。夕方になって伸びた髭《ひげ》が顔にあたり、彼の指が彼女の胸をもてあそぶ。

彼の唇が、彼女の唇から離れて、首筋と鎖骨に熱いキスの跡を残していく。ジェニーは大きくため息をついた。理性が働きそうになったが、彼女はそれを押しとどめた。何も考えたくなかった。ただ感じていたかった。それに、ああ、彼といるのはあまりにも心地よかった。

ジェニーはルークのシャツを脱がせ、急ぐあまりボタンを引きちぎった。彼はジェニーのセーターを脱がせ、それを床に投げ捨てた。さらにブラジャーも剝ぎ取った。彼の唇が彼女の胸を這うと、乳首に痺《しび》れるような感触が走った。彼女はルークの髪を撫で、背骨をつたって彼のウエストに腕を巻きつけた。

ジェニーの手が彼のベルトのバックルにかかった。

ルークは彼女のジーンズのボタンをはずした。

二人は見つめ合った。どちらも息づかいが荒かった。

「ああ、ちょっと」ジェニーが言った。「わたしったら、何をしてるの？」彼女はあわててブラジャーとセーターに手を伸ばした。ブラジャーは時間がかかりすぎるので、ともかくセーターを頭からかぶった。一瞬、顔が完全に隠れたことにほっとした。やがてセーターから顔を出し、彼女はルークと見つめ合った。

彼もシャツを身につけ、ネクタイを締め直した。彼がゆっくりとベルトのバックルをはめると、彼女は見てはいけない場所に目がいってしまった。

「こんなこと、しちゃいけないわ」

「そうかもしれない」彼は首を振り、かすかに微笑んだ。「きみといっしょにいると分別を忘れてしまう。自分の名前すら覚えていられないほどだ」

「いまも？」

「とくにいまは」彼は上着を着た。「念のために言っておくが、ジェニー、ぼくだってきみより決断力があるわけじゃない。ぼくが本当に自分で下した決断は、あの夏をきみと過ごそうと決めたことぐらいだ。それ以外の選択は、すでに最初から決まっていたんだよ。だからもし臆病者がいるとしたら、それはぼくのほうだ」

ジェニーは彼の後ろからキッチンを出て正面ドアに向かいながら、彼が言ったことを考えていた。彼女から見ると、ルークはいつも強い人に見えた。大胆で、傲慢《ごうまん》ともいえるほど自信満々で。だが彼は歳とともに謙虚になり、自分の失敗も認められるようになった。なんて人だろう。また彼を好きになってしまいそうだ。そんなことは絶対に起きてほしくないと思っているのに。

ルークがドアの前で立ちどまった。「いまでもぼくたちはおたがいに求めているんだね、ジェニー？」

「ええ」彼女はささやいた。「求めてるわ。そうじゃなければいいのに」

「ぼくもそう思う」

ルークがベッドルームに入ると、デニーズがソリティアをしながら、深夜のトーク番組を観ていた。透けるように薄い黒のネグリジェを着ていて、細い肩紐が肩から落ちていた。ベッドサイドテーブルのキャンドルは燃え尽きて芯が見えていて、ベッドわきのアイスペールには水のなかにシャンペンのボトルが入っていた。

ルークは上着をソファに放り、ベッドのはしにすわって靴を脱いだ。

デニーズはトランプの独り遊びを続けていた。「遅かったわね」

「すまなかった」ルークはため息をついた。また言い合いになるのがいやだった。ジェニーの家を出たあと、彼は病院に寄ってダニーの様子を見てから、そのあとの時間をオフィスで過ごした。キース・アヴェリーとオフィスに閉じこもり、昏睡状態の患者に関する医学的な研究を理解しようとした。五時間かけて調べたが、答えは何も得られなかった。この世には昏睡状態の患者を目覚めさせる治療法は存在しなかった。

「どこに行ってたの？」

「オフィスにいた」

「病院に行ったんだと思ってたわ」

「病院にも行った。すこしだけ」

「彼の具合は？」

「変化なしだ」


二人のあいだに沈黙が流れた。ルークは服を脱ぎ、ブリーフだけになってバスルームに行き、歯を磨いて顔を洗うと、またベッドルームに戻った。デニーズはまだトランプを続けていて、テレビからは神経を苛立たせるような明るい笑い声が響いていた。


「消してもいいか？」彼はリモコンに手を伸ばした。

「まだつけておいて」

「そうか」ルークはベッドに横たわり、毛布を肩まで引っぱり上げた、彼は横を向いて、ベッドルームのドアに背を向けた。彼は疲れていた。激しすぎる感情にへとへとになっていた。彼は自分の感情を押し殺し、それを理性で律することに慣れていた。だがダニーの容態や、まともに話したこともない子供へのはかり知れない愛情は、自分でもまったく説明がつかなかった。


それに十三年前に捨てた女、ジェニーに対する情熱もまるで理屈に合わなかった。なぜいまさら彼女を欲しいと思うのだ？　もう何年も彼女のことは頭の隅に追いやっていたのに。

知らぬ間に、彼の心のなかにはダムができていて、ダニーの事故が水門を開けてしまったのだ。彼の感情はいまや完全に制御不能だった。もし、あそこでジェニーがストップをかけなければ、あの場所で、キッチンテーブルの上で、彼女を抱いていただろう。彼はそういうことをする男ではないのに。その場の感情や欲望にまかせて何かをするというのは、彼のスタイルではなかった。

「次に行くときには、わたしも病院に連れていってね」デニーズがテレビを消した。

こうして音が消えてしまうと、今度はそれが懐かしくなった。頭が完全に混乱しているというのにデニーズと話し合うことに比べれば、どんなことでもましに思えた。

「ルーク、聞こえているの？」彼女は夫の背中に頭をもたせかけた。

「聞こえたよ。だが予定が合うのか？」

「そういう言い方はないでしょう」

ルークはため息をついた。「明日、行こう」

「明日は感謝祭よ」

「きみはいつだって言い訳を見つけるんだな」

「言い訳じゃないわ。本当に感謝祭なんだもの。あなたのご両親もいらっしゃるし、ウィロビーご夫妻に、タホーに行く前にカクテルに寄ってとお誘いしてあるの。抜け出して病院に行くなんて無理でしょう。そんなの失礼よ」彼女はしばし口をつぐんだ。「わたしだって努力してるのよ、ルーク。だしぬけに子供がいるって言われたんだもの。慣れるのに時間がかかるわ」

彼は壁を見つめていた。「ぼくだって卵管結紮《けつさつ》の話をだしぬけに聞かされたんだ。おたがいさまだと思うがね」

彼女はしばらく黙っていた。「もう一度はずしてもらうこともできるかもしれないわ」

妻の言ったことを理解するのに、しばらく時間がかかった。ルークは身体の向きを変えた。

「本当にそうしてくれるのか?」

デニーズは目を合わせるのを避けた。「考えてみるわ。子供を持つことが、これほどあなたにとって重要だとは思ってなかったのよ」

「子供はもういる」ルークは静かに言った。「息子が。もしかしたら彼を家族の一員として受け入れてくれるだけでも充分かもしれない。それができるかい?」

「もちろんよ。あなたの望むことならなんだってするわ。あなたの妻でいたいんですもの。あなたを失いたくないの」

ルークは彼女の選んだ言葉に気がついた。あなたの妻でいたい。だが本当に彼といっしょにいたいのか? それとも彼があたえてくれるものが欲しいだけなのか?

デニーズは爪で夫の腕をなぞった。「今夜はあなたといっしょにいたいの。抱き合って安心したいの。シャンパンはすっかりぬるくなってしまったけど、愛し合うことはできるわ」

彼女の赤毛が彼の裸の胸にかぶさった。彼女は美しかったが、冷たく見えた。彼はすっかり冷めていて、妻を抱くエネルギーを振り起こすことはできそうもなかった。ジェニーの面影が心に残ったままでデニーズに触れたら、ジェニーのことを考えずにはいられない。それは二人のどちらに対しても失礼になる。「疲れているんだ」

彼の言い訳に、デニーズは眉をひそめた。「そう。明日は忙しい一日ですものね」

「ああ」

「全員が集まるのはいいことだわ」

「全員じゃない。ダニーがいない」声に出して言うつもりはなかったが、つい口に出てしまった。息子がいないのに、感謝祭に幸せな家族のふりをするのは、ルークには耐えがたいことだった。

デニーズは苛立って両手を上げた。「いいかげんにしてよ、ルーク。これまで八年間、ずっと四人だけだったじゃない。一度も文句なんて言わなかったのに。いつだって素晴らしい祭日を過ごしてきたでしょう」

それは以前は、祭日が両親を喜ばせる彼の努力を認めてもらう機会だったからだ。いまは両親が彼のことや彼の決断をどう思おうが、どうでもよかった。突然、ルークは自分が境界線を越えたことに気がついた。自分自身をもう子供だと思っていない。彼は父親なのだ。両親との関係は、ダニーとの関係に比べると二の次になっていた。

「これまでは、自分に息子がいるなんて知らなかったからだ」彼は静かに話しだした。「何も変わらないふりをすることはできないんだよ、デニーズ」ルークは彼女がそのふりをしたいことを知っていた。彼女はなんであれ、気が滅入るようなものを見たくないばかりに、夜のニュース番組を見ることさえいやがる。それは彼女に世間の厳しい現実を突きつけることになるからだ。

「ダニーがぴんぴんしていたとしても、彼は感謝祭にうちのテーブルにはすわっていないはずよ。自分の母親といっしょに過ごすでしょう」

それは理にかなった指摘だった。ルークは理論的な人間なので、彼女が正しいことは認める。もしいますぐこの会話を終わらせられるなら、認めるつもりだった。ただ本心を言えば、彼はジェニーやダニーと同じテーブルにつきたかった。むろん、彼らが自分を歓迎するわけではないが。実際、彼はどこにも居場所がなかった——ジェニーの人生にも、彼自身の生活のなかにも。


「ここはおれには場違いだ」マットは姉が美しく飾りつけたダイニングテーブルを見て言った。テーブルには家族で感謝祭を祝うための凝ったしつらいが施されていた。食器も、カトラリーも、小さなナプキンホルダーにいたるまで。メリリーはテーブルの真ん中に落ち葉を飾る演出までしていた。

「ううん、場違いなんかじゃないわ」メリリーはバター皿とオリーブを盛った皿をテーブルに置きながら言った。「家族なんだからいっしょにいないと。さあ、何を飲む？　温かいアップルサイダーを用意してるのよ」

マットは顔をしかめた。「冷えたジョッキに入ったビールかな？」

「まだ三時なのよ」

「だから？」

「食事前に酔っぱらってほしくないの」

「ならいいよ。おれは帰る」

出ていこうとしたマットを、メリリーがあわてて押しとどめた。「どこにも行かないの。わざわざあなたの家まで行って、アランがあなたを留置場に放りこもうとしてるのをとめたんだから。せめてテーブルについてお行儀よくしてくれてもいいでしょう」

「アランはおれを留置場に放りこもうとなんてしてない。GIジョーはただ言いたいことを言ってただけだ」マットは姉をにらみつけた。「まさかあいつも来るんじゃないだろうな？」

「もちろん来るわよ。アランはジェニーと結婚するんだもの。家族の一員みたいなものでしょう」

「くそっ」

「言葉に気をつけなさい」

「以前からあいつのことは気に入らなかったが、最近ますます嫌いになった。ダニーの事故の罪をおれに着せようだなんて。いったいおれを誰だと思ってるんだ？」

「答えたくないわ、マット」

「ジェニーはあんな男のどこに惚れたんだろう？」

「頼りになるし、落ち着けるし、いっしょにいてくれるところじゃないかしら。あの子もそろそろ落ち着いてもいい頃だわ。ダニーには父親が必要なんだし」

マットは不満そうに鼻を鳴らした。「ダニーはあいつを毛嫌いしてるんだぞ」

「ダニーには何が自分のためになるか、まだわからないのよ」

ドアベルが鳴った。メリリーはマットをファミリールームに押しやった。「なかに入って話でもしてらっしゃい。リチャードがフットボールを観てるから」

「最高だね。おれができなくなったプレーを、ほかのやつらがやってるのを観るのは」

メリリーは弟を無視して正面ドアを開けに行った。戸口には、父が腕を組んで、ここにだけは来たくなかったという顔つきで立っていた。

「お父さん、さあ、入って」

彼は娘のわきをすり抜け、ダイニングルームの入口で立ちどまった。メリリーは見事に飾りつけたテーブルセッティングへの賞賛の言葉を待ったが、父は何も言わなかった。「どうかしら?」誰かに自分の努力を認めてもらいたくて、彼女は尋ねた。

「いいんじゃないか」

「それだけ？　これを用意するのに二時間もかかったのよ」

「おまえの母さんなら十分でできたはずだ。あいつは要領がよかった」

メリリーの浮き立つ気分は一瞬にして消えた。彼女はけっして母を越えられないのだ。すくなくとも父の頭のなかでは。それなのになぜ挑戦しようとするのか、自分でもわからなかった。

「ウィスキーはあるか?」ジョンが尋ねた。「一杯やりたい」

メリリーはため息をついた。ジョンもマットも飲みはじめるなんて。この調子では七面鳥の味がわかるしらふの人間が残っていれば運がいいほうだろう。

「すぐに持ってくるわ」彼女は言った。

コンスタンスが部屋に入ってきた。膝《ひざ》と太腿《ふともも》のところが破けたジーンズをはいている。ジョンが顔をしかめてぶつぶつと文句を言った。コンスタンスは祖父を反抗的な目で見て、それから母に視線を移した。「ちょっとキャシーの家に行ってくるわ。食事までには戻るから」

「絶対にだめよ。今日は感謝祭なのよ。叔父さんはファミリールームにいるし、おじいちゃんも来ているのよ。今日はみんなでいっしょに過ごしましょう」

「一時間で戻るわ、お母さん、なんでだめなの? みんなくだらないフットボールを観てるんだもの。退屈しちゃう」

「だめです」

コンスタンスは怒ったまま部屋から飛び出していった。

「気の強い子だ」

「十六歳ですもの。生意気盛りなのよ」

ジョンは落ち着かなそうに身体を揺らし、腕についた小さな糸くずをつまんで咳払いをした。「ジェニーは来るのか?」

「なるべく来るようにするとは言っていたわ」メリリーは父親をにらみつけた。「まだ病院に行ってないの？」

「あの子はわたしが来るのを望んでいない」

「もちろん、来てほしいにきまってるでしょう」

「だったらなぜ電話してきて、そうたのまないんだ？」

父の口調に隠されているのは傷心と落胆だろうか？　メリリーは父の顔を見つめたが、父父の真意をさぐるのはむずかしかった。「ダニーのことで手いっぱいなのよ。誰にも電話はしてないわ。でも父さんには会いたいにきまってる」

「ウィスキーはまだか？」

「お父さん」彼は娘と目を合わせなかった。メリリーはためらった。せっかくの感謝祭を台なしにはしたくなかったが、これだけははっきりと言わねばならない。「食事が終わったら病院に行くから、いっしょに行きましょう？　だって家族なんだから」

「おまえの母親が死んでからは、家族なんかじゃない。とくにあの子は好きなことをやってきたんだから、そのつけを払うのは当然だ。あいつには何も言うことはない」

〝愛してる。おまえを許す〟と言ってやりなさいよ――という言葉が喉もとまで出かかったが、父の表情はかたくなで人を寄せつけなかった。自分のまわりに何枚もの壁を張りめぐらせていて、それを乗り越えるのは不可能だった。

「ウィスキーはまだか？」ジョンは返事を待たずに勝手にファミリールームに入っていった。

メリリーはキッチンに戻り、自分用にブランデーを注いだ。長い一日になりそうだった。

21

チャールズ・シェリダンは頭《こうべ》を垂れた。「では、感謝の言葉を」

これまでずっと感謝祭のたびにしてきたように、ルークは従順に両目を閉じた。父はいつも の祈りを捧げた。食物をあたえてくれた神に、家族と友人に感謝を捧げる。その言葉はいつのまにか力を失っていた。それはおそらく毎年同じ言葉のくりかえしだったからだろう。新しいことは何一つなく、違うところはどこもない。

「アーメン」チャールズが言った。

テーブルについた全員がそれをくりかえす。ルークは目を開けてナイフを手にとり、自分の皿に盛られた七面鳥にとりかかった。それはまるでおがくずのような味がしたが、肉を嚙み、飲みこみ、無難な会話を続けた。

食事は数時間におよんだ気がした。七面鳥、詰め物、マッシュポテトにサツマイモ、コーンブレッドにサラダ。頭のなかにあるメニューを考えただけで彼は胸が悪くなった。食事を半分も終えないうちに、彼はフォークを置いた。

母がその様子を見て、息子にまばゆいばかりの笑顔を向けた。彼はマッシュポテトをスプーンですくって顔に投げつけてやりたい衝動に駆られ、その日初めて微笑んだ。

「デニーズに聞いたけど、あなた『フォーチュン』誌の表紙に載るんですってね」ビバリーが言った。「母さん、本当に鼻が高いわ」

「その功労者はマルコムですよ。彼は本当に腕のいい広報担当者だ」

「みんなはあなたのことをミダスって呼んでるわ。触れるものすべてが金に変わるから。〈マッコーリー・パーキンズ〉社でもつねに高い評価を受けてきたし、今度は〈シェリ・テク〉に戻ってきて、やろうと思えばなんだってできるわよね」ビバリーは誇らしげな表情でチャールズと顔を見合わせた。「生まれた瞬間に、この子は天才だってわかったわ」

「わたしたちの遺伝子を受け継いでいるんだ、そうでないわけがないだろう?」チャールズは声をあげて笑った。「血統というのは大切なものだ」

血統? 彼らはまるで競走馬の話でもするように息子について語っている。

「ルークと結婚した日から、世界一優秀な夫に恵まれたとわかっていましたわ」デニーズはビバリーに言った。「そうでなければ彼を選びませんでしたもの」

またもや笑い声が響いた。二人は本当にそっくりだ。ルークはデニーズとビバリーの顔を見くらべた。よく似た作り笑い、どちらも洗練された身のこなしで、尊大で。

なんてことだ。ぼくは自分の母親と結婚してしまったんだ。

彼は頭を思いきり殴られたような気がして、気が遠くなりそうだった。なぜ二人が似ていることにいままで気がつかなかったのだろう? 彼がデニーズについて不満なところと、母をいやだと思うところが同じだったことに、なぜ気づかなかったのだ？　デニーズは母ほどの教養はないが、同じように悪賢く、野心家で、内柔外剛だった。

むろん、だからこそビバリーは最初から彼にデニーズとの結婚を勧めたのだ。母はあきらかに彼女が味方であることに気づいていた。

「ルーク、質問に答えなさい」

父の厳しい命令の声に、彼ははっとして顔を上げた。「なんですか？」

「明日、いっしょにタホー湖に行くかね？　別荘に部屋はたくさんあるし、先週の吹雪のおかげでスキーも楽しめる」

ルークは首を振った。「やめておきます」

「なぜ、ルーク？　楽しそうじゃない」デニーズが言った。「スキーなんて久しぶりよ。あなたはスキーが好きでしょう」

そうだろうか？　これもまたこの人たちが彼にそう仕向けたのではないのか？　彼の頭のなかで、彼らが一つになっていた。家族のなかにのみこまれていく自分を感じた。家族の愛情が彼を流砂のようにのみこんでいく。そこから逃げ出したかったが、身動きができなかった。

心のなかで、ジェニーとダニーが木の枝をさしだしているのが見えた。それにつかまる勇気さえあれば、そこから逃げ出すことができるかもしれない。しかし流砂を抜けるということは、住み慣れた環境や自分が大切にしてきたものすべてを捨てることでもある。これまでずっと彼らの意にかなうことだけを目ざして生きてきたのに、その彼らに背を向けることができるだろうか？　自分にそんな度胸があるのか？

「行ったほうがいいわ、ルーク」デニーズがしつこく誘った。「山の空気のなかで数日過ごすのは、わたしたち全員にとっていいことだと思うわ」

ルークはナプキンをテーブルに置いた。「いま、ここを離れるわけにはいかない。理由はみんなわかっているはずだ」

「その話はしない約束だったのに」デニーズは不機嫌な顔で夫をにらみつけた。「今日は感謝祭なんだから」

「見ないふりをしたいのなら、勝手にそうすればいいよ、デニーズ。そうしたいなら、みんなそうすればいい。だがぼくには命がけで闘っている息子がいるんだ。スキーになんか行かないし、ほかのどこにも行くつもりはない」

ルークは椅子から立ち上がり、大股で歩いて部屋から出ていった。チャールズは苛立たしげに音をたててコーヒーカップを下に置いた。「バカ者が」

「そのうち乗り越えられますわ」デニーズが自信を持って言った。「時間が必要なだけです。だってもともとルークは子供好きではないですし、子供を持つということがどういうことなのか、現実がわかっていないんですもの。いわゆる中年の危機に陥っているだけです」

チャールズは彼女をしげしげと見つめた。「きみの言うとおりだな。だがあの女は――あの女は――」彼はうまい表現を探した。「彼女はルークに大きな影響力を持っている。あのときも、あの子が医学部への進学を断念するのではないかと心配したのだ。そのためのわれわれの苦労も忘れて。さいわい正気に戻って、あの女とは手を切ったが」

デニーズは膝の上で手をかさね、夫の人生にかかわったもう一人の女性の話に身をこわばらせた。彼がかつてべつの女性を愛していたという事実よりも、ルークに子供がいるという事実を認めるほうがまだ楽だった。

「彼女はどんな人だったんです？」ライバルについて知りたいという衝動を抑えきれず、デニーズは尋ねた。「魅力的な女性なんですか？」

「跳ねまわる子犬としてみればばな。すくなくとも当時のあの娘はそうだった」チャールズが不機嫌そうに答えた。「金をやって、ルークに近づかないようにさせることはできないものだろうか。子供はトラブルの元になるだけだ。きみが早く息子を産めばいいんだよ、デニーズ。そうすればルークも満足するだろう」

デニーズは皿に視線を落とした。ルークの両親に本当のことを言うわけにはいかない。ルークが何も言わずにいてくれたのは幸いだった。彼らは彼女の決断をけっして喜ばないだろう。シェリダン家の跡継ぎを欲しがっているのだから。ルークが子供を欲しがらないとか、彼女には子供ができないとか、なんとか彼らを言いくるめて問題を回避できると思っていたのに、こうなってしまうと――いまとなっては、彼女は自分でつくった罠《わな》にみずからはまってしまっていた。

「チャールズの言うとおりよ、デニーズ」ビバリーは穏やかな笑みを浮かべて言った。「赤ちゃんが生まれれば、うちの家族も安泰よ。お腹が大きなあなたを見るだけで、ルークはきっと大喜びするわ」ビバリーは夫のほうに顔を向けた。「いまの状況がよいと思っているわけじゃないのよ、チャールズ。でも例の少年について気にならないと言ったら嘘になるわ。それに母親の気持ちを思うと気の毒で。愛するわが子を失ったらどうしようと恐怖をいだく感情はよくわかるから。だってわたしは——その子のせいでルークを失うことを恐れているんですもの。これからどうするの？」

「どうする？」チャールズは驚いて訊き返した。「何もしない。ルークが正気に戻るのを待つだけだ」

「もしもそうならなかったら？」ビバリーが尋ねた。

「そうなるようにする」チャールズが答えた。

家政婦がトレーを抱えてダイニングルームに入ってきた。「そろそろパイを召し上がりますか？」

チャールズはぶつぶつ独り言を言いながら椅子から立った。「外の空気を吸ってくる」

「わたしも行くわ」ビバリーも夫のあとを追って部屋から出ていった。

家政婦はデニーズを見た「奥さまは？」

デニーズは首を振った。ダイニングルームに一人残されて、泣きだしたい気分だった。完璧だったはずの感謝祭の正餐《せいさん》は悲惨な結果となった。ルークのせいだ。それに何もかも台なしにしたあの女のせいだ。いますぐ病院に行って、ジェニーに二度とシェリダン家にかかわるなと言ってやりたかった。

ジェニーはイヤホンをダニーの頭にかけて、彼の両耳にチップをそっとさしこんだ。音量をうるさすぎないレヴェルにまで下げ、プレーボタンを押した。ウォークマンからニルヴァーナの奏でる振動が響いてきた。

これはダニーのお気に入りのテープだった。いまでも彼がリヴィングルームでギターを弾くふりをして、ダニーのロックスターのように踊りながら大声で歌っているさまが目に浮かぶ。神様のいたずらか、彼の声は母親似で、とても音楽の才能があるとは思えない。

彼女はベッドわきの椅子にすわって、身動きしない息子の姿を眺めた。ダニーは仰向けに寝て、まだ人工呼吸器につながれていた。医者がそれをはずすたびに、ダニーの呼吸がとまってしまうからだ。脳の腫《は》れはまだひいていない。よくなるわけでもなく、悪くなっているわけでもない。

言い換えれば、ダニーは待機中なのだ。空港の上空で旋回する飛行機のように、着陸許可を待っている。問題は、その許可がなかなか下りないことだった。

待ちつづけた六日間。期待しつづけた六日間。恐怖にさいなまれた六日間。

ジェニーは椅子の上に正座し、自分を抱きしめるように両腕をまわした。鼻歌を歌って静けさをまぎらわそうとした。静けさは彼女の心を掻き乱した。ダニーはいつも騒がしい子供だったからだ。だが、いまの彼はひと言も発しない。病院のベッドに寝ている彼はまるで亡霊のようだった。

「ジェニー？」

ルークの姿を期待してふりかえったが、そこに立っていたのはグレーシーと姪のドリスだった。彼らを出迎えるためにジェニーは席を立った。

「まあ、なんてことでしょう」グレーシーが首を振りながら言った。「こんなベッドに寝ているのを見ると、なんて小さいの」彼女の目には涙があふれ、身体が震えだした。ジェニーは老女のことが心配になった。「わざわざ来てくださらなくてもよかったのに、グレーシー、あなたには荷が重いでしょう」

「いいえ、わたしは大丈夫よ。ダニーがこんなに静かにしているのを見るのは初めてだわ。いつだってジャックウサギみたいに飛び跳ねていたんですもの。うちに来たときは家具から飛び降りて、戸口によじ登って。いままで階段を歩いて降りたことなんてなかったんじゃないかしら。それなのになぜ、こんなにじっとしていられるの？」

「わからないわ。たぶん身体を休めているのよ。ドクターの話だと、ダニーの脳は冬眠しているらしいの。傷が癒えたら、冬が終わったあとの熊みたいに目を覚ますんですって。それを信じようと思うの」ジェニーはグレーシーの肩に手をまわした。「来てくれてありがとう。すごく心強いわ」

「ぜんぜん目を開けないの？」

その単純な質問に、ジェニーは喉が詰まった。「まだ一度も。この子が目を開けているのを最後に見たのは、金曜日の朝、学校に行く前よ。わたしがここにいることさえ、わかっているかどうか」

「それはわかっているわよ。母親がそばにいるのは、子供にはわかるものだもの。それにあなたたち二人はいつもいっしょにいたじゃない」グレーシーはバッグからハンカチをとりだして涙を拭いた。

グレーシーの言葉に、ジェニーは感情が高ぶるのを感じた。「でも、わたしはひどい母親なんじゃないかって思うことがよくあるの。たくさんの過ちを犯すし」

グレーシーが微笑んだ。「ダニーはあなたを愛しているわ。あなたもこの子を愛している。大切なのはそのことだけよ」

「そろそろ失礼しないと、グレーシー伯母さん」ドリスが言った。「父さんのところに十五分後には着かなきゃならないから」

「ダニーにキスしてもいい？」グレーシーが尋ねた。

「もちろんよ」

グレーシーはダニーのそばに寄り、額にキスをした。「早くよくなるのよ、ダニー。チェスの相手をしてくれる人が必要なんだから。あなたのお母さんじゃ弱すぎるのよ」グレーシーはジェニーをふりかえった。その青い目にはしっかりした意思が宿っていた。「神様がついているからね。夜明け前がいちばん暗いものなのよ」

「日が昇るのが待ちきれないわ」

「日は昇るわ、いつだって」

「でも、もしも夜が明けてもダニーが起きなかったら、どうしたらいいの？」

グレーシーはジェニーの手をぎゅっと握りしめた。「ダニーがひどい水疱瘡《みずぼうそう》にかかったとき、あなたに言ったことを覚えてる？　ほら、彼のそばについていなくちゃならなくて、パートをクビになっちゃったときのこと？」

ジェニーはしばらくグレーシーを見つめていた。「子供を持つ喜びにまさるものはないって。子供がいるせいで、たとえどんなにつらいことがあっても、彼らがどんな問題を引き起こしたとしても」

「いまでもその言葉は生きていると思うわよ。じゃあ、さようなら」

「さようなら」

「頑張ってね、ジェニー」ドリスが戸口で立ちどまった。「グレーシー伯母さんがあんなにしっかりしているところ、とくに記憶がちゃんとしているところを見るのは初めてだわ。ダニーに会うのがいいのかもしれないわ。さしつかえなかったら、また連れてくるわね」

「ええ、ぜひ」

「感謝祭を楽しんでね」

「あなたもね」ジェニーは感謝祭という言葉を出すことができなかった。感謝祭は日々の恵みに感謝する日だが、いまこの瞬間、ジェニーが感謝できるのは、たとえそれが心臓が止まっていないというだけであっても、ダニーがまだ生きているということだけだった。

そんなことを思いながら、ジェニーはダニーの胸にそっと頰を寄せた。本当に彼の心臓がまだ動いているかを確認するために。たしかに鼓動が聞こえる。まだチャンスはある。よくなると信じなければいけない。けっしてあきらめてはいけない。

アランが憂鬱《ゆううつ》そうな顔で病室に入ってきた。心配そうな表情を浮かべている。ジェニーはゆっくり身体を起こした。

「ハイ」

「やあ」彼は両手をポケットにつっこんだ。「昨日、電話をくれなかったな」

「ごめんなさい。かけようとは思ったんだけど」

「話があるんだ」

アランと目を合わせたくなくて、ジェニーは顔をそむけた。昨日、アランとではなくルークと過ごしたことに罪悪感を感じていた。しだいに彼が遠い人に思えてくる。なぜ彼とつき合おうと思ったのか、彼との結婚を考えたのかすら思い出すことができなかった。

二人のあいだの溝はグランド・キャニオンなみに大きくなっていた。アランは向こう岸にいて、彼女はこちらの側にいる。彼はその溝に橋を架けようとしているが、はたして自分もそれを望んでいるのかが彼女にはわからなかった。そのことが彼女を怯えさせた。なぜならアランは現実で、ルークは夢だった。

「ダニーがすこしよくなっているように見えない？」個人的な話題を避けるように彼女は言った。「顔色がよくなったでしょう」

「ジェニー」

「耳もとで手をたたくと、動くような気がするの」

「ジェニー、お願いだ」

彼女は彼をふりかえった。「なんの話なの?」

「外に出ないか? これからする話を、ダニーの前ではしたくないんだ」

アランの言葉に、ジェニーは緊張した。背すじが冷たくなった。ノーと言いたかったが、アランはすでに部屋を出ていたので、彼女は従うしかなかった。

アランはナース・ステーションで足をとめずに廊下を歩いていった。待合室を抜けて、中庭に出た。すっきり晴れた空には、雲がところどころかかっているだけだった。アランがテーブルのそばにあった椅子を引いたので、ジェニーはしぶしぶそこに腰かけた。

「なんなの?」彼女は言った。

「マットのことだ」

マットのこと? ああ、よかった。一瞬、彼女とルークがいっしょのところを見かけたと、アランが言い出すのではないかと思ったのだ。憎んでいるはずの相手とキスをしているところを見たと。

「彼の車がブレンダの家のガレージで見つかった。ナンバープレートが半分に折れていて、ヘッドライトの片方にひびが入っていた」

ジェニーはアランを見つめた。彼が何を言おうとしているのかがわからなかった。「どういうこと？」

「ダニーを車で轢いたのはマットだと思う」

「メリリー、そろそろ食事にしないか？」リチャードがキッチンの入口に立っていた。メリリーはさっきから何度もそうしていたように、窓の外に目をやった。だが外に人の気配はなかった。

「ジェニーとアランがまだ来ていないのよ」彼女はカーテンを閉めながら言った。

「お義父《と う》さんはすっかり酔って、カトリックとクリントンと武装する権利についてまくしたててる。マットはテレビの前にすわりこんで、カウボーイズのプレーを批判している。コンスタンスはウィリアムの頭をいまにももぎ取ってしまいそうだ」

メリリーはため息をついた。「わかったわ。料理をテーブルに用意するわ」

「ああ、よかった」

リチャードは手伝いを申し出ることもなく、キッチンから出ていった。むろん、メリリーは夫に手伝わせるつもりなどなかった。キッチンは彼女の領域で、一人でちゃんと切り盛りしている。彼女は手際よく皿やトレーをとりだし、ダイニングルームに運んだ。

家族に食事の仕度がととのったことを告げにファミリールームに行くと、ウィリアムとコンスタンスはテレビゲームのコントローラーをめぐって取っ組み合いの最中で、リチャードは新聞を読んでいて、父は不法移民と福祉について延々とまくしたてており、弟はソファにだらしなくすわって、口にピーナッツを放りこんでいた。

誰一人として家族になろうという努力をしていない。それが彼女を心底怒らせた。

「食事の仕度ができたわよ」彼女は言った。

二十分後、正餐は終わっていた。メリリーが腕によりをかけてつくったご馳走は、飢えた犬がドッグフードの皿に突進するような勢いで家族の腹におさまった。皿が空になると同時に、祝いの宴は終了していた。

「もうキャシーの家に行ってもいいでしょう?」コンスタンスが勢いよく立ち上がった。

「まだパイを食べてないわ」

「パイなんかいらない。太るもん」

「すわりなさい」

コンスタンスはため息をついて、ふてくされた顔でまた椅子にすわった。

「せっかくこうして集まったのだから、みんなで話をしましょうよ」メリリーは水の入ったグラスの縁を指でなぞった。「リチャード、いまとりかかっているお仕事の話をしてくれない? 最近すごく力を入れているあのお仕事のこと」

リチャードが肩をすくめた。「〈モーガン・ハント〉社という会社のために、一連の広告を作ってるんだ。狩猟用具を作ってる会社だ」

「それって、銃とか?」コンスタンスが尋ねた。「お父さん、銃を作ってる会社の仕事をしてるの?」

「それの何が悪い」ジョンが義理の息子の肩をたたいた。「男には自分と家族を守る権利がある」

「それって最低。野蛮だわ」コンスタンスが顎をぐいっと突き出した。

「ビールのおかわり、もらえるかな？」マットがメリリーに訊いた。

「だめよ」

会話はまったく弾まなかった。メリリーの視線は二つの空席に向けられた。ジェニーとアランがすわるはずだった席。だが彼女の頭のなかでは、ジェニーの隣りにすわっているのはアランではなくダニーで、少年は音をたてて料理を食べていた。ライ豆をマッシュポテトの下に隠し、マットとくだらない冗談を言い合っている。

メリリーは胸が苦しかった。目に涙が浮かんできた。思いがけず、こらえきれない感情がこみあげてくるのを、まばたきをして押さえようとした。視界が開けると、彼女は自分がとり残されていることに気がついた。テーブルに残っているのはリチャードだけだった。彼はメリリーの向かいの席にすわっていて、テーブルクロスをそわそわと指でたたきながら、彼女の心を掻き乱すような目でじっとメリリーを見ていた。

「コーヒーはファミリールームで飲みましょう。あそこのほうがくつろいでおしゃべりできるから」

「ふだんと変わりないふりをするのはもうやめなさい」リチャードが言った。「いまは普通じゃないんだから。みんなダニーとジェニーのことが心配なんだ」

「さっきの会話からは、とてもそうは思えなかったわ」

「みんな恐れているんだよ、メリリー」リチャードは立ち上がって、テーブルをまわり、彼女のかたわらに腰をおろした。「ダニーが死んでしまうんじゃないかと、みんな恐れているんだ。認めろよ、きみだって怖いんだろう」

「もちろん、怖いわ。ダニーはまだ子供なのよ。あのベッドに寝ているのは、コンスタンスかウィリアムだったかもしれないじゃない。うちの子供たちに何かあったら、わたしなら耐えられないわ」ふたたび、ふいに感情がこみあげてきた。自分の動揺を誰にも見せたくなかったが、どうにもこらえることができなかった。「すごく罪の意識を感じるの。あの最初の夜、病院から帰ってきて、うちの子じゃなくてよかったって神様に感謝したのよ」

涙が頬をつたった。泣きやみたかった。彼女の泣き顔は醜い。だが涙はとまらなかった。リチャードが妻を抱きしめた。こんなふうに抱きしめられるのは数週間ぶりだ。

「わたしたち、いったいどうなっちゃうの？」彼女は夫のセーターに向かってつぶやいた。「わたしたちの家族はどうなってしまうの？」

22

ジェニーはアランの頬を思いきり平手打ちした。銃声のような音が響いた。「なんてことを言うの？　マットはわたしの兄なのよ。彼がダニーを傷つけるようなことをするはずがないわ。作り話よ。犯人をどうしても見つけたくて、もともと気に食わなかった兄さんに罪をなすりつけようとしているのね。だいたい、あなたはうちの家族全員が気に入らなかった。メリリーは例外だけど。なぜかは知らないけど、姉はあなたを気に入っているわ。違うっていうだけの理由で、あなたが――」

「おれが誰と違うんだ？」アランの顔が蒼白になった。頬の赤みは赤い手の跡だけだった。

ジェニーは彼に背を向けた。アランが彼女の手をつかんで、彼女を向き直らせた。

「なぜこんなひどいことをするの？」

「きみの息子を傷つけた犯人を捕まえようとしているんだ。当然、きみには感謝されるものと思っていたよ」

「でも、兄なのよ、アラン？　どうしてそんな話を聞きたがると思ったわけ？」

「金曜日の夜、マットはひどく酔っていた。ダニーが事故にあったと思われる時刻の六分前に〈アカプルコ・ラウンジ〉を出てから、翌日までの記憶がまったくないということは本人も認めている」

「だからって、なんの意味もないわよ」

「彼はまだ自分の車がどこにあるか知らない。さいわい、おれはブレンダの居どころを突きとめることができた。金曜日の夜、マットといっしょにいた女だ。車は彼女の家のガレージに置いてあった。ただ誰かにそのことを伝えようとは思わなかったらしい。彼女はマットが車の置き場所を知っていると思っていたからだ」

ジェニーは彼の説明を理解しようとした。喉もとに湧き上がってくる恐怖ではなく、事実に意識を集中させようとした。「もしかするとブレンダなんじゃない？　彼女は犯人かもしれないわ」

「彼女の話によると、家まで運転したのはマットで、あまりに霧が深かったので行くつもりだったもう一軒の店には寄らなかったそうだ。彼女の家の私道に入ろうとしたところで、マットが庭のはしにあるレンガの壁に車をぶつけたんだそうだ」

「それで車に疵《きず》がついた理由は説明がつくじゃないの」

「あまりに偶然が重なりすぎているだろう、ジェニー」

「でもわからないことがあるわ。マットはどうやってブレンダの家から自宅に戻ったの？」

「朝の六時ちょっとすぎに、空港に行く途中で彼の家に降ろしたんだそうだ。朝のフライトがあったんだが、まだ彼に運転させるのは危険だと判断した。どうやら家に戻ってからも二人は飲みつづけたらしい」

ジェニーはアランの手を振りほどいた。彼と話をしたくなかったし、彼が言っていることを聞きたくなかった。ひと言も信じたくなかった。「ブレンダがそう言っているのなら、わたしは彼女を信じるわ。ダニーを轢いたのはほかの誰かよ。マットじゃないわ」

「マットがやったと思わなければ、きみにこんな話はしない。おれはずっと警官をやってきたから、誰かが嘘をついているときはわかるんだ。あの男はまちがいなく罪を犯している。ブレンダは彼をかばっているんだ。彼女はおそらくダニーを轢いたとき車に乗っていたんだ」

ジェニーは両手で耳をふさいだ。「やめて。そんな話は聞きたくない」

「ジェニー、事実を直視するんだ」アランは彼女に近づいた。「いつまでもマットをかばいつづけることはできない」

「マットはわたしの兄さんなの」彼女は叫んだ。怒りのあまり、下ろした両手をぎゅっと握りしめた。アランが彼女に手を伸ばしたら、また彼を殴ってしまうかもしれない。必死に怒りをこらえながら、彼女は静かに落ち着いた声で言った。「アラン、ダニーが生まれたとき、マットはそばにいてくれたの。母が死んだときも、いっしょにいてくれた。メリリーの家から出られるようにと、お金を出してくれたのもマットなのよ。兄さんが変わってしまって、自己憐憫《れんびん》に浸っているのは事実だけど、兄さんはわたしのためならなんでもしてくれるわ」

「だからといって、マットが今回大きな過ちを犯したかもしれないという事実は変わらない」

「それはわからないでしょう。あなただってまだ確証はないんでしょ。そうでなければ、いまごろマットは留置場に入っているはずだもの。でもそうではないんでしょう?」

「ああ」

「なぜ逮捕しないの?」

「彼がやったという確たる証拠がないからだ」アランは認めた。

ジェニーはうなずいた。「そうだろうと思ったわ。病室に戻らないと」

「おれはマットをはめようとしてるわけじゃない。彼に自分の行動の責任をとらせようとしているだけだ——男らしく」アランの表情がやわらいだ。「なあ、ジェニー。わかってくれよ。おれは目の前にある事実を述べているだけだ。なぜそれが理解できない?」

「マットがわたしの兄だからよ。わたしにとっては事実よりも愛のほうが大切だから。もしもあなたが本当にわたしを愛しているなら、こんなことを言いに来るはずがないわ」

「それは本当にきみを愛している」彼女を見つめるアランの目には苦悩がにじんでいた。

「だが、きみはおれを愛してないんだろう?」

「愛してると思ってたわ」彼女は小声で言った。「愛したいと思っていたの」

「ジェニー、いやだ。そんなことは言わないでくれ」

「ねえ、アラン、もうだめだって思わない? わたしはあなたがマットの話をするのを聞きたくない。あなたはわたしがわたしたちの話をするのを聞きたくない。あとは、何が残っているの？」

「たくさんあるさ」

「いいえ。ダニーの事故のせいで、いままで見えなかったことがはっきり見えてきたの。わたしはあなたに恋をしていないわ、アラン。それなのに、そのふりをするのは間違っている」

「いまは重大な決断をすべきときじゃない」

ジェニーはため息をついた。精神的に疲れはてていて、言い争いをする気にもなれなかった。「そうね。あなたの言うとおりかもしれないわ。ねえ、マットはどうなるの？　これからどうするつもり？」

「いまのところは何もしない。だが捜査はやめない、ジェニー。ダニーをあんな目にあわせたやつを放っておくわけにはいかない」


木の葉のあいだから顔を出したダニーは、母とアランの会話を聞いて大喜びしていた。

「あいつと別れるんだ。母さんがあいつと別れるなんて信じられないよ。やったね」ダニーはアランとジェニーのあいだで踊った。「おまえの負けだ。ざまあみろ」彼は叫んだ。むろん、相手には聞こえないのだが、それでも気分はよかった。

「おまえは敗者に思いやりのない勝者だな」ジェイコブが冷たい口調で言った。「もしかしたら彼がおふくろさんにとっていい相手じゃないかと、一度でも考えてみたことがあるのか?」

ダニーは首を振った。「だって母さんの顔を見てよ。ほっとしてるじゃないか」少年は、アランを残してジェニーが中庭から出ていくのを見ていた。

「やーい、アラン。フラれた気分はどうだい?」ダニーはアランの袖《そで》を引っぱった。

するとアランはダニーの気配に気づいたかのように腕を振り、あたりを見まわした。

「おい、坊主。おまえのせいでおれの立場が悪くなるだろうが」ジェイコブは親指で空を示した。「ボスは自慢屋は嫌いなんだ」

「自慢屋って何?」

「いまのおまえみたいなやつのことだ」

「そうか、ごめん。でもあいつのせいでこの半年間、ぼくの人生は悲惨だったんだ。あいつったらまるで父親気取りで」

「彼なりにおまえの助けになろうとしてたのかもしれないだろう。おまえは気づいていないが、彼はいい人間なんだぞ」

「でも、あいつはぼくの父さんじゃない」

「彼はついてるな。おまえだって完璧な子供からはほど遠い」

「誰のせいだよ? あなたはぼくの守護天使なんだろう。だったらぼくをいい人間にしなきゃいけないんじゃないの?」

ジェイコブは嘆息して天を仰いだ。「なぜだ? なぜおれなんだ?」

ダニーは声をあげて笑った。彼は中庭の屋根まで飛び上がり、空中で宙返りをしたあとに三回転ひねりをして、まるで体操選手のように両手を上げて地面に着地した。

「いいかげんにしろ、坊主。おまえははしゃぎすぎだ。そろそろ現実を思い出すべきだな」

「現実ってなんのこと？」

ジェイコブがダニーの耳を引っぱった。

「なんだよ、痛いよ」

「いいや、痛くない。おまえは痛みを感じない」

ダニーはその意味を考えて目を丸くした。「本当だ。耳を引っぱられると痛いっていう記憶があるだけなんだね。メリリー伯母さんは母さんのいないときにしょっちゅうぼくの耳を引っぱってたから。伯母さんは本当に意地悪なんだ」

「ほう、そうかな。いまの彼女をよく見てごらん。それから自分のことも」

ダニーはふりかえると、自分たちが病室に戻っていることに気づいた。彼が自分の身体から飛び出してからずいぶん時間がたったような気がした。

ベッドに寝ている自分の姿を見ただけで、痛みが戻ってきた。すくなくとも痛かったという記憶が戻ってきて、ダニーという少年はもう地上にいない、もしかするともう永遠に戻ってこないかもしれないということを思い出した。

メリリーはバッグからティッシュペーパーをとりだして、鼻をかんだ。それはまるで霧笛《むてき》のような音だった。ジェイコブが信じられないというように首を振った。

「こんなにめかしこんだ女性が、どうやったら工場の拡声器みたいな音をだして鼻をかめるんだ?」ジェイコブが言った。

「くしゃみをするところも聞いてみるといいよ。家が揺れちゃうんだから」ダニーが答えた。

「ここでくしゃみはやめてほしいよな。風邪は絶対にうつされたくない」

「だいたい伯母さんはここで何をしてるの? ぼくのことが嫌いなのに」

「そうじゃないと思うぞ。よく聞きなさい」

メリリーは唇を舐《な》め、肩越しにふりかえってまわりに誰もいないことを確認してから、ダニーを見下ろした。

「ごめんね。いままで意地悪なことを言ったり、うるさく文句をつけたりして。あなたは悪い子じゃないわ。それどころかウィリアムがあなたみたいに運動ができて、人生を楽しめたらって思うこともあるのよ。たぶん、そういうところはお母さんに似たのね。ジェニーはあなたのことを本当に愛しているの。あなたなしでは生きていけないの。だから闘うのよ、ダニー、一生懸命に闘うの。いままでやったことがないくらい頑張って闘うのよ」

メリリーはふたたび鼻をすすり、彼の寝癖を撫でつけた。「たまには髪ぐらい梳《と》かしてくれればいいのにね」

ダニーはジェイコブを見て、目をぐるりと動かした。「誰もぼくの見かけなんて気にしてないよね」

「みんながあなたのことを心配してるわ。あなたに会いたがっているの。ねえ、本当は秘密だけど、特別に教えてあげる。もしもクリスマスまでに元気になったら、ジャイアンツの春キャンプを観に、フェニックスに一週間行かせてあげるわ。それが今年のわたしからのクリスマスプレゼント。いっしょに友だちを連れていってもいいわよ。きっと楽しいわ。サインをもらって、選手がプレーするのを見て。きっと天国にいるみたいな気分になるわよ」

「わーい、春キャンプだって。やったぁ」

「いまだって春キャンプには行けるぞ、ダニー。お望みならボールに乗ることだってできる。スタンドで踊ってもいいし、野手がフライを見逃すように球場に風を吹かせることだってできるんだ。べつにそのためなら生きている必要はない」ジェイコブが言った。

「でもクリストファーといっしょに行ったほうが楽しいよ」

ジェイコブは少年をしばらく見つめていた。ダニーは喜びがしだいにしぼんでいくのを感じた。「でも、実現しないんでしょう?」

「おまえはまだ自分のことばかり考えている、ダニー。先週、親父さんを捜しに行ったときから、おまえは自分のことしか考えていない。まだ何も学んでいないのか? 目を開けてよくまわりを見るんだ、坊主。おまえの人生はおまえ一人のものじゃないんだぞ」

ダニーはメリリー伯母さんを、ベッドで寝ている少年を、彼の腕や鼻から出ているチューブを見つめた。彼の身体は細く、青白く、病人のように見えた。今回は百倍くらいつらそうだ。

マイケルの言ったことが正しかったらどうしよう? もしも身体が不自由になってしまっ

分が母親やそのほかの人たちの重荷になってしまうのだ。

父は手を貸すと言ったが、本当に助けてくれるんだろうか？　ルークは以前にも彼らを捨てたのだ。今回は彼を本当に信じていいのだろうか？

だがダニーは死にたくなかった。死ぬのが怖くてたまらなかった。それって自分勝手なことなのか？　たぶんそうだろう。

彼はもう何を願えばいいのかわからなくなった。人生はすごく複雑だ。だんだん天国のほうがずっといいところに思えてきた。

マットはブレンダの家のドアをノックした。メリリーの家での感謝祭の悪夢から、まっすぐ自宅に帰ってよかった。ブレンダからの留守番電話のメッセージが、ここ数日間で唯一のよいニュースを彼にもたらした。

ドアを開けたブレンダは、歓迎するようににっこりした。「あら、マット、会えて嬉しいわ。さあ入って。何か飲む？」

「ああ、もちろん」

「バドでいい？」

「いいよ」

マットはリヴィングルームに入っていった。アールデコの家具、黒い額に入った絵、コーヒーテーブルの一輪挿し、それに床に縦に敷かれたモノトーンのカーペットを見て、彼女といっしょに過ごした夜を思い出そうとした。見覚えがあるものは一つもなかった。だが考えてみれば、ここに来たのは金曜日の夜が初めてで、前に彼女と一夜をともにしたのは彼の家で、そのときのことは詳細にわたってすべて記憶していた。

ブレンダがビールのボトルを持って戻ってきた。ビールをぐっとあおると、彼は気分がすっかりよくなった。家族との気詰まりな一日のあとで、やっと自由になれた気がした。「きみから電話をもらって、どれほど嬉しかったか」

彼女の顔から笑みが消えた。「ごめんなさい、マット。あなたの車がうちのガレージにあることは、知ってると思ってたのよ。そうでなければ、メモを置いていったわ」

「おれがここ数日どんな思いをしてたか知ってるか？　甥が轢き逃げされて死にかけてるんだ。おれがその容疑者になってる」

「本当に大変だったわね」彼女はポケットに両手をつっこんだが、ぴったりしたジーンズには手はほとんど入らなかった。「彼の具合はどうなの？」

「よくない」マットはテーブルにボトルを置いた。ダニーのことを思い出すと、喉の渇きが消えた。「車をもらって帰ってもいいよな？」

「もちろんよ。ガレージにあるわ」

車を見た瞬間、マットは心底ほっとした。まるで人生の一部を取り戻した気分だった。だが車のフロント部分にまわったとき、その安堵《あんど》感は消えていった。彼はその場に立ちつくして目を見張った。なんてことだ。アランがこのおれを疑うのは当然だ。ナンバープレートは折れていて、ヘッドライトに大きなひびが入っている。「何があったんだ?」

ブレンダが肩をすくめた。「うちに入るときに、私道の入口の低いレンガの壁にぶつかったのよ。あなた、たぶん飲みすぎていたのね」

彼女の控えめな言い方に、マットは首を振った。「飲みすぎてた? おれは完全に酔っぱらってたに違いない。何一つ記憶がないんだから。なぜそんなやつに運転させたんだ? どうしてそんなやつの車に乗った? 二人してあの世に行ったかもしれないんだぞ」

ブレンダは息をのみ、急にそわそわしだした。「わたしも頭がぼうっとしてたのよ、マット。今度からもっと注意するわ」

彼の目を見ようとせず、落ち着かなそうに身体を揺らす彼女のしぐさを見て、マットは彼女の話に疑問を持った。彼がダニーを轢いたのか? ブレンダは彼に事実を隠しているのか? だが、なぜそんなことをする必要がある? 彼女は彼をかばいはしない。彼らはセックスをしただけで、つき合っているわけではない。いいや、彼をかばうために彼女は嘘をついたりはしない。だが自分を守るためならば、嘘をつくかもしれない。

「ねえ、なかに入らない?」ブレンダが言った。「そうすれば、ほら、楽しいことができるじゃない。明日の朝まで、仕事に出なくていいのよ」

マットは彼女の言葉をほとんど聞いていなかった。彼の意識はただ一点に集中していた。

「おれが運転していたんじゃないいな?」

彼女は動揺した。「もちろん、あなたが運転していたのよ」

「おまえは嘘をついてる」マットが彼女に歩み寄ると、ブレンダはあわてて後ろに下がった。「おまえはおれが酔っぱらっているのを知っていた。おれに運転させて自分の命を危険にさらすようなことはしないはずだ」

「そんなに酔っぱらっているとは知らなかったのよ。大丈夫に見えたんだもの」

「金曜日の夜、ハンドルを握っていたのはおまえのほうだ。ダニーを轢いたのはおまえなんだな」

「違うわ」

マットはブレンダの肩をつかみ、彼女を激しく揺さぶった。「本当のことを言え、言うんだ」

「違う、やってない。ダニーを轢いたりしてないわ」彼女は手を上げた。「わかったわよ。たしかにわたしが運転してたの。でも家の前で壁にぶつかっただけ。あなたは記憶がなかったから、嘘を言ったの。修理代を払う余裕がなかったから。でも、あなたの甥をはねたりしてない。聖書に誓うわ」

マットはしばらく彼女を見つめていた。「きみの言葉を信じたい。もしもきみが運転していてダニーをはねたとき、おれが隣りにすわっていたとしたら、おれはこの先生きていけない」

「ダニーは轢いてないわよ。壁にぶつかっただけ。修理代は払うわ」

「金のことなんてどうだっていい、ブレンダ」

「修理代はいらないの?」

マットは首を振った。「いらない」

「だったらこれで話は終わりね」彼女はほっとしたようだった。「ねえ、本当に寄っていかない? 感謝祭を一人で過ごすなんていやだわ」

「無理だ。ダニーの見舞いに行かないと。もっと前に行くべきだったんだが。本当のことがようやくわかったし、これであの子とジェニーに胸を張って会いに行ける」


ジェニーはメリリーの腰に手をまわし、二人はダニーのベッドのわきに立った。「身代わりになれるものなら、なりたいわ」ジェニーが言った。

「そこまでこの子を愛しているの?」

「ええ。姉さんが自分の子供たちを愛しているのと同じよ」

「そうね」メリリーがうなずいた。「叱ることが多すぎて、ときどきあの子たちをどれほど愛しているかを忘れそうになるわ。あの子たちが、わたしとリチャードにとってどれほど大切か」

「リチャードといえば、ねえ、姉さんたちうまくいってるの?」

「いいえ」

ジェニーは眉を上げた。「まあ、姉さん、今夜は本当に変だわ。ふだんの姉さんなら、そんなこと認めるわけがないもの」

「どうしたらいいか、わからないのよ、ジェニー。彼がわたしの手からすり抜けていってしまいそうなの」

「わたしがダニーのために闘っているように、姉さんもリチャードのために闘うのよ。だってわたしたちにとって大切な人たちなんだもの、メリリー。ダニーのことを見て。人生ってどれほどはかないかがわかるでしょう。ただ突っ立って、大切なものが目の前から消えていくのを見てるわけにはいかないわ。だって、かけがえのないものなのよ」

メリリーは妹を見て微笑んだ。「あなたも変わったわね」

「変わらないわけにいかないじゃない？」ジェニーはすこし間をおいた。「ごめんね、今日は行けなくて。感謝祭はつらすぎたの」

「いいのよ。気持ちはわかるわ」メリリーが口ごもった。「父さんにいっしょに来ようって言ったんだけど、断わられちゃった。ごめんね」

「いいのよ。もし父さんが来てくれても、何を話していいかわからないもの」

「面白いわね。父さんも同じことで悩んでたみたいよ。どうして大好きな人たちと話すのがこんなにむずかしいのかしら」

ジェニーが肩をすくめた。「ともかく、姉さんが来てくれたんだから、それでいいのよ」

彼女は咳払いをした。「そういえばアランがさっき来たんだけど、あの人はマットがダニーの事故を起こした犯人だと思っているのよ」

メリリーはため息をついた。「あなたにだけは言わないでほしかったのに」

「知ってたの？」

「ええ。マットは本当に何一つ覚えていないのよ、ジェニー。なんて言ったらいいかわからないわ。あの子がどんなひどい酔っぱらいかは、あなたも知ってるでしょう」

「兄さんには本気で腹が立つの。もう一度自信を取り戻してくれればって思うわ。人生はフットボールだけじゃないんだから」

「以前は、そんなふうには思えなかったんだ」マットの声に、二人はドアのほうをふりかえった。「入ってもいいか？」

「もちろんよ。来てくれて嬉しいわ」ジェニーは兄の手をとって病室に招き入れた。アランが彼を疑っていることは考えたくなかった。マットは彼女が大好きな兄だ。いまは家族より大切なものは何もない。

「調子はどうだ、ジェンジェン」マットが尋ねた。

「最近はだめね」

マットはダニーを見て首を振った。「まったく、ぼろぼろじゃないか」

ジェニーは微笑んだ。「そのものずばりの言い方ね」

マットは妹のほうを向いた。「おれはやってないぞ、ジェニー。やってないとわかったんだ。ブレンダは間違いなく自分が家まで運転したと言ってる。その途中でぶつけた相手は家の前のレンガの壁だけだって。証明することはできないが、おれは絶対にダニーを傷つけたりしてない。おれはこいつを愛しているんだから」

「わかってるわ」

マットは手の甲で涙を拭いた。ジェニーは兄を慰めたくて、腰に手をまわして彼をぎゅっと抱きしめた。顔を上げると、メリリーが羨ましそうに彼らを見ていた。一瞬ためらったあと、ジェニーはいったん兄から離れ、メリリーをきょうだいの輪のなかに招き入れた。

三人はたがいに抱きしめ合った。ジェニーがきょうだいをこれほど身近に感じたのは久しぶりだった。彼らの向こうにいるダニーを見ると、息子はかすかに微笑んでいるように見えた。

「感謝祭、おめでとう」と、彼女はささやいた。

「父さん」ダニーはささやき、ルークの袖を引っぱった。反応はない。時計を見ると、すでに真夜中を過ぎていたが、そんなことはかまわなかった。ルークの腕をぎゅっと握ったが、父親はうめき声をあげただけで、目を開けなかった。困ったダニーはルークの髪をひと房つかんで引っこ抜いた。

「痛いっ」ルークはようやく目を開けた。「いったい何事だ?」

「白髪があったんだよ、父さん」ダニーはつまんだ白髪を見せた。

ルークは意識をはっきりさせようとして首を振った。ダニーはロッキングチェアをベッドのわきまで引っぱってきてすわり、前後に揺らしはじめた。椅子は勢いがついて大きく揺れ、やがてドレッサーにぶつかりそうになった。

「おい、気をつけろ。デニーズが目を覚ます」ルークは肩越しに妻がまだ寝ているかどうかを確認した。デニーズは黒いベルベッドのアイマスクをして、ぐっすり眠っていた。ルークはダニーのほうに顔を向けた。「ここで何をしているんだ?」

「大切な話があって来たんだ」

「ダニー、きみが本物なのか、それともぼくの想像なのかはわからないが、こんなことがあるわけがない。きみは幽霊だ」

「いいや、ぼくは幽霊じゃないよ」ダニーは首をかしげた。「本当のことを言うと、ぼくも自分がなんなのかわからない。ジェイコブが言うには、ぼくは天使でもないらしい。ぼく、まだ死んでないから」

「そうだな、死んでない。きみは病院のベッドで寝てるんだ」ルークは首を振った。「幻覚と話をしてるなんて信じられない。お母さんのところにも、こうやって会いにいくのか?」

ダニーがひどくつらそうな顔をした。「ううん、ジェイコブがそれは許されないって言うから。でも母さんに会いたい。ぼくが会いたがっているって母さんに伝えてくれる?」

「もちろんだ。だが彼女は信じてくれないだろうな。きみは昏睡状態なんだよ、ダニー」

「ぼく、助かると思う?」

「わからない。助かるのか?」ルークは起き上がり、ベッドの横に足を下ろした。「睡眠薬を飲んだほうがよさそうだ」

「だめだよ、父さん」

ルークはその優しい口調にためらった。「ああ、本当にきみがそう言うところを聞いてみたい」

「本当に？」ダニーが探るように父の顔を見た。

「ああ。きみといっしょにいたいんだ。本来やるべきだった父と息子の生活をしてみたい」

「バスケットボールのリング、もうつけてくれた？」

「今朝、つけたよ」

「やったね。野球はどう？　父さんはうまいの？」

ルークは顔をしかめた。「ぼくはいつもライトばかりやらされてた」

「へえ、ぼくもだよ」ダニーが同情するように微笑んだ。「それに三振ばっかりでさ。ぼくがバッターボックスに入ると、母さんはすごく興奮して、スタンドでぴょんぴょん飛び跳ねて、ものすごい声で応援するんだ。まわりの親たちに頭がおかしいって思われてる。けっこう恥ずかしいんだけどさ、でも母さんはいいとこあるしさ。ねえ、わかるかな？」

「ああ、わかるよ」ダニーが感じているのと同じように、ジェニーを守りたいという思いで、ルークは穏やかな声で答えた。

「だから今夜ここに来たんだ。あなたは忘れてるかもしれないけど、来週の金曜日は母さんの誕生日なんだ。ぼく、プレゼントを用意してなくてさ」

「彼女はプレゼントが欲しいとは思ってないよ、ダニー。ただきみがよくなってくれれば、それでいいんだ」

「それができるかどうか、わからない」

「そんなことを言っちゃいけない」

ダニーは椅子から立ち上がった。「マイケルとジェイコブが言ってたけど、ぼくは目覚めたとしても、もしかすると身体が動かなかったり、脳に障害が残るかもしれない。そうなったら、母さんには世話できないと思うんだ」

「ぼくが彼女を助けるよ、ダニー。きみを治すためなら、ぼくたちはなんだってする」

「ぼくの頭に障害があっても、ずっとそばにいてくれるってこと？」

「もちろんだ。きみに背を向けるようなことはしない、ダニー。約束する」

「約束を守るって、どうしてわかるの？」

ルークは息子の目を見つめた。「信用してもらうしかない」

ダニーはうなずいた。「いい人だね、父さんは」

「きみもな」

「ところで、父さんにやってもらいたいことなんだけど」ダニーはジェニーの誕生日プレゼントに何を買うかをこまかくルークに説明した。

「それだけか？」ルークが尋ねた。

「それだけだよ」ダニーの姿がしだいに薄くなっていく。

「待ってくれ。もうすこし話がしたい」

「ジェイコブがもう時間切れだって」最後の言葉とともに、少年は完全に姿を消した。

ルークはまばたきをした。

突然、ダニーがふたたび現われた。

「もう一つ」ダニーが言った。「母さんはアランと別れたんだ。もしかしたら知りたいかなと思って」

23

感謝祭のあとの週末は、ダニーの病室を訪れる大勢の見舞い客の応対でまたたくまに過ぎていった。ジェニーは彼らから花やぬいぐるみ、マンガ、CDなどの見舞い品を受け取った。彼女はダニーに本を読み聞かせ、冗談を言い、歌を歌って過ごした。ダニーはときおり頭を動かし、ジェニーがつねると手を引っこめることもあったが、それ以外はとくに変化はなかった。

翌週は、もうすこしゆっくり時間が流れていった。

メリリーは毎日病室を訪れた。リチャードは夜、見舞いにやってきた。アランは仕事に出る前にダニーの様子を見に寄り、マットはすくなくとも一日おきに病室に顔を見せた。ジェニーの友人、グレーシーやプルーも時間を見つけては見舞いにやってきた。

ダニーの友人であるクリストファーやほかの子供たちも、授業が終わったあとに真面目な顔で見舞いに来た。ジェニーは子供たちの勇気に感心した。自分と同じくらいの歳の子供が死に直面している事実を受け入れるのが、彼らにはよりむずかしいことが彼女にはわかっていた。ダニーの事故によって、彼らはまた一歩大人への階段を上ることになった。

むろんクリストファーはあの冒険で自分が果たした役割に罪の意識を感じていた。ジェニーは、彼が手を貸そうが貸すまいが、ダニーは父親の家に行ったはずだと言って彼を励まそうとしたが、たいした慰めにはならなかった。ダニーが全快しないかぎり、クリストファーが罪の意識から解放されることはなさそうだった。

少年たちと会い、彼らと学校の話をするのは、ジェニーにとってもつらいことだった。なかには生まれたときから知っている子たちもいて、ダニーのことを思い出さずにはいられなかった――態度や服装や言葉遣い、高い声、子供から思春期に移行していく少年たち。

そしてルークの存在。彼はほとんど家に帰らなかった。はじめのうち、ジェニーは彼がいつもそばにいることに当惑したが、やがて時がたつと彼がいてくれるありがたみがわかった。彼のおかげでジェニーはしばし病室から逃れることができた。それに専門知識が豊富なルークは、彼女が思いつかない質問を医師に投げかけ、その答えを得ることができた。

こうしてルークはまたジェニーの人生に入りこんできたが、彼女はそれをどうとめたらいいかわからなかった。さらに始末の悪いことに、本心を言えば、とめたいとも思わなかった。

事故から二週間目の金曜日の午後、ジェニーはナース・ステーションで立ちどまり、ガラスの仕切り越しにダニーの病室を覗きこんだ。ルークはダニーのベッドのわきにすわり、息子に話しかけながら両手に触れ、愛しそうに手足を動かしてやっていた。

父子がいっしょにいる姿を見て、彼女は胸を打たれた。ダニーは父親がつきっきりで世話をしてくれることに大喜びするに違いない。ルークが話しかけている声がダニーに聞こえていますように、とジェニーは神に祈った。息子にとって、それはとても重要なことに違いない。

二人の様子を眺めているうちに、ジェニーはルークが疲れきっていることに気づいた。彼の髪はぼさぼさで、シャツはしわだらけになり、ネクタイをゆるめてシャツを第二ボタンまではずしている。

彼のそんな姿を見て、ジェニーの心に愛しさが広がった。彼は彼女がかつて愛した男だった。目の前のルークは金持ちで権力があって抜け目のない男ではなく、人間味があって傷つきやすい心を持った男性だった。

「もう一時間もああしているんですよ」と、看護師が言った。

ジェニーは看護師をちらりと見た。「本当に？」

「ええ。彼はわたしが想像していた人とぜんぜん違いますね。彼のお父さんには会ったことがあるんですけど」と、彼女はつけ加えた。

ジェニーはわかるというようにうなずいた。「わたしも会ったことがあるわ」

「ドクター・シェリダンはダニーにとても優しいわ。あなたは本当に運がいいですね。さあ、これで今日の仕事はおしまい。すてきな夜を」

「ありがとう」ジェニーが病室に入ると、ルークが顔を上げて微笑みかけた。

「やあ」

「ハイ。その格好で寝てしまったみたいね」

ルークは首をかしげて自分の姿を眺めた。「今朝早くロスまで行ってきたんだ。ダニーの件で、べつの専門家に会ってきた」

「それで？」

ルークは彼女に近づいた。「外に出よう」彼はジェニーを集中治療室の外に連れ出した。

「昏睡状態が長く続くほど、回復の見込みがなくなると言っていた」

「もう二週間もたつわ。それってやっぱり長いのかしら？」

「そうだ」

ジェニーはゆっくり息を吸いこみ、それを吐き出した。彼が言ったことはけっして初耳ではなかったが、言葉に出してはっきり言われると、より現実味をおびてくる。「ドクター・ローウェンスタインも同じことを言ってたわ。ダニーを集中治療室からほかの病室に移すかもしれないとも話していたわ。もしそうなったら、ダニーが充分な治療を受けられないんじゃないかって心配なの」

「心配しなくていい。もし個室に移ったら、二十四時間体制で世話をしてくれる最高の看護師を雇うから」

「ありがとう。本当に心から言っているのよ。この一週間、あなたがいてくれなかったら、わたしはどうなっていたか」彼女は微笑もうとした。「お金の話だけをしてるんじゃなくて、あなたの支えがなかったらと思うと。でもあんなふうに別れたあとに、あなたがダニーのためにここまでしてくれるとは思ってもみなかったわ」

ルークは苦悩に満ちた目で彼女を見た。「自分が無力に思えてしかたがないんだよ、ジェニー。ぼくはただきみの手を握ってやる以上のことができるはずなんだ。人の命を救うために努力して医者になったのに、自分の息子を救えないなんて信じられない」

ジェニーは、ダニーの事故がルークにはどれほどつらいことか、ということに気づいた。医学の知識がない彼女には自分の限界を受け入れられるが、ルークにはそれができないのだ。

「あなたは精一杯のことをしてくれてる。それでいいのよ。人生なんて皮肉ばかりだもの。わたしなんか、あまりに腹が立って、神様にもてあそばれているんじゃないかと思うこともあるわ。でも本当は自分たちのせいなんだって思うの。自分の力で人生が思いどおりになると考えることが、もともと間違いなんじゃないかって」

少女を乗せた車椅子を押した女性が病室から出てきたので、ルークはジェニーを廊下の片隅に引き寄せた。少女は足先までギプスにおおわれた右足を水平に上げていて、不便で不快そうだったが、その顔はにこにこ笑っていた。

「ねえ、わたしの脚にサインしてくれる？」彼女はルークに言った。

「ケリー、知らない人になんてこと言うの」女性が言った。「すみません。ギプスのサインの数の学校記録を塗り替えるんだって、張り切っていて」

ルークはにやりと笑った。「いいんですよ。ちょうど都合よくペンも持ってますし」彼は内ポケットからペンをとりだした。「誰あてにサインすればいいのかな？」

「ケリー・ジェイミソン。今日、八歳になったの」

「じゃあ、〝ハッピー・バースデー〟ってサインしたほうがいいね」

ルークはにこにこしながらお祝いのメッセージを書き終えると、ジェニーにペンを渡した。彼女もお祝いの言葉を書き終えると、二人はその場にならんで、サインをかき集めるために少女が廊下を進んでいくのを見守った。

「いいことをしたわね」ジェニーが考えを口にした。

ルークは少女の後ろ姿を感慨深げに見つめていた。

「どうしたの？」ジェニーが尋ねた。

ルークは彼女に奇妙な笑顔を向けた。「こういうのも悪くないと、いま気づいたんだ。医学部にいるときは、患者の対応が苦手だった。彼らの気を楽にさせるために、何を言えばいいかわからなかったんだ。ぼくはこういう仕事には不向きだと思っていた」

「あなたが？」ジェニーは驚いたように彼を見た。「どうしてそんなふうに思うの？」

「ぼくは人とどう接していいかわからない」

「でも、あなたはダニーとうまく接しているし、あの女の子にもちゃんと対応してたわ。もしかしたら小児科が向いているかもよ」

「生物工学以外の仕事など考えたこともなかった。もちろん、いまさらそんな大きな方向転換ができる歳じゃないし」

「何を言ってるのよ、ルーク。過去十年間に普通の人なら一生かかるような偉業を成し遂げたのかもしれないけど、あなたはまだ若いのよ。方向転換したいのならしなさいよ」

「ぼくのことについては、あとで考えるよ――ダニーがよくなってから」

ジェニーは壁にもたれた。ルークを彼がみずから科した罪悪感から解き放してやるべきなのはわかっていた。ダニーはたしかに彼の血を分けた子だが、いまの彼にはべつの家族があり、妻のことも考えなければならない。

「ねえ、もし家にいたほうがいいなら、わたしのことは気にしなくていいのよ、ルーク」やがてジェニーは言いだした。「奥さんにとって、今回の件は大変なことだと思うの」

ルークの表情がかたくなった。「デニーズはぼくがここにいなきゃならないことは理解している」

「本当に？」

「もしかすると、違うかもしれないが」

ジェニーは公平にふるまおうとした。「あなたに子供がいるという事実を受け入れるのは、奥さんにとっては簡単じゃなかったと思うわ。もしもわたしが彼女だったらどう思うか、想像もつかないもの」

「きみが？　きみなら喜んで亭主と彼の子供にありったけの愛情を注ぐだろうよ。きみのことはよく知ってるんだ、ジェニー。きみは心の広い人だ」

「広いけど、愚かなのよね」

「なあ、すこし息抜きしないか？」ルークが尋ねた。「ドライヴでもして、外の空気を吸おうよ」

心動かされる誘いだった。最近は、自宅の冷蔵庫の中身よりも、病院の自動販売機の中身にくわしくなっているほどだった。「どこに行くつもり?」

「サンフランシスコまで行こう。ユニオン・スクエアのクリスマスツリーを眺めて、それからおもちゃ屋に寄って、ダニーに最高のクリスマスプレゼントを買ってやるんだ」

「ダニーは好みがうるさいの。父親に似て」

「彼が欲しいものならなんだって買ってやるさ」

ルークは彼女の手をとった。ジェニーは彼に触れられた部分がうずくのを感じた。彼女はためらった。頭に浮かぶのはルークの妻のこと、今夜電話すると約束したアランのこと、それに毎日連絡がくるのを待っているメリリーのこと、それから……

「きみは考えすぎだよ」ルークは微笑んだ。「いつからそんな悪い癖がついたんだ?」

「きっとあなたからうつったんだわ。だって連絡をとらなくてはならない人がたくさんいるんだもの」

「今夜は忘れろ。自分を休ませてやるんだ。いっしょに行こう」短いひと言。それは、あのときジェニーが彼に言った台詞《せりふ》だった。あのとき、ルークは彼女についてきた。ルークといっしょに夜を過ごすなんて間違っている。だが彼女はこうしてここにいて、彼の指が彼女の手を包んでいる。二人の絆《きずな》がこれほど深まったことはいままでなかった。

ダニーはきっと彼女にイエスと答えてほしいと思っているだろう。そして彼女もそう答えたかった。

一時間後、ジェニーは高さが十五メートルもあるユニオン・スクエアのクリスマスツリーのてっぺんを、反り返るようにして見上げていた。ツリーの色鮮やかなライトで目がくらみそうだった。

「すごくきれい」

「やりすぎだと思うな」

彼女は冗談めかしてルークの肩をたたいた。「ロマンスのかけらもない人らしい発言だわ」

「こう見えてもロマンチックな男なんだぞ。この瞬間の大切さはわかっている。それに、きみへのプレゼントも用意してる」

ジェニーは驚いて彼をふりかえった。ルークはポケットに手を突っこみ、包みをとりだした。

「なんのために？」

「今日はきみの誕生日だ」

「いやだ、すっかり忘れていたわ」ジェニーは目を見張った。「いまでもわたしの誕生日を覚えていたの？」

「白状すると、ある人に教えてもらったんだ。さあ、開けてみろよ」

ジェニーは鮮やかな赤いリボンがかかった白い小さな箱を握りしめた。「どうしてわたしにプレゼントなんか買ってくれるのかわからないわ」

「開けてごらん、ジェニー。プレゼントをもらうのは大好きだろう」

彼女は思わず微笑んだ。彼の心遣いが嬉しかった。「ええ、プレゼントをもらうのは大好きよ」

彼女はリボンを解いて箱を開けた。なかには陶器でできた天使のブローチが入っていた。ジェニーは息をのんだ。それはスカイライン・ドライヴの土産物屋で見かけたブローチだった。野球帽を後ろ前にかぶり、いたずらっ子のような表情を浮かべた、羽が生えそろっていない天使は、ダニーを連想させた。

「どうしてこれを?」

彼女が首を振った。目に涙を浮かべている。

「気に入ったかい?」

「ごめん、ジェニー。きみが喜ぶと思ったんだ」ユニオン・スクエアに集まってきた人込みに押されながら、ルークは彼女を引き寄せた。

ジェニーは自分が抱き寄せられていることに気づかなかった。その瞬間、彼女は暗く冷たい夜の闇のなかで、月明かりを浴びてホタルのように舞う小さな天使に魅せられていた。ダニー、わたしの可愛い天使。もちろん彼は本当は天使ではなくたんなる子供で、それも落ち着きのないわがままな子供だったが、それでも彼はジェニーのものだった。

彼女は天使のブローチを見つめていた。その顔にまるでそばかすのように見える小さなしみを見つけて、彼女は泣きだした。涙がとめどもなく流れた。ルークは彼女を抱きしめて何度も謝ったが、彼女は聞いていなかった。彼女の指は天使の顔を何度も撫で、やがてしだいに気持ちが穏やかになった。

彼女はルークの腕をほどいてブローチに見入った。「すてきだわ」

ルークは彼女の表情をうかがった。「返してもらってもいいんだ」

「だめ、返さないわ」彼女はブローチを胸の前で握りしめた。「もうわたしのものよ」

「気に入らないのかと思った」

「とんでもない、すごく嬉しいわ。どうしてわかったの、ルーク？　二週間ぐらい前に、ダニーといっしょにこれを見つけたのよ。あの子はわたしのブローチ好きを笑っていたけど。ほら、アクセサリーを作っているから、ライバルの作品がいつも気になるのよ。でもこのブローチはすごくユニークだから、想像力をかきたてられたわ。これを見たとたんに目が釘付けになったわ」

「どうしてわかったの？」

「気に入ってもらえてよかった」

ルークは目をそらした。その様子を見て、ジェニーは首をかしげた。彼がなぜ彼女の質問をはぐらかそうとするのかがわからなかった。「ルーク？」

「夕食は？　腹がすいてないか？」

「わたしの質問に答えてないわ」

「どこかで何か食べないか？」

「見た瞬間にぼくもそう思ったよ」

「その天使はダニーに似ているんだね？」ルークが言った。

天使の顔に指を這わせるたびに、彼女の魂は喜びに満たされた。

「それって逆だと思うけど、まあいいわ」彼女は微笑んだ。なんだか急に食欲が出てきた。

「男の特権だ」

「何か隠し事をしてるわね」


「あの子はあなたに似ているのよ」

「いいや、ダニーの目と髪の色はぼくと同じだが、あの子はきみの魂を受け継いでいる。それがあの子のいちばんいいところだ」

ジェニーは爪先立ちになって、衝動的にルークの唇にキスをした。彼は一瞬あっけにとられたが、すぐに彼女にキスを返した。彼のキスには彼女のとっさの衝動以上の情熱と欲望がこもっていた。

ジェニーが唇をひらくと、彼の舌が彼女の口のなかにすべりこみ、その息が詰まるほど美味で、心を掻き乱されるほど懐かしい味を堪能した。人びとが行きすぎ、クラクションが鳴り、車がバックファイアを起こし、人びとののしり声が聞こえたが、ジェニーは腰にまわされたルークの手と、重ねられた彼の唇しか感じなかった。

彼女が息苦しくなって唇を離すと、ルークの唇が彼女の頬から耳の後ろの感じやすい部分へと移動した。彼が顔を上げて彼女を見ると、二人の息が夜気に冷やされた煙のようにたながいのあいだでからみ合った。

ルークは彼女の顔を両手でおおい、ジェニーの顔のしわを脳裏に焼きつけるように彼女を凝視した――笑いじわや、悲しみや年齢によって刻まれたしわを。若かった頃の彼らの情熱など、いま二人のあいだで燃えさかっている炎とは比べものにならなかった。だが、歳月をへた二人の感情ははるかに複雑で、かつてのように情熱のまま突っ走るわけにはいかなかった。

「ジェニー、ジェニー」ルークは彼女の名前をくりかえした。「きみのことがどうしても忘れられない」

「忘れなきゃだめ」彼女は息を深く吸いこんだ。二人の絆を断ち切るときが来たのだ。「あなたは結婚しているのよ、ルーク。こんなことは間違ってる。わたしにキスなんかしちゃいけないし、わたしもあなたにキスなんかすべきじゃなかった。こんなことをして、ごめんなさい」

ルークは手を下ろし、ジェニーはあとずさりをした。まだ荒い息をしていたが、はるかに自制心を取り戻していた。

「自分が結婚していることを忘れてしまいそうになる」ルークが言った。

「わたしもよ」彼女も認めた。

「ぼくは一度も妻を裏切ったことはない」

「よいことね」彼女は顔をそむけた。そんな個人的な打ち明け話をされて、落ち着かない気分になった。彼女はルークが自分以外の女性を抱いているところなど想像したくもなかった。

「何か食べに行かない?」

「デニーズは去年、テニスのコーチと浮気をした」ルークが言った。「相手は二十二歳の若い男だ」

「ルーク、そんな話は聞きたくないわ。それはあなたの家庭の問題でしょう」

「デニーズはぼくが知らないと思っていた。だが、あれに気づかないバカはいない。彼女を問い詰めようかとも思ったが、対処したくなかった。たぶん、ぼくのせいだと思ったんだ。仕事ばかりで家にいないし、彼女を無視していたから」

「それはあなたとデニーズの問題だし、あなたがわたしにそんな話をすることを、彼女は喜ばないと思うわ」

「わかってる。これはきみとは関係のない問題だ」ルークは彼女に背を向けた。

「そういう意味で言ったんじゃないの」ジェニーは彼の腕に手をおいた。「ただ、あなたたち夫婦の邪魔をしたくないのよ、ルーク。でも二人のあいだがうまくいっていないことは気の毒に思うわ」

ルークは肩をすくめた。「気の毒がることはないだろう? ぼくたちの自業自得なんだから。以前はそれに気づかなかったとしても、いまはそれがはっきりわかる」

メリリーは夫の広告会社の正面ドアに近づいた。時刻は七時をまわったところで、リチャードは顧客と会議をしているはずだったが、彼女はそんなことをまったく信じていなかった。ドアのところで、彼女は足をとめた。ガラス越しには、リチャードのオフィスのドア以外は何も見えなかった。会議室はその奥にあり、会議が実際に行なわれているのか、そしてこれから自分が大恥をかくことになるのか、予想もつかなかった。

メリリーはなぜ自分がこんなことをしているのかわからず、首を振った。彼女が用意した夕食を子供たちが食べようとせず、そのあと病院に駆けつけると、ジェニーの姿が見あたらず、ダニーが死の淵にいる状態でベッドに寝ているのを見たとたんに、恐怖が彼女を襲い、無意識のうちにリチャードのオフィスにまで来てしまったのだった。

ダニーは死にかけている。

その衝撃的な現実が彼女を突き動かした。もしもダニーが死んでしまうとしたら、もしも彼の命が一瞬で消えてしまうとしたら、自分はこんなふうに憂鬱な人生をおくっていてもいいのだろうか？　いつか状況はきっとよくなる、そのうちにリチャードが中年の危機を乗り越えて彼女のもとに戻ってくるというふりを続けていてもよいのか？　実際に何か手を打たないかぎり、そんなことは起こるはずがないのだ。

リチャードが浮気をしている事実を認めずに、彼の帰りが遅いことに文句を言っているだけでは、原因ではなく症状に対処しているだけだということに、メリリーはようやく気づいた。

だが、夫の浮気のことを考えるだけでもつらかった。それは自分の失敗を認めることで、彼女には失敗を直視すること自体がつらくて、いまはそれに立ち向かいたくなかった。彼女はドアノブから手を離した。いま、家に戻れば、リチャードは彼女が来たことには気づかない。このまま完璧な夫婦のふりを続けていくことができる。だが、もしもリチャードがほかの女性といるところを見てしまったら、離婚を考えなくてはならない。家を売り、子供たちに別々の生活を強いることになる。だめだ、とんでもないことだ。

メリリーはエレヴェーターにひきかえし、ボタンを押した。エレヴェーターの扉が開いたが、彼女はためらった。しばらくすると、彼女の前で扉が閉まった。

ダニーのせいだ。ジェニーが必死になってダニーを生かそうとしている姿を見て、メリリーは人の命のはかなさを思い知った。甥が生きるために格闘しているのを目の当たりにして、彼女は初めて人生における優先順位というものを考えるようになった。

完璧な家庭の母となり妻となることが彼女の夢だった。はたから見れば、彼女はその夢を実現させたわけだが、本当はそうではないことを彼女自身は知っていた。それが彼女には苦しかった。いま、以前にも増して苦しいのは、ダニーの事故以来、感情や神経が研ぎ澄まされて、痛みに敏感になっているせいかもしれない。二週間前ならば、自分がこんなことをするとは思いもしなかった。威厳あるふるまいとは思えない。それでも、真実を知らなくてはならない。

ふたたび勇気を奮い起こして、メリリーはオフィスに入った。リチャードの部屋のドアの前に立つと、なかから声が聞こえてきた——男と女の声が。

メリリーは息を深く吸いこんで、ドアを勢いよく開けた。リチャードがソファから飛び上がり、あわててシャツの上のボタン二つを留めた。

夫の二十四歳の秘書で、美しいブロンドの髪に、大きな胸と長い脚が自慢のブレアもあわてて立ち上がった。コーヒーテーブルには、中華料理のテイクアウト用の容器とワイングラスが二つずつ。それに空になったワインボトルが置いてある。

そこで仕事以上のことが行なわれていたのはあきらかだった。

いままで家でじっと一人で夫の帰りを待っていた夜が、頭に浮かんできた。彼女は夫を信じて待っていたのに、彼はそんな妻を裏切っていたのだ。

「おい、メリリー、何しに来たんだ？」リチャードが強い口調で言った。彼の顔は怒りでゆがんでいたが、そこにはほかの感情も浮かんでいた。だがメリリーにはそれをあきらかにしている暇はなかった。

「あなた、この女と何をしてたの？」リチャードの攻撃的な態度に、彼女は激怒した。悪いことをしているのは彼であり、彼女のほうは悪くないのに。なんて男だろう。

「彼女はわたしの秘書だ。いっしょにプロジェクトの仕事をしていたんだ」

「嘘を言うんじゃないわよ、このろくでなし。結婚の誓いをなんだと思ってるの」

「きみがぼくのぶんまで真面目にやってくれてるだろう。ただ、亭主を幸せにするっていう点に関しては――」

「黙りなさい。黙れ。それから、あんた――出ていってよ」彼女を愚弄《ぐろう》するリチャードの発言に、メリリーは屈辱感をおぼえた。彼女はブレアの腕をつかみ、文字どおり彼女をオフィスからたたき出した。「さあ、人の話をちゃんと聞いて」彼女はリチャードに言った。「何カ月も浮気してたんでしょう。わたしをバカだと思ってるの？　この思い上がった最低男――」

「やめろ、メリリー。きみはヒステリーを起こしているだけだ」

「ヒステリーですって？」彼女は叫んだ。「わたしがヒステリーを起こしていると思ってるの？」

リチャードはあとずさりした。「いいから、落ち着け」

「落ち着きたくなんてないわよ。あんたの頭をぶった切ってやりたいわ」

リチャードは驚いて口をぽかんと開けた。メリリーは夫のデスクに歩み寄り、コーヒーカップを手にとると、彼の頭に向かって投げつけた。リチャードが身をかわすと、カップは壁に激突した。

「メリリー、いったいどういうつもりだ？」

メリリーはデスクの上の書類をかき集め、それをごみ箱に放りこんだ。

「おい、それは大切なものなんだぞ」

彼女は夫を無視して引き出しを次つぎと開け、中身を床にぶちまけた。リチャードのオフィスをめちゃくちゃにするのは気分がよかった。彼は彼女の人生をめちゃくちゃにしたのだから、彼にだってすこしは同じ思いを味わわせてやりたい。

「なあ、メリリー、話し合おう――家で」彼は言い添えた。「ここはわたしのオフィスだ。仕事場だから」

「あら、さっきは仕事をしているようには見えなかったけど」メリリーはコーヒーテーブルに歩み寄った。ワイングラスの縁についた赤い口紅の跡が、彼女の狂気をさらに煽《あお》った。彼女はグラスを手にとり、中身をリチャードの顔にひっかけた。「頭を冷やしたほうがいいのはあんたのほうでしょう」

リチャードは口に入ったものを吐き出し、シャツの袖で顔を拭いた。彼が態勢を完全に立て直す前に、メリリーは彼のズボンのウエストをぐいと引き、もう一つのグラスの中身をなかに注ぎこんだ。冷たい液体が肌に触れた瞬間、彼は息をのんだ。

「何をするんだ」彼は叫んだ。「おまえ、頭がおかしいぞ」

「そのとおりよ。もうこんなことはうんざりだわ、リチャード。何カ月も人のことを愚弄して。もう我慢できないわ。離婚したいのなら、してあげるわよ」

その言葉の重要性を考える間もなく、言葉が勝手に飛び出していた。だが、その言葉が室内に響いた瞬間、彼女の怒りは恐怖へと変わった。リチャードはショックのあまり呆然として妻を見ていた。

「離婚?　きみは離婚したいのか?」

メリリーは自分を抱くように身体に両腕をまわした。「中年の危機だかなんだか知らないけど、いつかは過ぎると思っていたのよ。でも、どうやらやめる気配はなさそうだし、あなたの浮気にこれ以上は耐えられないわ」

「気づかないと思っていた。きみはどうでもいいのかと思いはじめていた」

「どうだっていいわ」

「嘘つき」

彼のつぶやきに、彼女は顔を上げた。「あんたのことなんて、どうだっていいの。いまはあんたなんか大嫌いよ」

「わたしのことを嫌っているなら、ここには来なかっただろう。メリリー、きみがこんなふうになるのを見たのは初めてだ。きみはいつも冷静で、自制心があって」

「わたしだって人間よ、リチャード。感情があるの。なぜこんなひどいことをするの？　あなたを愛していたのに。すべてをあなたに捧げたのに」

「メリリー……」彼は妻に触れようと手を伸ばしたが、メリリーはその手を振り払った。

「触らないで。わたしを放っておいて」彼女はオフィスから飛び出て、そのまま車のところに駆け戻った。震える手でキーをロックに差しこみ、車に乗りこんだ。駐車場から出て一ブロックほど車を進めたあたりで、ようやく涙がこぼれてきた。車をわきに止めて、彼女は泣いた。何年間も溜まりに溜まった心の膿《うみ》を洗い流すように、彼女はいつまでも泣きつづけた。

24

ルークは〈マリーナ・グリーン〉の駐車場に車を停めた。もうじき午前零時になろうという時刻の駐車場は空っぽで、澄んだ冬の星空を眺めに来た数人の観光客がいるだけだった。ジェニーはドアを開けて車から降りた。ルークが彼女のあとから堤防のところに行くと、サンフランシスコ湾の波が海岸に打ち寄せていた。

左手に見える、赤い色のゴールデン・ゲート・ブリッジが月明かりのなかで息をのむほど美しい。湾の中央にはアルカトラズ島があり、ルークにははっきり見えなかったがどこかにエンジェル島もあるはずだった。

天使という言葉に、彼は夜空を見上げた。今夜はどこにいるんだ、ダニー？　病院のベッドで寝ているのか、それとも友人のジェイコブといっしょに空を飛びまわっているのか？

「落ち着くわね」ジェニーが彼の腕に頭をあずけた。「わたしは外にいるのが好き。ダニーもそうなのよ。家に連れて帰ったその日から、まだ赤ちゃんだったのに、泣きだしたあの子を外に連れ出すと、すぐにぴたりと泣きやんでしまったの」彼女は昔を思い出して、声をあげて笑った。

「きみの笑い声が聞けて嬉しいよ。久しぶりだ」

「今夜はすごく気分がいいから。なぜかはわからないけど。妙なのよね。病院から離れると、病室にいるときよりもダニーがそばにいる気がすることがあるの。変だと思わない?」

ルークは口を開くのが怖くて、ただ首を振った。ダニーに会ったことをジェニーに話したかったが、そんなことを口に出して言うのはあまりにもばかげている気がした。ダニーは昏睡状態なのだ。天使のように遊びまわっているはずがない。ルークは天使など信じないし、そもそも神の存在も信じていなかった——すくなくともいままでは。

星空を見上げながら、最愛の女性を腕に抱いていると、ルークはしだいにどんなことも可能だという気がしてきた。

「何も言わないのね」ジェニーが言った。「そろそろ戻ったほうがいいかも」

「まだいいじゃないか」

「ダニーのことを話したとき、ご両親はなんて言ったの?」

ルークは肩をすくめた。「ほとんど何も言わなかった」

「わたしに気をつかわなくていいのよ。ただ知りたいだけだから」

なんと答えたらいいのか、ルークにはわからなかった。これ以上彼女を傷つけたくはなかったが、真実を隠すことはできない。彼女には見抜かれてしまうだろう。やがて彼は重い口を開いた。「父はきみが金目当てだと思ってる。母はぼくが息子を家族に加えるのは、話を複雑にすると考えている」

「お母さまの考えるとおりだわ」

「でも、これはぼくの人生だ」

「奥さんは？　彼女は子供を欲しがっているの？」

その質問に、ルークは胃が締めつけられた。いまでもデニーズがあんなことをしたとは信じられなかった。「きみがそんなことを訊くとは意外だな」彼は苦々しげに言った。「デニーズはぼくに黙って先月、卵管結紮の手術を受けた」

それを聞いて、ジェニーは驚いてあとずさった。「本当に？　あなたに相談なしに？」

「そのとおりだ。たまたまそれがわかったんだ。ただ妊娠しなければそれですむと彼女は思っていたらしい。きみが言っていた人生の皮肉の一つだよ。かつてぼくはダニーの父親になるチャンスがあったのに。いま、あの子は集中治療室にいて、ぼくはおそらく二度と子供を持つことはできない。最後に笑うのはきみってことだ」

「わたしは笑ったりしないわ」

実際、彼女は笑っていなかった。彼女がルークを見つめる眼差しは、まさにジェニーそのものだった——勇敢で、誠実で、正直で、寛容。そのとき、彼は気づいた——ジェニーは彼を許してくれたのだ。だが、なぜそんなことができるのか、彼には理解できなかった。

「笑っていいんだよ」彼は荒々しく言った。「ぼくはきみの人生を台なしにしたんだから」

するとと彼女が微笑んだ。「ダニーをわたしに授けてくれたことは、人生を台なしにしたことにはならないわ。あの子はわたしの人生で最高の宝物だもの。あの子がわたしをつなぎとめてくれているの。わたしにはそうしてくれる人が必要なのよ」

「それはどうかな。ぼくは地球上で飛べる人間がいるとしたら、それはきみだと思っていた」

「わたしが？」彼女は驚いて訊き返した？「わたしはただの人間よ、ルーク。あなたのほうこそ、いつも人びとよりずっと高いところを飛んでいるじゃない」

「飛んでるわけじゃない。梯子《はしご》を登ってきたんだ。毎日一段ずつ登りつづけてきた」彼はどっと疲れを感じて、目を閉じた。「下りることはできなかった。止まることもできなかった。何かがぼくを上へ上へと駆りたてたんだ。死んでも回し車から降りられないハムスターといっしょだよ」

「何があなたをそうさせるの、ルーク？」

「恐怖だ」彼は目を開けて、ジェニーを見た。「もし止まったらそこから転げ落ちて、みんなから忘れられてしまうんじゃないか、誰もぼくのことを気にしてくれなくなるんじゃないかと思うと、怖かったんだ」彼は無理に笑おうとした。彼の言葉は暗く、淋しく、まるで弱者の発言だった。ジェニーはそれを信じなかった。

「自分以外のものにはなれないのよ、ルーク」

「ぼくもようやくそれに気づいたところだ」

ルークは彼女の顔にかかった髪を払った。優しさのこもった、愛しげなしぐさだった。彼はこんなふうにジェニーといろんな話をもっとしたいと思った。彼女がけっして彼を批判しないことを彼は知っていた。

「ジェニー？」

彼女はいぶかしげに彼を見た。「なあに、ルーク？」

彼は微笑んだ。「きみの夢はなんだい？　きみがどんな仕事をしているかも知らないことに、いま気づいたよ」

「ハーフ・ムーン・ベイの〈マグドゥーガルズ・マーケット〉でレジ係をしているの。もう七年もそこで働いているわ。回し車に乗っているハムスターはわたしのほうよ。でも、そこからの収入で生活はできているの。〈アカプルコ・ラウンジ〉でウェイトレスの仕事をすることもあるわ。もっともお酒を運ぶ相手はたいていうちの兄なんだけど」彼女は顔をしかめた。「残りの時間は、アクセサリーを作っていて、いつか有名な職人になってお金持ちになりたいと思っているの。いまはリトルリーグの費用の足しにしかならないけれど」

ルークはジェニーをしばらく見つめていた。彼女があたりまえのように自分の生活の話をするのに心を打たれた。いとも簡単なことのように言っているが、それが楽ではないことを彼は知っていた。

「きみはちゃんとやってるんだな」彼はつぶやいた。

「ちゃんとなんてしてないわ」彼女は真面目な表情になった。「あなたのご両親が言ったことは正しかったのよ、ルーク。わたしは特別な人間になるように育てられたわけじゃない。あなたとは違うわ」

「そんなことあるものか」彼は真剣に言った。「きみは自分の能力を見くびっちゃいけない。この二週間というもの、きみには本当に感心した。きみにはものすごい強さと勇気がある。どこで身につけたんだ?」

「ダニーよ」彼女はあっさりと言った。「子供がいるから。あの子の面倒をみなきゃならないから。でもわたし一人でやってきたわけじゃないの。最初はメリリーが手を貸してくれたわ。もう結構ですって言いたくなるくらい。マットは経済的に助けてくれたし。姉さんや兄さんの世話にならないように頑張ったけれど、どうしようもないときもあったの」彼女は息を深く吸いこんだ。「とにかく、過去は過去、そうでしょう? ねえ、わたしが作ったアクセサリーを見たい?」

「ああ、ぜひ」実際は、彼はジェニーを抱きしめて、もう二度と苦労はさせない、きみとダニーが必要なものはすべて、金も家も車もぼくが用意してやると言いたかった。だが彼女の目にプライドが浮かんでいるのを見て、彼は何も言わなかった。彼女に自分の人生は失敗だと思ってほしくなかった。

ジェニーはセーターの下にしていたネックレスを引っぱり出した。「ダニーの事故の直前に作ったの」

ルークはサンゴ色の貝のネックレスにそっと触れた。「きれいだ。珍しい」

「それがわたしよ。珍しいの」彼女は肩をすくめた。「友だちのブルーは、地元のアートフェアで売るだけじゃなくて、もっと積極的に販売活動をすべきだって言うのよ。どうしようかとずっと考えていたんだけど」彼女は首を振った。「以前はやりたいことをする時間はいくらでもあると思っていたんだけど、こんなことになって、ようやく何もかもが一瞬にして消えてしまうんだとわかったの」彼女はすこし口をつぐんだ。「ダニーが貝や石を拾うのを手伝ってくれたのよ。あの子が歩けるようになった頃からずっといっしょにやってるの。あの子がいなくなっちゃったら、一人で続けていく自信がないわ。クリスマス前に作ってほしいと言われてる注文が二件あるんだけど、それもできる自信がない。ああ、どうしよう、ルーク」彼女は恐怖で表情をかたくした。「わたしの人生はすべてダニーを中心にまわっているの。あの子を失うなんてことはできないわ」

「大丈夫、ダニーはきっとよくなる。ぼくがかわりに手伝うよ」

恐怖が興味に変わった。「あなたが？　巨大なビジネスで成功した医者のあなたが、ビーチで貝拾いを手伝うっていうの？」

「いいだろう？」

「なぜ？」

「きみといっしょにいられるからだ」それにビーチでたんなる貝殻以上のものを見つけられる気がするからだ。たとえば生きる理由とか、永遠に失ってしまったと思っていた愛とか。

「ルーク、わたしには――」

「シーッ、何も言うなよ」

「あなたが何を期待しているのか、わたしにはわからないわ」ジェニーはさぐるように彼を見た。

彼はジェニーの愛が欲しかった。彼女の情熱と、彼女がくれるものすべて、とくに彼女の信頼が欲しかった。だが彼女を怯《おび》えさせたくはなかった。まだ早すぎる、急ぎすぎだ。だから彼は何も言わなかった。

「すこし歩かない？」ジェニーは返事を待たずに歩きだした。

二人は黙って〈セント・フランシス・ヨット・クラブ〉や港の前を通りすぎ、明かりに照らされたゴールデン・ゲート・ブリッジに近づいた。しばらくすると、ジェニーは彼と腕を組んだ。彼らは散歩道の終点の橋の真下で立ちどまり、その大きさに畏怖《いふ》の念を覚えた。

「わたしたちなんてちっぽけで、取るに足らない存在ね」

「そうだろうか。人間の力がなければ、この橋は建設できなかったんだぞ」

ジェニーは彼に笑いかけた。「いつでも本当に理論的なのね。あなたを身近に感じるわ。離れていた時間がまるでほんの一瞬だったみたいに。なんでそんなふうに思うのかしら？あなたを憎むべきなのに」

「そうだね、憎むべきだよ」

「でも、そうじゃないの。あなたもわたしを憎んでいない。息子のことを隠していたのに」

「憎めるわけがないだろう」彼の声は感情の高ぶりでかすれていた。彼女にどれほど惹かれているかを知られたくなかったが、それは不可能だった。ジェニーのことで頭がいっぱいで、彼はまた彼女にキスをしたかった。その思いがあまりに強すぎて、それを押しとどめることができなかった。

ルークの唇が彼女の唇に触れ、一回のキスが、二回、三回、そして途切れることのない情熱だけの時間が流れた。長すぎる年月離ればなれになっていた二人が求め合う情熱。彼女の名前がルークの頭のなかでこだました。ジェニー。ジェニー。彼女の柔らかさが彼を押し流し、彼女の温かさが彼の身体を温めた。ルークは彼女の温もりをひたすら求めた。

ジェニーが身体を離した。顔がほてり、唇が腫れている。「だめよ」

「これでいいんだ。あらがうのはよそう。自分たちに正直になるんだ」

「だめよ。わたしはもうあの頃の娘じゃないのよ、ルーク。おとぎ話なんか信じないわ。ハッピーエンドなんてありえないのよ。わたしは大人になったの。変わったのよ。自分の行動に責任をとるようになったの」

「ぼくもだよ、ジェニー」

「それなら、わたしたちがいっしょにいられないのはわかるはずよ。あなたはほかの女性といっしょになったんだから」

「いまは、この瞬間は、ぼくは身も心もきみといっしょにいる」

「あなたが奥さんのことを忘れても、わたしはアランとつき合っているの」

「本当に？」ルークは彼女の顎を持ち上げ、微笑みながら彼女の目を覗きこんだ。「きみは彼のものなのか——本当にそうなのか？」

ジェニーは唇を舐めた。「いいえ」やはり嘘はつけなかった。「でも、それはどうでもいいことよ」

「きみが彼のものでないなら、ぼくがきみにキスをしても、彼は気にしないってことだ」

「いいえ、気にするわよ。それはあなたの奥さんも同じ」

「それでも、ぼくはきみにキスするよ——きみがいやだと言わないかぎり。きみはいやなのかい？」

「いいえ」ジェニーは彼のほうに顔を傾けた。

「ラブシーンだ。ラブシーンは嫌いだ」ジェイコブが綱渡りの曲芸師のように、ゴールデン・ゲート・ブリッジの手すりの上を歩いた。

「ちょっとどいてくれないかな？」ダニーが言った。「父さんと母さんを見ているんだから」

月明かりに照らされて、ジェニーとルークがまるで暗いステージでスポットライトを浴びる恋人たちのように見えた。「わお、本当にキスしているよ」

ジェイコブは手すりから飛び降りて、ダニーの両目をふさいだ。「子供はそこまで。どう考えても、お子さま向けの映像じゃない」

ダニーはジェイコブの手を払いのけようとした。「やめてよ、見たいんだから」

「だめだ。青少年に有害なものを見せるわけにはいかない」

「だったら、どうなってるか説明してよ」

「想像しろ」ジェイコブがため息をついた。「あの二人は先を急ぎすぎてるな。そろそろおれの出番らしい」

ジェイコブが橋の手すりから身を乗り出したので、ダニーは目隠しの手から逃れた。

「何をするつもり？」

「あいつらを正気に戻すんだ」

「やめてよ」ダニーはジェイコブの腕をつかんだ。「二人にキスしてほしいんだ。二人にまたいっしょになってほしいんだ。そうなったら最高だよ」

「まあ、そうだろうが」ジェイコブは首をかしげて考えこんだ。「やっぱり、だめだ」彼は手すりから身を乗り出し、まるでバースデーケーキのロウソクの火を吹き消すように海に向かって息を吹きかけた。するとダニーが驚いたことに、ジェイコブの吹きかけた息が大きな波をつくり、その波が両親が立っている真下の海岸に激しく打ちつけたので、彼らは水浸しになった。

ルークとジェニーはあわてて身を離し、目に入った海水をぬぐいながら声をあげて笑った。彼らはすぐに来た道を戻っていった。

ジェイコブは嬉しそうに笑い声をあげた。「この技はおれのお気に入りなんだ。いつも効果てきめんだ」

ダニーが腕を組んで、ジェイコブをにらむと、老人はすこし恥ずかしそうな顔をした。

「ちょっとした冗談だ。そんなに怒るな」

「せっかくうまくいってたのに、邪魔したんじゃないか」

「邪魔されたようには見えないがね」

ジェイコブはカップルを指差した。ルークとジェニーは立ちどまってキスをしていた。

ダニーが微笑んだ。「二人がまだ愛し合ってるって、ぼくにはわかってたんだ」

「やれやれ、あんなラブシーンを見てると、こっちは吐きそうだ」ジェイコブが言った。

「さあ、もっと騒ぎが起こっているところに行ってみよう」

「ちょっと待って。何か変だよ」

ジェイコブがダニーの腕を引っぱったが、少年は手すりを握りしめて動こうとはしなかった。両親がいっしょにいるのを見るのは嬉しいが、突然、彼らが息子のことを忘れて二人きりの時間を楽しんでいることに気がついたのだ。「ぼくが病院のベッドで寝ているっていうのに、どうして母さんも父さんもこんなところでキスしていられるのかな?」と、彼は尋ねた。

ジェイコブがため息をついた。「まったくおまえは両親がいっしょにいても気に入らないし、彼らが離ればなれでも気に入らないんだな。いったいどうすれば気がすむんだ、坊主?」

「ぼくも父さんたちといっしょにいたい」

「いまは、二人ともおまえのことなんて忘れてると思うぞ」

「そうみたいだね」ダニーは苛立ちを感じた。

ジェイコブは手すりに肘をついた。「ドミノで遊んだことはあるか、坊主?」

「うん、あるよ」

「一つの動きが次の動きを生む。人生だって同じだ。決断をする。すると何かが起こる。どうゲームを進めるか考えるんだ。それからサイコロを振る。九回の裏、ツーアウトのフルカウントで一か八かの賭《か》けに出る。わかるか?」

ダニーはため息をついた。「つまり、こうなったのも全部ぼくのせいだって言いたいんだね」

「おまえの人生はおまえの責任なんだよ、ダニー。いつになったら自分の責任を自覚するんだ?」

「いまは人生自体がないもん」ダニーはジェイコブと母とルークに苛立ち、吐き捨てるように言った。「ぼくはまだ子供だよ。何もわからないんだ」

ジェイコブは少年に向かってにやりとした。「これはいままで聞いたなかでいちばん気の利いた台詞だな。どうやらすこしは進歩しているようだ。この調子なら、おれも出世できるかもしれない」

ダニーはいぶかしげに彼を見た。「出世するために、何をしなきゃならないの?」

「間違いを正さなくてはいけない」

「間違いって?」

ジェイコブは彼の質問を無視した。「さあ、やらなくちゃならないことがある」

ダニーは最後にもう一度両親のほうを見てから、ジェイコブについて夜空へと昇っていった。

土曜日の朝、ジェニーは正面ドアをノックする音で起こされた。ベッドサイド・テーブルの時計を見て、彼女はうめいた。朝の七時で、ようやく日が昇ったところだというのに、いったい何事だろう？

彼女はよろよろとベッドから起き上がり、Tシャツの上に明るい花柄の着物風のガウンを着て、ドアに向かった。ドアを開けながら、彼女は言った。「いい話なんでしょうね」

「もちろんだ」ふだんとはまったく違う格好のルークがなかに入ってきた。グレーのトレーナーに色あせたジーンズをはいていて、なんと膝が破れている。破れたジーンズ？　ジェニーは目をとじた。きっとこれは夢に違いない。

「出かける準備はできてるかい？」ルークが尋ねた。

ジェニーは目を開けた。彼はまだそこにいて、得意げな顔をして、オレンジ色の子供用のバケツとシャベルを手にしている。

「出かけるってどこへ？」彼女は尋ねた。

「ビーチに貝殻を拾いに行くんだよ。アクセサリーの素材にするために。忘れたのかい？」ルークが言った。

「なんでバケツなんて持っているのよ？　わたしの仕事は遊びだとでも思ってるの、ルーク？」声に苛立ちがこもっていた。彼女は起きぬけはけっして機嫌がいいほうではなく、楽しげな彼の顔がよけいに彼女を怒らせた。

「いや、そうじゃない。店で目についたんだ」ルークがあわてて言った。「もしかすると、また砂の城をつくろうときみを説得できるんじゃないかと思って」

「何を言ってるの。砂の城なんかつくってる時間があるわけないじゃない。ベッドをととのえて、家のかたづけをして、店にミルクを買いに行かなくちゃならないのよ。今日じゅうにネックレスを二つ仕上げなくちゃならないし、春のアートフェアの出展申し込みもしなきゃならないし、すくなくとも八時間は病院で息子と過ごさなくちゃならないんだから」いっきにまくしたてた彼女は、よろめくように壁にもたれた。

「手伝うよ、ジェニー。まず一時間いっしょにビーチで材料を探す。そのあとは、やるべきことのリストを手分けしてこなせばいい」

「いますぐビーチに行くわけにはいかないわ。まだ着替えてないし、用意ができてないもの」

「きみはいつだって準備ができていたじゃないか」

「いまはもうそうじゃないのよ。わかった?」と言って、彼女は寝癖がついた髪を撫でつけた。「先に電話してくるべきでしょう。いきなり飛びこんできて、人の生活を掻きまわさないで」

「それはきみがぼくに対してやったことだ」ルークはジェニーをじっと見つめた。彼の浮かれた気分は、まるで風船から空気が抜けるようにしぼんでいった。「いったい自分に何が起こったのかわからないうちに、きみに足もとをすくわれた」

「あなたの足もとをすくうほど、わたしは力持ちじゃなかったわ」

「きみはそれを笑顔でやったんだ。人生に対する情熱で。それをぼくがきみから取り上げてしまったんだな。ああ、もう一度きみに返してやれればいいのに」

「無理よ」ジェニーは自分を見る彼の目つきを無視しようとした。突然、自分のだらしない服装と、廊下の奥の乱れたベッドを意識して、彼女はガウンのベルトを締め直した。今朝の彼は本当に魅力的だった――コーヒーよりも、クリームチーズを塗った温かいベーグルよりも。

食べ物。そう、まず食べ物とコーヒーが必要だ。それからやることをリストに書き出して、計画をたてよう。だが、その前にまずしっかり目を覚まして、理論的で筋の通った方法でこの男に対処しなければ。えっ、理論的で筋の通った方法ですって？

「いやだ、どうしよう」彼女は声に出して言った。

「こんどはなんだい？」

「いま、突然に気づいたのよ――わたしったらあなたみたいになっちゃった」

ルークが微笑んだ。「ぼくも同じことを考えてたところだ」

「あなたみたいになりたくないわ」

「ぼくも、ぼくみたいになりたくない」

急に頭がずきずきしてきたので、ジェニーは手をあてた。「ルーク、悪いけど帰って」

「いやだ、絶対に帰るもんか」彼がまた満面の笑みを浮かべた。

「おたがいに変わったのは事実だ。いまのぼくたちがどんな人間かさぐってみようよ。きみがすべきことをいっしょに終わらせよう。一時間だけ時間をくれ。絶対に後悔させないから」

「そういう約束はあてにならないのよ」ジェニーはベッドルームに向かった。「いいわ、着替えてくるから、コーヒーをいれといてくれる?」

「コーヒー? いや、ジェニー……」

ジェニーはベッドルームのドアの前で立ちどまった。「今度は何が問題なの?」

「コーヒーのいれ方がわからない」それは秘書の仕事だから」

彼女は急に楽しくなって、穏やかに笑いだした。ルークがたまらなく可愛く見える。ああ、どうしよう。「じゃあ、いれ方を覚えるいい機会だわ。豆は食器棚に入っているから、頑張ってやってみて」

「もし失敗したらどうするんだ?」

「そうしたら、あなた以外の人間がふだんどう感じて生きているかがよくわかるわよ」

25

「悪いのはわたしだ」キッチンのカウンター越しに、リチャードはメリリーに言った。

メリリーはカウンターをスポンジでこすっていた。夫の顔を見たくなかった。赤く腫れた目を見られたくなかった。自分がどれほど傷ついたかを彼に知られたくなかった。昨夜、夫は家に帰ってこなかった。それに関しては感謝していたが、いまはすでに土曜日の午後七時になろうとしていて、彼女はこの八時間というもの、やきもきしながら彼の帰宅を待っていた。

彼女は話し合いをしなければならないのはわかっていた。結婚生活の今後について決断を下さなければいけないこともわかっていた。ただ、その覚悟ができているかどうかは自分でもわからなかった。

「メリリー」

彼女はしぶしぶ夫に顔を向けた。彼の顔は憔悴《しょうすい》しきっていた。その目に浮かぶ恐怖が、彼女に希望をあたえた。

しばらくして、彼女はキッチンテーブルに近づき、椅子にかけた。リチャードも無言でそれにならった。

彼らはまるで赤の他人のように五分間そのまま何も言わずにすわっていた。ようやくリチャードが口を開いた。「言い訳するわけじゃないが、わたしは孤独だったんだ、メリリー。わたしはきみに必要とされていない気がした」

「どういう意味？　わたしはあなたと子供たちのために生きているのに。あなたの食事をつくって、あなたの家を守って、あなたのズボンを裾上《すそ》げして、あなたのシャツのボタンをつけて——ブレアみたいな尻軽女がそれをもぎ取っていたかもしれないのに」

「だが、きみはわたしを愛していない」リチャードがはっきり言った。「昔はそうじゃなかった。いつから変わってしまったのかはわからない。ある日、ふと気づくと、一カ月のあいだ一度も愛し合っていなかった。次にカレンダーを見たときには、それが三カ月になっていた。そしていつのまにか四カ月に。きみは完全に自立しているから、わたしのことなんて必要ない。たとえセックスに関しても」

「わたしのせいじゃないわ。人のせいにするのはやめて」

メリリーが席を立とうとすると、リチャードが彼女を押しとどめた。「話し合わなきゃいけないんだよ。もう何カ月も前に話し合うべきだったんだ」

「あなたはただ話し合うだけじゃ満足できなかったみたいだけど」

「すまない」

メリリーは驚いた顔で夫を見た。「それで丸くおさまると思ってるの？」

「何をしたって丸くはおさまらないよ。解決することはできない。ただおたがいの溝が深くなるだけだ。おそらくわたしは何カ月も前から、きみにああいう形で見つかることを期待していたんだと思う。目の前であからさまな態度をとればとるほど、きみはそんなことはないと強く否定しているように思えた。しばらくすると、きみがまったく気にしていないのなら、わたしだって気に病むことはないと思うようになったんだ」

「気にしているわ。あなたを愛しているもの」彼女の声には苦悩がにじんでいて、夫がそれに気づくのがわかっていた。「あなた以外の人は愛したことがないわ。出会ったあの日から、わたしなんてあなたにはふさわしくないんじゃないかって、ずっと不安だったの。あなたは明るくて人の輪の中心にいられるような人だけど、わたしはそういうタイプではなかったので、あなたがわたしといっしょになってくれるなんて夢にも思わなかった。子供たちが生まれたあとは、たぶんわたしはあなたにくらべるとセックスへの興味を失ってしまったかもしれない。あいだがあけばあくほど、自分がよくないからじゃないかって不安になったのよ」

「よくない自分というリスクを犯すよりも、完全にやめてしまうことを選んだのか」

「あなたはほかに楽しみを見つけたんだし、べつに問題はないでしょう?」

「おおありだ。出会ったあの最初の年がどんなだったか、いまでもよく覚えている。きみのお父さんの家のソファで、飽きずに何時間もキスをしたり、いちゃつき合ったりしたじゃないか。ぼくが恋したあの娘はどこに行ってしまったんだ?」

「彼女は大人になったのよ、リチャード」メリリーは椅子に深く腰かけて、腕を組んだ。昔自分が若かった頃のことや、当時抱いていた希望や夢の話はしたくなかった。二十歳のとき、彼女はリチャードと恋に落ちた。彼と出会って一年目に母親が死んだとき、彼女がすがったのが彼だった。

いまとなっては、なぜいっしょになったのかすら思い出せない。彼はあのときの青年とはまるで違ってしまったし、彼女も若かった娘のときとはまったくの別人になってしまった。

「きみは大人になったんじゃない。かたくなになったんだ」リチャードが言った。「お義母《かあ》さんが亡くなったあと、きみはみんなを愛するだけじゃなく、彼らの人生を仕切ることに力を入れるようになった」

「仕切らないわけにはいかないわ。だってわたしは長女なんですもの。ジェニーはまだ十五歳だったのよ。あの子にはわたしが必要だったの」

「たしかに最初はそうだったかもしれないが、ここ十年はそうではないよ、メリリー。わたしはいつも遅くまでオフィスにいた。そのほとんどは本当に仕事をしていたんだ。きみの高すぎる期待に応えようと必死に頑張ってきたんだ。でも無理なんだよ」

「残業しろなんて言った覚えはないわよ。ただビジネスで成功してほしいと思っていただけ。それに、これはわたしの期待に応えるのどうのという話ではないでしょう、リチャード。あなたはわたしを裏切ったのよ。いつかあなたを許せる日が来るかどうか、わからないわ」

「たぶんきみは絶対に許さないだろう。ジェニーがルークと愛し合って未婚のままダニーを産んだことを許せないように。マットがプロ選手として成功できなかったことを許せないのと同じように。きみはね、お義父さんと同じなんだよ」リチャードはネクタイをはずし、それをテーブルに置いた。

「わたしは父とは違うわ」メリリーは恐怖に顔をひきつらせた。

「いいや、そっくりだよ。ジョンがあの歳になって孤独なのは、まわりの人をありのままに受け入れられないからだ。きみも子供たちに同じことをしている。ウィリアムはよい成績をとるために、一度など真夜中に懐中電灯を片手に勉強しているのを見たことがある。あの子はまだ十一歳なんだぞ」

リチャードの批判は彼女の魂にまで切りこんできた。メリリーはそこにほんの少しでも真実があると認めたくなかった。「口であれこれ言うだけなら誰にだってできるわ、リチャード。あなたは家にいて子供の世話をしているわけではないじゃない。それに、わたしは弟や妹を愛しているの。あの子たちはわたしを口うるさい仕切り屋だなんて思ってないわ」

「そうだろうか？　おい、メリリー、わたしに嘘をつくのはかまわないが、自分に嘘をつくのはやめなさい。それに、きみもお義父さんに対しては同じように感じてるんじゃないのか？　何をやっても自分はだめだと感じたことはないか？」

メリリーは顔をそむけた。もちろん、いつもそう感じていた。彼の言うとおりだった――すくなくとも父に関しては。その点は認めざるをえない。だがマットとジェニーの場合は違う。あの子たちは姉が自分たちを愛していることを知っているのだから。

「わたしだけの問題じゃないわ、リチャード」メリリーも自分の意見を主張した。「あなただって昔はわたしの話を聞いてくれた。いろんなものを共有してたわ。でもいまはあなたと話をすることができない。たとえ家にいるときでも、あなたの心はどこか遠くに行ってしまってる。もう何年間もわたし一人で子供たちを育ててきたのよ。そのせいで疲れはててしまったわ。コンスタンスはつねに反抗的だし、ウィリアムもじきにそうなるわ。ストレスがどうのと言う前に、家に二、三日いて子供たちの世話をしてみなさいよ」

リチャードは不意を突かれたような顔をした。「きみはいつも落ち着いてて、まるで一日じゅうマニキュアでも塗っていたみたいな顔をしていたじゃないか」

「そう見えるように、毎日必死で努力してるの。でも本当はそうじゃないのよ、リチャード。そんなに簡単じゃないんだから」彼女は立ち上がって、キッチンを歩きまわった。興奮のあまり頭がおかしくなりそうだった。

「それで、これからどうする？」リチャードが尋ねた。

彼女は足をとめ、夫を見つめた。「わからないわ。まだおたがいに守るものが残っているかしら？」

「きみはどう思う？」

メリリーはイエスと答えるのが、本心を素直にさらけ出すのが怖かった。だがいま話し合っているのは彼女の結婚生活であり、彼女の人生についてだった。

「カウンセリングに通うこともできる」リチャードが静かに提案した。

カウンセリング？　自分が抱える問題を赤の他人に話せというのか？　それは失敗した人

間のすることだ。自分が不適格者に思えてしまう。「それはむずかしいと思うわ」

リチャードも立ち上がり、妻の肩に手をおいた。「何か手を打たなくてはだめなんだよ、メリリー。それとも——それともこれで終わりにするかい？」

自分は終わりにしたいのだろうか？　メリリーはキッチンカウンターにもたれた。十七年間の結婚生活を思い返すと、いまここで別れるには、この男に多くを投資しすぎていた。だが、もう一度彼を信じることができるだろうか？　これから一生、彼が残業しているのか、それともほかの女性と浮気をしているのかと、悩みながら過ごすのか？　それは独りになるよりも悪いことなのだろうか？　彼女はもうすぐ四十になる。いまさらやり直しはしたくない。それに子供たち——彼らは父親を愛している。

「もう一度わたしにチャンスをくれないか？」リチャードが言った。

メリリーは息を深く吸いこみ、それを吐き出した。「考えてみるわ」

キッチンのドアが開いて、ウィリアムが入ってきた。「ねえ、夕食はまだ？」

メリリーはため息をついた。夕食か。彼女の人生が大きく変化したというのに、それでも夕食をテーブルにのせなければならない。

「すぐ用意するわ」彼女は答えた。「お姉ちゃんを呼んできてくれる？」

ウィリアムはぽかんとした顔で母を見た。「コニー？　コニーはいないよ」

「いないって、どういうこと？」

「バイクに乗った男の人といっしょに出かけた。一時間ぐらい前に。お母さんに怒られるよって言ったんだけど」ウィリアムはわけ知り顔でうなずいた。「お母さんはどうせダニーのことで頭がいっぱいだからって言ってたよ」

「なんですって？」メリリーはキッチンから走り出て、正面ドアを開けた。家の前の道路には人影は見えなかった。コンスタンスとかわした会話の断片が頭のなかを駆けめぐった。夜中にかかってくる電話、ささやき声、化粧。

リチャードが妻の腰に手をまわした。「あの子は大丈夫だよ」

「こんなふうに家を出ていくなんて、信じられないわ。まるでダニーといっしょじゃないの」彼女は怒りよりも恐怖が先にたった。子供には何が起こるかわからない。親はどうしたらいいのだろう？

「ダニーの場合とはまったく違うよ。土曜の夜だし、あの子はティーンエイジャーなんだから」リチャードが言った。

「それでわたしの気持ちが楽になるとでも思ってるの？　何もしないでいるなんて、とてもわたしにはできないわ」メリリーは家のなかに戻った。「あの子の友だちに電話してみるわ。誰かが行き先を知っているに違いないから」

ダニーはジェイコブの顔を見た。「コニーの行き先を知らないよね？」

「知っているかもな」

「コニーがぼくのせいで家出するなんて、信じられないよ」ダニーは階段を上がってコンスタンスの部屋に行った。メリリー伯母さんが元気のない顔でベッドにすわっていた。手には紙切れを持っていて、そこに書いてあることが信じられないというように、彼女は首を振っていた。

ジェイコブはぶつぶつ言いながら、メリリーの肩越しに覗きこんだ。

「何が書いてあるの？」ダニーが尋ねた。

「自分のことを誰も気にしてくれないような家には、もういたくない、とさ」

「ぼくのせいで？」

「どうやらそうらしい。ああ、おまえの名前がはっきり書いてある」

「最悪だな」

リチャードが部屋に入ってきた気配で、ダニーが顔を上げた。リチャードはポケットに両手をつっこんだまま、入口で立ちどまった。「全員に電話したが、メリリー、コニーを見かけたり、連絡があったという人はいなかった」

「もう十一時すぎよ、リチャード。あの子、戻ってこないつもりだわ」メリリーは彼に手紙を手渡した。「家出してしまったのよ」

リチャードは手紙を読んだ。「なんてことだ」

「わたしのせいよ。この二週間ずっと病院に詰めっきりだったから。娘のために家にいてやるべきだったのに」

「わたしたち二人の責任だよ」彼は手をさしだした。「さあ、階下《した》に行こう。マットに電話をしたよ。コニーの行方を捜してくれてる」

「やっぱりぼくのせいなんだね」メリリーとリチャードが部屋から出ていくのを見ながら、ダニーがジェイコブに言った。彼はコンスタンスの机にすわり、壁のコルクボードに貼ってある写真を眺めた。コニーは年上で威張りたがるタイプなので、それほど親しいとこではない。だがこれまでにいっしょに過ごした楽しい思い出もある。ダニーはほかの写真のあいだにはさまっている一枚の写真に手を伸ばした。それはバースデー・パーティのときの彼とコニーの写真で、二人は口いっぱいにケーキを頰張って、カメラに向かっておどけた顔をしていた。それを見て彼は微笑んだ。すくなくともコニーには人間らしさがある。けっして悪さをしないウィリアムとは違う。

自分のせいで彼女が家出をしたことに彼は罪の意識を感じ、両手に顎をのせた。話がどんどん複雑になっていく。彼はただ父親を捜し出したかっただけなのに。みんなの人生を狂わすつもりなどなかったのに。彼は状況を打開しようとしたのに、かえって事態はますます悪くなるばかりだった。

「ぼくは死んだほうがいいのかもしれないな」彼は沈んだ声で言った。

ジェイコブは少年がすわっている椅子を回して、彼に自分のほうを向かせた。「あきらめるのか、坊主?」

「そのほうがきっとみんな楽になれる」

「おまえにとっても楽だろうしな」

「自分のことは考えてないよ。すくなくとも今回は」

「よかった。途中で物事を投げ出すようなやつには我慢がならないんだ」

「もう一度すべてを元のちゃんとした状態に戻したいんだ。ぼくが本当の天使になれば、それができるんだろう？」ダニーは自分が大きな力を持てることに気づいて、ジェイコブに尋ねた。

「ああ、でも死んでしまうんだぞ、坊主」

「そうだね」

「物事にはつねによい面と悪い面がある。ボールとストライク、バラと棘《とげ》――」

「わかったよ」ダニーが言った。

「いいかげんにそろそろわかってもいい時期だ。ここにすわっていても何もできない。マット伯父さんがおれたちの助けを必要としている。さあ、手伝ってやるか？」

ダニーは微笑むと、返事をするかわりにジェイコブが上げた手にぱちんと手のひらを合わせた。


「ジェニー、ここにいるのかい？」キッチンからガレージに入ったルークは、驚いて立ちどまった。彼は段ボール箱や、洗濯機と乾燥機、自転車などが置いてあるごく普通のガレージを予想していたが、目の前にあるのは完璧な作業場だった。

棚や箱でいっぱいの作業台があり、カウンターの上には、ホットグルーガンやラジオペンチが置いてある。さまざまな布、金銀のワイヤー、貝殻やビーズ、それに長い紐の束がいくつもある。作業台の隣りにはカードテーブルが置かれ、そこには完成したアクセサリーや、まだ仕上げていないものが飾ってあった。テーブルの横には、ティッシュペーパーやリボンが入ったさまざまな大きさの箱が積み上げてあった。

彼が近づくと、ジェニーは顔を上げた。「早かったじゃない？」

「ああ、食べ物はテーブルにのってるよ。この時間だとそれほど待たされなかった」

ジェニーは腕時計を見た。「もうすぐ九時じゃない。ぜんぜん気がつかなかったわ」

「忙しい一日だったから」

「一日じゅうつき合わせちゃって、ごめんなさい」

「いいんだよ。楽しかったから」

彼はジェニーが貝殻に透明の糊《のり》のようなものを慎重に塗っていくのを眺めた。彼女の手つきは確かで、効率的で、無駄な動きは一つもなかった。

「何をしているんだい？」彼は興味深げに尋ねた。貝殻拾いの手伝いはしたが、それをどう使うかについては考えていなかった。

「貝殻に形と彩りを加えているのよ。乾くと表面に模様が浮き上がるの。ほら、ハートの形が見えるでしょう？」

ルークは身をかがめて作品をじっくりと見た。「完璧じゃないか。たいしたもんだな」

「練習の成果よ。乾いたら、色を塗るの。貝殻と金や銀の線細工を組み合わせて、もっと複雑なデザインのものを作って、高級感を出したいと思っているの」

ルークは彼女の反対側に移動した。イヤリングやネックレス以外にも、ジェニーは粘土を使って小さな宝石箱を作っていた。

「これもいいね」彼が褒めた。

ジェニーが微笑んだ。「まあ、白い紙箱よりはいくらかましよね」

「感心したよ。きみにこんな才能があるなんて知らなかった」ルークは心からそう言った。作業台の棚には手工芸に関する本や経営書がならんでいた。これはあきらかにたんなる趣味ではなく、彼女は本気でこの仕事に時間と金とエネルギーを費やしていた。

「たいしたことじゃないわ」ジェニーは両手を上げて伸びをした。黒のスパッツに柔らかい白のセーター姿の彼女は、愛らしく、セクシーで、疲れているように見えた。彼らは貝殻を拾い、雑用をすませ、ダニーの見舞いに行くという忙しい一日を過ごした。ルークはジェニーの日常のあわただしさと彼女のタフさに目を見張った。

「もう帰ったほうがいいわ。こんな時間だし」ジェニーが言った。

「そうだね」彼は同意して、ガレージを出ようとふりむいたとき、ステップ・スツールにつまずいた。

ジェニーは笑いながら両手で彼を支えた。「気をつけて」

彼は体勢を立て直すために彼女に抱きついた。彼女のそばにいるのがたまらなく心地よかった。

ルークが彼女に顔を向けると、ジェニーの笑い声が突然とまった。彼女の唇が目の前にある。キスをするのは簡単だし、そうしたくてたまらなかった。ジェニーは一日じゅう彼と距離をおいていたし、彼もそれを許した。だがいま、彼女は動かず、それは彼も同じだった。

「ルーク」彼女は懇願するように彼の名前を口にしたが、彼に出ていってほしいのか、それともここにいてほしいのかが、彼にはわからなかった。

「一回キスするだけだ」

彼女は首を振った。「五回」微笑を浮かべてささやいた。

「十回」

「十五回」

「ジェニー、数がどんどんふえてるぞ」

「いいから、黙ってキスして」

ルークは顔を近づけた。

キッチンで電話が鳴った。ジェニーはすぐにルークから離れた。電話に出なくてはならない。ダニーの件で病院から連絡が来たのかもしれない。

ルークは彼女のあとからキッチンに入り、ドアの柱にもたれてジェニーが受話器をとるのを眺めた。彼女の表情がかたくなるのを見て、彼は不安になった。どうかダニーのことではありませんように、と彼は祈った。

「わたしはどうしたらいいかしら、メリリー？」ジェニーが尋ねた。

ルークは肩から力が抜けた。相手はメリリーだ。病院ではなかった。神よ、感謝します。

「出ていって、どれくらいになるの？」ジェニーは腕時計に目を落とした。「もう九時になるわ」

ルークは心配そうなジェニーと目を合わせた。彼女は送話口を押さえて小声で言った。

「コニーが家出しちゃったの」ジェニーはふたたびメリリーとの会話に戻った。「すぐそっちに行くわ。ううん、いいの。わたしだってあの子のことが心配だもの」彼女は受話器を置いた。

「ジェニー、きみは一日じゅう忙しかったんだ。休んだほうがいい」

「コニーを捜しに行かなきゃ」

「じゃあ、ぼくもいっしょに行こう」

「いいえ」反論しようとする彼を、ジェニーは片手で制した。「もう帰って、ルーク。これはわたしの家族の問題なの。あなたとは関係ないわ」

彼女の言葉は彼を深く傷つけた。傷ついた顔を見られないように、彼は顔をそむけた。カウンターからキーをとって、ルークは正面ドアに向かった。

「ルーク、待って。そういう意味で言ったんじゃないの」

彼はジェニーを見つめた。「きみが言いたいことははっきりわかった。ぼくの助けは必要ないんだね。ただ、なぜかはぼくにはわからない」

「あなたに頼りたくないからよ、ルーク。あの頃、あなたはわたしの人生のすべてだった。

あなたが去っていったとき、わたしには何も残らなかったの。もう二度とあんな思いはしたくない。対等な立場のパートナーとしてでなければ、親しい関係になるつもりはないの」

「ぼくたちは対等だよ、ジェニー、すべての面において」

「あなたはお金持ちよ。わたしはそうじゃない」

「ぼくはきみに金をやれるが、きみはそれ以上のものをぼくにくれる。今日は完璧な一日だったよ、ジェニー」ルークは彼女の顔を両手ではさんだ。「すべきことを分担してすませ、夢を共有して、いっしょに笑い、話し合い、キスをした」

「キスはしなかったわ」ジェニーが優しく言った。

「じゃあ、ちゃんとしよう」

ルークの口が彼女の唇に触れた。彼はかつて感じたことのないほどの乾きと欲望で彼女の唇をむさぼった。ジェニーは彼の過去であり、現在であり、そして未来だった。彼女にそれをわからせたかった――疑問の余地がないほどはっきりと。

ジェニーは息を切らせながら身体を離した。美しいブラウンの目が彼を欲していた。

「昔のわたしたちには、もう戻れないわ」

「戻りたいんじゃない。前に進みたいんだ」

「ルーク、いまはだめよ。コニーが――」

「わかってる。家族に手を貸さなきゃならないんだろう。本当に手伝わなくていいのか?」

「今回は。でも、もしかするとあとでお願いするかもしれないわ。いまはそれだけしか言えない」

「それで充分だ」

マットは、ウッドサイドの田舎道からすこし入ったところにある〈ジョーズ・バー〉という場末のバーに足を踏み入れた。そこはバイカーたちの溜まり場で、ハイウェイからそう遠くないがハイウェイ・パトロールの目が届かない場所だった。ビールは安物で冷えすぎていて、音楽はやかましく、店内の空気はマルボロよりもニコチンの含有率が高かった。入口付近で立ちどまった彼は、店内に入る前になかの様子をうかがった。彼はすこしぐらい殴られてもこたえないぐらいラインマンのタックルを受けてきたし、彼自身も殴る側にまわったこともあったが、彼の身体はかつてにくらべるとすっかり締まりがなくなっている。そのうえ彼はしらふだった。もう三日も酒を飲んでいない。彼にとっては新記録だった。

首を振りながら、マットは店の奥に進んだ。そこにいる女性たちはマットの姪よりもずいぶん年かさで遊び慣れている感じがした。黒の革の服を着た女、ぴっちりしたジーンズをはいた女、ミニスカート姿の女——どの装いの女もセックスの相手を求めてここに来ていた。

マットは店内を見渡し、すべてのテーブル、すべての顔に目を凝らした。コニーの姿はなかった。ああ、よかった。もうこれでこの店には用はない。

彼はふりかえろうとしたが、何かが邪魔をして動けない。不思議に思って横に移動したが、やはり前をふさがれた。まばたきをして目を凝らして見たが、前に障害物はなかった。

もう一度横に移動すると、ふたたび何かに押されて、彼はまるで扇風機で紙が飛ばされるように廊下の奥へと導かれていった。

マットは公衆電話とトイレのわきまで来た。駐車場に続く裏口が半開きになっている。悲鳴が聞こえた。彼は廊下を走りだした。またもや悲鳴が聞こえた。助けを呼ぶ声だった。彼はドアの外を見た。

なんてことだ。

見知らぬ男が彼の姪《めい》を壁に押しつけていた。男は彼女のシャツのなかに片手を入れ、もう一方の手でコニーの髪をつかんで引っぱっていた。彼女は泣きながら両手で男を殴ろうとしていたが、小柄なコニーにはそれは無駄なあがきだった。

マットはとっさに男の首根っこをつかみ、駐車場のはしまで投げ飛ばそうとした。だがすぐに何か武器になるものが必要だと考えた。廊下を見ると、モップがあった。最高の武器とは言えないが、この際しかたがない……ついでにそばにあったバケツも手にとった。

駐車場に飛び出し、濁ったバケツの水を若者の頭に浴びせた。不良少年は息をのんで、コニーを放した。彼女はショックのあまり、その場で呆然としていた。

マットは彼女の腕をつかんだ。「行け、早くここから逃げるんだ」彼がコニーの震える手に車のキーを持たせると、若者が体勢を立て直してマットに向かってきた。

マットは身をかがめた。相手の拳が彼の肩の上で空を切った。マットもパンチをくりだしたが空振りし、彼は地面にころがった。若者がマットのあばら骨に蹴《け》りを入れた。マットはうめき声をあげ、モップに手を伸ばすと、なぜかそれは彼のすぐ手もとにあった。

柄をつかんで、マットはモップを男の脚目がけて振りまわした。柄は折れたが、男の脚は折れなかった。

ちくしょう。

マットはよろよろと立ち上がった。

男がマットに向かって拳を振り上げたが、それはマットの顔に届かなかった。なぜか突然、動きがとまった。まるでレンガの壁にはばまれたかのように。

一瞬、二人は顔を見合わせた。時間がとまった。やがて男はポケットに手を入れ、ナイフをとりだした。かちっと音がしてナイフの刃が光った。

マットは一歩下がった。男が彼に詰め寄る。無言で、ゆっくりと。銀色の刃が月明かりを受けて光った。男の歩みが速くなり、雄叫びをあげてマット目がけて走りだした。

マットはクォーターバックのように後退し、右に動くふりをして左に避《よ》けた。男は頭から壁に突っこみ、地面に崩れ落ちた。

やった。この手が本当に効いた。

クラクションが鳴り、マットの車のなかからコニーが夢中で手を振っているのが見えた。

男が立ち上がろうともがいているあいだに、マットは車に向かって走り、助手席に乗りこんだ。同時に、コニーが力いっぱいアクセルを踏みこんだ。彼女は片輪だけでUターンして、猛スピードで駐車場から出た。

店から数キロ離れたところで、コニーが路肩に車を停めた。彼女は震えていた。目に涙を溜め、顔は痣《あざ》だらけで腫れていた。

「ああ、神様」彼女は言った。「叔父さんは命の恩人だわ。彼は――彼は――」

マットはコニーを抱きしめた。黒の革ズボンに胸もとが大きく開いたセーターを着て、先の尖ったブーツをはいていても、彼女はまだ十六歳で怯えきっていた。姪の背中を優しくたたいていると、彼女がまだ幼い少女だった頃のことを彼は思い出した。幼いコニーはお母さんがわかってくれないと言っては、よく〝マット叔父さん〟のところにやってきたものだった。

「大丈夫だ。もう大丈夫だから」と、彼は言った。

コニーは声をあげてすすり泣いた。今夜、彼女は大人への階段を一歩登った――文字どおりではなく比喩《ひゆ》的な意味で。もう二度と昔のコニーには戻れない。マットはいますぐあの店に戻って、あの若者をたたきのめしてやりたい衝動に駆られた。彼の可愛い姪を脅かした罪を償わせてやりたかった。

コニーはシートの背に寄りかかった。涙とつけすぎのマスカラのせいで、顔には黒い筋がついていた。「いい人だと思ったのに。すてきな人だと思ったし。でもあの場所はすごく怖かった。男の人たちがみんなじろじろとわたしを見て――」

「忘れろ、もう終わったことだ」

「ねえ、どうしてわたしがあそこにいることがわかったの？」

彼は店の裏口まで彼を導いた不思議な力のことを思い出し、首を振った。「それが妙なんだ。ただなんとなくおまえの居場所がわかったんだ。店を出ようとしたのに、出られなかった。何かの力に押されるようにして裏口まで行ったんだ。まるで――まあ、いいか。こんなことを言うと、頭がおかしいと思われるからな」

「頭がおかしいのはわたしもいっしょよ。今夜のわたしは本当にバカなことをしたわ」

「まったくだ」

するとコニーが言い返した。「それって、まるで自分はいままで一度もバカなことをしたことがないみたいな言い方ね」

マットは苦笑した。「ああ、そうだな」彼の顔から微笑みが消えた。「それにしても、いったい何を考えていたんだ、コニー？　あんな男といっしょにあんな場所に行くなんて」

コニーはシートの背にもたれた。「わからない。何か楽しいことをしたかったの」

「おい、マット叔父さんにはなんでも話せるんじゃなかったのか？」

コニーはためらった。「だって、みんなダニーのことばかり考えているんだもの」

「それは事実だな」

「お母さんは、もうわたしのことなんてどうでもいいんだわ。ジミーがわたしを冬のダンスパーティに誘ってくれなかったことなんて、お母さんにはどうでもいいことなのよ。それにお父さんはほとんど家にいないし。たぶん浮気をしているんだわ。二人とも大嫌い。ウィリアムも大嫌い。だっていやになるほど完璧なんだもん。吐き気がしちゃう。それにダニー

――問題を起こすのはいつもダニーだったのに、いまあの子は――あの子は……」コニーは肩を震わせてまたすすり泣きをはじめた。「あの子は死んじゃうのよ。だからあの子も嫌い。だってあの子のことは、けっこう好きだったんだもの」

マットは悲しげに微笑み、姪を抱きしめた。「おまえの気持ちはよくわかる」

彼女は顔を上げた。「それに自分のことも嫌いなの。だってダニーのお見舞いに行きたくないんだもん。病院にいるあの子を見たくないの。死ぬことを考えたくないの」

「そんなことを考える必要はないんだよ」

「でも考えなくちゃいけないの。お母さんは大人になれって言うけど、でもわたしは大人になんかなりたくない」目いっぱい背伸びをした服装と化粧で泣き叫ぶ彼女は、哀れを誘った。

「おれもだ」マットは本心を言った。

コニーは驚いて、鼻をすすった。「でも、叔父さんは年寄りじゃないの」

マットは声をあげて笑い、姪の髪をくしゃくしゃと撫でた。「言ってくれるじゃないか」

「だって、そうでしょう」

たしかにそうなのだ。彼は間違いなく分別がつく年齢だ。月日が彼をどんどん追い越していく。栄光の日々は終わった。そして彼には何も残っていない。

コニーを見ているうちに、マットは突然気がついた。彼の時代はもう終わったのだ。次はコニーの時代であり、ダニーの時代であり、ウィリアムの時代なのだ。自分はもう大人なのだ。そろそろ大人らしくふるまわなくてはならない。

「場所を変わってくれ、コニー。家まで送っていくから」

「かわりに崖から車ごと飛び降りたい気分だわ」コニーは車内で叔父と場所を交代しながら言った。

「そうしようと思ったことは何度もあるが、痛いのは苦手なんでね」

するとコニーは叔父に笑顔を向けた。

「それに、それは身勝手な解決方法だ。逃げ出して、誰かにあと始末をさせるというのは」彼は姪の脚を軽くたたいた。「生きていれば痛い目にあうこともあるんだよ」

マットは夜空を見上げた。無数の星がまたたいている大空には、はかり知れない力があり、以前は曇っていた場所が明るく輝いている。これだけは確かだった。彼は死にたくなかった。生きたい、それも正しく生きたいと彼は思った。「もしかすると、おれたちも大人に歩み寄るべき時期なのかもしれないな」と、彼は言った。「なあ、こうしよう。おまえが頑張るなら、おれも頑張ってみる」

「ねえ、今日のことをお母さんに言いつけるの？」

マットは首をかしげた。「そうだな、大人としてどうすべきかな？　おまえの母さんに話すか？　いや、やめておこう」

コニーは安堵のため息をついた。「よかった」

マットはイグニッションのキーをまわした。「おれから言わないかわりに、自分でちゃんと母さんに話すんだぞ」

26

　メリリーは棚の本をアルファベット順にならべ替えていた。リチャードはテレビの二十五チャンネルを次つぎと変えていて、ジェニーはウィリアムとのパソコンゲームの対戦にまた負けてため息をついた。室内の緊張した空気は、ダニーの病室の空気と同じだった。沈黙と恐怖が重苦しく漂っていた。

「もう終わりにしましょう」ジェニーがウィリアムに言った。「コーヒーが欲しいわ」

「持ってくるわ」と言って、メリリーがキッチンに向かった。「あなたも飲む、リチャード？」

「いや、わたしはいい」

　ジェニーは姉についてキッチンに行き、カウンターに寄りかかった。かたわらでメリリーが彼女のカップにコーヒーを注いだ。「マットを一人でバーに行かせるんじゃなかったわ」

　彼女はジェニーにコーヒーカップを渡しながら言った。

　ジェニーは姉と目を合わせた。「兄さんは期待を裏切るようなことはしないわよ」

「きっといまごろすわりこんで、へべれけになっているのよ。そのあいだにうちの娘は一人ぼっちで、きっと――」

「マットはお酒をやめると言ってたわ」

「あの子を信じたいけど……」

「じゃあ信じなさいよ。マットは変わったの。ダニーの事故があってから、兄さんは自分の人生を見つめ直すようになったのよ。それってわたしたち全員がやるべきことだわ」

「同感ね」メリリーはコーヒーメーカーのスイッチを切ると、ポットをすすぎ、それを布巾《ふきん》で拭きながら、ジェニーのほうに顔を向けた。「リチャードといっしょに結婚カウンセラーのところに行くつもりなの、来週あたり、ともかく予約が取れしだいに」

ジェニーはあっけにとられた。「なんですって？」

「二度も言わせないで」メリリーは顔をしかめた。「一度言うのだって恥ずかしいんだから」

「なんて言ったらいいかわからないけど、でもよかったわ」

「ということは、わたしの結婚生活には助けが必要だとあなたも思っていたわけね？」

ジェニーはためらった。「というか、ちょっとした調整かしら」

「最初からやり直しかもしれないわ」メリリーは布巾をカウンターに放ったが、それは床に落ちた。「もう、何をやってもうまくいかないんだから」

ジェニーとメリリーは同時に布巾を拾い上げようとして、頭どうしがぶつかった。

「痛いっ」メリリーが額を押さえた。

ジェニーは姉の姿を見て笑いだした。するとメリリーもいっしょになって笑いだした。笑いは緊張状態をほぐし、二人は笑いすぎて息を切らした。

「なんだか気分がよくなっちゃった」ジェニーが言った。

「ごめんね」メリリーはふいに真顔になった。

「何が？」

「何もかもすべて」

「何もかも姉さんが悪いんじゃないわ、メリリー。そんなふうに一人で責任を背負いこむところが問題なのよ」ジェニーが優しい口調で言った。

「わたしはあなたの人生を仕切ろうとした。だからあなたはダニーを連れてこの家から出て行っちゃったのよね。わたしはマットにも同じことをして、あの子を遠ざけてしまった」メリリーは指にはめた結婚指輪を上下に動かした。きらきら光るダイアモンドをちらりと見た彼女の目から、涙があふれて頬をつたった。

ジェニーは姉を慰めたかったが、いまこうして自分の非を認めている目の前の女性は、彼女が知っているメリリーとはまったくの別人だった。

「今度は、同じことをコンスタンスにもやってしまったの」メリリーが言った。「なんで経験から学ばないのかしらね」

「学んでると思うわよ。みんな学んでいるの。それにすべて姉さんが悪いわけじゃないわ。十代のときのわたしは姉さんに苦労をかけたし。当時は母さんが死んで、どうしていいかわからなかったの。姉さんにはリチャードがいて、マットにはフットボールがあって。だからわたしはルークにのめりこんだのかもしれないわ」

「そしてまた、のめりこもうとしてるんでしょう？」

ジェニーは顔をそむけた。「そうならないように頑張ってるんだけど」

「ねえ、ジェニー、わたしたちって同じ過ちをくりかえす運命にあるのかしら？」

「そうじゃないといいけど」

車のドアが閉まる音がしたので、メリリーが飛び上がった。彼女は窓に駆け寄り、外を見た。「マットだわ。コニーもいっしょよ」彼女はリチャードの名前を大声で呼び、裏口から飛び出して私道を駆けだした。

コンスタンスとメリリーは一メートルの距離まで近づくと、突然立ちどまった。ジェニーはウィリアムの肩に手をおいてその様子を眺めていた。リチャードも母と娘を二人きりにするために近づこうとしなかった。

「お母さん、ごめんなさい」コンスタンスが言った。

「わたしのほうこそ、ごめんね」メリリーが言った。

コンスタンスは驚きの表情で母を見た。「本当に？」

「愛してるわ」メリリーが言った。「それ以外はどうだっていいの」彼女が広げた両手のなかに、コニーは飛びこんでいった。母と娘が長い時間しっかりと抱き合う姿に、ジェニーは目をぬぐった。やがてリチャードとウィリアムがその輪に加わった。それはジェニーにとって久しぶりに見た心温まる光景だった。

ダニーの事故以来、本当にさまざまなことが起きた。たくさんの変化があった。これもその一つだろうか？

マットが近づいてきて、妹のかたわらに立った。

「やったわね、兄さん」ジェニーが彼の腕をたたいた。

「よしてくれ。おい、メリリーに精神安定剤でも飲ませたのか？　てっきりコニーを叱りつけると思っていたのに」

「さすがのメリリーも文句ばかり言うことに疲れたみたいよ」

マットは妹を見てうなずいた。「おれたちみんな、そうなのかもしれないな。おれもさんざん人生を恨んだから、もうそろそろ前向きにならないと」

「本気で言ってるの？」

「なぜだい？」

「わたしは月曜日から仕事に戻らなきゃならないの。八時から一時までのパート勤務につくの。これ以上お給料なしで休むわけにはいかないし」

マットはとまどった顔で彼女を見た。「それで、おれに何をしてほしいんだ？」

「わたしが仕事に行っているあいだ、ダニーのそばについていてほしいの。筋肉が衰えないように、あの子の手足を動かして、あの子に話しかけて、歌を歌って、曲をかけて、とにかくなんでもいいからあの子のまわりをにぎやかにしておいてほしいのよ。あの子が手を伸ばして触りたくなるように」

毎日病院で過ごすことを想像して、マットの顔から血の気が引いた。「それはちょっと待ってくれ、ジェンジェン」

「お願いよ、マット。兄さんの助けが必要なの」マットにとってイエスと答えるのが容易でないのは、ジェニーにはわかっていた。もともと彼は病院嫌いなうえ、たとえそれが一日五時間だけのことであっても、何かときちんとかかわり合うことを恐れていた。だが、それだけの時間をダニーといっしょに過ごせる人間は、マット以外にはいなかった。

「わかったよ」彼はゆっくりと言い、妹と目を合わせた。「できるだけやってみる」

「ありがとう」

四日後、仕事が終わって集中治療室に駆けつけたジェニーは、そこにダニーの姿がないのを見て恐怖に襲われた。ダニーは死んでしまったのだ。遺体をどこかに移したのに、誰も彼女に連絡をくれなかった。

「いや、いやよ」彼女は泣き叫んだ。

「ジェニー、大丈夫だよ。ダニーは個室に移っただけだ」ルークは両手で彼女の腕をつかんだ。うろたえている彼女にもわかるように、彼はもう一度ゆっくり同じ言葉をくりかえした。

「だって――ベッドが空っぽだから、てっきり……」

「すまなかった。今朝、病室を移ったんだ。手術が終わったばかりの新しい子がいて」

「新しい子?」ジェニーは言外の意味を読み取った。「ダニーのことはもうあきらめたのね？」

「違うよ、そうじゃない」ルークは彼女の手をとり、看護師たちの好奇の目を避けるように彼女をその場から連れ出した。彼は廊下を進み、両開きのドアを抜けて広い廊下に出た。「ダニーの容態は安定している。生命徴候は良好だ。実際……」ルークはにっこりした。「昨夜、人工呼吸器をはずしたんだ。あの子はいま、自分でちゃんと呼吸している」

ジェニーは口に手をあてた。「ありがとう、神様」

「二十四時間の介護をつければ、個室でも同じようにきちんと世話ができる。誰もあきらめてはいない、とりわけいまは。ぼくの言うことを信じてくれるだろう？」

「信じるわ。ごめんなさい」

ルークは彼女を抱きしめた。「謝らなくていいんだよ。ぼくだって同じことを考えただろうし。ダニーに会いたいだろう？」

彼女がうなずくと、彼はジェニーを連れてべつの廊下を進んで三〇七号室に向かった。それは質素な部屋だったが、集中治療室よりも暖かい感じがした。ダニーはあいかわらずいくつもの機械につながれていたが、彼の胸は自力でちゃんと上下していた。そのことだけでも、彼女はとても嬉しかった。

「この子、助かるんだわ、ルーク」

「小さな一歩だが、ジェニー。それに念のため管ははずしていないんだ。もう一度人工呼吸器が必要になったときのために」

「そんなことにはならないわ。だって危機を脱したんだもの。わたしにはそれがわかるの」

中年の看護師が病室に入ってきて、ジェニーに向かって微笑んだ。「アンジェラ・カーペンターです。日中、ダニーのお世話をすることになります」

「どうぞよろしく」ジェニーは彼女の手をとった。

「わたしも六人の子供を育てた経験者ですから、ダニーに不自由はさせません。お約束します」

ジェニーはベッドに近づいて、ダニーの手に触れた。彼の肌にはわずかに温もりが戻っていた。軽くつねると、少年は手をひっこめた。小さな動きだったが、感覚が戻ってきているよい徴候だった。「久しぶりに希望が持てる感じがするわ」と、ジェニーが言った。

「お祝いをしないか？」ルークが提案した。「今夜、いっしょに食事でもどうだい？」

ジェニーはためらった。魅力的な誘いだったが、同時に警戒心も抱いた。ルークはすこしずつ彼女の人生にふたたび入りこんでくる。彼がそばにいることに、彼女はしだいに慣れてきていた。だがダニーが全快して、ルークが妻のもとに戻ったらどうなるのだろう？「それはやめておいたほうがいいと思うわ」

ルークの顔が曇った。「なぜ？」

「罪悪感をおぼえるの」

「その必要はないよ。第一、まだダニーのアルバムやビデオを見せてもらってないじゃないか。絶対にあとには引かないからな。ピザを買っていくよ。きみの家で落ち合おう」

ピザを食べながらホームビデオを見るだけなら、それほど危険な感じはしない。それでも――「今朝の新聞に記事が載っていたわ、ルーク。〈シェリ・テク〉社が有望な買収先を失ったっていう話。あなたが個人的な問題に時間をとられて、社長兼最高経営責任者としての役目をきちんと果たせなかったからだというようなことが書かれていたけど」

「その件は心配しなくていいんだ、ジェニー。もともとそれほどいい話ではなかったし」

「本当に？」彼の目をじっと覗きこんだジェニーは、彼が嘘をついているのがわかった。

「わかったよ。たしかに買収話に集中できなかったことは認める。だが、またほかの会社も出てくるだろうし。いまはダニーときみといっしょにいたいんだ」

「こんなよくない記事を書かれると、ご両親が心配するでしょう」

「そのうち慣れるさ。たとえそうじゃなくても……」彼は肩をすくめた。「そのときどうするかは、あとで考える。さあ、夕食をいっしょに食べるだろう？」

ジェニーは目を丸くして彼を見つめた。この新しいルークをどう理解したらいいかがわからなかった。彼は昔から強引で、なんでも思いどおりにしないと気がすまないたちだったが、両親や評判を犠牲にすることはなかった。二人で過ごしたあの夏も、彼の友人や家族とはかかわりのないところで起きたできごとだった。

「ルーク」ジェニーは彼の腕に手をおいた。「十三年前に、あなたにダニーのことを話したとき、それが問題になることはわかっていたわ。ダニーを産むことは、わたしたち二人にとって犠牲が大きいって」

「ぼくは何一つ犠牲なんか払っていない。全部きみ一人でやってくれたんだ」

「あのときはそうだったかもしれないけど、でもいまはこのことであなたの家族がどうなるかわかってる？　あなたの仕事や、〈シェリ・テク〉社での立場や、奥さんのことは？　本当にわかってるの、ルーク？　わたしなんかよりずっと、あなたは失うものが多いのよ。去っていくのなら、まだ遅くはないわ」

「きみたちに背を向けたりは絶対にしないよ、ジェニー。またダニーを捨てるような真似は絶対にしない。きみに信用してもらいたいんだ。ダニーに信じてもらいたい。そのためになら、なんだってする」

「本当に？　口で言うだけなら簡単よ」

「ぼくにどうしてほしいんだ？　言ってくれ、そのとおりにするから」

「いいえ、二度とたのんだりしない。何も望まない。あなたは自分で決断しなくちゃいけないの。わたしはわたしで決断する」

ルークはにやりとした。「それじゃ、決断しろよ。夕食はありかなしか？」

彼女は降参したように両手を上げた。「わかったわ。ピザを持ってきて。そうしたらソーダの缶を開けるから」

「決まりだ」

ルークは衝動的に彼女にキスをした。温かく心のこもったキスは、彼の口が離れたあとも彼女の唇に余韻を残した。

「なんだかこれが習慣になってきたわね」彼女はつぶやいた。

「いい習慣だといいな」

「いいって言うより、危険だと思うわ。誰が入ってくるかわからないんだから。あなたの奥さんも含めて」

「そうなったら、しかたがない」

「ねえ、危険な生き方をいやがる人にしては、あなたは最近やたらに崖っぷちを歩いているわよ」

「この場所が気に入ってしまったんだ。これほど生きていることを実感するのは久しぶりだ」ルークはもう一度彼女にキスをして、病室から出ていったが、彼の温もりと言葉は彼女のもとに残った。


数時間後、ルークは家に着き、ドアの鍵を開けながら口笛を吹いていた。それに気づいたとき、彼は声をあげて笑いだし、曲が途切れた。口笛なんてもう何年も吹いたことがない。将来の見通しがこんなに明るいのは久しぶりだった。

ダニーの病状はよくなっている。それだけでも幸せを感じるには充分だったが、ジェニーと会い、彼女の笑顔を見て、ふたたび彼女の唇を味わったことで、彼は踵《かかと》を鳴らして飛び跳ねたいような気分になっていた。

だがそんな彼の明るい気持ちは、デニーズと母がリヴィングルームでバッハをBGMに紅茶を飲んでいるのを見て、いっきにしぼんだ。

「ルーク、お客さまがいらしているのよ」デニーズが言った。

「ルークはいつものように母の頬にキスをした。「母さん、よく来たね。こっちに何か用事でもあったの？」

彼女は微笑んだが、その目は心配そうで、デニーズからあれこれ聞かされたに違いないとルークは確信した。「もちろん、あなたに会いに来たのよ。どう、調子は？」

「元気だよ」

ルークはバーに行き、ウィスキーを注いだ。

「今夜はお義母さまと〈マックスズ・カフェ〉に行こうと思うの」デニーズが言った。「美味しいサラダがいいと思って」

「今日は泊まっていくのかい、母さん？」

「二、三日泊めてもらおうと思ってるの。金曜日にアン・ハワードのお嬢さんの結婚祝いの会があるのよ。また出直すのは面倒だし」

「じゃあ、いっしょに食事に行くのは明日にしよう。今夜は予定があるんだ」

デニーズは不愉快そうな顔で夫を見た。「どこに行くの？　また病院？」

「息子とできるだけいっしょに過ごしたいと思っているんだ。それはきみも知っているだろう」

「息子だけじゃなく彼女ともいっしょにいたいんでしょう」デニーズがぴしゃりと言った。

「ねえ、ちょっと」ビバリーは息子夫婦の顔を交互に見た。「こうなることを恐れていたのよ、ルーク。今後の計画について話し合っておいたほうがいいわ」

「計画？」ルークはその言葉の皮肉さににやりとした。「計画なんてないよ、母さん」

「計画はたてなければいけないわ」

「なぜ？」

「だって、すでに〈ジェネシス〉社を逃したのよ。これ以上の失敗は許されないわ」

「ちゃんとうまくいくよ、母さん」

「いまのあなたはあの会社の社長で、将来を予見する立場にあるのよ。あなたがほかのことに気をとられていたら、せっかくのビジネスが大失敗するかもしれないし、そうなったらお父さまのこれまでの苦労が水の泡だわ」

「そんなことにはならないよ」ルークが冷静に言った。

デニーズはため息をつき、〝ほら、言ったとおりでしょう？〟という顔で義母と顔を見合わせた。

「お父さまがあなたと話をしたがっているのよ、ルーク」ビバリーが言った。「でも調子があまりよくないから。今夜、カーメルの家に行ってらっしゃい。頭をすっきりさせて、優先順位をはっきりさせるのよ」

ルークはネクタイをゆるめた。「もう、はっきりしているよ、母さん。それにいまはこの町から離れるわけにはいかない。あなたは自分に孫がいるという事実を無視するつもりかもしれないが、ぼくはあの子に背を向けたりしない」

「もういいかげんにして」デニーズが苛立って言った。「あなたはその子のことを何も知らないじゃないの。お願いだから、もう殉教者のふりはやめて。すこしはわたしのことも考えてよ。今朝の新聞の社交欄に、あなたと愛人の子供についてひどいことが書いてあったわ。危険にさらされているのはあなたの評判だけじゃないのよ」

「すまない、デニーズ。だが社交欄に書かれたゴシップなど、ぼくはまったく気にならない。ダニーが早くよくなって、彼がぼくの人生の一部になるまで、できるかぎりのことをするつもりだ」

デニーズは立ち上がった。顔が髪と同じ真っ赤になった。「ぼくのじゃなくて、わたしたちの人生じゃないの、ルーク？」

「きみの協力がなくても、ぼくは勝手にやるよ」

彼女は胸に手をあてた。「あの子のために、わたしと別れるつもり？　わたしはあなたの妻なのよ」

「そういう意味じゃないわよ。ルーク、そういう意味で言ったんじゃないと言いなさい」ビバリーが強い口調で言った。

ルークは立ち上がって部屋から出ていった。あとには耐えがたい静けさが残った。

「あの子はそんな意味で言ったんじゃないわ」ビバリーが言った。

デニーズはまるで糸が切れた操り人形のようにソファに崩れ落ちた。それはもはや演技ではなかった。「残念ながら、そういうつもりだと思います」

「彼を守るために闘わなくちゃ、デニーズ」

「どうやって？」

ビバリーは厳しい目で彼女をじっと見つめた。「妊娠することを考えたほうがいいわ」

デニーズは顔をそむけた。ビバリーには真実を打ち明けるわけにはいかない。それは事態をよけいに悪くするだけだ。いまはビバリーは彼女の味方なのだ。義母の後ろ盾を失うわけにはいかなかった。

「ルークを罠《わな》にはめるようなことはしたくありません」デニーズは立ち上がり、暖炉に近づいて結婚式の記念写真を手にとった。ルークはハンサムで逞《たくま》しく、自信にあふれていた。彼女は本当に美しかった。二人はとても若かった。

「彼はどんどん変わっていってしまうんです、ビバリー。毎日それがわかるんです。あの人のことがもうわからなくなってしまったわ」

「あの子供のせいよ」

「いいえ、それだけじゃないんです。ルークはここ一年くらいずっとおかしいんです。この町に戻ってくる以前から。落ち着きがなくて、不機嫌で、わたしにはあたえられない何かをずっと探し求めているみたいで」彼女はビバリーに顔を向けた。「そういうことはお義父さまとのあいだにもありました？　ある日、気がつくと、結婚したはずの相手がいなくなっていると感じたことは？」

ビバリーは心配そうな目でデニーズを見た。「チャールズとわたしはつねに同じものを求めてきたから。もちろん、ときには口論をしたけれど、でも過ぎてしまえばそれまでで。あなたとルークも同じだと思っていたのに」

「わたしもそう思っていました」デニーズは写真を元の場所に戻した。「わたしもずっと不満でした。ルークに戻ってきてほしいんです。いまの彼ではなく、以前の彼に。あの人、きっとわたしと別れるつもりなんです」

「デニーズ、それは考えすぎよ。そのうちにおさまるわ」

「いつですか？ もうすぐクリスマスなんですよ。出席しなくてはならないパーティはあるし、いろいろ計画をたてなくてはならないのに、ルークは病院に入り浸ったまま。最近はあれこれ陰口をたたかれているんです。侮辱されているのに黙って我慢するなんて、わたしにはとてもできません。もし必要ならば、わたしのほうから別れます」

「軽はずみなことはよしなさい。二人がちゃんと愛し合っていれば、今回のことは乗り越えられるはずよ」

「そうですね、でもちゃんと愛し合っているのかしら？」

ビバリーはため息をついた。「それはあなたとルークにしかわからないわ」

ルークは脱いだ革靴をクローゼットに投げ入れ、それがきちんと整理された服のなかにでたらめに落ちるのを見て快感を覚えた。彼は立ち上がり、出来心でいろいろなものを置き換えた。半袖シャツとズボンをいっしょにし、ジーンズとワイシャツを混ぜ、すべてのものが散らかってしわくちゃになるまでそれを続けた。

クローゼットを思いきり散らかすと、怒りがすこしおさまった。心の底では、デニーズもこの状況と闘っているのがわかっていた。彼も夫としてともに問題を解決しなければならないことはわかっていた。ただジェニーといっしょの時間を過ごしたいまでは、それがとてもむずかしかった。

彼はジェニーを愛していた。その思いを驚くほどはっきりと自覚した。彼は彼女を愛している。かつての記憶にある少女ではなく、大人の女になった現在の彼女を。彼女とダニーとともに生きたかった。家族になりたかった。二人といっしょにビーチを散歩し、猛スピードでドライヴし、崖っぷちの人生をおくりたかった。医療関係のビジネスだけではもう満たされない。仕事としては続けていきたいが、彼の人生の目的とはなりえない。

だがデニーズを捨てることができるのか？　結婚の誓いを破ることができるのか？　心のなかで彼の良心をあざける声が聞こえてきた。デニーズは結婚の誓いを破ったじゃないか。彼女は美しく、虚栄心の強い、野心的な女性で、ある時点までは完璧な妻だった。だがいまではまるでリンゴとオレンジが一つの樹になっているかのように、二人は不釣り合いだった。

彼はため息をついてズボンを脱ぎ、手もとにあるなかでいちばん古くて色あせたジーンズにはきかえた。もしかすると彼は女性で失敗する運命なのかもしれない。最初はジェニー、こんどはデニーズ。いつになったら正しいタイミングをつかめるのだろう？

間違いなくいまも最良のタイミングではない。ジェニーといっしょに過ごす夜を楽しみにはしていたが、命がけで闘っているダニーのことを思うと、彼らの上には厚い雲がたちこめていた。ダニーといえば……

ルークはベッドルームを見まわした。「どこにいるんだ、ダニー？　父さんの声が聞こえるか？　話ができるかい？　お母さんにきみのプレゼントを渡したよ。彼女は泣いてた。知っているかい？　きみもあの様子を見ていたかい？　きみともっとゆっくり話をしたい。きみの人生について全部話してほしいんだ。ぼくが見逃してしまったすべてのことを」

息子のことを考えると、涙があふれてきた。「赤ん坊のときのきみに会いたかったよ」ルークはささやいた。「初めてきみが幼稚園に行くときには、送っていってあげたかった。ぼくは初めて学校に行った日に大泣きした。母親は愕然《がくぜん》としていたよ。シェリダン家の人間は学校が好きなはずなのにと言って。ぼくは親と離れるのがいやだったんだ。母は、勇敢にふるまえ、頑張って勉強しろ、おまえには多くを期待しているのだからと言っていた」

ルークはしばらく口をつぐんだ。「ぼくだったら絶対にそんなことはしなかった。きみの手を握って、いっしょに教室まで連れていってあげただろう。戻ってきてくれ、ダニー。きみが必要なんだ。ジェニーにもきみが必要なんだ。いっしょに家族になろう」

ルークは待った。期待しながら待った。だが部屋のなかで聞こえてくるのは時計が一秒ずつ時を刻む音だけで、それは時がダニーの味方ではないことを彼に思い出させた。

ダニーはルークの家の屋根にすわって、父親の言葉を聞いていた。彼はとても悲しかった。

「どうした、坊主?」

ジェイコブは屋根の縁を平均台を歩くみたいに進んではしまで行き、そこでくるりとターンしてみせた。

「父さんはすごく悲しそうだ」

「当然だろうな」

「いったいどれくらい時間がたってるの?」

「人間の時間だと二週間、おれたちの時間だと二日だ。だがおまえは楽しい時間を過ごしただろう?」

「うん」ダニーは認めた。「ウィンターリーグは楽しかったよ。最高だった。それにジェット機をヒッチハイクしたのもすごく面白かった。母さんもきっと大喜びするよ。母さんはスピードを出すのが大好きだから」

「たしかにそうだな。一度、彼女の命を救わなきゃならなかった。カーブで時速百キロも出していたんだ。タイヤが横滑りして、もうすこしで崖から落ちるところだった」

「本当に?」

ジェイコブは少年に冷ややかな視線を送った。「おれがおまえをからかうと思うか?」

ダニーは天を仰いだ。「はいはい」

ジェイコブは声をあげて笑い、ダニーの隣りに飛び降りた。「おまえの命も救ってやったんだぞ」

「もしも命を救ってくれていたら、ぼくはいまここにいないだろう」

「今回の話をしているんじゃない。おまえが五歳のときのことだ」

「五歳のとき?」ダニーは疑うような目でジェイコブを見た。

「本当だぞ。おまえが二輪車に初めて乗ったときのことだ。ジェニーはおまえをベイサイド・パークに連れていった。覚えているか?」

「なんとなく。でも死にかけたなんて記憶はないよ」

「彼女がおまえの隣りを走るのをやめて、二度目におまえ一人で自転車に乗っていたときだ。おまえはよろよろしながら走ってた。なんとか自転車をこいでいたが、そのとき小さな子供が目の前に飛び出してきた。おまえはハンドルを切ったが、充分ではなかった。あのときおれがハンドルを二周多く回してやらなかったら、おまえの頭は植え込みのかわりにコンクリートの壁に激突していた」

突然、ダニーはその事故のことをはっきりと思い出し、目を見開いてジェイコブを見つめた。「母さんは、おまえは運がいいって言ってた」

「運じゃない、おれが助けてやったんだ」ジェイコブは誇らしげに胸を張った。

ダニーは感謝するようにうなずいた。「すごいね。でもなんで今回は助けてくれなかったの?」

「おれには決められない。上からの命令だ」

ダニーはため息をついた。「もう一度父さんと話してもいい？」

「あとでな。おまえに会いたがっている人がいる」ジェイコブが真顔で言った。「目的地に着くまでに時間がかかる。とても大切なものを目にすることになるだろう。みんなの言うことを注意深く聞くんだぞ。それから、生意気な口はきくなよ」

ダニーは背すじを伸ばした。突然、恐怖が襲ってきた。「神様なんだね？　ぼくを神様のところに連れていくんだね。ぼくが決断して、選択をするときが来たんだ。そうでなければ――神様が決断するんだね、そうなんでしょう？」

27

「これはダニーが一歳半のとき」ジェニーがビデオの早送りボタンを押し、ルークはピザを口に入れた。「ほっぺがまん丸でしょう？　あなたにそっくり」

口いっぱいにピザを頬張ったルークは、わざと頬をふくらませた。ジェニーは嬉しそうに声をあげて笑った。ルークは彼女の明るい笑顔を見るのが好きだった。それは彼女と初めて会った頃を彼に思い出させた。この二週間というもの、彼女は笑わなくなっていた。彼は彼女が笑顔をとりもどし、永遠に笑っていられるようにしてやりたいと心から望んでいた。

「これはハロウィンのときのダニー。すごく楽しかったわ。あの子がにっこり笑って、わたしがお菓子をもらうの」

ルークが画面に目を凝らした。「なんの仮装をしているんだい？」

「トトよ」

「なんだって？」

「オズの魔法使いのトトよ」

「かかしやブリキマンのコスチュームを着せるかわりに、息子を犬にしたのか？」ルークはあきれたように首を振った。

「だってみんながしている仮装じゃなくて、ダニーには違った格好をさせたかったの。でも大きくなると、みんなと違う格好はいやだって言いだして、ほかの男の子たちと同じ格好をさせなくちゃならなくなったけど」ダニーの五歳の誕生日パーティまで、ジェニーはテープを早送りにした。「ヘルメットをかぶった姿を見て」

「あれはどこだい？」

「マリブ・グランプリよ。ダニーにレーシングカー・ドライヴァーのコスチュームを用意して、ゴーカートでトラックを一周したの。あの子、大喜びしてたわ」

「きみのほうが大喜びしたんだろう」

「楽しかったのは認めるわ」彼女の声が沈んだ。「ダニーと過ごした一瞬一瞬が、わたしにとっては人生最高のときだったわ。あの子は本当にいい子なの。あなたに知ってほしかったって思うわ、ルーク。本当に知ってほしかった。あの子にはすごくユーモアのセンスがあって、にこりともしないで面白いことを言うのよ。まるであなたみたいに」ジェニーは彼に優しく微笑みかけてから、画面上の幼い頃のダニーのそばかすだらけの顔を見つめた。「ダニーは優しい子なの。みんなのことを大切に思ってるわ。学校ではいつも小さな子の面倒をよくみてやるの。あんなに素晴らしい子はほかにいないわ」

「きみの育て方がよかったんだな」

ジェニーはビデオをとめ、震える手でリモコンをコーヒーテーブルの上に置いた。「いまはもう無理だわ」

彼女の目に浮かぶ苦悩に、ルークは息をのんだ。「すまなかった。こんなことをたのむべきじゃなかった。きみを泣かせるつもりはなかったんだ」

ジェニーは長袖のセーターのはしで涙をぬぐった。「最近はすぐに泣いちゃうから」

ルークはうなずき、ビデオを見せてほしいとたのんだ自分に腹を立てていた。ジェニーが元気な頃のダニーの姿を見れば、彼がいま重傷を負っていることを思い出すだけだということぐらい、予想できてもよかったはずだ。

「残りは勝手に見てね。ポップコーンをつくってくるから」

ルークはソファに深く腰かけ、画面を見つめた。滑稽《こっけい》な顔をするダニー。耳に指をつっこみ、舌を出し、使い終わった紙ナプキンのように鼻にしわを寄せている。こんなに可愛い子供がほかにいるだろうか?

彼はテープをふたたび再生して、わが子を誇りに思った。この子は彼の一部なのだ。この歯が欠けた、人生の新たな瞬間に好奇心旺盛な目を向けているこの子は、彼の息子なのだ。

二十分間、彼はテープを見つづけた。ダニーの六歳の誕生日で、マジシャンが帽子からウサギを出すところを観た。それにクリスマスとイースター。ダニーの初めてのサッカー試合、野球のプレーオフ、学校のハロウィン・カーニバル、ダニーがピアノで調子っぱずれの《ハート・アンド・ソウル》を弾いた冬のコンサート。

そのテープには、喜びと笑顔とハグと笑い声が詰まっていた。それにいたるところに愛が

――ジェニーの大きく開いた腕のなかに、ダニーのくすくす笑う顔に、ジェニーが寝ているダニーを二階に抱いて上がり、彼をベッドに寝かせるさまを、誰かが撮っている映像に。ジェニーが、まるで暖かく安全な繭《まゆ》にくるむように彼の息子をベッドカヴァーで包むのを見て、ルークの目に涙が浮かんだ。彼女はダニーのベッドのはしに腰かけ、彼の髪を撫でていた。やがて彼女が頰にキスをした。

ダニーが目を開けた。彼の小さな顔に、ジェニーの髪がかかった。彼は母に向かって微笑んだ。「大好きだよ、ママ、ずっと大好きだからね」

それに対するジェニーの返事は、優しく、思いがこもっていた。「ママもあなたのことを愛してるわ、ずっと」

ダニーはまた眠りに落ちた。場面は突然、数カ月後のひどくやかましいイースターのタマゴ探しの様子に変わった。ルークはビデオを切り、真っ黒な画面を見つめながら、すべての台詞とすべての場面を思い返した。

ダニーだけではなく、ジェニーのことも印象に残った。彼女がこの数年間にどう成長したかを彼は目の当たりにした。若く、自信のない、無鉄砲な娘が、慈しんで子供の世話をする母親に変わっていった。必死だったに違いないが、彼女は見事に成長を遂げた。ジェニーはかつてルークにしたように、彼の息子の人生を愛で満たした。彼の息子の母として、彼女以上の女性は望めない。彼らといっしょに過ごしたかった。あんな自分勝手な間違いを犯さなければよかった。状況が違っていたらよかったのに。

ルークは立ち上がって、ジェニーを捜しに行った。キッチンには、ボウルいっぱいのポップコーンができていたが、そこには誰もいなかった。廊下を進み、ダニーの部屋を覗いた。誰もいない。ようやく彼女が自分のベッドの上で、大きな箱のわきであぐらをかいているのを発見した。

暗い色の髪が彼女の顔にかかっていた。彼に気づいて顔を上げたジェニーの頬に涙の跡があるのを見て、ルークははっとした。気がつくと、彼は駆け寄って彼女を抱きしめていた。腕のなかの彼女は柔らかかった。柔らかい胸が彼の胸に押しつけられ、彼女の両腕が彼にすがりついた。すると彼の身体がすぐに反応した。触れ合う部分すべてがかたくなり、神経がぴりぴりして、落ち着いていた気持ちが欲望に変わった。

ルークは彼女を遠ざけた。ジェニーが驚いた顔をした。

「どうしたの?」

「なんでもない。この箱はなんだい?」彼女に触れずにいるのが精一杯だった。彼女をこの場で押し倒し、愛し合いたいという衝動を必死にこらえた。額に汗が浮かんだ。「まったく、ここは暑いな」

ジェニーは彼をじっと見つめた。「あなた、よくそう言っていたわよね、いつも……」

ルークは立ち上がってベッドルームから出ていき、バスルームに飛びこんで、身体のほてりが冷めるまで顔に水をかけつづけた。

彼がバスルームから出ると、ジェニーは写真が入った箱をかかえてリヴィングルームに移動していて、コーヒーテーブルの前の床にすわりこんでいた。ルークは場所が変わったことを嬉しく思った。

彼はソファのはしに腰かけ、写真を手にとった。それはビデオテープと同様に過去の生活をしのばせるものだった。

「スクラップブックを整理するのは得意じゃないのよね」ジェニーははにかむように笑った。「系統立ててやらなきゃならないんだもの」彼女は腕を大きく広げて言った。「自分の息子の思い出がこれだけになるかもしれないなんて、信じられないわ」

「そんなことを言っちゃいけない。ダニーは目を覚ますよ」

「ずいぶん自信たっぷりね」ジェニーは抑えた声で言った。「あの子の声が懐かしいの。あの明るい、きらきらした目を見たいの。カールした髪や、癇癪《かんしやく》を起こしてるあの子の表情までが懐かしいのよ」ジェニーは胸に手をあてた。「ここが痛いの、胸の奥が。わたしの一部が欠けてしまったみたいだわ。あの子を抱きしめたい。愛してるって言いたい。あの子にその言葉を聞かせたいの」

ルークは口を開かなかった。何も言えなかった。喉が締めつけられる思いがした。こらえている感情がいまにもあふれ出しそうだった。

「なぜダニーなの、ルーク？　どうしてわたしじゃなかったの？　わたしはもう三十一年も生きているけど、ダニーはまだ十二歳よ。高校の卒業パーティや卒業式、大学、最初の仕事、初めての一人暮らし、初めての恋——あの子はどれも経験しないまま人生を終えてしまうのよ」

「ジェニー、もうよせ」

「あの子はまだ人生を始めたばかりなのに。ルーク、こんなの不公平だわ」

ルークはソファから床に降り、彼女の唇に指をあてた。彼女の怒りと絶望の熱が肌を通して伝わってきた。「何が起ころうとも、ジェニー、ダニーは大丈夫だと思う」

彼女は驚き、混乱して目を見開いた。「何——それってどういうこと？」

ルークは気まずくなって肩をすくめたが、彼の目の前にいるのは誰よりも奇跡を信じているジェニーだった。「じつは、何度かダニーに会ったんだ。実際は夢みたいだったが、ぼくは起きていて、彼が目の前に現われて、ぼくに話しかけてきたんだよ」

「なんて——あの子はなんて言ったの？」

「最初にぼくの前に現われたのは、車に轢かれた夜だった。手術が終わって数時間後だったに違いない。あの子はぼくのことを父さんって呼んだんだ」湧きあがる感情を抑えようとして、彼は声が詰まった。「病院に会いに来てくれとぼくに言った」

「よくわからないわ」

「信じられない話のように聞こえるだろう。こんなことを言ってる自分がバカじゃないかと思うよ」

ジェニーは長いあいだ彼を見つめていた。「嘘をついているのね。作り話だわ」

ルークは心外そうに彼女を見た。「なぜぼくが作り話なんかしなくちゃいけないんだ？」

「ダニーがあなたに話しかけるわけがないもの。あの子が話しかけてくるとしたら、相手はわたしのはずよ。わたしはあの子の母親で、親友なんだもの」彼女がルークの腕を拳で強くたたいたので、彼はたじろいだ。「あの子にとって、あなたは他人じゃない」

「ぼくはあの子の父親だ」

「ルーク、悪いけど帰って。もうここにはいてほしくないわ」

「彼はぼくに話しかけてきたんだよ、ジェニー。きみが誕生日に何を欲しがっているかを、ダニーが教えてくれたんだ。どこで買うかも彼が教えてくれた」

ジェニーは肩のあたりにつけた天使のブローチに手を触れた。彼女はしだいに困惑した表情を浮かべた。

「きみがアランと別れたことを知らせてくれたのもダニーだ。あの子は本当に嬉しそうだったよ」

すると彼女の表情がすこしやわらいだ。「ダニーとアランはぜんぜんうまくいってなかったのよ。ほかにダニーはなんて言ったの？　怪我は治るって？」

ルークは首を振った。「それはわからないと言っていた」

ジェニーも首を振った。「こんな話、ばかげてるわ。ダニーは昏睡状態で病院にいるのよ。あなたの夢のなかにあの子が出てくるなんて、ありえないわ」

「ぼくにも説明がつかないんだ、ジェニー。彼に触れることはできないし、彼には肉体はないんだが、目には見えるし、彼の声も聞こえるんだ。あの子はぼくに話しかけてきた」

「いまは見えるの？」

「いいや。それに好きなときに呼ぶこともできない。いきなり現われるんだよ。ジェイコブとかいう人の話をしていたが、ぼくにはその人物は見えない」

「あなたの夢のなかで、ダニーはどんな格好をしていた？」

「ジーンズに、大きすぎるトレーナーを着ていた。ジェニー、子供にあんな格好をさせるなんて、きみが信じられないよ」

「あれが流行なのよ」

「それと、野球帽を後ろ前にしてかぶっていた」

彼女は手で口をおおった。「それって車に轢かれたときにあの子が着てた服だわ」彼女は廊下のクローゼットに走っていって、ダニーが事故にあった夜に持っていたバックパックをとりだした。そのなかには教科書といっしょに、病院で脱がされた服が入っていた。それは切り裂かれてぼろぼろになっていたが、ジェニーがその服をさしだすと、ルークにはそれが夢のなかで息子が着ていたものと同じだということがひと目でわかった。

「そう、この服だ」

ジェニーはソファに崩れ落ち、トレーナーに顔を近づけて、服に残った息子の残り香を嗅いだ。「そんなのずるいわよ、ルーク。ダニーがわたしに会いに来ないなんて。わたしはあの子の母親なのよ。どうしてわたしに会いに来てくれないの？」

「ダニーが決められることじゃないのかもしれない。それにもしかすると、ぼくはたまたま驚くほどはっきりした幻覚を見ているだけなのかもしれない」

ルークは彼女を腕に抱いた。髪を撫でながら、彼女を慰めたいと思ったが、出てくるのは意味のない言葉だけだった。

「教会に行きたいわ」唐突にジェニーが言いだした。「祈りたいの。教会になんてずいぶん長いこと行ってないから、もう神様にすっかり見捨てられてるかもしれないけど、そうせずにはいられないのよ。膝をついて、奇跡が起こるようにお願いしたいの」

「いっしょに行くよ」

「本気なの？ 神様なんて信じていないくせに」

「何を信じたらいいのか、わからなくなってしまった」

「ぶっちゃって、ごめんなさい」

ルークは首をかしげて彼女に微笑みかけた。「きみにはあと百万回殴られたって文句は言えないよ、ジェニー。溜まっているものを全部ぼくに吐き出せばいい。ただ、きみの人生にかかわっていたい。ぼくにはそんな権利はないかもしれないが。実際、そんな資格がないのはわかっているが、それでもそばにいさせてくれ」

「追い出したいと思っても、追い出せないでしょう」

「追い出したいのか？」

すこし考えてから、彼女は首を振った。「いいえ、いまのダニーにはあなたが必要だわ――それにわたしにも」彼女はすこし間をおいて続けた。「ただね、あなたの奥さんやご家族に申し訳ないの。あなたたちの邪魔はしたくないのよ」

「ぼくたちのあいだには邪魔ものが山ほどあるんだよ、ジェニー。きみがそのうちの一つじゃないと言ったら嘘になるが」

「そんなにすぐに奥さんを愛せなくなるわけはないわ。もしかすると彼女には慣れるための時間が必要なのかもしれないわ」

「デニーズは慣れたいとは思っていない。もう二回もいっしょにダニーに会いに行くかと彼女に訊いたんだが、そのたびに理由をつけて断わられた」

「恐れているのかもしれないわ」

ルークは首を振った。「デニーズには怖いものなどない」


翌日、デニーズは病院の正面ドアを抜けてエレヴェーターの前で足をとめ、深呼吸をした。いまのところ目にしたものは、すべてごく普通の光景だった——白衣を着た人びと、花束をかかえた人たち。目をそむけたくなるほど悲惨な光景にはまだ出合っていない。

隣りにいる老人があえぐような咳をしはじめた。彼女は眉をひそめて彼を見た。老人は手で口を押さえ、やがて発作はおさまった。エレヴェーターの扉が開き、彼らはいっしょに乗りこんだ。

老人の咳がふたたび始まった。エレヴェーター内の温度が上がり、デニーズは深く息を吸いこまないようにした。こんなところで風邪をうつされてはかなわない。エレヴェーターが三階でとまると、彼女はほっとして廊下に出た。

受付の女性は三〇七号室だと言っていた。デニーズは壁に動物や風船の絵が描かれている小児病棟の色鮮やかな廊下を進んだ。大丈夫、きっとうまくいくわ。

目の前のドアが開き、一組の男女が病室から出てきた。女性はすすり泣いていて、男性も泣いていた。彼らは廊下の中央で立ちどまり、悲しみにくれていた。デニーズは持ってきた花のバスケットを握りしめた。彼女は二人の苦しみを感じないように目をそむけて廊下を進んだ。

彼女はこのあと夕食の約束があった。真っ赤に泣きはらした目と詰まった鼻で出席するわけにはいかない。ようやく三〇七号室に着くと、彼女は息を深く吸ってからドアを開けた。

ベッドには少年が寝ていて、かたわらで看護師が彼の腕につながれたチューブをいじっていた。

「こんにちは」看護師が言った。

「こんにちは。こちらはダニー・セントクレアさんの病室ですか?」デニーズが尋ねた。

「そうですよ。ご家族のお友だちですか?」

「ええ、まあ」デニーズは唇を舐めて一歩前に出た。病室は無菌状態のせまい部屋で、なんだか妙な臭いがした。ベッドに近づくと、ダニーの顔が見えた。彼女はこの少年に会ったときのことを思い出した。彼女がドアを閉めたときの、彼の顔を思い出した。いま寝ている少年の顔はあのときと違って、まったくの無表情だった。少年はまるで死んでいるように見えた。

そう考えると、デニーズは胃がむかついてきた。鼓動が速くなり、身体が急に熱くなった。

「大丈夫ですか？」

「ええ、平気です。彼の容態は？」デニーズは吐き気を我慢して、なんとかその言葉を口にした。

「よくなっていますよ。自発呼吸ができるようになったんです」

「でも目覚めてはいないんですね」

「ええ、まだ」看護師は彼女のほうにやってきた。「それでは失礼します。どうぞごゆっくり」

デニーズは突然、このルークの息子は植物状態だということに気づいて愕然とした。チューブを通して栄養をあたえられ、身体の自由もきかないようだ。彼のこんな状態は何年も続くかもしれない。誰かが彼の身体を拭き、そばについていて世話をしなくてはならない。そんなことは彼女にはできない。彼女はこの子の母親がわりにはなれない。

花で飾られたバスケットが手からすべり落ちて、床にころがった。彼女は一刻も早く病室から出ようとドアに向かった。だが、そこには彼女の行く手をはばむ女性がいた。ジェニーだった。

デニーズは彼女の写真を見たことがなかったし、会ったこともなかったが、彼女にはそれがジェニーだとわかった。色あせたジーンズに白いシャツとピンクのセーター姿の、このどう見てもルークにはふさわしくない女性が、彼女の結婚生活を破綻《はたん》に追いこもうとしていた。

ジェニーは可愛らしい女性だった。デニーズもそれは認めざるをえなかった。それに痩せている。とびきりセクシーではないが、なぜルークが彼女に惹かれたのかがデニーズにはわかった。ジェニーには、デニーズですら引きつけられるほどの優しさがあった。デニーズは彼女を憎みたかったが、この女性を嫌いになるのはとてもむずかしそうだった。

二人は長いあいだ見つめ合っていた。緊張の瞬間だった。デニーズはダニーの病室にいるだけで感じている動揺を抑えようと必死だった。彼女はジェニーを有利な立場に立たせたくなかった。自分はなぜここに来てしまったのだろうか？　家にいるか、買い物にでも行けばよかった。

こういう場所は彼女は苦手だった。友人が子供を産んだときでさえ、彼女は病院に見舞いには行かず、友人が退院するのを待って家を訪ねることにしていた。

「ミセス・シェリダンですね」ジェニーが静かに声をかけた。「ジェニー・セントクレアです」彼女は手をさしだした。

デニーズはしぶしぶジェニーの手を握った。「あなたのことは聞いています。今回は本当にお気の毒に」――デニーズはダニーのほうに首をかしげた――「お子さんのこと、大変でしたわね」

「ありがとうございます」

ふたたび長い沈黙が続いた。「もしよかったら、ゆっくりしてらしてくださいね」ジェニーが言った。「わたしはあとでまた来ますから。どうせほとんど一日じゅうここにいるので」

「いえ、わたしはお花を届けに来ただけですから」デニーズがそう言うと、ジェニーは床にころがっているバスケットに目をやった。

ジェニーはそれを拾い上げ、ベッドサイドテーブルに置いた。「とてもきれいなお花だわ」

「そろそろ失礼しないと」デニーズが病室を出ようとすると、ジェニーが言った。

「わたしはルークに何も求めていません。あなたたち夫婦の邪魔をしたくないんです」

デニーズは冷ややかな笑みを彼女に向けた。「そんなことを言っても、もう手遅れじゃないかしら」

「本気で言っているんです」

「そうかもしれないけど」デニーズは肩をすくめた。「残念ながら、あなたはルークが喉から手が出るほど欲しがっているものを彼にあたえてしまったの――息子をね。わたしにはできないわ。わたしはあなたに勝てないの」

「争う必要はないと思うんです。話し合って解決できるはずです」

「あなたって理想主義者なのね、それにロマンチストだわ。あなたのそういうところを、きっとルークは気に入っているのね」デニーズは口ごもった。取り乱したくないという努力にもかかわらず、目には涙が浮かんでいた。「あなたが何を望んでいるかなんてどうだっていいの。わたしが気にしているのはルークが何を望んでいるかよ。とってもおかしなことに、彼はあなたを求めているとわたしは思うの」

デニーズが病室から出ていくと、残されたジェニーは考えこんだ。同じ言葉でも、ルークに言われるのとデニーズに言われるのとでは大違いだった。デニーズに言われるほうが、言葉により現実味があって、恐ろしかった。

ルークをふたたび自分の人生に受け入れられるのかどうか、彼女はまだ迷っていた。だが両親がいっしょになったら、ダニーはどれほど喜ぶだろう。

「ひょっとすると、そうなるかもよ、相棒」彼女は静かに言った。「あなたがいちばん望んでいたことが実現するかもしれないわ。でも、もしまたルークといっしょになるとしたら、今回は対等の立場よ。わたしが彼を求めているのと同じくらい、彼もわたしのことが必要じゃないと。おたがいにあたえ合って、おたがいにもらうの。これってあなたが教えてくれたことよね、ダニー？　わたしは自分の足でちゃんと立ってるわ。めそめそするママとはお別れよ」彼女は息子の手を握った。「どうして返事をしてくれないの——お父さんに話しかけたみたいに？　まだ怒っているんじゃないわよね？　お願いよ、ダニー、何か言って。ママのところに戻ってきてよ」

28

月曜日の朝、アランと相棒のスー・スペンサーはパトカーでジェニーの家の前の道を走っていた。ジェニーが家から出てくるのを見て、アランは家の前で車を停めた。彼はスーに言った。「五分だけ時間をくれないか、スー?」

「もちろん、かまわないわ。ここで待っているから。急いだほうがいいわよ。彼女は出かけるみたいだから」

アランは車から降りて、急いで道を渡りながらジェニーの名前を呼んだ。彼女は驚いて顔を上げた。

「アラン」

「仕事に行くのか?」彼女が〈マグドゥーガルズ・マーケット〉の制服を着ているのを見て、彼は尋ねた。

「一時まで仕事なの」

「何度か電話したんだぞ」

「アラン、話すべきことはもう話し合ったでしょう」

「きみを失うわけにはいかないんだ、ジェニー。マットを追いかけるのはやめるし、捜査からも手を引く。きみが望むことならなんだってやるよ」アランは自分のすがるような口調が情けなかったが、彼女の優しさにすがるよりほかにどうしたらいいかわからなかった。

「ごめんなさい、アラン」彼女は同情するような目で彼に微笑みかけた。なんてことだ、彼は同情されるのが大嫌いだった。

「もういい、わかった」

「あなたを傷つけるつもりはなかったの。でも、ないものを感じているふりはできないわ。長い目で見れば、わたしはあなたを苛立たせることになるわ。いままでもずっとあなたを苛立たせてきたじゃない。わたしは主婦としては失格だし、しょっちゅうキーをなくすし、待ち合わせにはいつも十分遅れるし」

ジェニーはアランが何か言うのを待ったが、彼は何も答えられなかった。心の奥底では、彼女の言うとおりだとわかっていたが、彼には時間がなかった。彼はこの先も運命の女性と出会えないのではないか、このまま一生結婚できずに終わるのではないかと思いはじめていた。

「それに、ダニーはあなたを怒らせてばかりいるし」ジェニーがつけ加えた。「あなたたちはどうしても仲よくできなかったわ」

「努力はしたんだ」アランがようやく口を開いた。

「それはわかってるし、あなたがわたしのためにしてくれたことすべてに感謝してるの」

「あの男のせいなんだろう? 何年間もきみはやつが戻ってくるのを待ってたんだろう。もっと早くダニーを連れて会いに行けばよかったじゃないか。そうすれば、みんながこんなに苦しむことはなかっただろうに」

ジェニーは彼の言葉に傷ついた。「ひどいことを言うのね、アラン」

謝るべきだとわかっていたが、彼にはそれができなかった。彼はただそこにたたずみ、彼女が車に乗りこんで去っていくのを見ていた。

スーがパトカーから降りて道を渡ってきて、隣りに立った。「大丈夫?」

「ああ、平気だ」

「話を聞こうか?」

「いや、いい」

アランはジェニーの家を見た。この家で楽しい時間を過ごしたこともあった。楽しくない時間も過ごしたが、彼女の家は彼にとってはわが家のような気がした。ここには人生をせいいっぱい謳歌《おうか》しているジェニーがいた。だがいま、ドアは閉まっていて、彼はドアの外にいる。いったいどこでしくじったのだろう?

「恋愛は面倒よね」スーが言った。

彼はしぶしぶ微笑んだ。「きみの言うとおりだ。さあ、行こう」

彼が車に戻ろうとすると、隣りの家のガレージの扉が開き、グレーシーが乗った古びた白のリンカーンがバックで私道から出てきた。車がごみ用バケツをひっくり返し、まるで酔っぱらった水兵のようによろよろ道に出ていくのを、彼は足をとめて見つめた。

「彼女はいったい何をしているの？」

アランはパトカーに駆け寄り、スーも急いで隣りに乗りこんだ。彼らはライトをつけてグレーシーの車を追った。彼女は一時停止の標識を無視してそのまま直進した。アランがサイレンを鳴らすと、グレーシーの車は路肩に乗り上げ、街路樹の直前で急停止した。

アランが車に近づくと、グレーシーがハンドルを握ったまま呆然としていた。

「大丈夫かい？」アランがドアを開けた。

「わたし――わたしは」彼女はこめかみに手をあてて揉《も》んだ。

「頭を打ったのか、グレーシー？」

「いいえ、大丈夫よ」

「運転してはいけないんだろう。どこに行くつもりだったんだ？」

「どこに行く？　決まってるじゃない。ドリスを迎えに学校に行くのよ。あの子がすごく内気なのは知ってるでしょう？　一人きりで校庭で待つのをいやがるの」

アランはスーをふりかえった。

「ドリスって誰なの？」スーが尋ねた。

「三十二になる彼女の姪だ」

「救急車を呼んだほうがいいわね」

「いや」アランが首を振った。「そんなことをしたら、彼女を怯えさせるだけだ。おれがこの車で彼女を家まで送っていく。どうせ、すぐそばだ。ドリスが見つかるまで、彼女といっしょにいてくれる人を探そう」

アランからパトカーのキーを受け取りながら、スーが微笑んだ。「彼女に違反切符を切るつもり？」

「そうだな」彼はうなった。「法律違反をしたわけだし」

「たしかにそうね」

「助手席に移ってくれ、グレーシー。家まで送っていく」アランが言った。

グレーシーは助手席に移動した。「あなたがどれほど運転が好きか忘れてたわ、ハロルド。次回は忘れないようにするわね。ねえ、あなたをどれほど愛しているか言ったかしら？」

アランはグレーシーが話しかけているのは彼ではなく、亡き夫だということに気づいた。

「ああ、言ってくれたよ」

グレーシーは彼の腕に手をおいた。「初めて会った日のことを、いまでも覚えているわ。あなたはすごくハンサムで、逞しくて――すごく恥ずかしがり屋だった」彼女は笑いながら言った。「踊ってくださいって、わたしからたのまなくてはならなかったんだもの。あなたはわたしの足を踏むんじゃないかと心配してたけど、わたしはあなたの腕に抱かれていつまでも踊っていたかっただけなのよ。ねえ、いまでもわたしのことを、あの頃と同じくらいきれいだと思ってくれてる？」

アランは彼女のほうを見て微笑んだ。「きみはあの頃よりずっときれいだよ」

「まあ、あなたっていつも優しいのね」

アランはグレーシーを乗せて彼女の家まで行き、私道に車を停めてエンジンを切った。彼は彼女を車から降ろして、いっしょに正面ドアに続く階段を登った。

ドアの前に立ったグレーシーは、彼をふりかえった。その目には生気が戻っていた。「あなたはハロルドじゃないわ。アランよ」

「そうですよ」

グレーシーは車に目をやった。「車を貸してほしいの?」

「かまいませんよね?」

「もちろんよ」

家の前にタクシーが停まり、ドリスが降りてきた。顔を紅潮させ、あせっているようだった。グレーシーといっしょに二人の警官がいるのを見て、彼女はあわてて私道を走ってきた。

「どうしたの? 何があったの?」

「なんでもないわ」グレーシーが答えた。「本当に心配性ね。アランがわたしの車を借りたいんですって」

「お水を一杯もらえないかしら?」スーが口をはさんだ。「喉が渇いてしまって」

「ええ、いいですとも」グレーシーはスーを連れて家のなかに入っていった。

アランはドリスに説明した。「グレーシーが車を運転していたんだ」彼はドリスにキーを渡した。「これを彼女に見つからない場所にしまっておいたほうがいい」

ドリスは彼の手からキーを受け取った。「本当にごめんなさい。医者のところで待たされたうえに、車のエンジンがかからなくなっちゃって。伯母さんには電話をして、すぐに戻るって言ったんだけど。いったい何を考えていたのかしら？」

「きみが七歳で、学校に迎えに行かなきゃならないと思いこんでいた。グレーシーは病気なんだね？」

ドリスは悲しそうな表情でうなずいた。「ええ。アルツハイマーなんです。だからいまはこうしてわたしがいっしょに暮らしているんです」

「誰かに怪我をさせてたかもしれないし、彼女自身が怪我をしていたかもしれない」アランは言った。「もうすこしちゃんとした対策をとらないと」

「ええ、でも伯母さんを介護施設に入れるなんて考えられないんです。だってまともなときは、わたしたちと何も変わりがないんですもの。介護施設に入れたりしたら、伯母さんがどれほど気落ちするか。だめ、やっぱりわたしが彼女の世話をしていきます。もっとちゃんと監視するようにしますから。伯母さん、何か問題を起こしたんですか？　違反切符を切られるのかしら？」

「いいや、だが彼女の車は処分するんだ。それから、きみの車のキーはつねに鍵をかけてしまっておくか、絶対に見つからない場所に隠しておくことだ」

「伯母さんはわたしの車には乗りません、マニュアルだから」

スーがポーチに現われた。「話は終わったの、相棒？」

「ああ」

グレーシーも彼らについて外に出てきた。「車を返すのはいつでもいいわよ、アラン。わたしはもう乗らないから」

「わかってますよ」アランは彼女に微笑みかけた。

「あの車はハロルドが大好きでね。彼の宝物だったの。いつもぴかぴかに磨いて大切にしてたわ」

アランはリンカーンのほうを見て、突然、顔をしかめた。何かがおかしいが、それはフードに積もった埃《ほこり》のせいではなかった。ヘッドライトだ。左のヘッドライト。

彼は引き寄せられるように車に近づいていき、しだいに顔が青ざめていくのを感じた。背後からスーが何か尋ねたが、彼は答えなかった。日光がヘッドライトにあたってきらめき、まるで無線標識《ビーコン》のように彼を導いた。

車のそばに寄ると、彼はその横にひざまずき、ガラスが割れているのを見つけて目を閉じた。

スーの手が肩に置かれるのを感じた。しばらくして彼がパートナーの顔を見ると、理解すると同時に信じられないという表情が浮かんでいた。

「こんどはなんですか?」ドリスが彼らに近づいてきて言った。

「ヘッドライトが壊れてる」

「だから?」

「いいえ、誰も乗っていません。すくなくとも今日までは」

「最近、この車を運転したかい？」

「グレーシー」アランがポーチにいる女性に目を向けた。老女は弱々しく、とても怯えているように見えた。グレーシーは知っているのだ。心の奥底で、頭の片隅で、彼女は知っているか、疑いを持っていたのだ。彼女が真実を語れるかどうかは疑問だった。そして彼がグレーシーに真実を告げられるかどうかも疑問だった。

なぜなら、この優しい老女は彼の悩みを聞いてくれ、ダニーがまだ幼い頃はジェニー母子の面倒をみて、彼らのために料理をして、掃除をして、彼らが病気になれば、チキンスープを届けていたからだ。グレーシーはジェニーにとっては母親がわりで、ダニーにとっては祖母のような存在だった。

もしも彼女が口に出せないようなことをしていたとしたら、彼らはそれにどう対処したらいいのだろう？

アランはグレーシーと対峙《たいじ》しなくてはならなかった。だが、後ろに立って様子を見守っているドリスとスーの視線を痛いほど感じながら、彼はためらっていた。

グレーシーはゆっくりと階段を降りてきた。彼女は壊れたヘッドライトを驚いたように眺め、それからアランに顔を向けた。

「最近、この車を運転したかい、グレーシー？」

彼女は困惑したように彼を見た。「そんなことはないと思うけど」

「なぜヘッドライトが壊れているのか、わかるかい？」

「ハロルドとわたしが、姉のエリザベスのところに行ったときにやったんだわ。イーダの店に寄ってアイスクリームを買おうと思ったんだけど、やっぱり寄るのをやめにしたのよ。姉は人が遅れてくるのを好まない人だから」

「いつのことだか覚えているかい？」アランは冷静さを保とうと努力しながら尋ねた。

「二週間ぐらい前だったと思うけど。霧が深い夜だったのは覚えてるのよ。それで、鹿が道路に飛び出してきたの。でも、ハロルドはそうじゃない、わたしの見間違いだって言ったわ。何も問題ないからって。そのまま先を急いだんだけど、たぶんそのあと彼ったら修理するのを忘れたのね。ねえ、何も問題はないわよね？」

アランはなんと答えたらいいかわからなかった。どうしたらいいかもわからなかった。これまでの彼の人生は月並みなもので、いまこの瞬間まではすべて白黒がつけられることばかりだった。ジェニーの言葉が耳に響いた――事実よりも愛のほうが大切だから。

だが彼は警察官であり、グレーシーはおそらく一人の子供を殺すところだったのだ。もしもダニーが助からなかったら、彼女は罪もない子供を殺したことになる。それなのに、彼女を見逃していいのか？

犯罪者は罰せられなければならない。それが彼の個人的な信条だった。そしてグレーシーは――グレーシーは犯罪者だ。罰せられなければならない。

しかし自分が何をやったか理解できない七十歳のアルツハイマー患者を罰することができ

るのだろうか？　彼女を投獄して、誰が利益を得るのだろう？　それはダニーでもなくジェニーでもなく、絶対にグレーシーでもない。

ドリスは青ざめて緊張した面持ちで彼を見た。「エリザベス伯母さんは三年前に亡くなっているわ」

「わかってる。伯母さんを家に連れていってくれ」アランがつっけんどんに言った。

ドリスは質問しようと口をひらいたが、黙って命じられたとおりにした。

二人がいなくなると、アランは車のフードに寄りかかって頭を垂れた。「スー、おれはどうしたらいい？　どうしたらいいんだ？」

「捜査をやり遂げるのよ。タイヤのスリップ痕や割れたガラスを調べて、被害を分析するの。要するに、いつもどおりに自分の仕事をすればいいのよ」スーはあたりまえのように言った。

アランがため息をついた。「自分の仕事がいやになるときがある」

「わたしもよ。グレーシーはとても優しいおばあさんだもの。何があったか、わたしからドリスに話そうか？」

「ああ、たのむ。だがグレーシーには何も言わないでくれ、いまはまだ」

「ジェニーはどうする？」

「おれから彼女の職場に電話をする」

「すくなくとも、これでマットの疑いは晴れたわね」

「ああ、どうやらおれは彼のことを勘違いしていたらしい——おれはいろいろなことを勘違いしていた」

ルークは目の前のカレンダーをめくった。十二月二十日。クリスマスまであと五日。ダニーが事故にあってから一カ月がたった。この四週間で、多くの変化があった。

オフィスのドアが開いたので、ルークは顔を上げた。彼は当然、秘書だと思ったが、父親がまるで自分のオフィスのように堂々と入ってきた。

ルークはすぐに立ち上がった。「父さん」

「わたしをわざわざここに呼びつけたわけだな？」

「来てくださいとお願いした覚えはないですよ」

チャールズはデスクの前のアームチェアに腰をおろしたが、いかにも居心地が悪そうだった。彼は主導権を握ることに慣れていて、誰もが彼の命令にしたがうのが当然と考えていて、その逆ということはありえなかった。

ルークも椅子にすわりなおした。「なぜここにいらしたんです？」

チャールズは息子の目を真正面から見た。「自分の会社が心配だったからだ。おまえがほかのことに気をとられていたせいで、〈ジェネシス〉社の契約を逃した。二回も彼らとの会議をすっぽかしたと、マルコムから聞いたぞ」チャールズはデスクのはしを拳でたたいた。

「バカ者が。わたしはこの会社に人生を捧げてきたんだ。おまえがそれを潰すのを黙って見ていられると思うのか」

「べつに会社を潰すつもりはありませんよ」

「それなら、なぜほとんどの時間を病院で過ごしている？　仕事をすべきだろう。おまえは〈シェリ・テク〉にすべてを捧げる準備ができたと思っていた。だからここに帰ってきたんじゃないのか？」

「そうですよ。ですが状況が変わったんです」

「大切なことは何も変わっていない。おまえはわたしの息子で、跡継ぎだ。この会社はわたしからおまえが引き継いだものだ。おまえの態度がまったく理解できない」

「これまでぼくにしてくださったことには感謝してます」ルークは言った。「でもぼくの息子が病院のベッドで必死に闘っているんです。正直言って、ぼくにはあなたの態度のほうが理解できませんね」

父子のあいだの空気が、緊張と不信感と怒りで波立った。ルークはこれまで一度も父に意見したり、歯向かったことはなかった。

「あなたにやれと言われたことは、これまで全部やってきました」ルークは続けた。「科学と数学を勉強し、あなたが選んだ学校に進み、あなたに言われたとおりの分野を専攻して、生物工学を研究してきました。そしてあなたの家に引っ越し、あなたのベッドルームとクローゼット、会社を引き継いだ。ぼくはあなたになろうと必死に頑張ってきました。でもぼくはあなたじゃない。あなたの靴ははけない。ぼくには合わないんです」

「ルーク」

「あなたと同じやり方で〈シェリ・テク〉を経営することはできません。子供がいらないなんていう女性といっしょに暮らすことはできない。もうこれ以上嘘をついて生きていくことはできない。ぼくは疲れた。腹も立ってる。それに怖いんだ」

ルークの激しい言葉に、チャールズはあっけにとられた。「怖い——何が?」

「息子を失うことがですよ」ルークは立ち上がって、デスクの後ろを行ったり来たりしはじめた。「ぼくはダニーを知りたい。あの子とキャッチボールをしたい。あの子に運転のしかたや髭《ひげ》の剃《そ》り方を教えてやりたい。あの子といっしょに生きていきたいんだ。そうすれば、父と息子が本来どういうふうに愛し合うべきかがわかるかもしれない。ダニーとなら、あなたとは経験できなかったことができるかもしれない」

息子の言葉に、チャールズの目に苦悩の色が浮かんだ。「わたしはつねにおまえの父親だった。おまえが何を言っているのか理解できない」

「あなたの愛情は、いつも期待がいっしょについてきた。ぼくはそんな期待にはもう応えられないし、そのために頑張ろうとも思わない。ぼくが〈シェリ・テク〉社をだめにすると思うのなら、お返ししますよ。今日、いますぐぼくはここから出ていきます。あなたの好きにしたらいいでしょう」

チャールズは立ち上がった。「おまえに辞めろなどとは言っていない。この会社を経営していけと言っているんだ。わたしの時代より会社を大きくしろと言っているんだ」

「それができるかどうか、わからない。そうしたいかどうかもわからない。自分以外の人間になろうとして、あまりにも多くの時間を無駄にした」言葉に出して言うことで、ルークは肩の荷が下りた。彼はようやく自由になり、主導権を握った気がした。

「バカなことを言うな」チャールズは言った。「おまえは、おまえ自身なんだ。わたしはおまえを誇りに思っている」

「当然だろう。ぼくはあなたのためにいままで生きてきたんだから。もしもぼくに兄弟がいたら、事情は違っていたかもしれない。だがぼくしかいなかった。あなたの希望と夢をかなえるのは、ぼくしかいなかったんだ。これまでずっとその重荷を背負って生きてきた」

チャールズが息子の肩に触れようとしたが、ルークはあとずさりした。チャールズの手がわきに落ちた。

「おまえのためを思ってやったことだ」チャールズは静かな声で言った。「いまでもそうだ。もしもそのせいでわたしが悪い父親だというのなら、それはしかたない」

ルークの胸に罪悪感がひたひたと押し寄せてきたが、彼はけっして退《ひ》かなかった。これは彼の人生であって、父親の人生ではない。

「あなたが悪い父親だったとは言っていません」ルークは言った。「ただ、とほうもなく高い期待を息子にかけた父親だったというだけです」

チャールズは咳払いをした。「子供のことだけではないんだろう。あの女のこともあるんだろう？」

「ああ。ぼくはジェニーを愛している。ずっと愛していた。父さんもきっと彼女を気に入るよ。もしも彼女に機会さえあたえてくれれば」

「おまえにはデニーズという妻がいる。彼女とのあいだに子供をつくればいいだろう」

父の言葉に、ルークは突き刺さるような痛みが爪先まで走るのを感じた。彼は首を振った。

「彼女とのあいだに子供はできない。デニーズは卵管結紮の手術をしたんだ」

「なんだと？　そんなばかな、なぜだ？」

「彼女は子供を欲しがっていないんだ」父親がルークの話を理解しようとしているあいだに、彼はふたたび椅子にすわった。二人のあいだの緊張がゆるんだ。どなり合いは終わった。ルークはいままで真実は父を遠ざけるだけだと思っていたが、実際には真実によって父子は歩み寄った。

「ということは、そのおまえの息子が、わたしの唯一の孫になるということか？」

「皮肉ですよね。それなのに、あなたはあの子に会いたくないというんですから」

チャールズは息子の顔をしげしげと見つめ、それからうなずいた。「わたしもその子に会いたい、ルーク。いますぐに会いたい」

29

ルークが父親と病室に入ると、看護師がダニーの点滴の調整をしていた。彼女は二人に微笑みかけると、仕事を終えて部屋から出ていった。

ルークは父がベッドに近づくのを見ていた。チャールズは感情をおもてに出さないように注意しながら、ダニーをじっと見下ろした。彼は身体を支えるために、ベッドの手すりを握りしめたが、ダニーの顔を見ているうちに足もとがふらついた。ルークはあわてて父のそばに駆け寄った。

「大丈夫ですか?」

チャールズの顔は蒼白だった。彼は大きなショックを受けた様子で、まるで孫ではなく幽霊を見たかのようだった。

「なんてことだ。この子はおまえにそっくりだ。おまえがベッドに寝ているのかと思った。すこしすわらせてくれ」

ルークは父を支えて椅子にすわらせ、ベッドのわきに置いてある水差しからグラスに水を注いで父に渡した。チャールズは水を飲むと、手の甲で額をぬぐった。「知らなかった。この子がこれほどおまえにそっくりだとは」

「この子もぼくたちの家族なんだよ、シェリダンなんだ」

「そのようだな」

「そのことを受け入れてくれるかい？」

チャールズは答えなかった。

「彼はジェニーの息子でもある。それも受け入れてくれるかな？」

チャールズは傷ついた様子でルークを見た。「彼女を嫌った覚えはない。ただ、おまえの妻としてはふさわしくないと思っただけだ。彼女では充分ではなかった」

「充分かって？」ルークは髪を掻きあげた。「たしかに充分じゃない。充分以上だよ。彼女はちゃんと自分というものを持っている。それはぼくなんかよりすごいことだ。ぼくは彼女とダニーを捨てたことをずっと後悔してきたんだ」ルークはダニーの寝顔を見た。「ぼくもこの子にできるかぎりのことをしてやりたいんだ、父さん。だけどそれは、ぼくが望んでいることでなくていい。この子がしたいことをさせてやりたい」

「おまえはどうしたいんだ、ルーク？　考えはあるのか？」

「じょじょに固まってきている。男にはきちんと立場を表明しなくてはならないときがある。ぼくはいまそれをしようと思う」

チャールズはゆっくりと息を吸い、それを吐き出した。「それで、おまえの立場とは具体的になんなんだ？」

「今日からぼくはしばらく仕事を休む」

「どれくらいの期間、休むつもりだ？」

「すくなくとも三カ月」

「それはずいぶん長いな」

「いまはとにかくダニーのそばにいたいんだ。そのあとは、どうなるかわからない。ぼくにとっては人生を変える時期なんだ——よくなるか悪くなるかはともかく」

チャールズはゆっくりと立ち上がった。「信じられないかもしれないが、ルーク、わたしはおまえの幸せを願っているんだ。いままでずっとそうだった。もしも休暇が欲しいというのなら、いいだろう、休みなさい——賛成しよう。なんとかやっていけるだろう」チャールズはもう一度ダニーの顔を見た。「とにかくおまえがシェリダン家の最後の一人ではないとわかってほっとした」

「本当にそうよね」後ろから声がしたので、ルークとチャールズは同時にふりかえった。戸口にビバリー・シェリダンが立っていて、その後ろにデニーズがいた。

「母さん」

「どうしてもその子に会いたかったのよ、ルーク」ビバリーは前に進み、夫と息子の腰に両腕をまわした。ダニーの顔を見て、彼女の下唇が震えだした。「まあ、この子がダニーなのね」

「そうだよ、この子がダニーだ」ルークが母を腕に抱くと、彼女は震えていた。両親は以前のように強くはないように見えた。

「なんて可愛い子なのかしら。あなたにそっくりだわ」ビバリーが言った。

ルークは肩越しにベッドの足もとに無言で立っているデニーズを見た。彼女は彼の息子と、彼の両親と、彼をじっと見つめていた。ルークと視線が合ったとき、彼女の目は不安そうで悲しげだった。その一瞬、二人は何年ぶりかで奥深いところで気持ちが通じ合った。

「よくわかりました」彼女はゆっくりと言った。「これでよくわかったわ」デニーズは彼らに背を向けて病室を出ていった。

「追いかけなさい」ビバリーが息子に言った。「彼女ときちんと話し合いなさい。せめてそれぐらいするのが、彼女への礼儀でしょう」

ルークはデニーズのあとを追いかけた。彼女は廊下の先のエレヴェーターの前にいた。彼の姿を見ると、彼女は手で制した。「何も言わないで。ひと言も言わないで」

「話があるんだ」

彼女は首を振り、彼に背を向けて非常階段のドアを押し開けた。ルークは彼女を追って階段を駆け降りた。一階、また一階と降りていくと、彼女のハイヒールの靴音が響いてきた。

「デニーズ、待ってくれ」彼は叫んだ。

一階と二階の踊り場でデニーズが息をととのえようと立ちどまったとき、ようやくルークは彼女に追いついた。彼が近づくと、彼女は片手で制した。頬にマスカラが流れた涙の跡がついていた。

彼は妻に手を伸ばしたが、彼女はあとずさりした。ルークはかまわず彼女を抱きしめた。デニーズが泣きだした。彼もいっしょに泣きたい気分だった。「もうおしまいね」彼女が言った。「ずっと頑張ってきたけど、もうおしまいだわ」

「デニーズ――」

彼女は夫から身体を離した。「もしも子供がいたら、違っていたかもしれないわね。そうしたらあの子がこれほどあなたにとって大切ではなかったかもしれない。卵管を元に戻してもらうことも考えたの。人工授精や代理母や、養子をとることも考えたわ。あなたの息子を産んであげられれば、あなたといっしょにいられると思ったから」

「もう過ぎたことだ。きみは子供が欲しくないとはっきり言ったじゃないか」

「間違いを犯したのよ」

「ぼくたちはみんな間違いを犯したんだ」

「でも、そんなことはどうでもいいのよね。あの子は、あなたにあの子の母親を思い出させるから、それにたぶん……」デニーズはためらった。唇が震えていた。「たぶん、あなたはまだ彼女のことを愛しているのよ」

ルークは彼女のつらさを自分のことのように感じた。「きみを傷つけたくはなかったんだ」

彼女はハンドバッグからティッシュペーパーをとりだし、目のまわりの汚れを拭いた。

「あのね、恐ろしいことに、ほんの一瞬だけあの子に死んでほしいって思ったの。もしもあの子が死んでしまえば、元のわたしたちに戻れるんじゃないかって。でもそうはならないのよ。あなたは変わってしまったし、わたしも変わったから。ただ。一つだけ訊いておきたいの、ルーク。あなたはわたしのことを愛していた？」

「ああ。いまでもきみは大切な人だ。ただぼくらがいっしょにいて、幸せになれるかどうか疑問なだけだ」

「大切？　それってあまり強い感情じゃないわよ、ルーク。どう考えても、妻に対する思いじゃないわ」デニーズは肩をいからせた。「わたしたちはいっしょにいて幸せになれるとは思えないわ。離婚しましょう」

彼は大きな安堵《あんど》を感じたものの、なんと言ったらいいかわからなかった。「本気なのか？」内心では嬉しくて叫びだしたい気分だったが、いちおうは反論するべきだと感じた。

「本気よ」

たしかに彼女は本気のようだった。彼は最後にもう一度反論してみた。「もうすこし待ってもいいだろう、デニーズ。いまはみんな混乱しているから、こんなときに重要な決断をすべきじゃない」

「待つのはいやなの。もういろいろ考えたくないの。この前病院に一人で来たのよ」彼女は夫の目を見て言った。「ダニーのお見舞いに。ジェニーにも会ったわ。いい人みたいね」

「彼女に何か言ったのか？」

「何もひどいことは言わなかったわ。ただね、彼女と話したあとに気がついたの。彼女はあなたにお似合いだって――すくなくともいまのあなたには。ガレージにバスケットボールのリングをつけて、人工のもので充分なのに絶対に本物のクリスマスツリーを欲しがって、他人が見ていても平気でテラスで愛し合いたいなんていう人にはね」彼女は首を振った。「カウンセリングに通うこともできるけど、たぶん無駄だと思うの。正直に言うと、これから一生あの子の面倒をみていくのがいやなのよ。よくならないかもしれないでしょう。一生あのままかもしれないわ。そうなったら毎週日曜日を病室で過ごすなんて、わたしにはできないわ」彼女は肩をすくめた。「家に帰ったら、すぐにデールに電話しておくわ」

弁護士の名前に、ルークは顔をこわばらせた。「急ぎすぎじゃないか」

「人生は短いのよ、ルーク。まだそのことに気づかないの?」彼女は微笑み、名残り惜しそうに彼の頰を撫でた。「この代償は払ってもらいますからね。あなたはお金持ちだもの、半分はわたしのものよ。それ以下では絶対に妥協しないから」

「そうだろうな」

彼女は階段を降りはじめたが、途中で立ちどまってふりむいた。

「幸せにね、ルーク」

「きみもな」彼はささやいたが、彼女の姿はもう見えなかった。

「デニーズはルークと別れるつもりなのよ」ダニーの病室で待つあいだ、ビバリーが夫に言った。「彼女は気をもみながら待つようなタイプではないもの」

チャールズが首を振った。「大きな過ちを犯す前に、彼らをとめられればいいんだが」

「無理よ。それによけいな口出しをすべきではないわ。ルークはもう大人なんですもの」彼女は夫に微笑みかけた。「わたしったらようやくそれに気づいたのよ。もっと早くに子離れすべきだったわ」

「いつのまにこんなに時間がたってしまったのだろう?」チャールズは妻の腰に手をまわした。「ルークがこの子と同じくらいの歳で、あの子のことを心配していたのがつい昨日のような気がする」

「いまのあの子はあなたより背が高くなったけど、それでもわたしたちはあの子の心配をしているわ。わたしたちってひどい親だったのかしら、チャールズ? あの子にたくさん期待しすぎて、彼の人生を台なしにしたのかしら?」

「わたしたちはあの子に最高のものをあたえたかったんだ。それのどこが悪いんだ?」

「さあね」ビバリーはダニーを見下ろして微笑み、彼の寝癖に指をからませた。「この小さな男の子が、本当に大騒ぎを引き起こしたわね」

「この子はシェリダン家の息子だ。そうなるのは当然だろう?」

「ダニーはシェリダン家の子じゃありません。セントクレア家の子です」そう言いながら、ジェニーが病室に入ってきた。まるで盾のようにクマのぬいぐるみを胸にかかえて、彼女は用心深くチャールズとビバリーを見た。「ここで何をなさっているんです?」

「孫に会いたかったんだよ」チャールズが言った。

「まあ? ちょっとそれは信じられませんけど」

「それはきみがわたしたちをよく知らないからだ」

「お引き取りください」ジェニーはそう言葉に出して言うと、気分がすっきりした。いまの彼女はもうかつての世間知らずの娘ではない。ダニーは彼女の子供だし、これは彼女の人生で、ここは彼女の縄張りなのだ。彼らが勝手にやってきて、ダニーを傷つけるようなことは許さない。

「息子さんのことは、本当にお気の毒だったわ」ビバリーが言った。

「ありがとうございます」ジェニーは態度を変えなかった。シェリダン夫妻は傲慢《ごうまん》で、すべてを自分たちの思いどおりに運ぶことに慣れている。彼らが何を望んでいるのかはわからないが、彼らの好きにさせるつもりはなかった。

ビバリーが申し訳なさそうにジェニーに微笑んだ。「信じてはもらえないと思うけど、昔あなたにつらくあたってすまなかったと思っているのよ。あなたの影響が怖かったの。あなたがルークをわたしたちのもとから連れ去ってしまうんじゃないかって。わたしたちが望んでいる息子ではなくなってしまいそうで」

ジェニーは彼女の説明にすこしだけ軟化した。チャールズとビバリーは昔ほど威圧的ではなかった。「でもそうはならなかったじゃないですか。彼はわたしを捨てたんですから」

「喜んでそうしたわけじゃないのよ」ビバリーは夫に肘で合図した。

ジェニーはダニーの横にぬいぐるみを置いた。「子供を持ってみて、あなたたちの気持もわかるようになりました。あのときのわたしは息子さんの理想の相手にはとても見えなかったでしょうし。でもいまは状況が違います。わたしは過去ではなく、将来に目を向けたいんです」

「それはわたしたちも同じよ」ビバリーが言った。「あなたの生活に立ち入るつもりはないの。本当にそろそろ失礼するわ」

ジェニーは彼らがドアに向かうのを複雑な気持ちで眺めた。ビバリーとチャールズにふたたびかかわりたくはなかったが、考えてみると彼らはダニーの祖父母なのだ。息子の顔を見ているうちに、ダニーの質問リストのなかに彼のルーツについてのものがあったことを思い出した。彼は家族の歴史に大きな興味を抱いていた。

「待って」ジェニーが言った。

ビバリーとチャールズが期待をこめた目で彼女を見た。

「ダニーはあなたがたのことを知りたがっているんです。この子はルークのことも知りたがっていました。もしもそれを理解していただけるなら、これからもこの子にかかわってくださることを歓迎します」

ビバリーは彼女に微笑みかけた。「心が広いのね。わたしにはとても真似できないわ」

「ただ、息子には優しくしてやってくださいね。以前と違ってわたしは歳をとったし、ずっと逞しくなってますから、お二人のことをきちんと監視させてもらいますよ」

チャールズは彼女の強気の発言に声をあげて笑いだした。「ああ、ぜひそうすべきだよ」

ルークが病室に入ってきて、驚くと同時に警戒の表情を浮かべた。「大丈夫か?」

「大丈夫よ」ジェニーが答えた。

ビバリーが息子の頬にキスをした。「家で待ってるわ、ルーク。あなたの息子はとてもハンサムね。誇りに思わなきゃ」

「誇りに思ってますよ」

病室のドアが閉まると、ルークはジェニーに声をかけた。「大丈夫かい？」

「なんとか切り抜けたわ。あなたのご両親もいままで思っていたほどひどい人たちじゃなかったわ」彼女はダニーをちらりと見た。「この子は本当にさまざまな人たちに変化をもたらしたわね。これが教訓じゃないといいけど、ルーク。この子が、わたしたちの愚かさの代償を払わされたんじゃなければいいけど。わたしたちに何かを学ばせるために、この子が――」彼女はその先を口に出して言うことはできなかった。「神様はそこまで意地悪じゃないわよね？」

「そうじゃないことを祈るよ」

ルークはぬいぐるみを手にとった。「こいつは誰だい？」

「マックよ」

「鼻のところの毛がすり減ってるじゃないか」

彼女の目に涙が浮かんだ。「そうなのよ。ダニーが夜寝るときに、いつもそこを撫でていたの。九歳ぐらいのときに、ようやくやらなくなったんだけど。てっきり捨てたのかと思っていたら、あの子の部屋の掃除をしたときに、クローゼットの奥から出てきたの」

ルークはぬいぐるみをダニーの横に寝かせ、ダニーの腕にクマを抱かせた。

ジェニーは彼のその優しいしぐさを見て、涙が出そうになるのをこらえた。泣くのはもうやめよう。それに悲しみたくなかった。ダニーを元気づけるためにぬいぐるみを持ってきたのだから。昔そうだったように、ぬいぐるみがダニーに心の安らぎをもたらすことを願っていた。

彼女はベッドのわきにある水差しからグラスに水を注いで、ひとくち飲んだ。「ところで、どうしてここで家族が集まったの？　ご両親を買収したの？　それとも今後二十年のあなたの人生を売り渡したの？」

「まあ、そう言われてもしかたがないが」ルークは苦笑した。「いくつか決めたことがあるんだ、ジェニー。ぼくはきみとダニーといっしょに過ごすために〈シェリ・テク〉社の仕事を休むことにした」

「なんですって？　そんなことをしちゃだめよ。お父さんの会社を継ぐのがあなたの夢だったじゃない、ルーク。いまそれに背を向けるなんて、してはいけないわ」

「いまは違う。ぼくの夢はきみなんだよ」

ルークは彼女の目を見つめた。そこにはともに生きる未来への約束という深い意味がこめられていた。ジェニーは彼を信じたかったが、やはり彼女は怖かった。「それはこの状況のせいよ」彼女は病室を指し示した。「ダニーが目を覚ましたら、きっと気が変わるわ。あなたはわたしを責めて、またわたしを捨てるんだわ」

「そんなことはしない。ぼくを信じてくれ、ジェニー」まるで二度と離さないというように、ルークは彼女の両手を握りしめた。

「ルーク、あなたを信じたいわ。でもむずかしいの」

「わかってる」彼はすこし間をおいた。「それから、離婚することにした」

彼女は驚いて目を見開いた。「まさか、嘘でしょう」

「本当だよ」

「奥さんはきっと打ちひしがれてるわ」彼女は首を振った。「それがどんな気分か、わたしにはよくわかるわ、ルーク。かつて彼女と同じ立場にいたんだもの。彼女にそんなことをしちゃいけないわ」

「ぼくが彼女を捨てたんじゃない。彼女がぼくを捨てたんだ」

「信じられない。わたしのせいだわ」

「いいや、きみのせいじゃないよ。ぼくの結婚が失敗したのは、すべてぼくとデニーズのせいで、きみやダニーとは関係ない」

彼女は困惑したように彼を見つめた。「いろんなことがいっぺんに起こって、とても消化しきれないわ。家に帰って、ルーク。奥さんともう一度やり直すのよ。仕事のことも考え直して。わたしたちはいっしょになることはできないわ。もう手遅れなのよ」

ジェニーはダニーのほうをふりかえり、恐怖のあまり手で口を押さえた。「まあ、どうしよう、見て。この子が泣いているわ」

閉じたままのダニーの目から涙があふれ、頬をつたい落ちていく。ひと粒、またひと粒と。「ダニー、大丈夫よ、ママはここにいるから。愛しているわ」ダニーの痩せた身体を、ジェニーは抱きしめた。「大丈夫だから。何も心配しなくていいから。目を覚まして。目を開けてちょうだい」

また涙がこぼれ落ちた。ダニーの身体はぴくりとも動かず、ただ涙だけを流しつづけた。ジェニーはその涙を見て、胸が張り裂けそうになった。「シーッ、坊や、泣かなくていいのよ。ママがそばにいるから」

ルークは二人を包みこむように抱きしめた。「ぼくもここにいるからな、ダニー。もう絶対に離れたりしないから」

ジェイコブに連れられて厚い雲を抜けたとき、ダニーは思わず目を見張った。雲を抜けた先には、彼がずっと思い描いていた天国の景色が広がっていた。巨大で荘厳な山々に、青々とした木々。いたるところに花が咲いていて、足もとの芝はふかふかしてまるでカーペットの上に立っているようだった。小川や滝があり、蜂《はち》が飛び交い、たくさんの鳥の鳴き声が聞こえ、野生の草花の香りがした。どこも息をのむほど美しい景色だった。少年の目に涙があふれた。それは驚嘆と期待の涙だった。現実の世界がはるか遠くに思え、まるでずっと昔のできごとのようだった。

ジェイコブの手が肩におかれると、ダニーは老人の手から伝わってくる力に安堵した。この息をのむような絶景を前にすると、自分がいかにもちっぽけな存在に思えた。ダニーは深呼吸をした。

「悪くない景色だろう、坊主？　おれは出世してここでずっと暮らしたいんだ。景色のいい場所に小さなコテージを建てて。それが成功ってもんだ」

「ここはどこなの？」

「場所なんてどこだっていい。さあ、友だちが待ってるぞ」

ジェイコブはかどを曲がってパティオに少年を導いた。そこには何十人もの人がいて、みな一様に白のローブを着て、腰に金の紐を巻いていた。彼らの顔は喜びと愛に満ちていた。ダニーは彼らに歓迎されていると感じた。

この場所で間違いない。ここは家なのだ。一人の女性が進み出た。彼女は天使のように優しく彼に微笑みかけた。ダニーは彼女が天使――神様の使いだと直感した。彼女は流れるようなブロンドの髪に、海のように青い瞳をしていた。

「妙なことを考えるなよ、ダニー。おまえの守護天使はまだおれなんだからな」ジェイコブがぶつぶつ言った。「イザベルをひと目見たとたんに、どいつもこいつもおれを捨てたがる」

イザベルがダニーの手をとった。「わたしたちはあなたが大切な決断をする手助けをしたいの、ダニー」

「ぼくが生きるか死ぬかってこと？」

「そうよ」

ようやく答えが聞けた。だが、こうしていざ真実の時と向き合うと、ダニーは恐怖を感じた。彼はジェイコブに尋ねた。「これから何が起きるの?」

「イザベルの話をよく聞くんだ」ジェイコブがアドバイスした。「それと中指と人差し指を重ねて幸運を祈れ」

「指を重ねろ? それしか言ってくれないの?」

ジェイコブは肩をすくめて消えていった。

「待って、置いていかないで」ダニーは叫んだ。

イザベルは歌うようなひと言で少年を落ち着かせた。その言葉は〝愛〟だった。彼女を見ただけで、ダニーは愛を感じた。母と抱き合っているときと同じ感情だった。イザベルは手ぶりで白い籐《とう》椅子にすわるように彼をうながした。ダニーが椅子に腰をおろすと、二人の天使が彼を守るように両側に立った。

「怖いの、ダニー?」

ダニーはうなずいた。

「神様を信じる?」

「たぶん。だってぼくたちはほとんど教会に行かないから。でもきっと神様はいるって思ってた。ねえ、いるんだよね?」

「ええ」

「ねえ、ぼくは死んじゃうの?」

「地上での一生は、全体から見るとあなたの存在のほんの一部でしかないのよ、ダニー。人間として学んだことが、その後、魂として生きていくときに役に立つの」

ダニーはごくりと唾をのんだ。彼女が言っていることが、よく理解できなかった。「へえ、そうなんだ」

イザベルが優しく微笑んだ。「地上の一生は学校みたいなものだと思えばいいわ。勉強する場所なの。愛や怒り、喜びや勇気、それに痛みについて学ぶ場所ね。それぞれの魂には、地上での使命や、存在する理由があるのよ」

「ぼくにも？　ぼくにもあったの？」

「ええ、あったわ」

「それは何？」

「あなたが生まれたとき、あなたの両親は離ればなれになっていた。いま、あなたが死のうとしているとき、彼らはまたいっしょになったわ。でも彼らは変わったの。人の命がどれほどはかないものかに気づいたのよ。それに心の糧となる愛にくらべれば、物質的なものは重要ではないことも」

「ぼくの母さんはもともとお金や物を持ってなかったよ」ダニーが言った。「だからそれは父さんの話だ」

「たしかにそうね。でも、あなたのお母さんはプライドと恐怖から、息子を父親に会わせなかった。いま、彼女はそんなふうに怯《おび》えたせいで、どれだけの時間を無駄にしたかに気づいたの。あなたのお父さんは、自分や他人に対して正直になることの大切さを理解したわ。それにあなたは――さあ、ダニー、あなたは何を学んだの？」

ダニーはふたたび唾をぐっとのみこんだ。「自分の行動には責任を持たなきゃいけないってことを学んだ。ぼくがやることは、自分だけじゃなくてほかの人にも影響をあたえるってことを」

「そうね。ほかには？」

ダニーはしばらく考えこんだ。突然、彼は多くのことを学んできたことに気がついた。両親が楽に人生を生きられるように、みずから生きることをあきらめたマイケルからは、勇気を学んだ。人をありのままに受け入れることも学んだ。父は間違いを犯す普通の人間で、想像していたような英雄ではないこと。母にとっていちばん大切なのは息子である自分だということや、メリリー伯母さんのような人にもかならずいい面があるということ。

「いいことと悪いことは表裏一体だってことを学んだ。悪いことがあるから、いいことがよけいによく見えるってこと」ダニーは大きな声で言った。「あっ、それから我慢することも覚えたよ。だってジェイコブといっしょにいるには聖人なみの忍耐力が必要だもん」

イザベルが声をあげて笑った。耳に心地よい、至福の音色だった。「あなたは用意ができたようね、ダニー」

「用意ってなんの？」彼は絶望的な気分で尋ねた。「母さんにはぼくが必要なんだ」

「いつかまた彼女に会えるわ。それは約束するわ」

「でもぼくが生きられるとは約束してくれないんだね」ダニーは胃がずしんと重くなるのを感じた。自分は死ぬのだ。彼はそれを感じ取った。もしかすると最初からこうなる運命だったのかもしれない。彼抜きで、両親はまたいっしょになるのだ。

イザベルが手を振ると、映画館のスクリーンのように周囲の情景が変わった。「ほら、ご覧なさい。お母さんがあなたのために祈っているわ」

下を見ると、地上の景色が見えた。白い尖塔がついた教会で、鐘が鳴っている。教会から光が伸びてきて、天国へと届いた。ダニーが教会のなかを覗くと、母がひざまずいて祈っていた。父も隣りで頭《こうべ》を垂れていた。

「今週、ああして二人が教会に行くのは三度目なのよ」イザベルが言った。「お母さんは夜ベッドに入ってからもお祈りをしているわ。お父さんは朝、会社に行く途中の車のなかで祈ってる。グレーシーやマットや、いとこのコンスタンスやウィリアムまで、あなたのために祈っているのよ」

「みんなの祈りは聞き届けられるの？」

「彼らはそれを願っているわ。今日は地上ではクリスマスイブなの。奇跡が起きる日だもの」

目の前の情景がふたたび元の景色に戻ったが、こんどはそこに金色の門らしきものに続く長い道ができていた。イザベルはダニーを立たせると、彼の背中を優しく押した。

「さあ、前に進みなさい、ダニー。時間よ」

30

クリスマスイブの真夜中のミサが終わり、ジェニーは教会から出て夜空を見上げた。空にはたくさんの星が明るくまたたいていた。空気がひんやりと冷たくて、彼女はコートの襟を合わせた。

この五日間はまたたくまに過ぎていった。彼女はほとんどの時間を仕事とクリスマスの準備に費やした。ダニーが目を覚ましたときに開けられるように、彼のプレゼントを用意し、ダニーが気に入るようにクリスマスツリーを飾りつけた。

彼女はルークとは距離をおこうとした。彼が離婚したという事実がまだぴんとこなかった。だがルークは近くのホテルに部屋をとり、約束どおりに毎日数時間を彼女やダニーとともに過ごした。

二人はトランプをし、いっしょに買い物に行き、なんでも払いたがるルークの態度について口論になり、彼女がショッピング・モールの巨大な駐車場のどこに車を駐めたか忘れたときには、声をあげて笑った。

ルークは変わった。以前よりも人間味が増し、自分の感情を素直に出すようになった。それはジェニーが、彼が彼らしくいる自由をあたえてくれたおかげだと、彼は言った。

二人はたがいに相手を必要とした。心の奥深くで、ジェニーは自分がほかの誰も愛せなかったことを知っていた。ルークと別れてから再会するまでのあいだに出会った数人の男性は、彼女が心を許せる相手ではなかった。ルークは彼女の魂の伴侶《ソウルメイト》で、彼女が何も言わなくても考えていることが彼には通じた。

彼女はふたたび愛を見つけた。しかし、そのための代償は？　たとえルークのためでも、ダニーを失うわけにはいかない。

「お願いです、神様。あの子をわたしから取り上げないで」彼女はささやいた。

教会から出てくる人込みを縫《ぬ》って出てきたルークが、彼女の腕をとった。道に出ると、彼はジェニーの肩を抱き、身体の芯まで冷えそうな夜の風から彼女を守ろうとした。背後から鐘の音が聞こえ、屈託なく笑い、微笑む家族たちが教会から出てきた。

「今日はクリスマスイブよ、ルーク。奇跡が起きるなら、今夜だわ」

「そうだな」

「とても孤独なの」ジェニーはあたりを見まわした。「まるで自分の一部が欠けてるみたいだわ」

「本当にきみの一部が欠けているんだよ」

「一日じゅうダニーと過ごしたのよ、ルーク。声が嗄《か》れるまで話しかけたわ。歌を歌って、大好きだった本を読んでやって、ツリーの下に置いてあるプレゼントのことも話したの。でもあの子は動かなかった」話しながら、ジェニーは苛立ちがつのってきた。「痣ができるくらい強くあの子をつねったけど、ぴくりともしないのよ。いつかよくなると思ってるふりを、いつまで続けられるかしら」

「静かに」

ジェニーは彼の意思の強そうな顔を見つめた。彼の目はひどく不安そうだった。彼の表情に、自分と同じ孤独と恐怖と欲求が浮かんでいるのにジェニーは気づいた。

「ビーチに行きたいわ、ルーク」

「いまから？　こんな遅くに。寒いぞ」

「かまわないわ。ここから離れたいの。今夜は家に帰りたくない。あの子がいないクリスマスなんて過ごしたくないの」

「じゃあ、ビーチに行こう」

二人はルークの車のところに行った。ジェニーが彼の手からキーをもぎ取り、ベンツの運転席にすわった。「かまわない？」

ルークは彼女に微笑んだ。「いまはね。でもあとで後悔しそうな気がするよ」

ジェニーは車で教会をあとにした。一号線ハイウェイ沿いの民家や商店街を通りすぎ、ヘッドライトと月と星以外の光が見えないところまで車を走らせた。窓を開け、冷気が肌にあたるのを楽しんだ。ルークは寒そうに腕を組んだが、何も言わなかった。彼女がスピードを出しすぎたまま道を曲がったときも、彼はただドアにつかまっただけで、口をつぐんでいた。

ジェニーは彼の沈黙に感謝した。車のスピードを感じたかった。スピードに刺激されてアドレナリンが大量に分泌された。ダニーはこの空のどこかにいる。彼女のことを呼んでいる。「母さん、母さん」と、彼の声が本当に聞こえるような気がした。あの子のそばに行かなくては。

どんどんスピードを上げた。月が沈む前に、朝が来てまた悲惨な一日が始まる前に、月をつかまえなくては。

「ジェニー、止めろ、止めるんだ」ルークが叫んだ。

彼女はハンドルを握りしめた。止めることはできない。前に進まなければ。ダニーはそこにいるのだ。彼を抱きしめたかった。どこにいようが、彼といっしょにいたかった。

「止めろ、車を止めるんだ。何を考えているんだ?」

ルークがハンドルをつかんだ。彼らは無言で争った。車が道からそれて路肩に入り、石や砂利を跳ね上げた。

「放してよ」彼女は叫んだ。「放してったら」

「やめろ、ジェニー。ダニーにはきみが必要なんだ。彼にはきみが必要だ。車を止めろ」

ジェニーはようやくその言葉の意味を理解し、アクセルから足を放した。車を路肩に乗り入れて、パニックがおさまると同時に深呼吸をした。

「何をするつもりだったんだ?」

「ごめんなさい、ごめんなさい」彼女はよろよろと車から降りて、ビーチに向かって駆けだした。

ルークはあとを追いかけた。彼女の肩に毛布をかけたが、ジェニーはそれを砂の上に投げ捨てた。

目の前で波が砕けた。彼女は海に近づきすぎて、足が濡れたが、気にならなかった。このまま海に入って身を沈めてしまいたい。そうすればダニーを見つけられるかもしれない。あの子はこのどこかにいる。彼女にはわかる。

「ジェニー、だめだ」

ルークがウエストに腕をまわして彼女を引きとめた。

「放して、放してよ」彼女は叫んだ。

「だめだ。きみを死なせるわけにはいかない」

「なぜ？　ダニーは死んじゃったんだもの。わたしだけ生きてる意味なんかないわ」

「あの子は死んでない。目を覚ましたとき、ダニーには母親が必要なんだ」

「そんなことを信じるふりをするのはやめて。嘘を言うのはやめて。あんなひどい怪我をして、あの子はもう戻ってこないのよ」

「信じなきゃだめだ。信じるんだ、ジェニー、信じろ。いまは奇跡が起きる時期なんだ」

「もう奇跡なんて信じない」

「ぼくは信じる。きみの分まで信じる。ここでこうしてぼくたちがいっしょにいられることも、奇跡なんだから」

「でも、ダニーは逝ってしまったわ。もうあの子がそばにいるって感じられないの」ジェニーはふりかえってルークの前に立ち、彼の手を自分の胸にあてた。「心に何も残ってないの。孤独なの。空っぽなの」

「きみは独りじゃない」

「何も感じないの」

「それなら、これはどうだ」

ルークは有無を言わさず彼女にキスをし、彼女を抱きすくめた。彼と胸がぶつかり合うと、彼女の全神経が彼を感じ、彼の唇だけを味わい、彼のことだけに意識が集中した。

ジェニーは彼のキスに、彼女に触れる手に、ただ身をまかせた。熱のこもった唇が、凍りついた彼女の心を溶かしていく。もはや彼女は独りではなかった。彼女はルークとともにいる——初恋の人、彼女の心をとらえて離さなかった人と。

ルークがジェニーを求めているように、彼女も彼を求めていた。むしろその思いは彼女のほうが強かった。ルークが震える手で彼女のシャツのボタンをはずし、ブラジャーの留め金をはずすと、温もりのある彼女の豊かな胸があらわになった。

「ジェニー」

「やめないで」彼女の目を見つめるルークに、彼女はささやいた。「絶対にやめちゃいや」

「きみを愛したい」

彼女はルークにキスをした。「愛して、ここで、いますぐ。この痛みを追い払って」

彼の唇が、ジェニーの頬から首筋へと移動した。彼はジェニーのシャツの胸もとをはだけ、彼女の鎖骨に唇を這《は》わせ、そのまま胸へとおりていった。彼の舌先が胸の谷間、そして乳首を愛撫すると、彼女は身を震わせた。

彼がジェニーの乳房をむさぼるように吸うと、彼女はルークの髪に指をからませ、彼の頭を自分の胸に押しつけた。彼の唇は温かく、彼の欲望が彼女の身体を痺《しび》れさせた。

ルークはひざまずき、ジェニーが放った毛布の上に彼女を横たわらせ、自分もシャツとズボンを脱ぎ捨てた。彼女はスカートをたくし上げた瞬間、寒気がしたが、のしかかるように身体を合わせたルークの肌の温もりが、じかに彼女の肌に伝わった。

彼の指が彼女の全身をまさぐり、唇がそのあとを追いかけた。砂浜に打ちつける波の音が、二人の激しい息づかいと重なった。ルークが彼女の脚を押し広げると、彼女はそれに応えて彼を受け入れようとした。彼の指がそこに触れると、彼女は悲鳴をあげた。

「あなたが欲しいの、ルーク」彼女は言った。「わたしのなかで、あなたと一つになりたい」

ルークはかすれた叫びとともに、彼女のなかに侵入した。ようやく一つになれたという思いに、ジェニーは息をのんだ。彼は身体をこわばらせ、さらに激しく、より深く彼女のなかに分け入った——まるで魂にまで届いたと彼女が感じるほどに。

ジェニーは彼を締めつけ、何年ものあいだ感じたことのない快感に身を震わせた。やがてルークは彼女の上に倒れこみ、鎖骨のあたりに頭をあずけた。それはあまりに短時間で、無謀な営みだったが、信じられないほどすばらしかった。

ジェニーは両手をルークの背中にまわし、彼の緊張した筋肉に指を這わせた。永遠にこうしていたかった。彼の腕に抱かれていると、欠けていた部分がようやく埋まったという思いがした。

しばらくして、ルークは横向きになり、顔を見合わせられるように彼女の身体の向きを変えた。彼はジェニーの背中を片手で愛撫した。その手は背骨をなぞり、腰のカーブにしばし留まった。

「いまのは早すぎたね」彼はささやいた。「もう一度愛し合いたい。今度はゆっくり、永遠に続くように」彼はジェニーの唇のはしにキスをした。

彼の言葉は優しく、魅力的だった。ルーク以外に彼女を満たされた気分にした男はいなかった。二人が離れていた時間は、彼へのジェニーの思いをよりつのらせた。彼らはもはや子供ではなく大人で、失うものも多かったが、同時にあたえられるものもふえていた。

しだいに風が強くなり、塩分を含んだ冷たい霧が二人を包んだ。現実に戻って、ジェニーは身震いして言った。「寒いわ」

ルークは彼女を見て笑った。「それはいまが十二月だからだよ。たしかにここはカリフォルニアだが、熱帯性気候とは呼べないからね」

「ここですべてが始まったのね」

「でも、ここで終わるわけじゃない」彼はしばらく口をつぐんだ。「こうなる計画はなかったんだが、こうなってよかったと心底思ってる」

「計画したんじゃないの？」ジェニーが微笑んだ。「ああ、よかった」

「それに何も使わなかった、ジェニー。避妊具なしだ」

ジェニーは彼の目を見つめ、過去、現在、未来について彼が同じ思いを抱いていることを知った。「またあのときに戻ったのね」

「だが今回は、おたがいに何が欲しいかわかっている」

「ただ、それをどうやって手に入れたらいいかはわからない」彼女はルークの唇を指でなぞった。「わたしたちには息子の将来がどうなるかわからない」

「ダニーよ」そう言うと、ふたたび悲しみが彼女を襲った。「わたしたちには息子の将来がどうなるかわからない」


「きみが〝わたしたちの〟息子と呼んだのは初めてだ」ルークは毛布を自分たちの身体にかけ、二人で愛という名の繭にくるまった。彼は愛しげにジェニーの唇にキスをした。

ジェニーが彼のキスを手のひらで押しとどめた。「わたしたちって自己中心的な人間なのかしら？ ダニーが重体なのに愛し合うなんて。自分たちのことしか考えていないのかしら？」

「こうしていっしょにいるのはダニーがいたからだ。もしもあの事故に何か理由があるとしたら、こうなることだったんだ」

「あの子はそのことを知っているのかしら？」彼女は夜空を見上げた。「あの子、いまごろどこにいるのかしら？」

ダニーは門を抜け、永遠に続く曲がりくねった道を歩いていた。あたり一面に色とりどりの花が咲いていた。彼の両側には二人の天使がついていて、つねに彼を励ました。どこに向かっているのかはわからず、そこまでの道は永遠に続くように思えた。

ようやくアーチと庭園と東屋のある場所に到着した。天使たちはダニーを東屋の階段に案内すると、姿を消した。影のなかに誰かがすわっていた。ダニーは前に出ようとしたが、動くことができなかった。恐ろしいはずなのに、恐ろしくはなかった。彼は怒りではなく愛を感じ、歓迎されていると感じた。

「入ってもいい？」彼は尋ねた。

「入りたいのか？」声は低くて優しく、父親の声のようだった。

「よくわからない」ダニーは言った。

「おまえの行く先にはまだ体験していない多くのことがある。恐ろしいか？」

「以前は。でもいまはもう怖くない」彼は自分が本当に恐怖を感じていないことに気づいた。たとえどんなことになろうと、自分の運命を受け入れる覚悟ができていた。「ただ、母さんともう一度話がしたいんだ」と、ダニーは言った。

「目をつぶって、心で彼女に話しかけなさい」

「わかった」ダニーは両目をかたく閉じて、母の顔を思い浮かべようとした。彼女は微笑んでいなかった。彼女は怯えていて悲しそうだった。彼はすべてうまくいくと彼女に伝えたかった。母さんを愛していると、自分に何が起きてもずっと彼女のそばにいると伝えたかった。

ようやく目を開けると、東屋は消えていて、目の前にはまた長い道が雲のなかに続いていた。

ダニーはしばらくその道を眺めていたが、やがて未来に向かって最初の一歩を踏みだした。

クリスマスの朝、十一時ちょっと過ぎにジェニーは病院に着いた。廊下にはクリスマスのイルミネーションがともり、すべてのドアにクリスマスの飾りが下がっていた。子供たちを喜ばせるために、看護師たちはみなサンタの帽子をかぶり、ほかの職員たちは小妖精《エルフ》の格好をしていた。

ジェニーはいまでは家族同様になった職員たちに微笑みかけ、声をかけた。ダニーの病室の前で、アンジェラ・カーペンターに会った。

「メリークリスマス、アンジェラ」ジェニーは小さな白い箱をさしだした。「これはあなたへのプレゼントよ」

「そんなに気を使ってくださらなくてもいいのに」

「ダニーがお世話になっている感謝の気持ちよ」

「喜んでお世話しているんですから」

「今日の具合はどう？」

「じっとしていられないみたいで、今日はいつもよりすこしだけ動きがあるんです」

ジェニーの希望がふくらんだ。「クリスマスには奇跡が起きるかもしれないわ」

アンジェラが彼女の手を握った。「本当に奇跡が起きることを祈っています」

ジェニーは病室に入り、ベッドわきの椅子に腰かけた。「おはよう、相棒、今日はクリスマスよ。プレゼントの山があなたを待っているから、早く起きなさい。お願いだから、目を覚まして」

ダニーは動かなかった。彼女は椅子の背に寄りかかった。思いがダニーからルークへと移った。二人は彼女の家に戻って、もう一度愛し合った——失った時間を、失った希望を取り戻すかのように。疲れはてて眠りについたのは夜明け前だった。彼女はダニーの部屋の隣りのベッドルームで寝ているルークを残して、一人でここに来た。

ダニー。この子がどれだけ多くのものを彼女にあたえてくれたか。ジェニーは左胸につけた天使のブローチに手を触れた。ルークがこれをくれた日から、彼女はずっとこれを身につけていた——わたしの小さな天使。

彼女は目を閉じた。ベッドに横たわっている少年を見たくなかった。心のなかにいる息子を思い出したかった。頭のなかに彼の顔が浮かんできて、声も聞こえた。彼がさしのべる手をつかみたかったが、どうしても近づけない。ダニーは彼女の手の届かないところにいた。

彼は遠くに去っていったが、声だけははっきり届いた。

「心配しなくていいよ、母さん。何が起ころうと、ぼくはいつでも母さんのそばにいる。空を見上げて、頑張って飛ぼうとしている鳥がいたら、それがぼくだよ。肩に触れられた気がしたり、腕をクモが這っている気がしたら、それもぼくだよ。母さんに会いたいって伝えようとしているんだ。愛しているよ、母さん」

「あなたのせいで、胸が張り裂けそうよ」彼女はそうささやいたが、ダニーは消えてしまった。たんなる夢だった。彼女は目を開けて、ベッドを見た。少年は身動きせずに、ただ横たわっている。ダニーの頬がほてったように赤い。額に汗をかいている。彼女は恐ろしくなって彼を見つめた。どうも様子がおかしい。

彼女はとっさに身をかがめて彼の頬に触れた。彼の身体が熱かった。

「いや、だめよ」彼女は悲鳴をあげた。

アンジェラが駆けこんできた。「どうしたんです？」

「熱があるの」ジェニーが言った。「顔を見て」

アンジェラはデジタル体温計をダニーの耳にさしこんでボタンを押し、すぐにそれをとりだすと、険しい顔つきになった。

「何度なの」

「四十度です」

ジェニーは恐ろしさのあまり叫びだしそうになり、手で口を押さえた。悲鳴をあげたら最後、二度ととめられないような気がした。

ダニーの呼吸が浅く、荒くなった。

アンジェラが医師を呼び、最初に内科の専門医がやってきた。彼はダニーの様子をひと目見るなり、矢継ぎばやに指示を出した。ジェニーは息子のそばから離され、息子に手の届かない戸口に追いやられた。

誰かが彼女の肩に手をおいた。ルークだった。

「何があったんだ？　何事だ？」緊張した声で、彼が尋ねた。

「熱があるの。息ができないのよ。あの子は死んでしまうのよ。ああ、ルーク、ダニーがよりによってクリスマスに死ぬなんて、どうしてなの？」

31

　十五分後、ジェニーは病院のチャペルに入って、祭壇の前にひざまずいた。顔の前で手を合わせ、祈りをとなえた。子供の頃は、ただ親を喜ばせるためにくりかえしていたなんの意味もないむなしい言葉だったが、いまはそのひと言ひと言にとてつもなく重要な意味があるように思えた。

「聖母マリアさま……どうかお願いです、息子をお助けください」ジェニーは会衆席に腰をおろし、キリストの像を見上げた。「どうかあの子を連れていかないで。あの子はわたしのすべてなんです。あの子なしでは生きていけません。わたしはそれほど強くありません。もしもこれが試練なら、わたしはとても乗り越えられません」

　彼女はしばらく押し黙った。「かわりに、わたしをお召しください。ダニーを生かしてやってください。あの子の人生はこれからなんです。あの子があなたからの贈り物だったのはわかっています。希望のないわたしの人生に、あの子が喜びをもたらしてくれました。お願いです、神様、贈り物をとりあげないで――まだいまは」

　ジェニーの声が震えた。やがて静けさが彼女を包んだ。

ルークが隣りにすわって、ジェニーの手をとった。二人は長いあいだ無言でそのままずわっていた。二人は息子という強い絆《きずな》で結ばれていた。彼の無言の強さが、彼女に希望をあたえた。しだいに不安が消えていき、すべてを受け入れられる不思議な気持ちに変わった。

「あの子は逝ってしまったの？」彼女は消え入るような声で訊いた。

「いや、ジェニー、まだ頑張っているよ。だが肺炎を起こしている。もう一度人工呼吸器につないで、抗生物質を大量に投与した。体力が落ちているし、感染症が……」

「命取りになるわね」

ルークは彼女の顔を両手で包み、キスでまぶたを閉じさせてから、鼻へ唇へとキスをくりかえした。「信じるんだ、ジェニー。ずっと前にきみがぼくに教えてくれたことだよ。ありえないと思っても、信じることだ」

ジェニーは目を開けた。彼の言葉は表情よりも力強かった。ルークも彼女と同じように恐れていた。

「分別を教えてくれたのはあなたよ」彼女が言った。「危険の確率が上がっていくのが見えるのよ、ルーク。ダニーはすごく不利な状況にあるわ。あの子を取り戻すには、奇跡が起きるしかないのよ」

「だったら、そうなるように祈るんだ。こうしてぼくたちがいっしょにいられるのは奇跡なんだよ。何年も離ればなれで、いくつもの間違いを犯したにもかかわらず、こうしていっしょにいられるなんて」

「そのせいでダニーが死にそうになっているのかもしれないわ。もしかしたら、最悪の皮肉、もっとも悪いかたちの対称なのかも」自分の言葉がルークを傷つけるのはわかっていたが、ジェニーは言わずにはいられなかった。「昨日の夜、わたしたちは幸せだった。ダニーのことを忘れていたわ」

「ぼくは忘れていなかったよ。きみだってそうだろう」ルークは頑として言った。「ぼくたちはダニーを授かることになった愛を確認したんだ。ぼくの前であきらめるなんて言わないでくれ、ジェニー。きみには強くいてもらわなければならない。ぼく一人じゃ無理なんだよ」

彼は深く息をついた。その目にはどうしようもない淋しさが宿っていた。彼は顔をそむけた。首の血管が激しく脈打ち、震えだし、やがて涙があふれてきて、彼はそのまま無言でずっと泣きつづけた。

ジェニーは彼を抱きしめ、二人が手にしたものと失ったものを思って泣いた。

時間がゆっくりと流れていった。邪魔する者は誰もいなかった。やがて、泣き疲れたジェニーはバッグからティッシュペーパーを出して鼻をかんだ。ルークもハンカチを出して涙を拭いた。そして二人は立ち上がった。

「二人で強くならなきゃ――ダニーのために」ジェニーが言った。

「そうだね」

ジェニーはチャペルから出て廊下を進み、待合室に入った。そこには家族がそろっていた。

リチャードとメリリーが手を握り合ってソファに、コンスタンスとウィリアムは窓際の椅子にぎこちない様子ですわっていた。マットは戸口に寄りかかって、ジェニーの友人のプルーと話しこんでいる。チャールズは部屋の反対側で、険しい顔のアランといっしょにいた。この場にいないのは、ビバリーとジェニーの父とルークの妻だけだった。

ジェニーがそこにいる一人一人に微笑みかけると、彼らはおずおずと、だが希望をこめて笑顔を返した。

「ありがとう」彼女は言った。「ダニーはみんながこうしていっしょにいるのを喜んでいるわ。あの子が何より欲しがっていたのは父親だったから」彼女はルークを見て微笑んだ。「それに、おじいちゃんとおばあちゃん」彼女の視線がチャールズとビバリーに移った。「それからメリリーと彼女の家族に。「それに伯父さん、伯母さん、いとこたち」と、彼女は言い添えた。「これはダニーにとって最高のクリスマスプレゼントよ」

メリリーが立ち上がり、涙をこらえながら妹に歩み寄った。「わたしたちに何かできることはない、ジェニー？」

「もう充分にしてもらったわ」

マットが進み出て、妹を抱きしめた。「あの子は頑丈だから、きっと助かる」

「そうよね」彼女は、マットの髭を剃ってさっぱりした顔と、きれいにアイロンがかかった服を不思議そうに眺めた。「まるで教会から出てきたみたいな格好ね」

「これからアルコール中毒者更生会の集会に行くんだよ。クリスマスだっていうのに集会があるんだ。祝日をうまく乗り切らせるために」

「フットボールの試合を見損なってしまうわね」

「かまわないさ」

「そうね」彼女は背伸びをして、兄の頰にキスをした。「お兄ちゃんが戻ってきてくれて嬉しいわ」

マットがうなずいた。「ダニーの事故を起こしたのがおれだったかもしれないと思ったら——自分のまわりのものを、自分自身も含めて、すべてぶちこわすところだったたってことに気づいたんだよ」

「でもあなたがやったんじゃないわ、マット。それが大切なことよ」

「だがグレーシーがやったんだ。あの優しいグレーシーが。おまえは彼女を許せるのか？」

「もうとっくに許してるわ。事故だったんだもの。彼女は自分が何をしたか知らないのだから、彼女を憎めるわけがないじゃない？」ジェニーは肩をすくめた。「それに彼女を憎んでも、ダニーは戻ってこないもの」

「おまえは強いな、ジェニー。もしかするといちばん強いのはおまえかもしれない」

「わたしもそう思うわ」プルーが口をはさみ、ジェニーを抱きしめた。

「頑張るのよ」

「できるかぎり頑張るわ」

プルーが後ろに下がり、アランが話の輪に加わった。

「すこしだけいいかな」アランが言った。「メリリーが知らせてくれたんで、どうしても来たかったんだ」

「来てくれて嬉しいわ」ジェニーは彼の手を握りしめた。「いろいろとありがとう」

「グレーシーのことは残念だよ」

「わたしも同じ気持ちよ」

アランは制服の帽子を握りしめた。

「これから仕事に行かなくちゃならない。だがきみとダニーのことをずっと考えているから。さよなら、ジェニー」彼はジェニーの額にキスをした。

「さようなら」ジェニーは自分を抱きすくめるようにして、アランの後ろ姿を見送った。彼女は部屋の真ん中に立ち、今回の事故がきっかけですっかり変わってしまった二つの家族を眺めた。ダニー、あなたがわたしたちを変えてくれたのよ。戻ってきて、ダニー。わたしたちのところに戻ってきて。それは彼女の魂の叫びだった。ジェニーは彼にその叫びが届くことを祈った。

しばらくして、ジェニーは窓際の椅子に腰をおろした。待ち時間が始まった。何時間も続く希望と恐怖。時間がたつにつれ、見舞い客が来ては去っていった。マットはアルコール中毒者更生会の集会に行ったが、やがて久しぶりにさっぱりとした顔で戻ってきた。

太陽が西に傾き、やがて夜がおとずれた。コンスタンスとウィリアムは椅子にすわったまうたた寝し、リチャードとマットはトランプを始めた。メリリーは刺繍《ししゅう》にとりかかり、チャールズとビバリーは雑誌を読みながら、ときおり小声でルークと話をした。

十時になると、チャールズとビバリーはまた明日来ると言って、待合室を出ていった。十一時には、メリリーとリチャードがそろそろ子供たちを家に連れて帰る時間だと判断した。十二時には、マットもおやすみと言って帰っていった。

「クリスマスが終わったわ」ジェニーはルークに言った。「奇跡の時間はおしまい」ジェニーは彼と抱き合い、二人はいっしょに長い夜を青いビニール製のソファの上で過ごした。いつのまにか眠りに落ちたジェニーは、ダニーの夢を見た。

彼が生まれてからいままでの様子が、色鮮やかによみがえった。この世に生まれ落ちた瞬間、初めて呼吸をしたときから、注目を集めようと泣き叫びもがいていた赤ん坊。必死に立ち上がろうとして彼の小さな手が彼女の指をつかみ、なんとかして歩こうと口をへの字にしている様子が目に浮かんだ。彼が膝をすりむいたときには、同じように痛みを感じ、初めて自分の血を見て泣きじゃくる彼の声が聞こえてきた。

記憶に残る瞬間はいくつもあった。そのときはつまらないと思った数々のできごと。口喧《くちげん》嘩《か》や、言わなければよかったと後悔した言葉の数々。思い出しているあいだじゅう、彼女はダニーの両腕が首に巻きつけられ、彼の髪が横顔にあたるのを感じていた。暗闇を怖がって彼女のベッドにもぐりこんできた彼の小さないびきが聞こえた。

「愛してるわ、ダニー」その言葉が頭のなかで何度もこだました。やがてそれも聞こえなくなり、ようやく彼女はすべてを忘れて深い眠りに落ちていった。

ダニーはまわりの雲を見渡した。道の先には長い階段が待っていた。階段を下り、登り、そしてまた下った。彼は疲れはてて息が切れた。すこし立ちどまって休んだ。いったい自分の身に何が起きているのだろう？　長いあいだ何も感じないことに慣れていたので、いま、自分に感覚があることに驚いた。

ジェイコブがふいに姿を現わした。ダニーはずっと会えなかった友人と再会したように嬉しかった。

「怖いよ」ダニーは言った。

「わかってるよ」

「今日はクリスマスなんだ。イザベルがツリーやライトやプレゼントを見せてくれた。よりによってクリスマスの日に死なせるなんて、信じられないよ」

「もしそれで気分が楽になるなら教えてやるが、今日はクリスマスの二日後だ」

「じゃあ、もうおしまいなんだね。母さんに奇跡は起きなかったんだ」

ジェイコブは首をかしげた。「個人的には、クリスマスの奇跡なんてのは陳腐だと思うがね」

ダニーはため息をついた。「やっぱりね。よりによってクリスマスには奇跡を起こさない唯一の天使にあたるなんて、最悪だよ」ダニーはふたたび歩きだそうとしたが、息が切れて進めなかった。「助けてくれよ、ジェイコブ」

「おれはそのためにここにいる」

「ぼくはどこに向かっているの？　この階段はどこに続いているの？　なんで足がこんなに重いんだ？　腕がまるで重りみたいなんだ。ほとんど動かすこともできない。それに息をするのが苦しくて」

「自分で選択したんだろう、ダニー？」

「そうなの？　そんな記憶はないけど」

「口に出さなくても、心が語るんだよ」ジェイコブはしばらく少年を見つめていた。「おれはいつだっておまえのそばにいるぞ、ダニー。暗闇が怖かったら、空を見ろ。そうすればおれの光が見える。目にするものすべてが疑わしければ、こんなふうに胸に手をあてて、そして思い出すんだ」ジェイコブはダニーの手をとって彼の胸にあて、自分の手を重ねた。「おれはいつだってここにいる」

「ジェイコブ――」

「おまえに会えなくなるのは淋しいよ」彼はダニーの額に手をあて、その手で少年の顔をゆっくりと撫で、目を閉じた。「休んで、眠るんだ。そして生きろ」

ジェニーとルークはこれ以上感染症を悪化させないために、病院のガウンとマスクをつけてダニーのベッドの横にすわっていた。肺炎が発症してから、すでに二日がたっていた。恐怖と苦悩の二日間、ひたすら待つだけの二日間だった。家族のほかの者たちはそれぞれの生活に戻っていたが、ジェニーとルークは寝ずの番を続けていた。

ジェニーは息子のほうを見ながら、胸につけた天使のブローチに触った。「ありがとう、ダニー。このプレゼントを、そしてお父さんをママに返してくれたことを」彼女はかがんで息子に頬ずりし、かすかな温もりを感じた。数日前のような熱はなく、そのことが彼女には嬉しかった。

「母さん」その声は小さく、力なく、怯えていた。

ジェニーは顔を上げた。ルークはベッドの反対側に移動した。二人は言葉もなく、ただ見つめ合った。やがてダニーのまぶたがかすかに動き、唇が動いたが、何も聞こえなかった。

「ダニー」ジェニーが言った。「起きなさい」彼女は両手で息子を軽くゆすった。

少年はゆっくりと目を開けた。「母さん？」

「ここにいるわ。ママはここにいるわよ」

ダニーは何度かまばたきして、まぶしすぎる明かりに目を細めた。ジェニーは目の前の光景が信じられなかった。ダニーが目を覚ました。誰もがあきらめていたのに、彼女の息子が目を覚ました。「ドクターを呼んできて、ルーク」彼女は叫んだ。

「どうしたの？　なんで泣いてるの、母さん？」ダニーが言った。

「嬉しいのよ。あなたが起きてくれて、すごく嬉しいの」

「どうして？　学校に遅刻しそうなの？」

ジェニーは微笑み、やがて声を出して笑い、それから泣きだした。ルークを見ると、彼も泣いていた。「たしかに遅刻だわ」彼女は言った。「でも大丈夫。何も心配ないわよ」

「母さんったら、様子が変だよ」まるでどこかがかゆいかのように、ダニーは鼻にしわを寄せた。「この臭いは何？」

「病院にいるのよ。あなたは事故にあったの。覚えてる？」

ダニーはぽかんとして母の顔を見た。「ぼく、大丈夫なの？」

「前よりずっとよくなってるわ」ジェニーが答えた。「あなたが目を覚ましてくれるなんて、こうして話ができるなんて、信じられないわ」

ダニーは手を上げようとしたが、その手はベッドの上に力なく落ちた。「疲れた」

「あせらないで、ダニー。時間はたっぷりあるんだから。いくらだってあるんだから」彼女は息子の手を自分の手で包んだ。

「不思議な夢を見たんだ」ダニーがつぶやいた。「父さんに会った。父さんがぼくたちのところに戻ってきたんだ」

ルークはベッドに近寄った。「ぼくはここにいるよ、ダニー」

ダニーが目を見開いた。「父さんなの？」彼は母のほうを向いた。「じゃあ、本当だったんだ」

ジェニーがうなずいた。「そう、本当よ」

ローウェンスタイン医師が病室に入ってきて、ダニーの目と反射性の検査をした。医師が指示をすると、ダニーは眠たげにしたがい、まず両手を、次に両脚を動かした。

れなかった。

ジェニーは息をのんだ。何週間も待たされたあとに、ダニーが完治するとはとても信じら

ローウェンスタイン医師はダニーにいくつかの質問をした。名前や誕生日を訊き、いまは何年生かと尋ねた。ダニーはすべての質問に正しく答えた。その後、医師はジェニーとルークを見て、信じがたいという笑みを浮かべて言った。「ワオゥ、素晴らしい」

ルークとジェニーが声をあげて笑った。

「それはあなたの専門的な見解ですか?」ルークが尋ねた。

ローウェンスタイン医師は驚嘆して首を振った。「何も問題ないようです。確認のためにきちんと検査はしますが、いまのところは完治すると考えてよさそうですね」

「信じられないわ」ジェニーは言った。「いまのドクターの話を聞いた、ダニー? あなたはまた元気になれるのよ」

「ぼくはここにどのくらいいたの?」ダニーが尋ねた。

「かなり長いあいだよ。でもこうして戻ってきたんだもの。重要なのはそれだけだわ」彼女が息子の寝癖を撫でつけると、ダニーはその手を払いのけた。

「もう、母さんったら、やめてくれよ」

「あなたがまたそう言うのを聞けるとは思わなかったわ」

ダニーは顔をしかめた。「もしかして母さんの誕生日は過ぎちゃったの? いいプレゼントを考えていたんだけど」

「プレゼントはちゃんともらったわよ、ダニー」

「本当に？　何を？」

ジェニーは愛情のこもった目でルークと見つめ合った。「あなたのお父さんよ」

「もう一度いっしょになるの？」

「そうだ。ぼくたち三人は家族になるんだよ」ルークがきっぱりと言った。「本来のあるべき姿に戻るんだ」

「なんだか死んで天国に行った気分だよ」ダニーが嬉しそうに言った。

ジェニーは後ろに一歩下がろうとして、何かを踏んだ。彼女の足もとには、野球のボールがころがっていた。彼女はそれを拾い上げた。「ダニー、次のホームランはおれからのプレゼントだ」彼女はボールに書いてある文字を読んだ。「なんでボールがこんなところにあるのかしら？」

ダニーが母の手からボールを受け取り、ベッドの足もとに目をやると、そこには野球のユニフォームを着た老人がいた。夢に出てきた男だった。「ジェイコブ」彼はつぶやいた。

ジェイコブは野球帽に手をやってダニーに挨拶した。「いい人生をおくれよ、坊主」

訳者あとがき

本書はバーバラ・フリーシーが一九九七年に全米ロマンス作家協会賞であるRITA賞を受賞した作品である。

アメリカのサンフランシスコ南部の海岸町に住むシングルマザーのジェニー・セントクレアは、食料品店のレジ係をしながら十二歳の一人息子ダニーを育てている。ダニーは顔も知らない父親にひと目会いたいと切望していて、母親のジェニーはそんな息子に手を焼いていた。

十三年前の夏、当時十八歳だった彼女は激しい恋に落ちた。相手は四歳年上で、三代続いた医者の家系の一人息子ルーク。父親のチャールズはルークを医者にして、自分が創設したバイオカンパニーを継がせようとしていた。両親が決めた道を歩むことに疑いを持たなかったルークは、ひと夏だけの恋であることをジェニーに告げる。それでも互いに惹かれ合う二人は熱烈に愛し合い、ジェニーは妊娠した。ところが彼女の妊娠を知ったルークは、中絶代を渡して彼女と別れてしまう。

そのルークが最近、ジェニーが住む町に戻ってきたことを彼女は知る。ルークは優秀な医者となり、父の会社を継ぐために戻ってきたのだった。だが今では、ジェニーとルークはそれぞれ別の人生を歩んでいて、二人とも二度と再会することはないと考えていたのだが、ダニーが交通事故にあったことをきっかけに、運命の糸が二人を再び結びつけようとする……。

この物語では、十三年の時を隔てて、ジェニーとルークの関係がダニーを軸として変化していくさまが丁寧に描かれている。少女だったジェニーの一途で純粋な恋。ルークと妻の愛憎が入り混じった関係。母親となって強く逞しくなったジェニーが、ダニーの回復をいちばんに願いながらも、かつて自分を捨てたルークに惹かれる自分に懊悩《おうのう》する姿。そして、両親が敷いたレールの上を歩んできたルークが、三十代になって自分の人生をあらためて模索し、社会的名声よりも父親となることに価値を見出すようになっていく心境の変化。こうしたことが、著者フリーシーの自然な語り口でエピソード豊かに描かれている。

また少年ダニーの精神的な成長も見逃せない。ダニーと、元野球選手で落ちこぼれの守護天使であるジェイコブとのやりとりはじつにユーモラスで、読者の笑いを誘うが、笑いと同時に人の心の温もりが伝わってきて、生きることの意味や大切さを教えてくれる。

物語では、ジェニーの家族もそれぞれに悩みを抱えている。ジェニーの姉メリリーは、夫や子供たちを愛していながら、それを素直に表現することができず、完璧な妻と母であろうと努力すればするほど、たがいの気持ちがすれ違い、溝を深めていってしまう。ジェニーの兄マットは、かつてはフットボールのスーパースターだったが、怪我をして引退して以来、すさんだ生活をおくり、いまだに新たな人生を踏み出せずにいる。それでも彼はジェニーの唯一の理解者だったが、メリリーは亡くなった母がわりの姉としての自覚が強すぎて、ジェニーにつねに厳しく批判的だ。

ジェニー母子をとりまくこうした人々が、ダニーが事故で昏睡状態に陥ったことをきっかけにして、すこしずつそれぞれの状況が変化していき、やがて新たな人生を歩みはじめる。著者フリーシーは登場人物の一人一人の心に寄り添うようにして、彼らの心情をこまやかに書き込んでいる。とりわけ、ジェニーの息子ダニーへの母親としての愛と、再会したルークへの揺れる女心が微妙に交錯するあたりは、読者の共感を呼ぶことだろう。美しい海辺の町を舞台にしてくりひろげられるこのジェニーの恋の行方を、少年ダニーと落ちこぼれ天使ジエイコブの目を通して、読者もいっしょに温かく見守ってもらいたい。

なおロマンスと家族の絆を描く名手であるフリーシーだが、引き続き二見書房より刊行予定の“*Summer Secrets*”では、バンクーバーに近い風光明媚《めいび》な島を舞台にして、サスペンスタッチを加味しながら、美しい三姉妹の恋模様を華麗に描いている。読者の方々を謎解きの興奮とともに甘くせつない恋の世界に導いてくれるに違いない。

二〇〇八年九月

ザ・ミステリ・コレクション

その愛《あい》に守《まも》られて

著者　バーバラ・フリーシー
訳者　嵯峨静江《さがしずえ》

発行所　株式会社 二見書房
東京都千代田区三崎町2-18-11
電話　03(3515)2311［営業］
03(3515)2313［編集］
振替　00170-4-2639

印刷　株式会社 堀内印刷所
製本　村上製本

落丁・乱丁本はお取り替えいたします。
定価は、カバーに表示してあります。

ISBN978-4-576-08136-6
http://www.futami.co.jp/

なにも言わないで
バーバラ・フリーシー
宮崎 槇［訳］

ロシアの孤児院の前に佇む幼女の写真を目にしたとき、ジュリアの人生は暗転する。カメラマンの息子とともに真実を追うが、二人に得体の知れない恐怖が迫り……

翡翠の迷路
バーバラ・フリーシー
嵯峨静江［訳］

アンティーク・ショップの次期オーナーである父親が、謎のドラゴン像とともに姿を消した。娘のペイジは像の持ち主・ライリーと反発しあいながらも行方を追うが…

めぐり逢う絆
バーバラ・フリーシー
宮崎 槇［訳］

親友の死亡事故に酷似した内容の本—一体誰が、何のために？ 医師のナタリーは、元恋人コールと謎を追う。過去と現在が交錯する、甘くほろ苦いロマンティック・サスペンス！

悪の華にくちづけを
ロレッタ・チェイス
小林浩子［訳］

自堕落な生活を送る弟を連れ戻すため、パリを訪れたイギリス貴族の娘ジェシカは、野性味あふれる男デインに出会う。全米読者投票1位に輝くロマンス史上の傑作

プライドと情熱と
エリザベス・ソーントン
島村浩子［訳］

ラスボーン伯爵の激しい求愛を、かたくなに拒むディアドレ。誤解と嫉妬だらけの二人は…。動乱の時代に燃えあがる愛と情熱を描いた感動のヒストリカルロマンス

氷に閉ざされて
リンダ・ハワード
加藤洋子［訳］

一機の飛行機がアイダホの雪山に不時着した。乗客の若き未亡人とパイロットのジャスティスは、何者かの陰謀ではないかと感じはじめるが…傑作アドベンチャーロマンス！